宝鸡文理学院校级重点项目"四十年代自由主义文学研究"（ZK12040）成果

四十年代自由主义文学研究

王俊 ◎ 著

中国社会科学出版社

图书在版编目（CIP）数据

四十年代自由主义文学研究 / 王俊著. —北京：中国社会科学出版社，2019.3
ISBN 978-7-5203-4057-1

Ⅰ.①四… Ⅱ.①王… Ⅲ.①自由主义学派—文学研究—中国—现代 Ⅳ.①I209.6

中国版本图书馆 CIP 数据核字（2019）第 027292 号

出 版 人	赵剑英
责任编辑	郭晓鸿
特约编辑	邱孝萍
责任校对	季　静
责任印制	戴　宽

出　　版	中国社会科学出版社
社　　址	北京鼓楼西大街甲 158 号
邮　　编	100720
网　　址	http://www.csspw.cn
发 行 部	010-84083685
门 市 部	010-84029450
经　　销	新华书店及其他书店
印　　刷	北京明恒达印务有限公司
装　　订	廊坊市广阳区广增装订厂
版　　次	2019 年 3 月第 1 版
印　　次	2019 年 3 月第 1 次印刷
开　　本	710×1000　1/16
印　　张	19.75
插　　页	2
字　　数	247 千字
定　　价	78.00 元

凡购买中国社会科学出版社图书，如有质量问题请与本社营销中心联系调换
电话：010-84083683
版权所有　侵权必究

序

　　这是一本以历史唯物主义的观点研究20世纪40年代中国自由主义文学的著作。

　　自由主义文学，是现代中国介于左右两极社会力量中间的一种特殊的文学思潮。从属于这一思潮的作家一般都深受西方自由主义思想的影响，专注于中国反封建的国民性改造，探讨人性的主题，反映自然人性的优美和乡村民风的淳朴，而在文学批评中又大力提倡宽容的精神。它的最大成就，其实是许多作家在创作中以艺术化的人生态度，闲适的心态、丰富的情趣、博学的知识，在任性闲话的语调里记录下隽永的人生况味，而又能以开放的气度吸收古今中外的优秀文化，熔铸成各自不同的创作风格，甚至创造出了文体之美。

　　人们不难从中理解中国自由主义文学为什么经常引起争议了。它从五四革命民主主义文学中分化出来，继承五四文学的反封建传统，却要在光明与黑暗、进步与反动的激烈斗争中超然于现实政治之外，所属的作家大多执意捍卫个人的尊严与自由，崇尚文学的美，反对政治对文学的干涉，这就使他们在革命时代常常身不由己地陷入、有时也主动地挑起文学与政治的争论。左翼阵营因此要批评他们远离时代的斗争，而国民党当局又对他们就现实的政治黑暗所做的批判多有忌恨，看不顺眼。

他们就这样夹在两大政治力量的中间，作为中间派的文学左右为难，却又始终不肯放弃文学的理想。

中国自由主义文学的这种坚守，折射出了现代一部分知识分子不谙世事的天真，同时也彰显出他们忠于自己文学理想的单纯。这些作家，许多经历了时代浪潮的洗礼，依据他们内心的纯真信仰和对历史大势的认识，思想发生了变化，最终汇入了人民文艺的大潮，为新中国的文艺发展和美学建设做出了贡献。

中国自由主义文学的复杂性，复杂在纠缠进了特定时代这种文学与政治的关系。革命时代不同的社会力量向文学要求什么，这成为中国现代文学史上文学观念的冲突和对文学作品评价发生歧义的一个根本原因。矛盾的焦点，是你要文学的美，还是要文学的武器？从理论上把这两者统一起来好像并不困难，因为我们在总结了经验教训后特别强调作家要遵循艺术创作规律，同时又要有为人民服务的自觉。可是事实上，由于受不同政治立场的制约，在社会革命时期要在这样的观念上达成共识依然是困难重重的，甚至可以说不可能存在达成广泛共识、普通认可的文学观念。而在创作实践中情况更为复杂，因为哪怕认可同一文学理念的作家，一旦要把理念落到实处，他们依然会产生认识的差异，造成在生活和艺术关系理解上的个性化倾向，仍有可能发生冲突和争论。这些冲突在许多时候，特别是在20世纪40年代中国面临往何处去的关键时刻，都是围绕重大的政治问题发生的，因为它所涉及的文学与政治的关系在那个时代，本身就是一个严重的政治问题，任何一种观点都可能引起不同阶级的强烈反应。这种情况，对当时的作家和文艺家是一个巨大的考验，对今天的研究者也构成了重大的挑战。

我感觉十分欣喜的是，王俊面对这样的挑战，按照历史唯物主义的观点，把问题提到当时的语境中去，又站在21世纪人们总结了历史的经验教训后所达到的思想高度，进行实事求是的分析研究。在厘清了20世纪40年代的文学环境之后，他坚持用历史的、审美的标准审视自由主义文学在这一环境中所做的思想和艺术探索，不回避他们当时在激烈的政治斗争中难免遭遇的尖锐批评，但又强调问题其实并非那么简单，因为这些作家的创作分明包含了反封建、反专制的进步思想，而在艺术上又做了创新的努力，取得了不俗的成就。这些作家、作品，到了今天这样的新的历史时期，人们与当时的政治斗争已经有了时间的距离，从而能以一种更为客观、更符合文学的审美规律的眼光来观看的时候，其争取自由与光明的人生理想和关注生命、尊崇人性的高贵，反映生活有情的一面，便显示出了艺术的独到价值和对于历史的积极意义。

王俊尽力避免受研究对象魅力的影响，以历史主义的态度面对自由主义文学的复杂性，肯定其成就，又不回避其缺陷，努力展示研究对象的历史面貌及当代意义，这样的治学态度其实还体现在他追踪20世纪40年代中国社会天翻地覆的变化，跟进考察自由主义文学的变化以及它在国统区、解放区等不同区域的不同际遇和一些作家的不倦探索，在时代的选择中评价其命运的归宿的历史的地位。这是需要学术勇气和审美眼光的，可以说他的这本专著，正是坚持历史的、审美的批评标准所取得的一个很有价值的成果。

王俊从硕士到博士都跟我学习，是我指导的比较早的研究生。在学生阶段，他就十分勤奋，显示出较强的理论思辨能力。他平时话语不多，但在学术问题上我们多有交流。记得在校时期他撰写了多篇文章，其中《如何"现代"，怎样"中国"？——新保守主义与全球化语境中的中国现代性问题》发表在《江汉论坛》，后又被中国人民大学《复印报刊资料》哲学原理卷全文转载，受到学界的好评。

今天，他的博士学位论文经过多年的沉淀和打磨就要出版了，要我写几句话，我就写一点我对这个问题的思考，但显然是很粗疏的。若要了解 20 世纪 40 年代中国自由主义文学的复杂性，其探索与发展过程的艰难性，它的成就和教训，我还是要认真地推荐各位读一读这本专著。

是为序。

陈国恩

2018 年 5 月 25 日

于武汉大学珞珈山麓

目　录

引　言 ……………………………………………………… 1

第一章　压力与挑战 …………………………………… 14
第一节　20世纪40年代的现实政治 ……………………… 15
第二节　文学的统制 ……………………………………… 30
第三节　文学的位置 ……………………………………… 40

第二章　国统区："旧调"与"新声" …………………… 54
第一节　发现文学的"弊"与"病" ……………………… 55
第二节　自由主义文学运动的重造 ……………………… 67
第三节　向远景凝眸：20世纪40年代的沈从文 ………… 90

第三章　沦陷区：在"言"与"不言"间 ……………… 108
第一节　在夹缝中生存的自由主义文学 ………………… 109
第二节　张爱玲：自己的文章与时间的荒野 …………… 131
第三节　钱锺书：忧愤之书与潜在写作 ………………… 149

第四章　左翼的异端：有"问题"的个人主义 ………………… 163
第一节　阐述"遗产"与重塑"传统" ………………… 165
第二节　"正统"与"逆流" ………………………………… 180
第三节　"政治家"与"艺术家" …………………………… 198

第五章　命运抉择：自由主义与中间路线 ………………… 222
第一节　文人议政与"自由"的政治 …………………… 223
第二节　作家的"变"与"不变" ………………………… 243
第三节　重构文学自由主义的理念 ……………………… 270

结　语 …………………………………………………………… 294
参考文献 ………………………………………………………… 299
后　记 …………………………………………………………… 306

引 言

一 自由主义与自由主义文学

在研究中国自由主义文学的时候，首先需要思考的是，何谓自由主义文学？它和自由主义究竟是一种什么样的关系？

英国政治哲学家约翰·格雷认为，作为一种西方现代政治理论，尽管自由主义存在不同的思想脉络和区域性的差别，它还是有与其他知识传统、政治运动相区别的独特传统。这个独特传统就是：个人主义、平等主义、普世主义和社会向善论。无论是早期的洛克、亚当·斯密，还是现代的柏林、哈耶克，西方自由主义的政治思想中一个最基本的理念是个人自由优先。自由主义的政治意味着宪政秩序下个人自由的优先性。政府的权力和权威均受到以宪法为主导的政治体制的限制。在这种体制下，"个人自由和人人平等都能够得到尊重"[1]。也就是说，在西方自由主义的政治理念中，自由首先意味着个体的自由。自由主义也就意味着个人主义的自由主义。用以赛亚·柏林的话说，"自由的根本意义是（个体）挣脱枷锁、囚禁与他人奴役的自由。其余的意义都是这个

---

[1] ［英］约翰·格雷：《自由主义》，曹海军等译，吉林人民出版社2005年版，第127页。

意义的扩展或某种隐喻"①。

　　西方自由主义思想中的个人自由的优先性，在严复看来即是群与己的关系问题。中国知识分子也常常从个人与社会、国家、集体的关系上来理解自由主义的个人自由的优先性。在一篇介绍西方自由主义的演变史的文章中，作者就认为，社会是由个人组成的，没有个人就没有社会。所以，个人的自由与个人自由的结合统一程度就成了社会发展的决定因素。② 在倡导"易卜生主义"时，胡适也认为社会是由个人组成的，所以社会的进步与发展取决于个体的发展。在拥有自由的基础上，个性获得充分发展，然后，个体承担起推动社会发展的责任和义务。用易卜生的话说是"要有益于社会，先要救出自己"③。因为意识到个人自由优先性的特点，所以包括胡适在内的一些知识分子干脆将自由主义称为个人主义。不过他们也意识到个人的自由是有限度的，所以他们又常常将极端的个人主义（无政府的个人主义）和自由主义的个人主义区别开来。对蒋梦麟来说，自由主义维度上的个人主义是一种介于极端的个人主义和极端的国家主义之间的"中正和平之个人主义"，"英美的平民主义是也，Democracy"。国家和社会保障个人的自由，个人担负起维护国家发展的责任。他特别拈出个性主义（Individuality）与个人主义（Individualism）相对照，暗示前者是后者充分发展的结果。④ 胡适则引用杜威的观点，将个人主义区分为真假两类。假个人主义（Egoist）即唯我主义的利己主义。真个人主义即个性主义（Individuality），"一是独立思想……二是个人对于自己思想信仰的结果要负

---

① ［英］以赛亚·柏林：《自由论》，胡传胜译，译林出版社2003年版，第54页。
② 邓黄飞：《个人主义的由来及其影响》，《东方杂志》1920年，第19卷第7号，第35—43页。
③ 胡适：《易卜生主义》，《新青年·易卜生专号》1918年，第4卷第6号，第503—504页。
④ 蒋梦麟：《个性主义与个人主义》，《教育杂志》1919年，第11卷第2号，第28页。

完全责任，……只认得真理，不认得个人的利害"。这样的个人主义又被称为"健全的个人主义"，也就是蒋梦麟所说的"中正和平的个人主义"。所以，在胡适看来，真的个人主义即"健全的个人主义"，亦即个性主义——个人的个性获得健康全面发展，也就是自由主义。自由主义/个人主义的神髓是"承认个人的思想自由和言论自由"①。

显然，在以胡适为代表的中国自由主义知识分子看来，个体自由的优先性首先意味着个性解放和思想解放。个体从封建主义等奴役中解放出来，形成独立的人格和自由的思想，使人成为真正意义上的人。所以，在中国语境中，自由主义被更具体地理解为人的解放，即个体的彻底解放。而且，在任何时候，个体的解放都具有优先性。同时，拥有自由的个体还应当承担社会责任。更具体地说不仅是自己获得解放，也应当使别人获得解放。

相对于自由主义的政治思想，自由主义文学显然是一个更本土化的概念。本土化并不代表着传统，毋宁说它是一个活生生的现代概念，它是在后设的立场上对中国现代文学史上一种重要的文学现象的命名。20世纪80年代以后，较早对自由主义文学进行专题研究的是刘川鄂先生。他从作家、作品和文学思潮三个层面来界定自由主义文学，认为那些"远政治近艺术""具有独立性"的作家创作的，"具有较浓厚的超功利色彩、专注人性探索和审美创造的文学作品"及相关的文学现象就是"自由主义文学"。他倾向于将自由主义文学视作始终带有"边缘性"的文学思潮②。王毅先生则暗示，自由主义文学对中国现代文学史的命

---

① 胡适：《个人自由与社会进步——再谈五四运动》，《独立评论》1935年第150号，第2—5页。
② 刘川鄂：《中国自由主义思潮与自由主义文学》，《中国现代文学研究丛刊》1998年第3期，第181页。另见刘川鄂《中国自由主义文学论稿》，武汉出版社2000年版，第21页。

名的有效性，取决于它与其他文学思潮的"对比与对抗"①。也就是说，自由主义文学本身的特质是在与其他类型文学的相互参照中体现出来的。吴福辉先生对这一概念的界定表现出审慎的态度。在他看来，自由主义文学的命名仍然是从社会政治思潮的角度切入的。这样一来，不仅"丰富复杂的二十世纪文学历史的本身，又存在了被政治思想式的定名重新简单化的危险"，而且文学史也有重新沦为政治思想史的附庸的危险。②洪子诚先生也认为自由主义文学是一个"政治性质的概念"。这意味着：第一，作家本身的政治立场是自由主义的；第二，作家的文学主张和文学创作体现出自由主义的特色来，比如宽容、公平，文学的多元化，艺术的独立性等。③他还提醒我们，看似水火不容的自由主义文学与左翼文学之间有时候暗自分享着共同的立场，比如它们都反对文学的商品化。支克坚先生强调，不能仅仅以赞成还是反对文学与政治结合来区分左翼文学与自由主义文学，也不能要求自由主义作家完全熟知西方自由主义的要义，有完整的自由主义世界观。"只看看他们是怎样因资产阶级民主个人主义的立场或思想影响，而难以跨越同革命之间的那道鸿沟，又怎样在社会改造问题上，在对待人生的态度上，在文学艺术的追求上，表现着这个立场或思想影响的特点，就可以了。"④

　　无论是对自由主义文学这一命名持肯定的态度，还是持谨慎的态度，研究者均认为，作为一个本土化的概念，中国自由主义文学与西方自由主义政治思想有着密不可分的关系。套用朱光潜的话说，自由主义

---

① 王毅：《中国自由主义文学思潮的阶段性特征》，《中国现代文学研究丛刊》1997年第2期，第177—178页。
② 吴福辉：《中国自由主义文学的评价问题》，《中国现代文学论集：研究方法与评价》，香港中文大学中国语言及文学系1998年版，第71页。
③ 洪子诚：《问题与方法：中国当代文学史讲稿》，北京大学出版社2010年版，第168页。
④ 支克坚：《中国自由主义文学在昨天和今天》，《中国现代文学研究丛刊》2003年第1期，第31—32页。

文学与自由主义政治思想好比树与土壤。因为后者提供的丰富滋养，前者才获得了生机与活力。[①] 问题是二者到底存在着怎样的契合？陈国恩先生在谈到中国自由主义文学时，主张将这一个概念置于中国现代文学的历史脉络之中。从更宏观的角度来说，自由主义文学是"现代中国介于左右两级（极）社会力量中间的特殊的文学思潮。"这意味着自由主义作家和自由主义文学具有"中间位置"。"中间位置"不是调和与中庸，而是一种独立位置。在他看来，自由主义文学继承的是"五四"文学中个性解放（人的解放）的传统，而弱化了"五四"文学着眼于思想改造的承担意识。所以，自由主义文学表现出与时代主潮流保持距离和追求心理自由的倾向。[②] 也就是说，自由主义文学所承继的人的解放的文学传统，与中国自由主义知识分子将个体自由的优先性理解为个体的彻底解放是相契合的。也是在这一点上，自由主义与自由主义文学呈现出密不可分的关联。换言之，在中国的历史语境中，自由主义和自由主义文学的自由的特质均体现为个体的解放与个性的发展。它们弱化了社会改造的传统，并不代表它们抛弃了这一传统。只不过在社会改造和个性解放之间，它们首选的是个性解放。

在本质上来说，中国自由主义文学是一种"人的文学"，它的自由的特质主要体现在人（个体、个人）的解放之上。套用袁可嘉的话说，在文学与人生（现实）的关系或功用上，自由主义文学坚持的是以人（个体、个人）为本位或以生命为本位；在文学作为一种艺术活动与政治、商业等其他活动的关系上，自由主义文学坚持的是以文学为本位或以艺术为本位。[③] 这就意味着文学和作家是自由和独立的，作家在文学

[①] 朱光潜：《我对于本刊的希望》，《文学杂志》1937年第1卷第1期，第2页。
[②] 陈国恩：《论中国"自由派"文学》，《贵州社会科学》1997年第4期，第48页。《新华文摘》1997年第10期全文转载。
[③] 袁可嘉：《"人的文学"与"人民的文学"》，《大公报·星期文艺》（津）第39期，1947年7月6日第6版。

中始终给予的是对个体生命的价值和尊严的尊重与关怀，以及对个体的自由与解放的终极期许。个体始终在文学或作家的视野中占据第一的位置。自由主义文学是自由的文学和文学的自由的统一。

二　20世纪40年代自由主义文学的独特性

自由主义文学在中国有一个酝酿和发展的过程。它在20世纪20年代初孕育，到20世纪20年代末获得了独立的形态，[①] 进入40年代则到了一个新的发展时期。

此处所说的40年代是特指从抗战爆发到中华人民共和国成立这一时间段，即通常意义上的中国现代文学的第三个"十年"。尽管整个40年代一直在战争的笼罩之下，政治斗争始终是自由主义文学所必须面对的外部压力，但是自由主义文学仍然表现出在自由的文学和文学的自由上的自觉。

比如，这一时期的沈从文和梁实秋同时对国民党的"文艺政策"表示质疑并进行批判。他们不希望给文学条条框框的限制，也不希望作家听命于外在的指令。文学创作是自由的。沈从文和萧乾都反对文学上的集团主义，主张文学上的自由竞争与包容异己的精神。他们希望作家是超党派的，即处于独立的位置。文坛应是多元化的，用萧乾的话说是贵族的芝兰和平民的向日葵的并立。[②] 朱光潜则明确地提出自由主义文艺的主张。在他看来文艺不能被外在的力量奴役，走它不想走的方向。他和袁可嘉均从文艺心理学的角度来建构一种本体论意义上的自由主义文学。他们均强调文学的创作过程是一个特殊的心理过程。在朱光潜那里，这是一个直觉的或者想象的过程。"直觉或想

[①] 陈国恩：《论中国"自由"派文学》，《贵州社会科学》1997年第4期。
[②] 《中国文艺往哪里走？》，《大公报》（沪）1947年5月5日第2版。这篇文章当时以社评的形式发表，没有署名，作者实为萧乾。

象的特性是自由，是自生自发"，所以文学本身是自由的。①袁可嘉则借用瑞恰慈的最大量的意识和综合心理学等，将文学视作一个自由想象的过程。在左翼文学的"人民的文学"大有一统天下的情况下，袁可嘉还有意识地提出"人的文学"的概念。正如笔者在上面已经提及的，在"人的文学"的命题中，袁可嘉强调文学应当以生命为本位、以人（个体）为本位与以文学为本位、以艺术为本位。他又将诗与民主直接联系起来。对他来说，民主不再是一种狭隘的政治制度，而是"全面的一种文化模式或内在的一种意识状态"。它要达到的是在不同中寻求和谐，在矛盾冲突中求得平衡，所以它具有包容异己和保障个体的独立等特性。而现代化的诗歌追求的正是生命中意识的最大量。在最大量的意识的相互冲突和矛盾中，生命的各种经验彼此融合，最终走向和谐。所以，诗歌也具有包容异己等民主精神。②袁可嘉和杨振声还将文学批评和自由民主联系起来。在他们看来，批评即是自由民主精神的化身。批评意味着倾听不同的声音，并使它们彼此争论、辩驳。民主尊重知识和理性，讲究容忍异己和否定一切暴力。同时，民主和批评都尊重选择的自由，个体可以在不同的声音中自由选择。所以，真正意义上的文学批评和自由民主在精神上是一致的。③由此可见，20世纪40年代的自由主义作家对文学自由的探讨达到了一个更为成熟的阶段。

这种理论探讨，也体现在创作实践中。比如，到20世纪40年代，在国统区的梁实秋和沦陷区的张爱玲、苏青等都不约而同地将目

---

① 朱光潜：《自由主义与文艺》，《周论》1948年第2卷第4期，第9—10页。
② 袁可嘉：《诗与民主：五论新诗现代化》，《大公报·星期文艺》（津）第101期，1948年10月3日第4版。
③ 参见袁可嘉《批评的艺术》，《大公报·星期文艺》（津）第93、94期，1948年8月8日、15日第4版。袁可嘉：《批评与民主》，《民国日报·文艺》（北平），1948年5月7日。杨振声：《批评》，《经世日报·文艺周刊》（北平）第2期，1946年8月25日第4版。杨振声：《被批评》，《经世日报·文艺周刊》（北平）第4期，1946年9月8日第4版。

光转向日常生活，试图在那里发现永久的人性。梁实秋的"雅舍小品"系列正是这样一种有意识的美学追求。成名于上海完全沦陷后的张爱玲，在追求力之美的文学主流之外，开拓出苍凉的美学风格。冯至则试图在普通的自然生命中发现日常的哲理。沈从文也试图超越此前的牧歌风格，希望能够用文字重铸民族的百年经典，来诠释生命的极致——美和爱。

同时，在20世纪40年代的自由主义文学中还凸显出了追求个体自由的主体。崛起于40年代国统区的无名氏和徐訏，在"国族至上"的主流之外，开拓"新个性主义"的文学道路。在以情爱为主调的小说中，他们所追求的是个体的"人格自觉和个性尊严"。无名氏笔下的印蒂，在穿越生命中的一段段旅程的过程中，体验革命、爱情、宗教等的价值与意义。冯至的《伍子胥》，在逃亡之旅的背后，是个体一次次的选择与决断。在钱锺书的《围城》中，方鸿渐身上呈现出的是个体深陷在爱情、婚姻、人际关系等所交织的网络之中，无法自拔的困境。不自由的背后潜藏的是对个体自由的诉求。

也是在20世纪40年代，在一部分左翼作家身上呈现出自由主义文学和左翼文学相互调和的倾向。比较明显的是国统区的胡风和延安文艺座谈会召开之前的丁玲、王实味、艾青以及萧军。相较于自由主义文学，他们强调左翼文学的革命立场。而相对于毛泽东话语所代表的左翼文学正统，他们又试图维护文学的相对独立性。他们试图接续以鲁迅为代表的"五四"文学传统，尤其是个性解放的传统。他们积极发扬鲁迅的对内批判精神，试图通过对革命体制的批判，来达到一种"革命内部的革命"，将个体从封建主义的精神奴役下彻底解放出来。在这一点上，他们体现出了与自由主义文学的趋同性。同自由主义作家一样，他们强调个人解放的优先性。只有先将人性从历史暴力的斫伤中解放出来，才能更好地解放社会。在萧军和路翎笔下的蒋纯祖身上都非常明显地表现出对个体的独立和自由的追求。不过，即使他们遭到来自左翼文学正统的批判，他们也并未放弃自己的左翼文学的立场。他们常常以左翼正统的姿态，对自由主义作家展开严厉的批判。在这一点上，他们显示出了文学上的独断性的一面。所以，尽管他们身上呈现出自由主义文学的元素来，但仍然属于左翼文学。

三 进行专题研究的意义

从20世纪90年代还只是一个"潜在的引人瞩目的课题而已"[①]，到今天成为学界所关注的较为热门的论题，中国自由主义文学研究在十年之内，取得了相当不错的成果。无论在深度和广度上，自由主义文学研究均有了很大的突破。既有针对作家的个案研究，比如胡适、周作人、沈从文、梁实秋等人的自由主义文学研究，也有针对某一时段的自由主义文学研究，比如20世纪30年代和1945—1949年的自由主义文学研究。也有一些研究者以文学期刊或者报刊的文学副刊为依托，来研究作家的自由主义文学实践。也有研究者将目光聚焦在自由主义作家在中华人民共和国成立前后的思想转变。更有论者将鲁迅引入自由主义文学研究当中，试图突破当下自由主义文学研究的某些规范。这些研究无疑都有力地推动了中国自由主义文学研究的进程，并为后来的研究者提供了可资借鉴的宝贵经验。

首先，在这些研究中也存在一些问题。比如作家的个案研究，很容易将作家从具体的历史语境中抽离出来，仅仅是就事论事，就人论人，而忽略了作家的自由主义文学实践所蕴藏的丰富的历史性与时代性。即使一个时段性的自由主义文学研究，也往往只是局限于自由主义文学范

---

① 吴福辉：《中国自由主义文学的评价问题》，《中国现代文学论集：研究方法与评价》，香港中文大学中国语言及文学系1998年版，第69页。

围之内，就自由主义文学而谈自由主义文学。这也容易忽略自由主义文学与其他类型的文学在某一具体的历史语境中的"相互对话"，甚至忽略自由主义文学对时代、社会的回应。尽管自由主义文学可能与时代主潮、时代主流保持了一定的距离，但并不意味着它漠视现实人生。只不过自由主义作家试图以有别于文学主流之外的姿态来回应时代，观察社会。沈从文在20世纪40年代积极实践的社会重造、国族重造的文学命题就是一例。虽然自由主义作家坚持文学相对于政治的独立性，但是并不意味着他们本身没有政治立场。很多研究者常常将自由主义作家形塑为纯艺术或纯文学作家的形象，似乎这些自由主义作家永远将政治拒于千里之外，而忽视了他们的政治观。吴福辉先生就提醒我们，研究者应当注意"一个作家的政治思想，他的历史性价值、哲学性价值以及他的文学价值是如何经由文学方式进入作品当中，而最终成为其文学审美价值的"[①]。所以，对20世纪40年代的自由主义文学研究展开，也应极力避免上面所存在的问题。

正如笔者在上面已经提及的，20世纪40年代的自由主义文学表现出高度的自觉性。甚至可以说，自由的文学和文学的自由成为自由主义作家的一种自觉的"审美追求"或者"审美风格"。袁可嘉和杨振声均将文学创作（包括文学批评）视作一种民主与自由意识的审美想象。徐訏和无名氏的"新个性主义"，更是将个体自由的优先性变成他们文学想象中一个最重要的主题。在沈从文、冯至、张爱玲、钱锺书等人身上表现出来的高度个人化的风格，在将文学实践变成一种充满个体能动性的生命体验的同时，也是一种试图将文学格局推向多元化的积极实践。从这个角度来说，研究20世纪40年代的自由主义文学可以更好地理解文学的"自由主义"的含义。

---

① 吴福辉：《中国自由主义文学的评价问题》，《中国现代文学论集：研究方法与评价》，香港中文大学中国语言及文学系1998年版，第71页。

引　言

其次，从整个中国现代文学史的发展来看，20世纪40年代是中国现代文学格局转变的关键时期，也是自由主义文学发展的一个关键阶段。自由主义文学不仅要面临两次战争所带来的包括个人生活在内的种种压力，也要直接面对左、右两方面在文学"一体化"上带来的压力。同时，自由主义文学本身也存在着自我超越的问题。比如沈从文在20世纪40年代的文体风格上的显著变化，一方面是对30年代的牧歌风格的超越，另一方面也透露出在进行自由主义文学实践时所面临的表征的危机，即如何用更合适的"文""体"来表现"魂"。因此，从40年代的自由主义文学中，我们可以更好地来观察自由主义文学如何回应来自外部的压力与挑战，如何处理文学与现实政治的关系，如何形成独立的文学传统，如何拓展自由主义文学的新局面，以及自由主义文学与自由主义知识分子在中国的独特命运等问题。

再次，在创作上，20世纪40年代的自由主义文学取得了较高的成就。无论是冯至的《十四行集》，穆旦等更年轻的诗人创作，梁实秋的"雅舍小品"系列，还是钱锺书、张爱玲、师陀、无名氏等人的小说，都在他们各自的文学类型方面达到了相当高的水平。甚至可以说正是因为他们的出现，中国现代文学在20世纪40年代跃升到一个相对较高的水准。而且，40年代的自由主义文学还表现出了鲜明的时代特色。这一点在沦陷区作家的身上表现得尤为明显。张爱玲、苏青在上海沦陷后的创作，一方面表现出作家在政治高压的生态环境中，积极寻找自由地表达自我诉求的文学尝试；另一方面又以高度个人化的生命体验展现出（女性）个体对自我与历史现实之间关系的解读。用一位研究者的话说，她们没有直接控诉战争如何瓦解了日常生活，相反却试图表明在一个危机四伏的时代中，当外部世界渐渐分崩离析时，个体对现实人生（包括战争、战争背景中的都市生活）有了更为弥足珍贵的生命体验。她们口口声声地"私语"，实际上"精心营造的却是战争叙事"。这也使得她们的文学实践在超越种种束缚的同时，带有了文化抗议的象征意味。"私语"不再是一种对外在现实的消极逃避，反而成为一种"颠覆政治控制体系和参与当前重要政治对话的手段"①。冯至的《十四行集》本身也是个体对战争的生命体验的结晶。这些都意味着20世纪40年代的自由主义文学具有了某种相对独立性，可以作为一个相对独立的发展阶进行专题研究。

最后，对20世纪40年代的自由主义文学展开专题研究，我们还可以更好地来审视自由主义文学和左翼文学之间的微妙关系。尤其是像国统区的"七月派"作家和延安文艺座谈会之前的丁玲、王实味、艾青等，一方面他们以左翼文学正统自居，对自由主义文学展开严厉批判，另一方面他们又遭到毛泽东话语所代表的左翼文学正统的严厉批判。在左翼文学内部，他们反倒表现出对个体的自由和文学的相对独立性的坚守。萧军无论是在抗战时期的延安还是在抗战胜利后的东北解放区，都强烈地表现出对个体的独立和自由的坚持。正是胡风、萧军等所表现出的左翼文学和自由主义文学彼此调和的倾向，提醒我们研究对象的复杂性。历史不应当被简单化。自由主义文学与左翼文学之间也并非像我们想象的那样泾渭分明。左翼文学也不是铁板一块。更重要的是，正是将胡风等人纳入20世纪40年代自由主义文学的研究视野中（纳入并不等于承认他们就是自由主义文学），我们可以将自由主义文学的研究推向一个更深的层面。比如，究竟是什么使得胡风等人在左翼文学内部呈现出自由主义的色彩来？他们和左翼文学正统的分歧在哪里？他们和自由主义文学的分歧在哪里？能否说他们就是自由主义文学？对于这些问题的回答，不仅是对自由主义文学的理解的深化，还是对中国现代文学史的深入思考。

---

① [美]黄心村：《乱世书写：张爱玲与沦陷时期上海文学及通俗文化》，胡静译，上海三联书店2010年版，第30、31、43、44页。

引　言

　　正像一些学者所指出的，自由主义文学的自由的特质是在与其他类型文学的"对比和对抗"中体现出来的。所以，在研究20世纪40年代自由主义文学时，笔者试图将40年代自由主义文学放置在一个具体的历史语境中来考察。笔者关注的不仅仅是自由主义文学本身的发展演变，还是其与时代、社会之间所存在的微妙的关联。40年代的现实政治的大环境究竟给自由主义作家带来了怎样的压力和挑战？40年代自由主义作家究竟通过怎样的文学方式来表达他们和所身处的时代、社会乃至其他文学类型的联系？

第一章　压力与挑战

在抗战爆发前夕创办，在古都北平沦陷后停刊的《文学杂志》，对中国自由主义文学具有文化征候的意义。尽管当时只出版了4期，却聚集了包括胡适、周作人、沈从文、朱光潜等一批有着重要影响的自由主义作家。

创刊号上，朱光潜的一篇《我对于本刊的希望》，表面上是关于如何办刊的个人表白，但在文中以"我们"自居的口气，暗示出这是一个群体的共识，毋宁说也是他们对文学的自由和自由的文学的理念的阐释。

朱光潜主张让各种不同的思想学派存在发展，使其相互交锋。在激烈的交锋中，遵守应有的原则："公平交易"与君子风度。即你要自由，也应该尊重别人的自由。"我们对于文化思想运动的基本态度，用八个字概括起来，就是'自由生发，自由讨论'。""自由生发，自由讨论"正是一种宽容异己、平等待人的自由主义思想。在文艺上，他主张应该"多探险，多尝试，不希望某一种特殊趣味或风格成为'正统'"，应使文艺"有多方面的调和的自由发展"。即使是与自己不同的风格与趣味也应该持一种包容的态度，"互相观摩，互相启发，互相匡正"。因此，他将《文学杂志》的风格定位于"宽大自由严肃"①。

　　战前出版的《文学杂志》，既是自由主义作家重整队伍的努力，也是他们试图建设健康、纯正与热诚的中国新文艺——自由主义文学——的实践。这种努力与实践却因为抗战的爆发而被迫终止。团聚在其周围的作家在战争的冲击下风流云散。如果说《文学杂志》的创刊，是自由主义文学在抗战之前的一次集结号，一次颇有高潮意味的大会演；那么其在抗战爆发之后的停刊，也意味着一个高潮的被迫终结，预示了另一个时代的开始，自由主义文学进入与战争密不可分的20世纪40年代。问题是，对于自由主义文学和自由主义作家而言，40年代究竟意味着什么？长达8年的抗日战争，给自由主义作家和文学究竟带来怎样的影响？在这一章中，笔者试图勾勒出自由主义文学所处的政治的与文学的历史语境，以便更好地了解自由主义文学在抗战的大环境中所面临的压力和挑战。

第一节　20世纪40年代的现实政治

　　布尔迪厄将作家与现实环境的关系理解为一个文学场域，一个作家所处的文学空间。作家被周遭的现实网络所缠绕成为文学空间中的一个"点"。这个"点"实际上即是作家在现实环境/文学空间/文学场域中所处的位置。研究者找到了作家的这个"点"，也就意味着找到了一个介入文学空间的视角，从而可以"理解和感觉这个位置和占据这个位置

---

① 朱光潜：《我对于本刊的希望》，《文学杂志》1937年第1卷第1期，第8—10页。

的人的独特性及不同寻常的努力"①。这就意味着,进入20世纪40年代的自由主义,首先要寻找到它所处的那个"点"。实际上,确定作家所处文学空间的那个"点",还是要确定他/她周遭的现实环境。他/她所处的现实环境不仅影响着文学空间/文学场域的形成,而且也影响到了他/她所要占据的位置。因此,进入20世纪40年代的自由主义文学,首先也要进入它所处的那个现实环境。更具体地说,抗战的大环境对自由主义文学到底意味着什么?它们共同形成了一个怎样的文学空间/文学场域?它给自由主义作家带来的究竟是创作上的新的契机,还是更大的压力和挑战?抑或是二者兼而有之?要想回答这一切,首先要进入抗战的历史语境中。

一 民族主义

抗战的全面爆发,使中国人出现了前所未有的凝聚力和向心力。"国家至上,民族至上","抗战压倒一切",成为包括国共两党在内的不同群体与阶层的共识。为了建立抗日统一战线,中国共产党发表共赴国难的宣言,不仅承认三民主义为战时所共同信奉的主义,而且承认了国民党政府的领导权。用蒋介石的话说,这也是"民族意识胜过一切之例证"②。这种民族意识即是民族主义。正如杜赞奇所言,在一个共同的敌人面前,民族主义再次发挥了它包容差异的强大功能,将诸如宗教、种族、语言、阶级、性别等的差异"融合到一个更大的认同之中"③。这个更大的认同无疑是"民族—国家"。

在战争的现实环境中,民族主义更为具体的表现是个人与集体/国

---

① [法]布尔迪厄:《艺术的法则:文学场的生成和结构》,刘晖译,中央编译出版社2001年版,第5页。
② 也芙编:《蒋委员长抗战言论集》,民族解放社1938年版,第31页。
③ [美]杜赞奇:《从民族国家拯救历史:民族主义话语与中国现代史研究》,王宪明译,江苏人民出版社2008年版,第6、8页。

家之间关系的调整。人们在总结抗战的教训时认为,"个人利益和国家利益是绝对不可分的,国家要不能自由独立,则一切个人的财产企业都是一双'泥脚'"。也只有在民族危亡之际,人们才更深刻地认识到,"没有了国家,就没有个人,一切个人的利害要不建筑在国家的基础上,结果绝免不掉时代的冲刺"①。郁达夫认为,即使你身为富翁,钱存的是外国银行,当国家亡了,"你能一个人托庇于外人,仍做你的亡国富翁么?""总之,是先必须有了国,才可以有家。"②沈从文站在一个湘西人的立场,力劝湘西军人在国家危亡时刻,能够突破乡土意识、地方观念,意识到身为中国国民的责任,奋起而保家卫国。③甚至连国民党的胡汉民也说"如果要我们站在太阳旗下做奴隶,我们是宁愿站在红旗下面做一个中国人的"④。个人与集体/国家的关系成为皮和毛的关系。集体/国家是基础,如果没有这个基础,个体是不能生存的。

在个体和国族之间的关系上,郭沫若也主张:"应把有限的个体生命融化进无限的民族生命里去。"⑤"要建设自由的中国,须得每一个中国人牺牲掉自己的自由。每一个中国人把自己的一切都献给祖国的解放。中国得到自由,则每一个中国人也就得到自由了。"⑥国族的利益重于个人的利益,为了前者,后者必须做出牺牲。牺牲的合法性与合理性是不容怀疑的。如果说在郁达夫、沈从文、郭沫若等人的意识中,国族的解放正是为了个体的解放,所以个体既成了手段也成了目的,那么在"战国策派"的知识分子那里,个体仅仅只是手段,只是义不容辞

---

① 铸成:《抗战与复兴》,《国闻周报》1937年第14卷第47期,第3—4页。
② 郁达夫:《假使做了亡国奴的话》,《郁达夫全集·第8卷·杂文(上)》,浙江大学出版社2007年版,第281页。
③ 沈从文:《莫错过这千载难逢的报国机会——给湘西几个在乡军人》,《沈从文文集·第12卷·文论》,花城出版社1984年版,第361—369页。
④ 参见尚文《中国人自己的事》,《文汇报·世纪风》1938年3月11日第8版。
⑤ 郭沫若:《文艺与宣传》,生活书店1938年版,第36—44页。
⑥ 郭沫若:《要建设自由的中国(题词)》,《自由中国》1949年创刊号,第1页。

为国族献身的微末分子。

"战国策派"三剑客之一的陈铨认为,抗爆发之后,"中国最有意义,最切合事实的口号,莫过于'军事第一,胜利第一','国家至上,民族至上','意志集中,力量集中'"。他不是一般意义上地肯定国族至上的理念,而是将中国与世界联系起来。在他看来,处于战争中的世界呈现出的是"民族生存的竞争已经到了尖锐化的战国时代"。在这个混乱的"战国时代","民族主义至少是这个时代的金科玉律,'国家至上,民族至上'的口号,确是一针见血"。而"意志集中,力量集中"的目的是求得民族生存,并非什么"世界大同""正义和平""阶级斗争""个人自由"。① 个体献身于国族,仅仅是为了成就国族。献身的目的也只是为了国族而已,与自我的解放没有必然的联系。国族所代表的集体永远是高居在个体之上的"上帝""英雄"或者主宰。他/她只需要臣服,不需要质疑,也不需要反抗。个体仅仅只是工具。他实际上是将民族主义的思想置换为弱肉强食的唯力政治,对强势的"英雄崇拜"。陈铨的民族主义思想暴露出严重的反个人主义倾向。在《指环与正义》一文中,他强调,一国之内,应该讲正义,但国与国之间应该讲"指环",这指环代表的就是力量,说得更通俗一点就是军事实力。在民族主义的时代,指环的意义远远大于正义的意义。② 显然,民族主义在陈铨眼中变成充满铁血色彩的丛林法则。战争的目的与正义、自由、民主关系不大,主要还是为了在弱肉强食的竞争中胜出。

同时,陈铨还以民族主义的立场对"五四"展开批判,通过批判"五四"来批判个人主义。他认为,"五四"新文化运动的一个重要的错误是把集体主义的时代理解成了个体主义的时代。进入20世纪以来,

---

① 陈铨:《政治理想与理想政治》,《大公报·战国》(渝)第9期,1942年1月28日第4版。
② 陈铨:《指环与正义》,《大公报·战国》(渝)第3期,1941年12月17日第4版。

集体主义成为世界政治的主潮。"大家第一的要求是民族自由，不是个人自由，是全体解放，不是个人解放，在必要的时候，个人必须要牺牲小我，顾全大我，不然就同归于尽。"而"五四"所倡导的个性解放恰恰是逆时代潮流而行，反抗父权、反抗夫权等的流弊就是国人缺乏爱国热情，只有小我的观念，而无大我的体认。"五四"的另外一个错误是将非理智主义的时代视作理智主义的时代。反观西欧的文化发展史，进入18世纪以后，欧洲已经是非理智主义的时代。而"五四"却将西欧的理智主义引入中国。尽管后者对中国还是新的，但是在时间上已经滞后西方200年。而作为20世纪主潮的民族主义更是一种非理智主义，其民族意识"是一种感情，一种意志，不是科学"。其他的诸如战斗精神、英雄崇拜、美术欣赏、道德情操等，都是需要依靠"意志、感情和直观"来把握的。所以，他提倡所谓的狂飙运动，一个"是感情的，不是理智的，是民族的，不是个人的，是战争的，不是和平的"运动。反观"五四"，它却因为没有认清时代的性质，"在民族主义高涨之下，他们不提倡战争意识，集体主义，感情和意志，反而提倡一些相反的理论"①。"战国策派"的另一位战将林同济也将矛头直指追求个性解放的自由主义。他认为，正是因为英美自由主义过于重视个体的价值，造成了无序的现象，甚至引发了希特勒的独裁专制。②尽管他一再声称自己并不反对自由主义，但是，显然大有将自由主义污名化之嫌。貌似直陈自由主义的弊端，实际上是扛着红旗反红旗。

如果说在郭沫若、郁达夫、沈从文那里，"国族至上"的民族主义更多的是爱国主义，个体在国族面前既是手段/工具也是最终的目的的话，那么在"战国策派"这里，民族主义成为个体绝对臣服的"上帝"

---

① 编者（陈铨）：《五四运动与狂飙运动》，《民族文学》1943年第1卷第3期，第1—6页。

② 林同济：《关于自由主义（通信）》，《自由论坛》1943年第1卷第4期，第33—34页。

或者"英雄",他们用"国族至上"的名义试图将个体变成一个被规训的客体。在陈铨眼中,个人主义或者自由主义成了民族主义的对立面。他们的思想不仅是反自由主义的,他们的思想方式也是反自由主义的。

二 复古主义

抗战期间,国民党政府也极力提倡"国家至上,民族至上"的思想。不过他们大有借民族主义的旗号建设中国"本位文化"的企图。1938年3月31日,国民党提出了战时文化建设原则纲领。它重申,抗战时期的最高原则为"民族至上,国家至上"。战时的学校教育也应遵循以民族国家为本位。[①] 纲领规定,在战争期间文化工作的"中心设施"是建设以"民族国家为本位"的文化:"一为发扬我国固有之文化,一为文化工作应为民族国家而努力,一为抵御不适合国情之文化侵略"。"忠孝仁爱信义和平"与"礼义廉耻"成为首要提倡的文化建设目标之一,也被作为培养理想国民的生活、道德的主要目标。显然,尽管这份战时的文化建设纲领所依托的仍然是民族主义,但其大力要回归固有文化——"忠孝仁爱信义和平""礼义廉耻"——的倾向,却暴露出它的保守性。如果说它的重心是要重新回归传统,那么它指出的应当抵御的"不适合国情之文化"究竟指的是什么文化?

1942年5月1日,国民党的军事委员会在致教育部的密电中,对中国固有文化做了更为具体的说明,也触及了所谓的"不适合国情之文化"。除了再次重申固有文化即为以伦理哲学为基础的中国固有之哲学之外,英美自由主义与苏俄社会主义被视为对固有文化造成打击的"外

[①] 《中华民国史档案资料汇编·第五辑·第二编·文化(一)》,江苏古籍出版社1998年版,第1—2页。

第一章　压力与挑战

来思想"①。这个信息暗示，"不适合国情之文化"应当指的是英美的自由主义与苏俄的社会主义。

1943年9月8日，国民党又通过了《文化运动纲领案》。这个文化建设的方案，建构了以"仁爱"为思想基础的民生哲学以及以民生哲学为基础的文化哲学。在伦理建设的规划中，三民主义的教义被提到了神话的地位，成为一种救国救世界的信仰。"国家至上，民族至上"为建国的基本目标，"忠孝仁爱信义和平"和"礼义廉耻"被作为"律定群己关系的共同标准"，并积极倡导"中华民族以诚为本、以公为极的智仁勇的精神"。个人主义被视作自私自利的代名词而受到批判，并视其为革命建设的障碍。②显然，在国民党所要极力推行的文化建设中，民族主义并没有展现出其在战争的特殊语境中，所应该展现出来的爱国主义的激情与冲动。它反而成为国民党推行复古主义的一个幌子。在民族主义的大旗下，国民党将传统伦理道德再次作为规范个体与群体关系的规则，毋宁说也是试图将个体纳入一个纲常伦理为基础的社会秩序之中。它所暴露出来的问题，不仅仅是文化上的复古主义，还有反个人主义与反自由主义的强烈倾向。它所要达到的不是个体的再解放，而是个体的臣服与规范。

将国民党的复古主义推向极致的是，战时中国的最高领袖蒋介石的《中国之命运》。在这本书中，"国父"的革命史被演绎为一个关于中华民国的开国神话。在蒋介石眼中，饱受外强蹂躏的中国近代史成为"文明的冲突"：西方列强的入侵造成了中国固有的伦理道德价值的失序："上下相蒙，左右相欺……视骨肉如路人，视同胞如敌寇。甚至可以认贼作父，觍颜事仇，逆伦反常，而不自知其非。"③其实，蒋氏真正所

---

① 《中华民国史档案资料汇编·第五辑·第二编·文化（一）》，江苏古籍出版社1998年版，第15—16页。
② 同上书，第28—29页。
③ 蒋中正：《中国之命运》，正中书局1943年版，第67页。

要抨击的目标不在不平等条约，而是伴随西方入侵而来的西方的思想文化。于是，自由主义与共产主义被点名批判。在蒋氏看来，自由主义与共产主义对中国文化都有隔膜之感，它们都不能真正代表西方文化，只不过是西方文化的皮毛而已，同时又并未给中国的发展带来什么好处。因此，"这些学说和政论，不仅不切于中国的国计民生，违反了中国固有的文化精神，而且根本上忘记了他是一个中国人，失去了要为中国而学亦要为中国而用的立场。其结果……使中国的文化陷溺于支离破碎的风气。在这种风气之下，帝国主义文化者文化侵略几易于实施"[①]。将西学东渐的过程描述为战争意义上的"（文化）侵略"，此间暴露出的是一种根深蒂固的文化保守主义。蒋氏认为中国未来的民主制度，"决不以欧美十九世纪个人主义与阶级观念为民主制度模型"。他将矛头对准自由主义，批评"天赋人权"之说，认为其不符合中国历史的事实。因为按照"国父"的说法，中国人不是不自由，而是自由太多了，所以才会一盘散沙，缺乏凝聚力，无法抵抗帝国主义的侵略。因此，要使中国人团结成一股力量，就必须打破"个人的自由"[②]。这样一种说法在民族危急时刻颇有市场。对中国人来说，一盘散沙，缺乏凝聚力，就是自由太多的表现。这样的观点实际上是对自由主义的一种误读。用倪伟的话说，中国人自由太多的"自由"并不是西方民主政治中的现代"自由"，"指的还是传统中国人的化外之民式的自在"，而"现代意义上的自由是在履行国民的基本责任的前提下由制度加以保护的个人选择和行动的自决权"[③]。

作为国民党的领袖，蒋氏大力倡导"忠孝仁爱信义和平"八德和"礼义廉耻"四维。忠孝是八德和四维的根本，个体要为国家尽忠，为

[①] 蒋中正：《中国之命运》，正中书局1943年版，第73页。
[②] 同上书，第182—183页。
[③] 倪伟：《"民族"想象与国家统制：1928—1948年南京政府的文艺政策及文学运动》，上海教育出版社2003年版，第32页。

民族尽孝。国家是个体的依托,因此,"国家政府的命令,应引为个人自主自动的意志。国家民族的要求,且应成为个人自主自动的要求"①。国族至上所代表的民族主义思想,本身还意味着个体既是手段又是目的。但是在蒋介石这里,民族主义被置换为规约个体绝对臣服于国家的传统道德价值规范。

民族主义在国民党手中成为一张复古主义的牌,也成为反对个人主义、自由主义的借口。在这一点上,蒋介石领导的国民党政府表现出对"五四"新文化运动的反动。他们所倡导的以民族国家为本位的文化,与其说是民族主义的表征,毋宁说是一种复古主义与保守主义的表现。其背后潜藏的还是对"一个政府,一个党,一个领袖"的独裁理论的推销。尽管国民党政府一直表示从训政转变为宪政,但从他们对个人主义和自由主义的敌视态度来看,他们仍然摆脱不了独裁专制的本质。

三 民主与独裁

颇有意味的是,在民族危急时刻,在一部分知识分子之间也引发了关于政治体制的讨论。20世纪30年代,随着中日矛盾日益突出,在胡适、蒋廷黻、钱端升等人之间曾经引发过一场关于民主与独裁的争论。蒋廷黻、钱端升等人认为,当下的中国更适合走极权专制的道路。政治上的极权不仅可以提高政治效率,而且可以使国家在政治上更有凝聚力。只有这样一种政治体制,才可以改变中国目前国势微弱的地位。胡适则站在自由主义的立场,反对实行反自由民主的专制政治。

抗战期间,民主与独裁的争论在知识分子之间再次出现。在整个世界反法西斯战争中,德意法西斯集团在军事上一度占据优势地位的形势,使知识分子之间出现了倾心独裁专制的主张。在他们看来,德意的

---

① 蒋中正:《中国之命运》,正中书局1943年版,第134页。

强势与英法的弱势，正说明了它们各自代表的政治制度的优劣。有的人干脆得出结论：独裁专制战胜了自由民主。在这样的国际背景中，中国如想更快地变成一个强势的国家，应该取法德意，而非英法。

战前主张中国走独裁专制道路的钱端升也旧调重提。他重申，大敌当前，中国的政治体制更应该采用一党专政的极权主义，而不是多党制。前者可以更好地将权力集中到一个中心点上，可以动用国家的力量来改造社会的生产制度和改善人民的经济生活。"今后的国家，如欲使社会进步，人民平等，则必须握有大权。"今日中国的现实环境则决定了不适宜实行多党制。如果实行多党制的话，反而会因为太多的政党之间的纠纷消耗国家的力量。与钱端升主张极权专制相似，在政治效率问题上，有人认为中国的政治效率过低，根本原因在于政治体制上权力过于分散。提高政治效率的最佳方式是采用权力高度集中的独裁政治。

但是，钱端升又不是一般意义上的支持独裁专制。他同时强调，国民党必须进行改革，真正实行三民主义，保障人民的言论自由等。他试图将独裁专制式的政治和民主政治结合起来。① 在他看来，尽管随着历史的发展，个人的私有财产权变得有些不合时宜，但是诸如言论自由、出版自由、集会自由、结社自由等是不会随着社会的变化而改变的。这些也是必须被保护的最基本的自由。他批评一些国民党人，将自由主义误解为放任，借以批判放任而否定自由主义的价值与意义。他们将个人自由与民族自由置于水火不容的位置，在抗战的大环境中，借助民族自由的名义而否定个人自由的重要性。② 钱端升还反对国民党打着抗战的旗号，实行思想上的统一。他认为，统一并非就等于一致，即使为了一致也不一定必须采用强制的方式。思想上的一致不仅违背了思想自由，而且事实上根本做不到。中国素有书生上书言事发表不同政见的传统，

---

① 钱端升：《一党与多党》，《今日评论》1940年第4卷第16期，第5—7页。
② 钱端升：《论自由》，《今日评论》1940年第4卷第17期，第270—272页。

尤其是现代知识分子是不会做应声虫的。思想自由乃是自由中最为重要的，民族的思想文化能够有长远的进步，也取决于个人的思想自由。因此，政府不应当用强迫的方法来取得思想的一致，相反，"思想自由与意见自由也是真正统一的必要条件"[①]。

显然，在钱端升身上表现出试图将独裁专制与自由主义的民主政治相互融合的倾向。这也是民族主义与自由主义在知识分子思想上的交锋。站在民族主义的立场上，即使采用独裁专制，他们希望国家能够更快地强势起来。同时，他们又试图保有个体最基本的权利。

一些站在自由主义立场的知识分子纷纷对独裁专制的主张做出了回应。罗隆基强调，民主政治与多党制是无法分离的。多党制即意味着执政党不能用自己的权力去干涉在野党，其一切行动都应在法律限制之内。执政党也应当是由投票选出来的。一党制就是独裁专制，它是不允许党外有党的。自由民主政治的特点主要体现在四个方面。一是政党获取政权的工具是人民选举的，而非依靠武力。在民主国家，军队属于国家，政党不能拥有军队。二是政党依靠政治纲领和政治政策来争取政权，而非分裂国家行政。三是党应当有党员来抚养，而非由国家来养党。国家的财政归国家共有。四是所有的政党在法律面前一律平等。

在罗隆基看来，钱端升所提倡的独裁专制与民主政治的并存或结合实际上是企图在二者之间走中庸之道。[②] 对于将政治效率的提高和独裁专制挂钩的做法，他认为它之所以是错误的就在于效率被误解为迅速敏捷。政治效率的测量标准不是时间、精力、物质等，而是社会福利。"政治上某一事件，社会以较少量的牺牲，换取较多量的福利，那是效率优良"，反之，就是效率低下。如果只是依靠大量的牺牲而换取了较

[①] 钱端升：《统一与一致》，《今日评论》1939 年第 1 卷第 1 期，第 3—5 页。
[②] 罗隆基：《中国目前的政党问题（上）》，《今日评论》1940 年第 4 卷第 24 期，第 376—379 页。罗隆基：《中国目前的政党问题（下）》，《今日评论》1940 年第 4 卷第 25 期，第 392—397 页。

少量的福利，更是效率低下的表现。这种错误的理论折射出"权力通神"的观念，以为只要有了权力就什么都可以做得通。罗隆基认为政治权力不是政治效率的唯一条件，即使有了政治权力也不一定就意味着可以提高效率。具体到中国来说，缺乏效率的原因不在于政治权力不集中。中国的现行政体乃是独裁专制，所以中国的政治权力实际上已经达到了"增无从再增"的地步。政治的对象是人，无论使用什么样的政治体制，最关键的还是要让人民满意。罗隆基呼吁国人切不可只看眼前，以为希特勒的德国法西斯暂时处于优势地位，就误认为独裁专制可以提高政治效率。解决问题的关键还是要健全政治机构，集中人才等。[①] 至于欧战中德意的军事势力暂时压倒英法，是不是就意味着独裁战胜了民主，罗隆基持否定态度。他认为，法西斯主义的核心思想是战争至上，是"唯力的政治"，或者唯意志论。以强凌弱或者弱肉强食绝非历史的进步。人类社会的进步依赖的是理智的指导。唯力政治即独裁政治。在这种独裁政治中，人只是战争的工具，是必须为法西斯主义穷兵黩武的胜利而牺牲生命的，国家才是目的。民主主义则认为国家才是发展每一个人成为"至善之我"的工具，"至善之我"是目的。罗隆基认为，从辛亥革命胜利之后，中国就没有实行过民主，不是旧军阀独裁就是党治，都是独裁。在这一点上，中国可以说是德国法西斯的老师。但是，中国的独裁并没有像德国的独裁那样在战争中获得绝对的优势地位，这说明了独裁也并非什么灵丹妙药。为了民族的复兴，中国要学的不是德意的法西斯独裁，而是德国的科学进步、发达的工业以及廉洁的吏治系统。中国选择民主主义的道路，进步可能会显得缓慢，但更安全更妥当。[②]

[①] 罗隆基：《权力与效率》，《今日评论》1940 年第 4 卷第 9 期，第 134—137 页。
[②] 罗隆基：《欧战与民主主义的前途》，《今日评论》1940 年第 4 卷第 1 期，第 10—13 页。

第一章　压力与挑战

对于钱端升政治上的"中庸之道",罗隆基也有自己的看法。在他看来,民主包括政治民主和经济民主。将追求经济平等的经济民主和共产主义相等同是不正确的。在英美,也有很多人信仰经济民主,而且他们也采取了很多方式来实现经济民主。比如美国总统罗斯福采取的一些经济措施,英国的拉斯基教授的经济主张,都是为了实现经济民主。所以,"经济的民主,是财富分配比较平均的社会,是人民的生活权利与工作权利有保障,是人民有经济的自由平等,因为有了这些自由平等,那末(么)政治上的自由平等,才有实质,才有意义。这样人民才真能管理国家,而国家才能是大多数人民的工具"[①]。当下的中国是既缺乏政治民主,也缺乏经济民主。

有的学者认为,英法(包括美国)所代表的自由主义乃是欧洲主要的政治思潮。它的要义"是以'人'为目的,而不以'人'为手段,其尊重人格的结果,是坚决发挥个性的充分自由"。只有个人有了充分的自由,才能引发生命的内潜的价值,人类才能够谋求进步和发展。自由主义是民主政治的题中应有之义。所以,反对后者就意味着反对前者。当下的英法和德意的对峙,既是民主政治与独裁专制的对峙,也是自由主义与反自由主义的对峙。法西斯主义是将个人视作工具而非目的,无限地扩大国家的权力,而抑制个人的自由。民主政治不只是多数的政治,"其要义是在尊重个人自由"。只有民主政治才是讲求自由的,而且自由或者自由主义正是民主政治的精髓。在民主政治下,个人的人格得到保护,个性获得全面合理的发展,个人才有自己的尊严。人人在平等的基础上贡献于国家社会。相反,独裁专制则将人作为工具,既不承认人人都有平等的价值和地位,又常常钳制人的思想,压抑人的个性。[②] 在这一点上,自由主义的民主政治和独裁专制政治的差异立见分

---

① 罗隆基:《政治的民主与经济的民主》,《民主周刊》1939年第1卷第2期,第3—4页。
② 王赣愚:《今日的自由主义》,《今日评论》1940年第4卷第25期,第390—392页。

明。在这位学者看来,英法美现在在战争中所做的就是如何将自由主义的民主政治的理念坚守下去。因此,英美的反法西斯战争无疑带有了捍卫自由主义的积极意义。

罗隆基也以个人主义的立场来理解自由与民主。他也同意,民主的首要的也是最基本的原则是"人是目的,不是工具"。每一个人都是为了自己作为一个人而生存的。为了生存,他/她要发挥自己人性中的一切优点,以求获得快乐、幸福和美满的生活。"我本身就是目的。"同时,他/她也承认别人的生存是为了人之所以为人的目的,而并非"我"生存的工具。民主还要承认人是平等的,要把人当作人来看,承认人的价值与尊严,使人的个性得到充分而全面的发展。罗隆基认为,民主政治不过是人类实现整个民主生活目的的手段而已。而且只是众多手段中的一种。像宪政、法治、选举、议会,执政者向人民负责,政府是民有、民享、民治,主权在民等,都是民主政治的条件,也是民主在政治上实施的许多方案而已。①

吴文藻认为,只有民主政治才具有永久历史价值。独裁貌新实旧,是开历史倒车,也是复古和陈旧的。而民主政治与自由思想是一回事。"自由是民主的精髓,是保障一切主义的条件。"法西斯主义是公开反对自由与民主的,所以民主(自由)与独裁是对立的。人们往往对民主的一个最大的误解就是将民主政治视作多数政治,即多数统治少数,少数服从多数的政治,又被称为大众政治或者群众政治。实际上,民主政治的多数主要体现在代议制下的多数取决原则。一切思想在实行之前,先经过自由讨论,遵从多数取决的原则来做出最后的选择。虽然少数人的意见暂时未被采用,但是在一个时代是少数,在另一个时代可能就是多数。在独裁专制政治下,也实行少数服从多数

---

① 罗隆基:《民主的意义》,《民主周刊》1939年第1卷第1期,第3—5页。

的方式，但是这里根本不存在自由讨论的可能，是少数绝对地服从多数。群众政治或者大众政治，也不是民主政治。因为大众或者群众如果只是盲从，没有自己的主见的话，这样的政治与自由相去甚远。所以，在吴文藻看来，民主政治的真谛在于，它必须有实实在在的宪政法治，人民的自由与权利受到法律的保障，政府无权废止人民的自由与权利。同时，它还鼓励或者保护相反的意见，使其自由发展。[①] 无疑，吴文藻眼中的民主政治的意义，也在于其内在的自由主义的思想与理念。民主与自由是一枚硬币的两面，是不可分割的。最可贵的是，他将民主政治与多数政治进一步区分，指出民主政治是多数政治，但多数政治并不就是民主政治。

这场争论的重要意义在于，即使在抗战的大环境中，当"国族至上"的思想成为压倒性的主流思想，个人主义、自由主义遭到包括国民党政府在内的各方面批判的时候，罗隆基、吴文藻等人依然试图在自由主义的立场上，维护个体最基本的权利，为个体争取最基本的生存空间。也是在反对独裁专制的过程中，以个人主义为核心思想的自由主义的政治理念再次得到宣扬。在"国族至上""抗战压倒一切"的特殊环境中，维护个体的生命尊严和价值显得弥足珍贵。但是这样的声音，在战时的特殊环境中却显得较为微弱。

在"国族至上""抗战高于一切"的主流思想中，个人主义不仅显得不合时宜，还成为被批判的对象。处于这样的环境，自由主义知识分子所遭受的压力是可想而知的。但是，罗隆基、吴文藻等人对自由主义的民主政治的申辩也说明，对于一部分自由主义知识分子而言，无论在什么情况下，个体的自由仍然是最重要的。

[①] 吴文藻：《民主的意义》，《今日评论》1940 年第 4 卷第 8 期，第 116—120 页。

第二节 文学的统制

一 国民党的文艺政策

除了积极推行带有复古主义和保守主义的民族本位文化之外，国民党还加强了在文化出版与文艺创作方面的统制。1938年成立的中央与地方图书杂志审查委员会，目的是"适应战时需要，齐一国民思想"①。"齐一国民思想"说明它的真正目的还是要加强战时的思想统制。通过对图书杂志的严格审查，实际上也加强了对文学艺术的掌控。无论是自由主义作家沈从文，还是左翼作家胡风，他们的作品都遭到过严格的"审查"。除了设立专门的机构加强统制外，国民党的文化部门还试图推行所谓的"文艺政策"，企图对战时的文学创作进行规约与掌控。

国民党在中宣部下面成立了中央文化运动委员会，由张道藩出任主任委员。不久，中央文化运动委员会支持下的《文化先锋》和《文艺先锋》先后创刊。一场关于"文艺政策"的讨论也在这两份刊物上展开。

张道藩在《文化先锋》的创刊号上发表了《我们所需要的文艺政策》。在这篇文章中，他较为系统地提出了建设三民主义文艺的设想。张氏认为，在当下，文艺应当与抗战建国发生密切的关联。也就是要求文学为政治服务，用文学来宣扬国民党的三民主义的教义。从对象来

---

① 《中央组织图书杂志审查委员会》，《申报》（香港）1938年8月6日、7日第2版。

第一章　压力与挑战

说，"三民主义是图全国人民的生存，所以我们的文艺要以全民为对象"。以全体人民为对象，就意味着要跨越阶级。张道藩以三民主义文艺的全民性来否定左翼文学的阶级性。他强调作家不仅要坚持以"仁爱为民生的重心"，还要将三民主义与国族至上联系起来。这意味着，在抗战时期，文学宣传三民主义就是宣传国族至上的理念，同时也要文学服从国族至上的最高原则。

张道藩的"文艺政策"主要包括"六不"与"五要"。"六不"有"不专写黑暗""不挑拨阶级的仇恨""不带悲观色彩""不表现浪漫的情调""不写无意义的作品""不表现不正确的意识"。不正确的意识主要包括落伍意识、极"左"倾和极右倾意识三种。这样的文学作品似乎更多的要以歌颂为主，以表现正面为主。随后，张氏又强调文艺应该表现"我们的民族意识"，具体为所谓的八德"忠孝仁爱信义和平"。这实际上也是作品的内容。"五要"主要是"要创造我们的民族文艺""要为最痛苦的平民而写作""要以民族的立场而写作""要从理智里产作品""要用现实的形式"。张道藩的这份"文艺政策"显得有些自相矛盾。"六不"中强调了不触动阶级仇恨，"五要"中又强调要关注大众的疾苦，写到大众的疾苦肯定会涉及社会生活的黑暗，这显然与前面已经强调的不专写黑暗有抵触。甚至他还主张要写大地主、大资本家，不是为了表现他们的奢华生活，而是写这些人如何幡然悔悟，痛改前非。他们如何意识到自我的罪责，主动为农工阶层谋求利益。就是将一个剥削者的形象转化成一个散发仁爱光辉的慈善者的形象，将阶级斗争视野中剥削与被剥削的关系转化成相互协作、互助互惠的其乐融融的关系。换言之，就是用国民党所提倡的传统的伦理道德来化解阶级矛盾，并以文学创作的形式表现出来。在强调要站在民族立场而写作时，张道藩主张将小我融于大我之中，这样"个人主义，个人自由，思想自由等个人主义社会的特质，自可消灭，而民族自由，民族意志始可显现"①。张道藩的"文艺政策"所建构的三民主义文艺，将个人与国族对立起来，将个人主义、自由主义视作国族的对立面而加以否定，带有明确的反自由主义的色彩。

张氏文章一出即引发讨论，但大多数都是附和之作，甚至将张氏的某些观点进一步引申。有人在"钦佩"张氏的观点时，倒是一针见血指点出了张氏所站的本党——国民党——的立场，并建议应该将作家创作的立场明确为三民主义的立场。②有人建议干脆直接将"我们的文艺"叫作"三民主义的文艺"或"三民主义文艺"。作家"要以'国家至上'的立场而写作"，"要以'祖国至上'的立场而写作"。在抗战建国的现实政治面前，"只有民族国家的自由，没有个人团体的自由"③。用陈铨的话说，在民族生死存亡之秋，个人还谈什么自由！"只要有利于集体，就得鼓励，有害于集体，就得取消……人民的一举一动，衣食住行，无不遭政府严格的管束。"在陈铨眼里，自由主义在这个时代简直就是一个倒霉蛋，不是生不逢时，而是原本就不该出生在这个时代。④从这里也可以看出，陈铨的民族文学运动与张道藩等设想的三民主义文艺在"国族至上"、反对自由主义等方面是相同或者相通的。毋宁说，张道藩等人的"文艺政策"所建构的三民主义文艺，实际上是另一个版本的民族文艺运动。既未换汤又未换药，只不过加了一些料而已。

当梁实秋对这个"文艺政策"表示出质疑时，张道藩认为，作家在当下一致被认为是一个战士。既然是战士，就要遵守严格的纪律。所以，倡导"文艺政策"就是企图抛砖引玉，希望文艺界的同人共同商

---

① 张道藩：《我们所需要的文艺政策》，《文艺论战》，正中书局1944年版，第1—45页。
② 赵友培：《我们需要"文艺政策"——兼评张梁两先生关于根本问题的意见》，《文艺论战》，正中书局1944年版，第60页。
③ 易君左：《我们所需要的文艺原则纲要》，《文艺论战》，正中书局1944年版，第131—132页。
④ 陈铨：《柏拉图的文艺政策》，《文艺论战》，正中书局1944年版，第224页。

定出纪律以便适应现实的需要。"三民主义为建国的最高原则,根据三民主义定义文艺的规律(此处的'规律'即指'纪律'——笔者注)这是最自然的逻辑。"尽管一再强调他们所倡导的"文艺政策"并非政府的文艺政策,但是张道藩还是反复地说明,最后的目的是希望能够形成"全国一致的文艺政策"。既然是全国一致,那就意味着这样的文艺政策肯定带有强烈的统治性。作家需要遵守,那么文学创作显然要受到束缚和管制。

针对梁实秋以莎翁剧作来说明人性的永恒性,张道藩反问道,中国人理解的莎剧和英国人理解的莎剧是否一样?今天的英国人和莎翁时代的英国人理解莎剧的程度是否一样?在张氏看来,语言、文字、思想、知识等的不同都会影响到人们对莎剧的理解。而语言、文字、思想、知识等又被生活意识所决定。一时代有一时代的生活意识。文艺是用来宣扬生活意识的,文艺的趣味自然也会随着生活意识的改变而改变,而人性也会因时因地而不同了。[①]

作为国民党政府文化部门的领导者,张道藩的"文艺政策"必然代表了国民党政府文艺政策的立场。从这份政策中,我们可以看到,国民党貌似赋予了文学以较高的地位,实际上还是强调文学必须服务与服从于政治。在政治面前,文学仍然处于从属地位。他们看中的不是文学的艺术性,而是文学的工具性。而且,这份"文艺政策"显示出反自由主义文学的色彩。

二 民族文学运动

"战国策派"发起的"民族文学运动"也显示出反自由主义文学的倾向。陈铨对文学提出了新的期待,"新文学一定要代表一个新时代"。

---

① 张道藩:《关于文艺政策的答辩》,《文化先锋》1942 年第 1 卷第 8 期,第 5—8 页。

在他看来，新文学家的工作就是要破坏、提倡、促进、使这个新时代迅速实现。他左右开弓，既批评那些抱残守缺的"老先生们"，又批评那些接受了英美自由主义的"绅士们"，还有那些熏染了苏联阶级斗争思想的"青年志士"。如果这些人仍旧抱着他们所信奉的陈腐观念，来应对目前的新局面的话，除了惨败之外别无结果。在这个他所谓的"战国时代"，他提出了11条新理想，并认为凡是不符合这11条新理想的观念统统要摧毁。这11条新理想，实际上也是他认为作家和文学所必须表现的内容。而这11条所谓新理想的实质不过是其赤裸裸的唯力政治与个体绝对服从国族的思想。比如，第5条理想为，自由是民族的，不是个人的。第7条，理想的政治是军队组织，不是个别独立。第8条，理想的经济是富国，不是民享。第9条，理想的教育是训练服从，不是发展个性。第10条，理想的社会是民族至上，不是阶级斗争。①

一位批评者尖锐地指出，这11条新理想，乍一看，"怕会认做希特勒手订的法律"。这11条新理想就是为"新文学"创作立下的铁规定律，凡是不符合的统统都要打倒。陈铨的所谓的"理想的教育"完全是一种开历史倒车的表现，目的在于将一套陈腐刻板的道德知识灌输给学生。这完全是一种愚民政策。学生都变成了应声虫，个性被压抑，天才被泯灭，这样培养出来的学生哪里还可以创作什么好的新文学？支持抗战并不意味着就要放弃自由主义的理念。具体到文学，作家将文学创作和抗战联系起来也是极自然的事情，自由的创作，自由地表达爱国思想，情感也显得真挚自然。"文学作品的思想，不能用倡导或任何方法来统制，新文学在自由的空气中，才能继续存在，历亿万年，日日新而又日新。"② 在这位批评家看来，陈铨的11条新理想显然是反自由主义

---

① 陈铨：《论新文学》，《今日评论》1940年第4卷第12期，第188—189页。
② 欧阳采薇：《论所谓新文学与新理想》，《今日评论》1940年第4卷第19期，第299—301页。

和反自由主义文学的。

　　陈铨认为，文学受制于时间和空间。"时间就是时代精神，空间就是民族的性格。"因此，文学的性质与发展也被时代精神和民族性格所决定。他将"五四"以来的中国文化发展史划分为三个阶段。第一个阶段是"五四"时期，此时的时代精神是个人主义。文学也以表现个人主义为主，但大多模仿西方。第二个阶段是社会主义阶段，文学主要是模仿苏俄。社会主义阶段的时代精神是阶级斗争。第三个阶段，"中国思想界不以个人为中心，不以阶级为中心，而以全民族为中心，中华民族是一个整个的集团"。为了这个集团的生存和发展，个人主义和社会主义，都要听它支配。"我们可以不要个人自由，但是我们一定要民族自由。"正如笔者在前面已经提及的，这显然是一种极端民族主义的思想。陈铨将民族看作一个组织严密的大政治集团。作家只是这大集团中的一分子。作家的思想意识完全受制于民族的思想意识，也就是政治意识。在陈铨这里，作家或者他所谓的新作家再次成为一个听命于民族意识或政治意识的规训的客体。文学的本质就是为民族或者政治服务。于是，民族文学被他视为文学发展的最高阶段。"没有民族意识，也根本没有民族文学"的表述，表明文学与政治的关系成为毛与皮的关系，后者决定了前者的生存和发展。他提出的11条新理想无疑也属于"民族文学"的题中应有之义。陈铨的"民族文学"完全否定了文学的独立与自由，文学本身的艺术特质也被抹杀。按照他的逻辑，文学之所以成为文学，不是因为它自身，而是取决于政治。所以，陈铨所倡导的"民族文学运动"本质上是反自由主义和反自由主义文学的运动。

　　陈铨还通过具体的文学创作，来实践他的民族文学的主张。代表作当属四幕话剧《野玫瑰》。故事的地点发生在沦陷后的北平。国民党特工人员刘云樵按照指令前往北平从事地下工作。他的姑丈王立民跻身北平伪政权的最高职位。刘云樵通过与表妹、也是王立民唯一的女儿曼丽之间的关系，从王立民处获得许多机密情报。后来刘的身份暴露，正在千钧一发之际，曼丽的后母夏艳华将刘和曼丽送出虎口。而夏艳华不仅仅是刘云樵以前的恋人，上海滩曾红极一时的舞女，还是刘云樵的上级。

在这出间谍故事中，引起争议遭到批评的是关于两个主人公的塑造。首先是汉奸王立民。在这个人物身上被寄予了陈铨所主张的生的意志和权力的意志。剧中的王立民置民族国家的大义于不顾，宁肯做汉奸，当奸雄。他坚信自己有铁一般的意志，要靠自己赤手空拳打下一个天下，世界上的力量可以摧毁他的身体，却不能摧毁他的意志。他对女儿曼丽又有着浓厚的父爱。正是因为塑造了这样一个与众不同的大汉奸形象，所以左翼文学界批评《野玫瑰》歌颂汉奸，将汉奸写成了英雄，为汉奸们寻找背叛祖国的理论根据。《野玫瑰》"不仅是抗战以后最坏的一部剧本，也可以说是最有毒的一部剧本"[1]。另外一个被批评的角色是女主人公夏艳华。一个类似于赛金花式的人物，大有以女性的身体献身于国体的意味。这实际上重复了男性霸权主义的老调。当时就有批评者指出，似乎赛金花、夏艳华之类的妓女、舞女，因为已经失身于若干人，现在再用身体去获得情报也没什么值得可惜的，"但当国家危急存亡的时候，又要这些人能力挽乾坤，不费中华民国一滴血，一颗枪弹而使寇奸死无瞧类（'瞧类'似乎有误，原文如此——笔者注），这真是太便宜了。我们身为中华民族的儿女便光是以欢呼鼓掌来享受这一种便宜"[2]。

无独有偶的是，《野玫瑰》也得到了国民党的支持。1942年，陈铨的《野玫瑰》与曹禺的《北京人》同获教育部颁发的本年度学术奖三等奖。针对左翼文学界的批评，国民党方面却认为《北京人》的意识

---

[1] 谷虹：《有毒的〈野玫瑰〉》，《现代文艺》1942年第5卷第3期，第40页。
[2] 葆民：《从野玫瑰说到民族气节》，《民教导报》1944年第4期，第13页。

有问题，而《野玫瑰》不仅不应该被禁演，反而应当大力推广。国民党对《野玫瑰》的支持，在很大程度上说明了陈铨所提倡的民族文学运动与国民党所倡导的"文艺政策"的趋近性。这种趋近性也表现出他们反自由主义和反自由主义文学的本质。

三　反文艺领域里的个人主义

抗战期间，尽管共产党坚持文化上的统一战线政策，但是左翼文学界并没有放弃对自由主义文学的批判。他们也常常从"国族至上""抗战第一"的立场，将仍然试图保有自身的独立性和坚持文学的艺术特质的自由主义作家，指斥为不团结抗战的个人主义者。这一点在批评梁实秋的"与抗战无关论"上可以很明显地看出。对梁实秋批判得最激烈的正是左翼作家。

集中而系统地对自由主义作家展开批判的是巴人（王任叔）的名为《展开文艺领域中反个人主义斗争》的文章。在抗战进入所谓"第二个阶段"（巴人语）的时候，他试图对抗战爆发后依然弥漫在文艺领域内的个人主义思想逐个进行清算，以期正本清源。首先被他点名批判的是年轻的自由主义作家徐訏。巴人在文章的开题完整地引录了徐訏写于上海孤岛的一首诗。巴人以类似于杰姆逊的"政治无意识"的方法，在这首名为《私事》的诗中读出了一种"意识形态"，一种潜藏在诗中的"非常有毒的足以消灭千千万万的革命者的斗志的瓦斯弹"。尽管名为"私事"，但是在这首诗中，"街头葫芦里卖的药""流行文章里说的人事"，很容易让人想起抗战爆发之后的作家走到了"十字街头"，"文章下乡，文章入伍"等流行一时的词语。从这样的角度来解读的话，很明显感觉到这首诗对当下现实的批判性。在巴人看来，在大众共赴国难，甚至献出自己的生命的时候，徐訏的批判正像诅咒——"对于坚决地主张抗战到底的人们的言论的诅咒"。这不过是"不值一分钱的伪人道主义者的心情","露骨的虚无主义的私生子——个人主义的倾向"①。

对文艺领域里这股"有毒"的个人主义思潮,巴人将其内在的历史根源发掘为"半殖民地半封建社会中国机构里奴隶哲学与买办哲学的交媾"。其在思想上的具体表现就是虚无主义、自私自利主义和奴隶哲学的综合。② 这样的立场显然是从左翼的政治立场出发,对自由主义的误读。

巴人更是将矛头指向曾经是自由主义文学的积极倡导者周作人。巴人认为,周作人因为以老庄思想为基础,所以"今日的言志派文学家——有时也是京派的小丑——就这样的成为一个透底的虚无主义的乏虫了"。一个虚无主义者,无法避免生活之累,又不愿用斗争的形式获得生活的来源,就只好为了生活成了奴隶。同时,又要表现出高超的姿态,以自由者的面目示人,反对集团主义的阵营。在巴人眼中,这不过是一种深入骨髓的自私自利主义者了罢了。③

巴人将沈从文的"反差不多"的主张,视作"基本上是打击集团主义的文艺思想的;但主要打击彼时甚嚣尘上的国防文学——为反抗日本帝国主义而揭起的文学活动"。同时,巴人将抗战看成一项必需的集团主义行动,而像沈从文之类批判抗战文艺中的抗战八股的人,"他们要消灭的不是'抗战八股'而是抗战"。即使是八股,对于抗战仍是有用的。④ 其实,左翼作家诸如周扬、胡风、茅盾等也对"抗战八股"持批判态度。所以巴人对沈从文的批判重点不在"抗战八股",而在沈从文所坚持的自由主义文学理念。

梁实秋因为"与抗战无关论"也成为巴人批判的对象。在巴人看来,"活在抗战时代,要叫人作无关抗战的文字,除非他不是中国人"。

---

① 巴人:《展开文艺领域中反个人主义斗争》,《文艺阵地》1939年第3卷第1期,第815页。
② 同上书,第816页。
③ 同上。
④ 同上。

在民族战争的特殊环境下,左翼作家将普通的文学批评上升到民族国家的高度进行解读。按照他们的思路,国族是衡量一切的标准。因此,在巴人看来,梁实秋大有"要使我们的作者,从战壕,从前线,从农村,从游击区,拖回到研究室去"的"政治阴谋"。而上海孤岛上为梁实秋的"与抗战无关论"辩解的陶亢德,远在昆明的被认为是响应"与抗战无关论"的沈从文的"一般或特殊",均被视作与梁实秋相似的论调。尤其是沈从文的"一般或特殊",更被巴人认为是超过梁实秋以上的"阴险的毒计"①。显然,在文学的批评标准上,巴人采用了与陈铨的"民族文学"相同的标准,都是将国族放在了绝对的地位。所以,梁实秋、沈从文等被批判,主要还是他们试图从国族叙述的主轴中偏离出来,站在个人的立场和视角来谈问题。在要求个体绝对服从国族的环境中,在左翼作家看来,这样的个体显然是一个不听话的个体。

巴人特意将李健吾和何其芳作为个人随着社会改变的典型。前者在上海孤岛积极参与剧运工作,后者则从"画梦录"回到现实。尤其是何其芳的转变,应归功于"集团主义的力量"。言外之意,沈从文等人正是游离于集体之外,所以才被视为需要斗争的对象。所以,他强调作家要加入集团中去,为抗战服务。"集思然后广益。我们大原则下,决不侵犯个人的思想自由。但必须是'集'思,向一个中心目标的集思。"显然,中心目标的集思是个人必须服从的大原则,也只有在服从而不违反这个大原则的前提下,个人的思想自由才会得到保障。问题是当二者发生冲突的时候,要做出牺牲的必须是个人的自由思想。巴人强调,"个人除非参加文艺运动——与政治动员相配合的文艺运动——即不能本质地把握这剧动的现实"。这种决绝的口气实际上否定了作家把握现实的路径的多样性。至于如何才能克服文艺领域中的个人主义,巴

---

① 巴人:《展开文艺领域中反个人主义斗争》,《文艺阵地》1939年第3卷第1期,第817页。

人认为是"集体主义的伟大作品本身"①。这里有两层含义，要么是作家站在集体主义的立场创作的伟大作品，这样的作品本身就是集体主义思想的反映，要么是作家以集体的形式产生的作品。无论是哪一种含义，都是对自由主义文学的反动。

巴人对自由主义作家的批判实际上代表了战时左翼文学界的主流声音。也是从40年代开始，延安解放区开始的知识分子的思想改造，以及毛泽东对"党的文艺政策"的建构，都试图将文学和作家从相对独立和自由的地位纳入革命的规范与秩序之中。丁玲等人在延安文艺座谈会前后的经历就是很好的证明。

尽管共产党领导下的左翼作家和国民党文人以及陈铨等在政治立场上有着很大的差别，他们所代表的阶级利益甚至针锋相对，未来的前途也迥然有异，但是在抗战的大环境中，他们都认同"国族至上"的最高原则。不管其"国族"的想象如何不同，一旦站在国族的立场上，他们就将个人与国族的关系简化为前者绝对地服从后者。对于那些仍然试图保持个体的相对独立性的自由主义作家，他们均持批判态度。在这一点上，他们共同构成了抗战时期文学场域中反自由主义或反自由主义文学的声音。对于自由主义文学而言，这些反对的声音正构成了一种文学统制。

第三节 文学的位置

对抗战时期的自由主义作家来说，现实政治中反自由主义的声音和文学中的反自由主义文学的声音，都会对他们造成压力和挑战。但是，

---

① 巴人：《展开文艺领域中反个人主义斗争》，《文艺阵地》1939年第3卷第1期，第818页。

在压力和挑战面前,他们并没有妥协。他们仍然试图在抗战的大环境中寻找到一个位置,一个属于作家的位置,也是让文学回到文学的位置。毋宁说这是他们对压力和挑战的回应,也是他们对自我/作家、文学在这个时代的定位,也是他们所理解的作家与战争、个体与集体、文学与战争之间的关系。

一 大众化与特殊化

抗战爆发以后,充分发挥文学的宣传功能,使文学为抗战服务,成为大多数作家的共识。郁达夫认为,作家要充分发挥其特长,为抗战做一些一般人所不能够做的事情,即"以文艺为武器,去作宣传……鼓励民众"[①]。周扬也认为:"文学必须成为在抗战中教育群众的武器,就是她必须反映出民族自卫战争的现实,把民族革命的精神灌输给广大的读者。"[②] 用刘心皇的话说就是要"以文艺唤醒国魂"[③]。真正要发挥文学的宣传功能,则文学必须大众化。作为接受者的大众能够理解作品,理解作品所宣扬的抗战思想。

甚至一些论者认为,在"抗战第一"的原则面前,假如文学对抗战有所妨碍的话,"我们宁愿叫文学受点委屈,服从抗战"。大众化的目的就是为了政治上的宣传效果。[④] 用夏衍的话说,如果你同意文艺作为宣传工具的话,你就可以更好地使文艺为抗战服务,否则的话当会变成众人眼中的汉奸。[⑤] 此类激进的观点暗示,在文学大众化的背后,还是文学与政治的关系问题。文学的大众化强调的是文学应该为政治服

[①] 郁达夫:《战时的文艺作家》,《自由中国》1938 年第 2 号,第 116 页。
[②] 周扬:《抗战时期的文学》,《自由中国》1938 年第 1 号,第 6 页。
[③] 刘心皇编著:《抗战时期的文学》,台湾国立编译馆 1995 年版,第 26—27 页。
[④] 参见胡风主持的关于"宣传·文学·旧形式的利用"座谈会上吴组缃和奚如的发言。胡风、聂绀弩、吴组缃等:《宣传·文学·旧形式的利用——座谈会记录》,《七月》1938 年第 3 集第 1 期,第 5—7 页。
[⑤] 夏衍:《抗战以来文艺的展望》,《自由中国》1938 年第 2 号,第 110 页。

务，为了政治，它可以牺牲自身的价值。这也意味着文学之所以成为文学的特殊性被抹去了，它由人类精神活动的特殊结晶变成一般意义上的宣传品。它的相对独立性也被弱化或者消失了。

　　自由主义作家显然不能接受这样的观点。在抗战的特殊环境中，自由主义作家并不反对文学为抗战的现实政治服务。文学可以宣传抗日，但是宣传不是文学唯一的功能。甚至在文学的众多功能中，宣传也不是必须占据主导地位的功能。也就是说文学之所以为文学并不是因为它可以宣传，而是它的艺术性。用沈从文的话说就是除了一般化/大众化之外，文学还是特殊的。在利用文学宣传之前，你只有了解了文学的特殊性，才能更好地发挥文学的宣传功能。

　　施蛰存认为，将旧形式的利用作为文学大众化的康庄大道是错误的。"新酒虽然可以装在旧瓶子里，但若是酒好，则定做一种新瓶子来装似乎更妥当些。"如果真正要想文学大众化，也应该是：第一，提高文学的趣味，不能为了大众化而降低文学的趣味；第二，应该从新文学自身来寻找大众可以接受的形式，而非借用旧形式。换言之，文学的大众化"是要'大众'抛弃了旧形式的俗文学而接受一种新形式的俗文学"。所以，在他看来，那些为了抗战而借用旧形式的作家，是在为抗战而牺牲，而不是为了文学在奋斗。言外之意是，他们的文学大众化不是一种有价值的文学创作。① 实际上，施蛰存坚持的是以文学为本位的立场。大众化不能为了大众而失去文学，而应该是为了文学而大众化的。在另一篇同样谈文学的旧形式利用的文章中，他明确地指出，文学终究只是文学，它有教育作用，但取代不了教科书；文学可以帮政治的忙，但不能取代政治的信条。文学大众化是有条件的大众化："一方面是能够为大众接受的文学，但同时，另一方面亦得是能够接受文学的大

―――――――
　　① 施蛰存：《新文学与旧形式》，《待旦录》，怀正文化社1947年版，第34页。

众。"在抗战的特殊环境中，为了宣传抗战而借用旧形式，只是一种"政治的应急手段"。所以，没有必要要求所有的作家都去利用旧形式。一部分作家可以为了发挥文学的宣传功能而大众化，另一部分作家可以仍然按照自己熟悉的方法来反映当下的现实。[①] 对"旧瓶装新酒"式的大众化的批评，一方面反映出施蛰存对相对独立的文学主体性的坚持，另一方面又试图打破将一种文学模式定为一尊的文坛上的话语霸权，保持文学多元化的尝试。显然，这也是一种自由主义的文学观。

沈从文也是从特殊化的角度来理解文学和文学的宣传功能的。在他眼中，文学的特殊性是它具有"令文字'平铺成为湖泊，凝聚成为渊潭'"的"惊人之处"。他将这"惊人之处"称作"调配文字的技巧"。实际上也就是文学的艺术性。对文学的这个"惊人之处"有更好的了解，才可以充分地发挥文学的宣传功能。而且，也并不是人人都能够懂得并可以掌控文学的这一"惊人之处"，这样一种关于文学的特殊知识，是需要学习的。沈从文通过强调文学的特殊性，将文学与一般的宣传品区别开来。这种区别不是否定文学的宣传功能，而是试图摆正文学的位置。在沈从文看来，文学即使要宣传政治，也不是赤裸裸的政治理念的直接宣示，而应该是通过文学的"惊人之处"，将其化作一种文学的形象展现出来。同时又不同于左翼作家的政治文学化的做法，他反对那种功利主义的做法——为了抗战而文学，文学关注的目标就是战争的胜败。他主张作家以更长远的眼光来考虑整个民族"如何挣扎图存"的问题，他们"更抱负一种雄心与大愿，向历史和科学中追究分析这个民族的过去和当前种种因果"。也就是要求作家不仅仅只是一个宣传员，还应当是一个具有特殊知识的专家。他们能够从知识分子的立场出发，在深入战争的过程中，用他们特殊的知识——文学——来对"中华民族

[①] 施蛰存：《再谈新文学与旧形式》，《待旦录》，怀正文化社1947年版，第38、40页。

的优劣，作更深的探讨，更亲切的体认"。从而形成不同于宣传的小册子那样的作品。①沈从文将文学视作特殊的知识，将作家视作掌握特殊知识的专门家，真正的目的还是坚持文学为本位，强调文学的相对独立性和作家的相对独立性。

梁实秋也持相似的观点。1938年12月1日，梁实秋在其主编的《中央日报·平明》副刊的创刊号上发表了一则《编者的话》。这篇文章原本是编者对自己的编辑方针的阐述与说明。不过，他也顺带批评了当下为了抗战而文学的极端倾向。在左翼批评家看来，对抗战文学（的缺点）的批判，就是否定文学与抗战的结合。所以，左翼批评家将梁实秋的批评命名为"与抗战无关论"。这场"与抗战无关或有关"的争论，表面上是在谈文学的题材问题，实际上涉及文学的功能问题。在支持文学大众化的作家看来，文学的大众化是要发挥文学宣传抗战的功能，这就意味着文学应当反映抗战，以抗战为题材。除了抗战之外，其他的题材都没有什么意义。用郁达夫的话说，当战争成为人们日常的茶饭琐事时，"一点点小感情的起伏，自然是再也挑不起人的同情和感叹来"②。言外之意是，相对于战争而言，个体一己的感情意义不是很大。文学宣传抗战的作用要远远大于书写个体的私人感情的作用。文学写什么的问题实质上还是文学的功能问题。

梁实秋主张，与抗战无关的文章，只要是真实流畅的，仍然是好文章。③也就是说文学不一定非要拘泥于宣传抗战。而且，在他看来，好文章是不容易写出来的。那种"只知依附于某一种风气而撷拾一些名词敷衍成篇的'抗战八股'，以及不负责任的攻击别人的说几句自以为俏皮的杂感"，容易写，却不是什么好文章。④显然，与沈从文相似，梁

---

① 沈从文：《一般或特殊》，《今日评论》1939年第1卷第4期，第5—7页。
② 郁达夫：《战时的小说》，《自由中国》1938年第3号，第209页。
③ 梁实秋：《编者的话》，《中央日报·平明》（渝），1938年12月1日第4版。
④ 梁实秋：《"与抗战无关论"》，《中央日报·平明》（渝），1938年12月6日第4版。

实秋主张的也是文学的特殊性和作家的特殊性。单纯的宣传并不是文学或者优秀的文学，文学还要讲究意境和音调。① 这就要求作家有特殊的知识。梁实秋明确地提出，文学的功能主要是表达现实生活背后的永恒而普遍的感情，即人性。这才是文学所要关注的"现实"。

在自由主义作家看来，文学大众化表现出强烈的功利性。文学是为大众而存在，是为宣传而存在，是为政治而存在，偏偏不是为自己而存在。这一点是他们所不能接受的。用朱光潜的话说，文学是"为我自己而艺术"②。所以文学大众化是要求文学以政治为本位或者是以宣传、以工具为本位，而自由主义作家所坚持的文学的特殊化是坚持以文学为本位或者艺术为本位。这才是文学大众化与文学特殊化的关键分歧所在。

二 文学与政策

在文学与政策的关系上，自由主义作家也表达出不同的声音。对他们来说，给文学制定政策，无异于给文学套上枷锁。文学被规范在政策之内，失去了应有的自由。因此，张道藩抛出的以"六不""五要"为核心的文艺政策成为自由主义作家首先批判的对象。

早在"新月"时期，梁实秋就发表文章对所谓的"文艺政策"表示质疑。对梁实秋来说，首先应该弄清楚，到底是谁的文艺政策。也就是说，文艺政策到底体现的是何方神圣的思想与意志。如果作家只是唯命是从地将"文艺政策"当作圣旨，不管它是否与自己的实际情况相符合，这未必是一件好事。针对张道藩以"六不""五要"构筑的"文艺政策"，梁实秋延续了自己在20世纪30年代的自由主义文学的立场。

---

① 梁实秋：《两种文学观》，《星期评论》1940年第4期，第11页。
② 朱光潜：《文艺心理学》，《朱光潜全集·第1卷》，安徽教育出版社1987年版，第323页。

他认为，纯粹站在文艺的立场观之，世界上的文艺只有两种类型。一是英美式的"由着文艺自由发展"，二是如苏德意等"用鲜明的政策统治着文艺的活动"。对文艺自由发生最为直接影响的，"与其说是经济，毋宁说是政治"。针对张道藩文章中对浪漫主义的批判，梁实秋认为，不宜将"文艺政策"所代表的政治思想方面的主义与文学上的浪漫主义、古典主义中的"主义"相等同。对后者来说，它只是一些文学同道者的相似或相同的文学理想，并非独占文坛的"意德沃盗基"（Ideology，意识形态或思想意识——编者注），所以它也没有什么鲜明的条条框框来对文学进行限制。而前者则不同，它一定是"配合着一种政治主张、经济主张而建立的，必然要有明确的条文，必然要有缜密的步骤，以求其实现"。这也意味着"文艺政策"总是站在文艺之外的立场来管制、利用文艺，而浪漫主义、古典主义等的"主义"显然是谋求在文艺的领域之内来发展文艺。甚至后者的多个主义可以同处一个时代，一个地域之内，形成相互杂陈、相互竞争乃至彼此斗争的局面，这反而是文艺自由的表现。前者则注定了它的排他性、独占性，甚至强迫性。在一个时代，一个国家，如果要有文艺政策的话，也只能有一种统制性的文艺政策。他仍然坚持，无论提倡什么样的政策，还是要先有良好的作品，否则一切只能成为空谈，会重蹈"空头文学家"的覆辙。

针对张道藩以文艺的"全民性"来反对左翼文学的"阶级性"，梁实秋也发表了不同的看法。与其说文学的描写对象是全民，不如说是"人性"。作为人类所同有的基本情感和普遍性格的"人性"，是超越阶级而存在的，也真正体现出了所谓的"全民性"。这无疑是梁实秋早前"人性论"的老调重唱。张道藩在文章中，以文学要宣扬"我们的民族意识"——"忠孝仁爱信义和平"——而否定了新文学对西方文学的借镜。欧美文学非但没有促进新文学的更好发展，反而对新文学的发展形成了一种束缚。对此，梁实秋则表现出一种包容的态度。他批判了象征主义、唯美主义、印象主义,认为尽管它们给新文学带来了负面的影响,却并未束缚新文学的发展。"大致讲来,西洋文学对新文艺只是好的影响,没有恶的影响。"非但不应该排斥西方文学,还应当大力地推进对西方文学的介绍,因为我们对西方文学的认识还远远不够。相对于张道藩的保守立场,梁实秋显然以一种开放的视野,将新文学的发展置入世界文学的场域之中,追求新文学发展的多样性,反对将新文学的发展固定于某一个确定的目标或者方向。

在梁实秋看来,文学要的不是束缚其自由发展的政策,而是支持和帮助。比如保障作家最基本的物质生活,为他们的文学创作和作品的出版发表提供必要的奖励与支持。同时政府应该尊重作家。他还暗示,那种以审查为手段的"政策"只会给文学创作带来打击,而不会促使文学更自由地发展。像张道藩的"文艺政策"中对文学写什么的具体规定,实际上也是对文学的一种束缚。文学的题材是多样的,不应该仅仅限于写某几种题材。①

沈从文直接提出自己理想的文艺政策。在他看来,过去,当政者在文艺政策上大多采取消极防御的方式,最主要的目的就是希望作家不要"捣乱"。对文艺的重视程度不仅不够,而且也从未从较为长远的打算来设计规划文艺政策。如果要改变这种文艺政策失效的局面,必须改变态度,重新认识文艺政策的作用,再采用比较合理的办法来实行文艺政策。

按照沈从文的设想,第一,要彻底改变观念。传统的观念是把作家、文学当作文艺政策的装饰品,常常将作家划归到政治部或者宣传部,也因此培养了一大批以标语口号为生的"文化人"。而一种新的观念是要将作家作为"专家"来看待。把他们的文学创作当作国防设计

---

① 梁实秋:《关于"文艺政策"》,《文化先锋》1942年第1卷第8期,第2—4页。

的一个部门。比如,可以将真正埋头苦干的作家单独组成一个组织,由国家设立专门的基金支持扶助,促使伟大作品的产生。更准确地说,就是将文学创作当作一种"学术","于一种广泛限度内,超越普通功利得失,听这种作者在自由思索自由批评方式下做各种发展","它近于国家向全国优秀脑子与高尚情感投资,它的意义是成就这种脑子并推广这种情感"。实际上,沈从文还希望将文学和作家从特殊化的角度进行考虑。同时,他在强调国家/政府的支持时,还不忘凸显作家的创作、批评的自由性。说白了,沈氏的文艺政策是,国家大力支持作家的创作,但是不要干涉作家的创作,作家的创作应当是自由的,文学不应受命于文艺政策。在这一点上,沈从文与梁实秋都坚持自由主义的立场。第二,在文学的审查政策上,不同于以往的官员主持文艺政策,沈从文认为现在最好由一个或一群"专家"来主持文艺政策。要改变原有的审查制度,审查员首先接受文学的审查,看看你是不是真正懂得文学。沈从文的目的无疑是希望文艺的审查真正是从文学的立场的审查,而不是从文学之外的立场来审查文学。审查的标准是文学艺术上的优劣,而不是用政治的标准来判断文学表现观念的对错。

在沈从文理想的"文学政策"中,文学被赋予了更重要的功能。它不是受制于政治,相反,它可以来改造政治。用他的话说是:"尚有许多未来政治家与专家,就还比任何人更需要伟大的文学作品所表示的人生优美原则与人性渊博知识所指导,来运用政治作工具,追求并实现文学作品所表现的理想,政治也才会有它更深更远的意义。"[①] 正因为着眼于未来,沈从文将文学与政治的关系又反转为,文学对理想的美与爱的想象,为政治家提供了充分而完满的政治想象,使其将文学的想象变作现实,从而也使政治具有了深远的意义。

---

① 上官碧(沈从文):《"文艺政策"探讨》,《文艺先锋》1943年第2卷第1期,第3—8页。收入全集时改名为《"文艺政策"检讨》。

显然，对自由主义作家来说文学既不需要政策来规范，也不需要原则来指导。文学自有文学"自己的园地"。他们所坚持的仍然是文学为本位的立场。

三 英雄崇拜与自由民主

抗战期间，陈铨提出了"英雄崇拜"的主张。在他看来，推动历史发展的动力既不单纯是人，也不单纯是物，而是代表人类意志的英雄。英雄既是群众意志的代表，也是群众意志的先知。如果没有了英雄，群众就是没有牧人的羊群。群众应当无条件地崇拜英雄，忘记自我。同时，他将批判的矛头对准"五四"，认为中国现在缺乏英雄崇拜，是因为"五四"的科学与民主引发了极端的个人主义和极端的自由主义。[1] 正是因为个人主义和自由主义的盛行，造成了中国人集体意识的淡薄，也造成了中国知识分子阶层的腐化堕落。[2] 尽管陈铨一直强调的是群众对"英雄"的绝对服从，但是从他反对个人主义和自由主义的倾向来看，个体也是被视作要绝对服从"英雄"的。他所谓的那个代表群众意识的"英雄"也并非只是一个个体，更多指代一种绝对的权力或者权威。这也意味着，在陈铨的"崇拜英雄"的背后，实际上表现出的是个体与集体之间的关系。

在个体与国族所代表的集体之间的关系上，朱光潜同意，如果民族国家没有出路的话，则个人也没有出路，"要替个人谋出路，必须先替国家民族谋出路"。但是，不同于陈铨所说的个体要无条件地崇拜那个代表集体的"英雄"，朱光潜则强调个体的价值是不应当被漠视的。如果个人不能成为一个坚强有力的分子，那么个人没有出路，

---

[1] 陈铨：《论英雄崇拜》，《战国策》1940年第4期，第1—10页。
[2] 陈铨：《再论英雄崇拜》，《大公报·战国》（渝）第21期，1942年4月21日第4版。

国家也不会有出路。在这一点上，朱光潜将个人的重要性放置在与国家平等的地位。① 他也不同意那种将中国人的不团结、缺乏凝聚力归结为个人主义的主张。在他看来，中国人一盘散沙恰恰与中国的专制体制有关。中国历史上一直就是封建专制政体，统治者包办了老百姓的一切事务，使老百姓失去了参与共同的政治活动的机会，也无法形成一种公共的政治意识。而民主政治恰恰是鼓励大众积极参与公共的政治活动，因此也较为容易培养大众的公共政治理想，也就容易培养群的政治意识。因此，"民主国家人民易成群，而专制国家人民不易成群"②。要真正培养中国人的群意识，一方面要倚重于教育，另一方面还应当寄希望于民主政治。③ 显然，朱光潜要捍卫的是个体的价值和自由主民主政治。

沈从文则直接在"战国策派"的大本营《战国策》上发表了回应性的文章，对陈铨的"英雄崇拜论"展开反批评。

沈从文首先点明，陈铨所说的英雄实际上是"武力与武器的使用者"。尽管真的英雄就是"真的领袖"，却并非万能法师。尤其是处身于20世纪，更不宜将英雄视作高高在上的神灵，而顶礼膜拜。那个被陈铨看作力与意志之代表的英雄，对沈从文来说只不过是一个人而已。"与我们相差处并非'头脑万能'，不过'有权据势'。"沈从文可谓是一笔戳破了英雄的本质。陈铨的"英雄"实际上就是权势的代表。具体到战争时期，这样的领袖式的英雄或者英雄式的领袖，完全是靠他手中掌握的权力或者他所拥有的军事实力建构起来的。在他看来，要想维

---

① 朱光潜：《一番语重心长的话——给现代中国青年》，《朱光潜全集·第4卷》，安徽教育出版社1988年版，第11—12页。
② 朱光潜：《谈处群（中）——我们不善处群的病因》，《朱光潜全集·第4卷》，安徽教育出版社1988年版，第50页。
③ 朱光潜：《谈处群（下）——处群的训练》，《朱光潜全集·第4卷》，安徽教育出版社1988年版，第61页。

第一章　压力与挑战

持领袖的威权、衬托英雄的伟大，单单靠群众崇拜是不行的，最关键的"靠的倒是中层分子各方面的热诚合作！"。在消解英雄的同时，沈从文也将英雄崇拜消解掉。既然知道了英雄的实质，崇拜不崇拜都变得无所谓了。

针对陈铨认为英雄崇拜是抗战建国的一个必要条件的说法，沈从文也表示不能苟同。对于抗战来说，攻守进退靠的完全是知识，仅仅依靠个人的热情勇敢与崇拜英雄是无济于事的。而关于建国，如果也用英雄崇拜来实行，估计还是不会成功的，需要的还是知识。如果非要在这样一个神之解体的时代，将这种英雄崇拜的群众宗教情绪与传奇幻想化解或归纳在政治设计上，还不如采用分散法与泛神法，"从群众中造偶像，将各种思想观念手足劳动上有特殊成就的，都赋予一种由尊敬产生的神性，不必集中到一个'伟人'身上"。如果真的号召大众五体投地地膜拜在一个英雄式领袖的脚下，也与国家的现代化相违背。

而对于陈铨批评"五四"以来形成的"民治主义"和"科学精神"（实际上就是"民主"与"科学"），知识分子的腐化堕落等，沈从文也表示无法认同。陈铨将知识分子的分化堕落，尤其是对英雄崇拜不感冒，都归结于"五四"的民主与科学。沈从文则指出，知识分子不崇拜英雄的原因很多，与科学与民主无涉。即使在战争的特殊时期，想要歌颂军人的武德武功，国家需要集中力量对付外强的侵略而变为一个集权式的政权，也没有必要歪曲历史，尤其是"五四"及其以后的历史。"五四"的白话文代替文言文的工具改造的成功，随之产生的新文学的重要作家作品都赋予了国族以崭新的内涵与意义，这对于今天的抗战是有功而无过的。具体说到知识分子的堕落腐化，这些陈铨口中的知识分子倒不是"五四"及其以后成长起来的知识分子，而是那些晚清以降的遗老遗少们。倒是那些经过"五四"脱胎换骨的知识分子反而成为此后推动中国历史发展的中坚力量。即使"五四"之后，在知识分子中间确实存在一些不良风气，也不在于"五四"科学与民主的罪责，更重要的原因还是中国历史形成的政党政争问题。在政党政争中，民主精神反而被无端地漠视乃至压抑。抗战爆发之后，人人保家卫国的奋勇与热情实在正是"五四"以来民主与科学精神在教育普及中的作用。大众抱有的不再是传统的忠君报国思想，不是对于英雄的崇拜（即对最高领袖的膜拜），而是自身作为一个中国国民的意识，意识到自己就是这个国家中的一员。

至于在这次世界大战中，因为英法两国在欧洲战场上处于劣势，进而否定英法的民主自由制度，反而为集权政治大唱赞歌的调子，沈从文也做出了回应。沈从文的观点是，英法在欧战中处于劣势，并不能就此说"五四"的科学与民主就不宜提倡。即使在战时，国家需要集权，科学与民主才更要大力地宣扬。因为对外言，"战争人人有份"这句话，想要发生普遍作用，要从民主方式教育上做起。对内言，民主在政治上则可以抵抗无知识的垄断主义，以及与迷信不可分的英雄主义，更重要的是抵抗封建化以性关系为中心的外戚人情主义。在教育上民主可以抵抗宗教功利化，思想凝固化，以及装潢化。在文学艺术运动上则可以抵抗不聪明的统治与限制，在一般文化事业上则可望专家分工，不致为少数妄人引入歧途。至若科学精神的应用，尤不可少。国家要现代化，就无一事不需要条理明确实事求是的科学精神！

沈从文捍卫的不仅是"五四"科学与民主的精神传统，还是在坚守一种自由主义的传统。他所言及的那些政治上、教育思想上、文学艺术上，一般文化事业上的重新洗牌，无疑都是理想中的民主自由的形态。他的用意无非在借助"五四"的科学与民主的精神将"五四"未能完成的改造任务继续进行下去，用民主、自由、科学的精神将中国彻底改造为一个民主、自由、科学的国度。

为此，沈从文重提他的"特殊化"的理念，将自由民主的精神与专家分工的方式结合起来，代替政治上的独断专行，将权力崇拜转化成"理性抬头的'知识尊重'"，在教育中普及科学与民主的精神，培养具有民主与科学精神的新公民，以此来形成真正的民主政治。[①] 与左翼作家将陈铨等"战国策派"的理论定性为法西斯主义不同，在回应陈铨的"英雄崇拜"时，沈从文以立足当下，展望未来的姿态，将最终的落脚点放在对未来中国的自由民主政治的期许上，不仅昭示出他所坚守的自由主义的立场，更凸显出他关于自由主义的设计方案。在抗战建国的思路上，当国民党试图倡导新生活而回归传统的"礼义廉耻"的立国理念时，当中国共产党倡导一种有中国作风与中国气派的新民主主义文化时，沈从文对未来中国的想象，显示出自由主义作家甚或说是自由主义知识分子继续坚持走自由民主道路的尝试与努力。

---

① 沈从文：《读英雄崇拜》，《战国策》1940 年第 5 期，第 16—25 页。

第二章　国统区:"旧调"与"新声"

在经历过抗战初期的颠沛流离生活后,一批自由主义作家在大后方的国统区暂时安居下来。在经历了胡适、林语堂等的赴美,周作人的附逆,何其芳的投奔延安之后,国统区的自由主义作家的队伍在战争的冲击下仍然保持了应有的实力。除了沈从文、朱光潜、梁实秋、冯至之外,像徐訏、无名氏等年轻的自由主义作家也为国统区的自由主义文学注入了新鲜的血液。

尽管自由主义作家同普通人一样要面对生活上的巨大压力,但从北京、上海这样的文化中心逃亡到大后方的生活经历,以及诸如昆明、重庆、成都等的生活环境,也给他们提供了前所未有的生命经验。在相对稳定的生活环境中,他们仍然坚持着自己的文学理想。在抗战的大环境中,他们依然试图站在自由主义的立场,通过文学的方式来建立自己与时代、社会、战争乃至国族之间的关系。在他们的文学实践中,我们既可以看到 20 世纪 30 年代的自由主义文学的"老调子",比如梁实秋的人性论,也可以看到战争带给他们的一种新的生命体验。这种新的生命体验在文学中成为那个时代的别样的声音。

第二章 国统区:"旧调"与"新声"

第一节 发现文学的"弊"与"病"

一 朱光潜:文学之流弊

自由主义作家宛如医生,在当下的文学创作中发现了"病"。尽管在病症的描述和病因的判断上,他们的看法并不一致。

朱光潜将文学创作中流行的时弊先是总结为三弊,后来又归纳出十弊,展开了对文学的诊断工作。在一篇名为《流行文学三弊》的文章中,朱光潜的用意倒并非像题目中所说是针对"流行文学",更多的是对文学中流行的三弊进行诊断与解剖。在展开正式的诊断之前,朱光潜先谈了自己所认为的文学之所以成为文学的条件:一是因为作者有话要说,而且必须要说出来,故形成了文字,二是作者将心中要说的话形成文字时还能有一个适当的方式,这样才成了文学。概括起来即内容充实(有话要说)和形式完美(话说得恰到好处)。用更为学术性的话说是思想感情通过文字融入意象之中,"情趣与意象欣合无间,自成一新境界"。情趣与意象缺少一方,或者二者没有达到完美的结合,都会导致文学出现问题,即病症。

朱光潜所认为的"流行文学三弊"第一弊是陈腐。比如在当下的文学中,不仅诸如"善书""太上感应篇"之类的东西还阴魂不散,传统文学中的陈旧迂腐的思想仍旧延续到今天。而且一些新式的标语口号之作,将标语口号等概念化的东西铺延而成所谓的"小说""戏剧"之类,实质上还是"著'善书',说'圣谕',以及写八股文的精神和方法",这才是新文学可能堕入危险之途的所在。真正好的文学创作,不仅要有独到新鲜的境界，还要有真正的创造性，"用适当的语言表现出一个具体的境界和亲切的情趣"。朱氏看来，"五四"时期文坛即弥漫感伤无聊的浪漫派，稍后又有人贩卖起写实主义、象征主义、大众化等"种种空阔的名词"，表面上非常热闹，但是缺少那种肯踏踏实实认认真真的作家去摸索开拓出一条属于自己的创作道路，"创造出思想体裁内容都度越流俗值得一读的作品"。形成这种只知道模仿乃至抄袭现象的根本原因在于作家本身的修养资禀不够，心中抱的是趋功近利的观念，将文学当作敲开商业和政治两扇大门的敲门砖。

朱光潜对文学中流行的"陈腐"之病进行的诊断，实际上向我们透露出两个比较重要的信息。第一，他所谓的"陈腐"之气，暗示出了对抗战时期将文学当作宣传工具的流行观念的不满，暗指这也是一种缺乏独创性的陈腐之作，犹如"善书""太上感应篇"等的说教。第二，在批评新文学的历史问题时，他实际上也暗示出诸如象征主义、浪漫派等也是造成新文学病症的病根所在。中国新文学不仅是食古不化，而且还是食洋不化。

第二个流行文学之弊是"虚伪"。作者并非有话要说而不说不可，只是为了说而说，所以就显得空有形式，而缺少了内容。文章尽在形式上铺陈堆砌，辞藻显得极为浮华，只不过是个空架子。朱光潜特别以法国的象征主义诗歌和英美现代派诗歌为例，指出它们都是走向幽微深僻之处，处理不好就会陷入晦涩难懂之途。而偏偏就有中国人学习这种方式，走入了歧途。

第三个流行文学之弊是"油滑"。朱光潜认为作家的立场应是超然的，他俯视众生，表现出对万事万物的悲悯，无论是喜是忧，终归是让读者对人生世相有较深的认识和隽永的回味。"文艺是最高度的幽默与最高度的严肃超过冲突而达到的调和。"如果一味地幽默而不严肃就会使文学陷入油滑的地步。如果骨子里并没有讽刺偏要扮起讽刺的面孔，

第二章 国统区:"旧调"与"新声"

那就会变成谑浪调笑的小丑。更重要的是在批判油滑倾向时,朱氏并未否定幽默小品本身的价值。虽然曾遭到过鲁迅的批评,但他还是对鲁迅在文学上的讽刺风格做出较为客观的肯定。[①] 这也充分地显示了自由主义作家理性和宽容的自由主义精髓。

稍后,朱氏又从文学的内容和作家的态度两大方面对文学展开了病理学的诊断。他名之为文学上的低级趣味,即文学十弊。从内容上来说有五大弊。第一种是侦探故事。将侦探故事弄成文学的噱头,仅仅依靠奇异的故事情节来支撑作品,文学作品纯粹为了满足读者的好奇心。这样的文学作品不管情致意境,不但不能感动读者的心灵,反而会喂养读者的低级趣味。造成再好的作品放在面前,他们也读不出丰富的味道来。第二种是色情的描写。那些无法使爱情升华的描写,只停留在肉身的写作,无非只是为了刺激读者对两性的欲望,完全堕入了低级趣味。第三种是黑幕的描写。只是为了暴露而暴露,采取一种隔岸观火的态度来看待这些黑幕,不能将黑幕进行提升,也只能成为满足读者好奇心理的噱头。第四种是风花雪月的滥调。产生这个弊病的原因在于,将题材的美误作文学的美,结果只能是空洞乏味。第五种是口号教条。尽管朱氏没有明指是什么样的口号教条,但是联系到抗战时期,大量宣传抗日救国建国的作品的公式化、概念化,也不难明白朱氏的所指何在。尤其是在反对口号教条的文学之弊时,朱氏再次重申自由主义的文学立场。在他看来,文学的创作和欣赏都是"一种独立自足的境界","它自有它的生存理由,不是任何其他活动的奴隶,除掉创造一种合理慰情的意象世界叫作'作品'的东西外,它没有其他的,其他目的如果闯入,那是与艺术本身无关的"。这自然会让我们想到朱光潜在《文艺心理学》中所阐释的文艺观,"艺术的活动全是无所为而为,是环境不需要

---

① 朱光潜:《流行文学三弊》,《战国策》1940 年第 7 期,第 7—12 页。

人活动而人自己高兴去活动。在有所为而为时，人是环境需要的奴隶；在无所为而为时，人是自己心灵的主宰"①。他强调的是文学的超功利性，文学本身相对的独立自足性。文学创作本身就是一种自由的美感活动，而标语口号式的创作因采取教训人的态度，故只能是一种道德的或者实用的目的。

　　站在这样一种自由主义的文学立场，朱光潜终于将矛头直接对准了以文学为宣传工具的观念。就像一人无法同时骑两匹马那样，文学也不能既是宣传又是艺术。如果将文学用作宣传说教的工具，结果可能不仅让人厌恶这种宣传式的作品，还可能让人厌恶作品所宣传的主义。如果新文学想要有一个伟大的前途的话，必须摆脱这种弊病。对作家而言，他们必须忠实于文学自身，忠实于自己的体验与感受，能够"感觉到自己的尊严，艺术的尊严以至于读者的尊严"。针对内容上的五种弊病，朱氏认为主要的病根在于"离开艺术单讲内容"。将自然或者现实当作了文学本身，将题材误作文学，还应该站在一个制高点上将它们雕琢打磨一翻，变成超越自然、超越现实的意象世界。也就是说，文学表现现实，不是镜子式的表现，而是通过一个特殊的过程，将现实艺术化，形成文学中的"现实"。这也意味着，相对于现实，文学本身是独立的。

　　在创作者的态度上，也存在五种弊病。一是无病呻吟，装腔作势。二是憨皮臭脸，油腔滑调。这一点与《流行文学三弊》中的油滑相似。三是摇旗呐喊，党同伐异。在文坛上竖起一面大旗，召集一些门徒喽啰，大有江湖帮派的恶习。这是在批评文坛上的集团主义。四是道学冬烘，说教劝善。五是涂脂抹粉，卖弄风姿。主要表现为三个卖弄，一是卖弄辞藻，通篇没有什么具体内容，完全是华丽浮夸的辞藻的堆砌，形容词套形容词。二是卖弄学识。不管什么东西一箩筐全塞进文学作品中

---

① 朱光潜：《文艺心理学》，《朱光潜全集·第1卷》，安徽教育出版社1987年版，第324页。

第二章 国统区:"旧调"与"新声"

来,显得自己上知天文下知地理。殊不知完全与文学无关。三是卖弄才气。故意耍些技巧,实质上变成了噱头。①

对当下文学的"三弊"和"十弊"的诊断与解剖,仍然是朱光潜在20世纪二三十年代逐渐形成的自由主义文学立场的延续。正如他在《文学杂志》创刊号上的《我对本刊的希望》中所说,他所希望的理想的文学是"宽大自由严肃"的文学。②他希望读者能够"养成一种纯正的文学趣味"③。也如同他在战后复刊后的《文学杂志》上所要倡导的"一个健康的纯正的文学风气"④。从他对文学十弊的批评中,我们不难发现,朱光潜一直试图捍卫的是文学应当拥有"自己的园地"。换言之,在批判文学上的弊病的背后,朱光潜是在借着清理文学的肌体上的病菌,来更好地维护文学的主体性。这又与他的"文艺心理学"的思想有着密切关联。

朱光潜以意大利美学家克罗齐的"艺术即直觉",英国心理学家布洛的"心理的距离",以及德国心理学家立普斯等人的"移情"说,建构起其文艺心理学思想中的最为核心也是最为关键的概念"美感经验"。按照克罗齐的"艺术即直觉"的观点,在艺术的创作过程和欣赏过程中,直觉是唯一的活动。即,"在美感经验中,心所以接触物只是直觉而不是知觉和概念;物所以呈现于心者只是它的形象本身,而不是与它有关的事项,如实质、成因、效用、价值等等意义"。更通俗地说,就是在文学创作和欣赏的过程中——也就是美感经验的形成过程中,人感触对象和对象对人心理的反作用是一个与外在孤绝而独立自足的过程。在这一过程中,人的心将对象化为超越对象本身实体存在的意象,

---

① 朱光潜:《文学的低级趣味》,《时与潮文艺》1944年第3卷第5期,第29—37页。
② 朱光潜:《我对于本刊的希望》,《文学杂志》1937年第1卷第1期,第10页。
③ 朱光潜:《谈文学·序》,《朱光潜全集·第4卷》,安徽教育出版社1988年版,第155页。
④ 朱光潜:《复刊卷头语》,《文学杂志》1947年第2卷第1期,第1页。

并将自我的情趣等融入这一意象之中，上升到一种意境或者境界，从而形成文学作品。在这个过程中，我们感知的只是一种美，而非实用为目的的价值判断，比如道德的、科学的、政治的等。这也就是康德意义上的无功利性的审美，无所为而为的创造和欣赏。在很大程度上，这种依靠直觉形成美感经验的过程是一个"极端的聚精会神的心理状态"，人的整个精神完全投入一个对象上面，忘记了除此之外的世界的存在，达到了一种物我两忘、物我同一的程度。朱光潜借助叔本华的理论，认为人在现实世界，要受到意志的种种束缚，思想、感情等均处于一种不自由的状态。而通过直觉，在美感经验的过程中，人由意志世界进入意象世界。而意象世界又是一个独立自足的世界，因此人也就在意象世界中摆脱了现实的种种束缚，获得了自由。在这里，"情感自由与思想自由一样，是不应受压迫而且也不能受压迫的"[①]。正是对艺术活动中美感经验的重视，使他提出了"为我自己而表现"的文艺观。人在美感经验中的自由，正体现出了文学的自由、思想的自由、情感的自由。

在这样的立场上，反观当下的文学，发现所谓的"三弊"和"十弊"当在情理之中。"流行文学三弊"与低级趣味中的"十弊"，都没有能够体现出文学的美感经验的过程，因此也就没有达到一种文学的自由的境界。它们是有文学活动，但是其中的美感经验却是不成功的。

二 施蛰存：文学之贫困

施蛰存站在对现代文学重估的立场上来看待当下文学创作。在他眼中，当下文学创作路子越走越窄，整体上陷入相当贫困的境地。尤为重要的是，施蛰存对"五四"以来所形成的现代文学体制进行了某种解

[①] 朱光潜：《文艺心理学》，《朱光潜全集·第1卷》，安徽教育出版社1987年版，第205—367页。

第二章 国统区:"旧调"与"新声"

构性的质疑。从"五四"开始,到《中国新文学大系》的产生,中国现代文学史的第一个十年里,一个最为重要的体制性建构是将现代西方的文学概念引入中国,开始对中国新文学进行明确的门类划分。中国新文学开始被规划在小说、诗歌、戏剧、散文这样的现代性装置之内。它常常以貌似合情合理的姿态践行着带有暴力倾向的排斥机制。这种排斥机制主要体现在对不符合小说、诗歌、戏剧、散文标准的作品实行裁决,将其判定为"非文学",逐出文学的理想国。相对而言,在中国的历史传统中,虽然也存在着对文学的种种认识,甚至也出现了关于文学的自觉的历史时刻,但更多的时候,文学是一个包罗万象的存在,就像一个大杂烩,里面什么东西都有。而当现代性的装置将文学分为小说、诗歌、戏剧、散文四个门类时,不仅意味着要拿西方的鞋来套中国的脚,会有削足适履之嫌,而且那些不符合这四个门类的作品被排斥在文学的大门之外。文学的范围变得越来越小,而且文学创作的路径也越走越窄。这是施蛰存的文学贫困的第一个表现。

相对于中国古代的文人而言,今天的文学家只是一个限于纯文学领域之内的知识者,缺乏古代知识阶层所拥有的深广的文化涵养。新文学作家变成了"上不能恢宏学术,下不堪为参军记室;就其与社会之关系而言,既不能裨益政教,又不能表率人伦。至多是能制造基本印刷物出来,在三年五载之中,为有闲阶级之书斋清玩,或为无产阶级发泄牢骚之工具而已"[1]。作家的职能,文学的意义变得越来越狭窄。这是文学贫困第二个表现。

对抗战期间的文学创作,施蛰存也抱有一种批评的态度。用他的话说,"即使在这个贫困的纯文学圈子里,也还显现着一种贫困之贫困的现象。抗战以来,我们到底有了多少纯文学作品?你也许会说:我们至

---

[1] 施蛰存:《文学之贫困》,《文艺先锋》1942年第1卷第3期,第4页。

少有不少的诗歌和剧本。是的，我也读过了不少的诗歌和剧本，但是如果我们把田间先生式的诗歌和文明戏式的话剧算作是抗战文学的收获，纵然数量不少，也还是贫困得可怜的"①。联系到当时左翼文学界乃至闻一多对田间诗歌的高度评价，以及左翼文学界对戏剧在抗战救亡中作用的重视与肯定，就不难发现，施蛰存这番话显然与当时大后方的主流的文学思想拉开了距离。

施蛰存对现代文学体制的批评，敏锐地指出了文学的"现代性"这个装置，在带给中国文学以前所未有的发展机遇的同时，也给文学带来了束缚。文学被规约在现代性的体制之内，反而失去了原有的开阔度。正是因为小说、诗歌、戏剧、散文这样的文类的明确化，使得作家在创作时，会有意识或无意识地来按照这些不同的文体的不同要求来规范自己的写作。在这个意义上，文学创作失去了应有的自由性。施蛰存批评文学的贫困化，实际上正是希望文学能够突破日益体制化的条条框框的束缚，能够获得更丰富的生机和活力。这也正反映出他的自由主义的文学立场。

施蛰存强调文学家的修养不应局限在文学的小天地之内，也并非要用历史、哲学、政治等来取代文学。他的目的还是一种文学的立场，是对创作出伟大作品的一种热切的期许和无法掩饰的焦虑。对施蛰存而言，文学始终是第一位的。

这一观点在另一篇批评文章也表现了出来。在一篇针对文学青年的文章中，施蛰存将爱好文学与文学创作区别开来。在他看来，一个喜欢文学的青年不一定能够创作出文学作品来。即使像语言的运用这样的技巧，也不是仅仅凭借模仿就可以掌控的。文学的真正价值体现在它的创造性，而非模仿性。施蛰存暗示，那些仅仅凭着爱好或者依靠模仿的年

---

① 施蛰存：《文学之贫困》，《文艺先锋》1942年第1卷第3期，第4页。

轻人，创作出来的作品也是一种"贫困的文学"。原因就在于他们没有意识到，文学创作也是专门的工作，也需要深厚的文化积淀和丰富的人生阅历①。

显然，在施蛰存看来，文学贫困最大的原因在于文学本身被一种体制化或者创作模式所紧紧的规范，作家创作模式的僵化，他们观察生活的视角和对于人生的体验，都被局限于一个狭小的范围之内。这些都是对文学的束缚，而不是对文学的解放。文学要想真正摆脱当下的贫困的现状，首先要使文学从各种规范和束缚中解放出来。作家的思想和意识也获得解放，能够以更开阔的视野关注现实人生，以开放的心胸广泛吸收不同的文化营养。于是，文学摆脱贫困，实际上即是文学真正地实现自由。

三 梁实秋：文学之堕落

抗战期间，梁实秋也发出"文学堕落"的警告。他对文学的堕落的批判根源于其人性论为核心的文学思想。他认为文学的核心概念是人性。所以文学的题材也应当以人性为中心。"所谓'人性'，所谓'人的基本情感'，都是永久不变的。"文学也就没有必要在奇异之处来寻求刺激。"过度的发展个性，从偏僻处取材，以期震世骇俗，这就是使文学堕落的一个原因。"②

早在20世纪20年代末，他就强调创作者态度的严肃性，反对浪漫主义、印象主义等文学流派的求异的趋向。在他看来，文学的目的是要揭示人生万象背后的普遍的人性。这样的人性并不存在什么高山深谷里面，因此也没有必要像探险者一样去发现什么奇异。"这人生的精髓就

---

① 施蛰存：《爱好文学》，《待旦录》，怀正文化社1947年版，第7—12页。
② 梁实秋：《文学的堕落》，《中央周刊》1942年第4卷第24期，第5页。

在我们的心里，纯正的人性在理性的生活里就可以实现。"① 梁实秋推崇的是古典主义的以理性驾驭情感，以理性节制想象的"节制的力量"。即"文学的纪律"。对他来说，新古典主义的标准、秩序、节制等只是文学的"外在的权威"，而非"内在的制裁"。推翻前者正是为了使文学获得自由，而如果推翻后者的话，文学就会陷入混乱的局面。因此，古典主义的"内在的制裁"是必要的，它的真正目的在于"表现之合度"。说白了就是一种理性的力量在文学中的作用。"在理性指导下的人生是健康的常态的普遍的，在这种状态下所表现出的人性才是有永久价值的文学。"② 文学离不开自由的想象。但是想象的自由不是极端的自由，而是在一定秩序内的合理的自由。而这个秩序本身是要维护文学或者人性的健康和尊严的。所以，在这个秩序内的自由才是真正的自由。在这一点上，梁实秋的文学思想反映出自由主义文学与自由主义政治理念在精神上的一致性。

浪漫主义文学和唯美主义文学的堕落正是因为过于放纵了情感，而失去了一种内在的节制，使文学失去了应有的"表现之合度"的美。它们使文学获得解放的同时，也使文学陷入了不应有的混乱之中。梁实秋的这种思想近似于中国传统儒家的乐而不淫，哀而不伤的中庸的诗学主张。当然这也是他受到白璧德的新人文主义影响的结果。

正因为抱有这样的立场，梁实秋就将文学的堕落的第一个表现归纳为"感官享乐的过度放纵"。法国象征派诗人波德莱尔、兰波，英国唯美主义作家王尔德等，都是在感官方面过度放纵的典型代表。耽溺于感官快乐是人性中变态的状态。梁实秋理想中的文学精神是英国文学传统中的"道德的诚挚"。这不仅表现在创作者的严肃的态度，而且还在于作者力图展现的人生的常态。文学不是不可以表现人性中变态的一面，

---

① 梁实秋：《文学的纪律》，《新月》1928 年第 1 卷第 1 期，第 17 页。
② 同上书，第 23 页。

第二章 国统区:"旧调"与"新声"

更重要的是如何站在常态的位置来处理变态。在这一点上,梁实秋的观点有些类似于朱光潜所赞赏的"距离说"。作家在表现人性中变态的一面时,"他能不自己卷入这罪恶的漩涡,保持一个冷静的态度"①。对梁实秋来说,文学重要的不是题材的问题,而是作家的态度和作品的质地问题。

在梁氏看来,第二个表现出文学堕落的是晦涩。在 20 世纪 30 年代,他就发表文章,批评象征派诗歌的晦涩难懂是"堕落的文学风气"②。梁实秋特别以法国象征主义诗歌为例,力证这一流派的文学创作在逃离现实的同时,偏向畸形发展,过于注重挖掘人的灵魂深处的幽微莫测的情绪,结果就陷入了"神秘不可解"的地步。这还是其中的上品。至于那些只学得象征派的皮毛的下品,更是一些"错乱不通"的东西。这样发展下去,文学的路子只会越来越窄。真正伟大的文学作品,都是"明白清楚"的。"'明白清楚'是文学的基本条件,同时也是文学的最高理想。"像象征派这样的有意识有目的的晦涩的创作风格,只能是一种不健全的心理的反映,大有故弄玄虚之意。其流毒的影响也较为深远。乔伊斯的《尤利西斯》就是受到象征派影响的一例。

需要指出的是,与左翼作家站在诗歌大众化的立场批评诗歌的晦涩难懂不同,梁实秋要求诗歌的明白清楚,不在于要诗歌发挥宣传的功能,毋宁说他是要维护诗歌的艺术价值。只不过对他来说,明白清楚代表了一种健康的文学风气和健康的人性。晦涩难懂已经跃出了"文学的纪律",所以要将其拉回到文学的位置上。

与高尔基等将文学的堕落与阶级相联系的做法不同,梁实秋认为文学的堕落与阶级无涉。作家出身布尔乔亚阶级却不一定就专作出"堕

---

① 梁实秋:《文学的纪律》,《新月》1928 年第 1 卷第 1 期,第 24 页。
② 梁实秋:《我也谈谈"胡适之体"的诗》,《自由评论》1936 年第 12 期,第 18—19 页。灵雨(梁实秋):《诗的意境与文字》,《自由评论》1936 年第 16 期。絮如(梁实秋):《看不懂的新文艺》,《独立评论》1937 年第 238 号,第 17—19 页。

落"的文学。更主要的还是跟作家本人的观念和态度有关。并非所有的文学都带有"堕落"的趋势,主流还是好的、健康的、积极的、严肃的、认真的。①

在梁实秋对"文学的堕落"的批评中,我们可以发现,他既反对作家臣服于文学的流行趣味,也反对作家听命于"外在的权威"。文学只是表现纯正的、固定而普遍的人性。人性就在每个人心里。这也意味着,文学或者人性,对梁实秋来说,既是人类普遍的感情的反映,又是一种属于个体的独特性的表现。或者说文学也是一种反映普遍人性的个人主义的产物。只不过这个个人主义不是无政府主义的个人主义,而是胡适所说的真的个人主义——个性主义或健全的个人主义。这样的个人主义坚持独立思想,在有益于社会的前提下,养成自己"忠诚勇敢的人格"②。也就是梁实秋意义上的理性指导下的健全的人性的表现。按照胡适的说法,这样的个人主义即是自由主义。所以,从这个角度来说,梁实秋对"文学堕落"的批评仍然是一种自由主义文学观。

无论是朱光潜批判"文学的低级趣味",施蛰存批评"文学的贫困",还是梁实秋批评"文学的堕落",自由主义作家在20世纪40年代对文学的病症的研判与解剖,在表达出对文学现状的不满和失望的同时,也寄予了对于文学的美好期待,毋宁说那也是一种关于自由主义文学的理想的想象。尽管他们自己之间的立场存在着差异,比如梁实秋和朱光潜之间,前者就反对文学是自我的表现,而后者坚持认为文学是一种为我自己的表现;前者认为文学具有道德的价值,而后者反对将道德价值视为文学的最重要的价值。但是他们还是持有相似的立场。比如他们都将文学的价值放在了未来,而非当下。他们与抗战时期强化文学的

---

① 梁实秋:《文学的堕落》,《中央周刊》1942年第4卷第24期,第6页。
② 胡适:《个人自由与社会进步——再谈五四运动》,《独立评论》1935年第150号,第2—5页。

工具性的文坛主流思想保持了距离。文学如何摆脱时代的种种束缚与羁绊，如何获得更为自由的发展，是自由主义作家诊断文学之弊病的最终的落脚点。这背后也表现出自由主义作家对一个时代的文化风气的期许。这种文化是马修·阿诺德意义上的文化，"研习完美的文化，它引导我们构想的真正的人类完美，应是人性所有方面都得到发展的和谐的完美，是社会各个部分都得到发展的普遍的完美"①。对完美文化的近似于乌托邦式的期许，也使得自由主义作家超越了抗战建国、文学即宣传等功利主义的文学观，使他们以别样的视角进入当下现实，形塑一个不同于抗战文艺主流模式的"现实生活"。

第二节　自由主义文学运动的重造

抗战爆发后，文学服务于抗战的思想成为大后方文学创作的主潮。"抗日救亡已经转化为文学的自觉要求，已经转化为文学的实践活动。"② 当大多数作家将"为时代而写作"作为一种内在的自觉要求时，自由主义作家却表达出了不同的意见。用梁实秋的话来说，"文学的性质并不拘定"，文学可以描写抗战，也可以与抗战无关。没有必要将抗战硬塞进文学，造成空洞的"抗战八股"③。"我相信人生中有许多材料可写，而那些材料不必限于'与抗战有关'的。"④ 显然，以梁实秋为代表的自由主义作家反对将抗战时期的文学等同于抗战文学。前者的外

---

① ［英］马修·阿诺德：《文化与无政府状态：政治与社会批评》，韩敏中译，生活·读书·新知三联书店2002年版，第232页。
② 苏光文：《抗战文学概论》，西南师范大学出版社1985年版，第7页。
③ 梁实秋：《编者的话》，《中央日报·平明》（渝），1938年12月1日第4版。
④ 梁实秋：《"与抗战无关"》，《中央日报·平明》（渝），1938年12月6日第4版。

延要远远大于后者的外延。即使抗战在每一个人的生活中占据较大的比重，也并不意味着抗战就是生活的全部。衣食住行还是每一个人必须面对的最直接的生活问题，而爱情、婚姻、家庭等也同样构成了生活中不可缺少的部分。自由主义作家坚持的是生活的多元化和文学的多元化。在如何书写抗战题材的文学作品的问题上，自由主义作家也认为并非只存在个人如何为国族献身或者敌我对峙斗争这样一种模式。自由主义作家所关注的不是抗战文学中歌颂还是暴露的问题，而是作家如何观察这场席卷中国的民族战争，如何在民族、国家、抗战、文学之间建立起独特的关联。因此，在20世纪40年代的国统区，在战争的生与死、血与火之外，自由主义作家关注日常生活中的诗意，力图在人生的常态中寻找永恒的人性。他们也关注在大时代中个体的"天路历程"：一个人如何在"革命""爱情""罪孽""宗教""宇宙"等种种世相之"重"中寻找一种属于个体的生命之"轻"。或者他们如何在爱情中建构关于至纯至美至善的人性，又如何在这人性的极境之中发现自我的迷失而重新寻找"自己的世界"。当国族叙述成为时代的主轴，自由主义文学却力图重建起个体、个人主义的价值与意义。20世纪40年代的自由主义文学固然不是写在家国之外的另一世界，却企图以日常生活、山水风物、人性、个人主义等呈现出家国之间的"这一世界"的无限诗意来。

一　日常生活的意义

在"国族至上"成为最高原则时，文坛出现了漠视日常生活的趋向。郁达夫认为，战争已变成了日常的茶饭琐事，所以"一点点小感情的起伏，自然是再也挑不起人的同情和感叹来"[①]。但是梁实秋却不这样认为。按照法国哲学家列菲伏尔的说法，"'日常'是每个人的事"。

---

① 郁达夫：《战时的小说》，《自由中国》1938年第3号，第209页。

第二章 国统区:"旧调"与"新声"

与其将日常生活视作非哲学的、平庸的、没有意义的、必须抛弃的东西,不如以非平庸的视角来观照平庸之事物。① 20 世纪 40 年代的梁实秋也大有从非平庸的视角来审视平庸的日常生活,将日常生活变成艺术品的倾向。尤其是在蛰居重庆北碚的"雅舍"里创作出来的一系列"雅舍小品"。在很多时候,梁实秋的"雅舍小品"已经不再单指那些在"雅舍"中创作出来的小品文,更多的是指代一种创作方式与审美风格。经历了主编重庆《中央日报·平明》副刊所引发的"与抗战无关论"的风波之后,"雅舍小品"系列似乎更凸显了梁实秋有意为之的企图。用当年一位同住在"雅舍"的邻居的话说是,"'与抗战有关的'他不会写,也不需要他来写,他用笔名一连写了十篇,即名为'雅舍小品'"②。在这一系列"雅舍小品"中,梁实秋不谈家国大事,只是谈一些诸如孩子、女人、男人、音乐、握手、下棋、写字、匿名信、结婚典礼等人生百态。这些几乎构成了每一个人的日常生活。在梁实秋的笔下,这些琐碎、庸俗甚至在民族国家危亡之际被视作毫无意义、常常被人忽略掉的东西,化作了一个相对自足的审美世界,变成了梁实秋所谓的人性的常态(或者变态),由所谓的"小摆设"的小品文呈现于世人面前。

以小品文这样一种所谓的"小摆设"来审视"与抗战无关"的日常生活,既反映出了梁实秋对抗战文艺的有意的疏离姿态,也表现了梁实秋在文学创作中的自由主义姿态。早在 20 世纪 30 年代鲁迅批评小品文渐渐堕落成幽默、性灵的"小摆设"时,梁实秋就发表了对于小品文的看法。一方面,他承认鲁迅批评小品文流入不严肃的油滑之途是有道理的,文学创作的态度应当是严肃的;另一方面,他又强调"文无定

---

① 陈学明、吴松、远东编:《让日常生活成为艺术品——列菲伏尔和赫勒论日常生活》,云南人民出版社 1998 年版,第 35 页。
② (龚)业雅:《雅舍小品·序》,《梁实秋文集·第 2 卷》,鹭江出版社 2002 年版,第 205 页。

律",没有必要将文章搞成清一色的战斗的匕首,"还是随着各人性情为是"。而且文学的范围是广大的,"漂亮的小品文诚然是无补于经国济民之大事业,就是'小摆设'也似乎没有什么绝对要不得的"。他以一种宽容态度来看待文学创作,认为文坛上的革命文学和趣味文学都有存在的合理性。"除了作为武器的革命文学和麻痹青年的'小摆设'文学,似乎还有第三种文学的存在吧?"① 而"雅舍小品"系列似乎正是这样这一种既非革命文学又非麻痹青年的"第三种文学"。而且这种文学也正是在国族的宏大叙事之外,在日常生活中寻找人生趣味或者将平庸与日常变成诗意的尝试与努力。这也是一种自由主义的文学实践。

正像笔者在前面已经提到的,在 20 世纪 40 年代,梁实秋仍然坚持一种人性论的文学观。在一篇关于冯友兰的《新世训》的书评中,梁实秋说:"我个人就一向强调一种观点,以为'人性'是普遍固定的,喜怒哀乐之情,仁义礼智信的美德,不分古今,无问中外,永远是不变的……人性不变,所以人的生活方法亦应该是不变的。"② 在《关于"文艺政策"》一文中,梁实秋强调文学描写的对象是人性,"亦即是人类所同有的基本感情与普遍性格"。人性是不分阶级的。③

在"雅舍小品"系列中,梁实秋笔下的日常生活常常是那些在变动不居的生活中保持不变的人性:基本感情与普遍性格。比如对女人的种种性格的概括,女人的善变、善哭、善笑、善说,以及胆小、聪明等,都不是针对某一个具体女人而言的,带有普遍性。梁实秋有点接近于鲁迅的国民性的立场。他也试图在一些庸常的生活习俗和惯例中发现一些我们这个古老民族或者整个人类所共有的品性来。比如"谦让"这一传统美德表面上似乎是谦谦君子、礼仪之邦的表现,但实际上正反

---

① 振甫(梁实秋):《小品文》,《益世报·文学周刊》(津)第 47 期,1933 年 10 月 21 日。收入《梁实秋文集·第 2 卷》,鹭江出版社 2002 年版,第 215—217 页。
② 梁实秋:《新世训》,《星期评论》1941 年第 18 期,第 11 页。
③ 梁实秋:《关于"文艺政策"》,《文化先锋》1942 年第 1 卷第 8 期,第 3 页。

映了一种"我"与他人的利益较量。只是相较于鲁迅强烈的批判姿态,梁实秋更多的是批判中的理解与包容。这也是一种悲悯的情怀。

"雅舍小品"常常表现出在日常生活中发现的一些人生的情趣或趣味。《雅舍》中的"雅舍"本是一座极普通极简陋的蜗居之所,"它是不能避风雨,因为有窗无玻璃,风来则洞若冷亭,有瓦而空隙不少,雨来则渗如滴漏",夜里老鼠猖狂,夏天聚蚊如雷,甚至房间内的地势还不平。但是,梁实秋偏偏在这间陋居中发现了别样的东西,那就是"'雅舍'还自有它的个性",而"有个性就可爱"。月夜,人可在房中"看山头吐月,红盘乍涌,一霎间,清光四射,天空皎洁,四野无声,微闻犬吠,坐客无不悄然!舍前有两株梨树,等到月升中天,清光从树间筛洒而下,地上阴影斑斓,此时尤为幽绝"①。从陋室变为"雅舍",这也正是"雅舍"值得人怜爱之处。人到中年充满了诸多尴尬与无奈,但也意味着生活的开始。"中年的妙趣,在于认识人生,认识自己,从而做自己所能做的事,享受自己所能享受的生活。科班的童伶宜于唱全本的大武戏,中年的演员才能提得起大出的轴子戏,只因他到中年才能真懂得戏的内容。"② 光阴流逝青春不在之际,却也是人生登上一个高峰之际。梁实秋的中年人生是充满辩证法的人生。诸如《乞丐》《穷》这样原本被左翼作家视作贫富分化、阶级斗争的题材,在梁实秋看来也自有人生的情趣。乞讨亦是一种技巧,能够让人信服,讨要到钱财或者食物,也需要人的智慧。这反倒见识出了乞丐的聪敏来。穷困潦倒反而显示出人的真正本色来。正因为人穷,所以来找他谋事说情的人就没有,"他的时间是他自己的"。因为穷,所以人与人之间没有什么隔阂。穷人有时反倒显得较为大方慷慨,也有一股豁出去的勇气和胆量,"一股浩然之气火辣辣地从丹田升起,腰板自然挺直,胸膛自然凸出,徘徊

---

① 梁实秋:《雅舍》,《梁实秋文集·第 2 卷》,鹭江出版社 2002 年版,第 206—207 页。
② 梁实秋:《中年》,《世纪评论》1947 年第 1 卷第 1 期,第 13 页。

啸傲，无往不宜"①。这就叫人穷志不短。

在摹写人生百态的同时，梁实秋还试图分析或者解释日常生活现象背后更深层的心理机制。比如谦让，在我们这个"礼仪之邦"的国家里，表面上似乎是一种传统美德，实际上却是另外一回事。在梁实秋看来，之所以盛行大家拼命地让座的现象，主要有两大原因：一是不管怎么让来让去，最后总是每个人都有一个位置，所以在让别人时，倒不用担心自己没有一席之地；就是因为不用担心自己没有位置，所以才谦让得更加热烈。二是但凡有自己的座位，大家的待遇都是均等的，不存在位置决定了客人的宴饮的权利的事情。也就是说你不管坐在哪一个位置上，都不妨碍你酒足饭饱。说白了，就是大家的利益是均等的，让让座位也减损不了自己的利益，那又何乐而不为呢？反之，在买车票的地方就看不到谦让的现象，拥挤是一种最常见的情形。原因就在于这牵涉到每个人的利益。因此，像谦让这样一种所谓的传统美德反倒显示出了国人的虚伪。美德的背后更是隐藏了一种中国人最实际、最功利的处事原则："可以无需让的时候，则无妨谦让一番，于人无利，于己无损；在该让的时候，则不谦让，以免损己；在应该不让的时候，则必定谦让，于己有利，于人无损。"② 让与不让都取决于利益之争。自我与他人之间的交际网络重心所在还是自我，符合"我"的利益，"我"即可以表现出谦让的美德来，反之则撕破谦让的美德变成赤裸裸的争抢。美德的背后反映出的是利益之争和自私自利的阴暗心理。

在一篇关于火灾的小品文中，梁实秋描写了一个"示众"般的场景。远处某户人家发生火灾，街上顿时涌现出一股观看的人流来："其中有穿长袍的，有短打的，有拖着拖鞋的，有抱着吃奶的孩子的，有扶着拐杖的，有的是呼朋引友，有的是全家出发，七大姑八大姨，扶老携

---

① 梁实秋：《穷》，《世纪评论》1947 年第 2 卷第 24 期，第 17 页。
② 梁实秋：《谦让》，《梁实秋文集·第 2 卷》，鹭江出版社 2002 年版，第 230 页。

第二章 国统区:"旧调"与"新声"

弱、有说有笑的向着一个方向急行。"人们抢占不同的位置来观看火灾,小孩子爬上旁边的大树,屋顶上也站了人,被踩了脚的女人还喷口而出"国骂",旁边的一家茶叶店特意搬出几条凳子来招待观看的亲友。火灾变成了一场视觉大宴。"一面是表演,一面是观众,壁垒森严。观众是在欣赏,在喝彩。"① 这也是一个看与被看的场景,其中自然也有讽刺的味道。

如果说鲁迅在批判国民的劣根性的时候,实则带有强烈的自我批判和反省意识,他将自己视作阿Q们中的一员的话,那么梁实秋是一个旁观者,一个局外人,他以旁观者的姿态来审视这人性中的"常(态)"与"变(态)"。但他并未将自己置于判官的位置之上,他的目的既不在于改造,也不在于审判,只是如同医生一般的分析,分析中包含了应有的理性与冷静。但不可否认的是,即使是一种冷眼旁观,一种理性和冷静的分析,也还是包含了一份悲悯之情。比如在他看来,对人力车夫拼命地讲价就表现出人性残忍的一面来。

对梁实秋来说,将日常生活变成"雅舍"里面"且志因缘、不拘篇章、随想随写"的自遣的写作行为,不仅是要在日常生活的变与不变中发现普遍的人性,更在于通过这样一种将日常生活审美化的写作行为,来达到"逼近"人生与现实的目的。在他看来,相对于那些追求意境高远的艺术家而言,这更代表了一种文学的正则,这才是真正的"写实主义者"②。当然,在人生百态的描摹中,他尝试着发现那些永恒的人性。所以,"雅舍小品"实际上也是他对自己的人性论的积极实践。

---

① 李敬远(梁实秋):《火》,《益世报·星期小品》(津)第11期,1947年9月28日第6版。
② 梁实秋:《两种文学观》,《星期评论》1940年第4期,第10页。

二 新个性主义

被后来的研究者称为"新浪漫派"的徐訏和无名氏,无疑是20世纪40年代国统区自由主义作家中的新生代。他们的作品在20世纪40年代的国统区一纸风行,赢得了相当多的读者,却也遭到了许多指责,即所谓的"与抗战无关"或者格调不高、低级趣味等。但是不可否认的是,他们的文学观、文学创作却很好地体现出对自由主义文学传统的承继。徐訏与无名氏的文学创作体现出了自由主义文学在20世纪40年代的新环境中极为有益的探索,自由主义文学的内涵被大大地拓宽与加深。

徐訏和无名氏都坚持一种自由主义的立场。两个人都曾经走过他们的"马克思主义时代"。徐訏在北大求学期间,一度成为一个"马克思主义的信徒"。无名氏坦承自己中学时代思想已经左倾,其中一个重要的原因是读了三巨册的《马克思传》,在北京求学期间阅读的上千本书籍中就有马列一派的书籍。[①] 在巴黎大学留学时,徐訏因为读到了斯大林清算托洛茨基的综合报告以及法国作家纪德的《从苏联归来》等书,思想受到很大的震动,开始对自己的信仰发生动摇,最终放弃了马克思主义。"我的马克思主义时代就是这样结束,而且一去不复返了。"[②] 无名氏在抗战期间有机会接触到了20世纪30年代苏联大整肃的材料,他的思想也受到极大的震撼。用他自己的话说,此前自己思想里是左派色彩和自由主义色彩平分秋色,此后,自由主义的思想占据上风,尽管感情上对中国共产党持同情态度,理智上却极反感苏联,"这也是我政治思想大转变的开始"[③]。走过各自的"马克

[①] 汪应果、赵江滨:《无名氏传奇》,上海文艺出版社1998年版,第29页。
[②] 徐訏:《现代中国文学过眼录》,时报文化出版企业有限公司1991年版,第380页。
[③] 汪应果、赵江滨:《无名氏传奇》,上海文艺出版社1998年版,第35页。

第二章 国统区:"旧调"与"新声"

思主义时代"后,两个人都站到了以个人主义为基础的自由主义的立场。徐訏明确地表示自己的自由主义思想直接取法于西方的自由民主,以洛克的人性论和亚当·斯密的经济学理论为骨干。① 他强调"个人人格的尊严",认为"只有每个人自己有人格尊严的觉醒而同时尊敬别人的人格尊严",才是一个社会的民主精神的真正体现。徐訏进一步解释他所谓的"个体的独立的人格尊严","就是他有个人的独立的思想情感信仰的自由。他对于自己的所由来的历史与地理的传统以及工作与岗位有他的责任感与自尊。他对于别人的工作与岗位有认识与尊敬"②。无名氏强调将来的世界必定是"每个人都有独立人格,谁也不奴役谁,个人做自己应分做的事"③。他还特别强调超越党派的中间分子的作用,认为不管在什么样的时代,中间分子都扮演着文化保姆的角色,"假如有一个时代不容中间分子存在了,这就是文化倒退的时代"④。无名氏的"中间分子"实际上即是沈从文所呼吁的从事特殊工作的自由主义知识分子。徐訏和无名氏都坚持一种个人主义为基础的自由主义。

徐訏将建立在个体独立与人格尊严基础上的文艺称为"新个性主义的文艺"。在他看来文学不仅要反映出个体独立与人格尊严,而且文艺本身也具有独立的"人格",它是一种自由的创作。⑤ 这其实就是一种自由主义的文学观。毋宁说,徐訏和无名氏在抗战时期(甚至包括抗战胜利之后)的文学创作都是这样一种追求人格独立与尊严的"新个性主义文学"。这使得他们在抗战这样一个为时代而写作的大环境中,以

---

① 徐訏:《个人的觉醒与民主自由》,传记文学出版社 1979 年版,第 62 页。
② 徐訏:《现代中国文学过眼录》,时报文化出版企业有限公司 1991 年版,第 269、274 页。
③ 无名氏:《淡水鱼的冥思》,花城出版社 1995 年版,第 117 页。
④ 同上书,第 134 页。
⑤ 徐訏:《现代中国文学过眼录》,时报文化出版企业有限公司 1991 年版,第 269 页。

一种别样的风格,另类的特质,与主流的抗战文艺拉开了一定的距离。他们的文学世界常常会溢出时代的共鸣之外,用当时的一些批评者的话说,他们的小说不仅歪曲了现实,而且在作品中表现出来的梦幻、浪漫情调正是"逃避、麻醉、出世、宿命与投降",甚至色情,还不如张恨水所写的鸳鸯蝴蝶类作品更接近现实。①反过来解读的话,这倒是他们的文学的特色。

他们的小说尤其是在国统区的小说,常常以男女之间的私情为组织情节线索的关键,即使在有关抗战题材的作品中,男女之间的情感纠葛也常常压倒了抗战而成为小说的重心。相对于民族国家的宏大叙事,爱情显然属于个人化的一己生命体验。用一位研究者的话说,当文学成为为抗战进行精神总动员的最重要的手段的时候,徐訏和无名氏却"力图用文学帮助个人确立一个真正属于私人的领域……(用)文学帮助个人在私人领域中确立起自我意识,使个人意识到自己是私人领域的主人,个人应当有自己的主体性"②。其实即是一种个体的人格独立的表现。毋宁说正是通过对一己的儿女私情的追求和坚守,才表现出人试图从种种外在的束缚中解放出来,寻找人性的解放和自由。这也是个体的人格觉醒的表现。无名氏的《北极风情画》与《塔里的女人》构造极其相似,同样的爱情题材,郎才女貌,一见钟情。《北极风情画》中同是天涯沦落人的韩国军人林和波兰少女奥蕾莉亚,在一个不属于他们自己国家的俄罗斯小城发生了恋情。在寒冷的西伯利亚,他们的爱却显得无比的炽烈和勇敢。当这对恋人被迫分离后,奥蕾莉亚只能以死来表现对这段爱情的坚守,对恋人的忠贞。《塔里的女人》中罗圣提与黎薇相爱,

---

① 孟超等:《蝴蝶·梦·徐訏》,《大公报·大公园地》(津)第335期,1948年12月16日第4版。

② 耿传明:《轻逸与沉重之间:"现代性"问题视野中的"新浪漫派"文学》,南开大学出版社2004年版,第91页。

第二章 国统区:"旧调"与"新声"

却因为前者已为人夫与人父而无法与后者共筑爱情的小巢。等到横亘在两个人之间的一切障碍都消失的时候,有情人试图再次牵手,当年的妙龄少女却已容颜憔悴枯槁、精神恍惚迷离。她只能告诉恋人(罗圣提)太迟了,一切都回不去了。如果说在纯美的爱情中,生命的尊严和价值得到了充分的体现,那么,当爱情演变成悲剧的时候,它恰恰说明个体要想保有生命的尊严和价值的艰难。

有研究者指出,在爱情故事背后,实际上徐訏还触碰了一个相当哲学化的命题,那就是"自己的世界"①。而笔者个人认为,在这个关于"自己的世界"的哲学化的命题背后,仍然是徐訏所提倡的"新个性主义"的表现。徐訏在《风萧萧》这样一个相当"主旋律"的长篇小说中,并非只是为了写一段中美间谍联手抗日的传奇故事,也并非只是为了宣扬小我为了大我而献身的爱国激情。他还"试图探讨个体在时代(战争)洪流中如何自处,以及如何寻找未来路途的问题"。

小说中男主人公"我"所坚守的独身主义"实为探讨个体的自我确立,以及自我价值的实现路径等问题"的表征。② 在间谍故事的背后,实际上还蕴藏了一个关于个体如何迷失在他人的世界中和如何寻找、回归甚至重建"自己的世界"的奥德赛之旅。小说中男主人公"我"深陷在上海孤岛之上,原本计划从事哲学研究,结果却卷入中外间谍的网络之中。上海孤岛完全沦陷后,"我"最终被说服加入盟军的间谍工作中。由此,"我"离开"自己的世界"进入一

---

① 袁坚在对徐訏小说的细读中发现,像《风萧萧》这样以中外间谍故事为题材的非常符合国民党政府联美抗日、联共抗日政策的"主旋律"作品,竟然提出了一个徐訏式的概念"自己的世界"。参见袁坚《论徐訏30—40年代的小说创作》,博士学位论文,复旦大学,2008年,第146页。

② 袁坚:《论徐訏30—40年代的小说创作》,博士学位论文,复旦大学,2008年,第146页。

个"他人的世界"。当"我"为这是一个怎样的世界疑惑时，身为美国间谍的梅瀛子毫不迟疑地告诉"我"，"（这世界）是香粉甜酒与血的结晶"。在这个"他人的世界"中，"我"目睹最单纯的美国姑娘海伦也被梅瀛子所利用，被包装成交际场上的新星，依靠色相试图从日本军人那里获取情报，却险遭日军的强暴。而重庆方面的间谍白苹更是以百乐门高级舞女的假面周旋于日军的高级军官中间，最后为了执行任务而英勇牺牲。无论这样的工作拥有多么神圣而崇高的名义，它都意味着个体、自我只能成为时代的小小的注脚。因此，"我"对这项工作表示出某种怀疑。用小说中的话说是，尽管"你们的世界"光芒万丈——因为秉承抗日的崇高之名——对"我"有着巨大的吸引力，却与"我"的世界——企图用美与善建构的世界——存在着巨大的差异。"我"被光芒吸引进"你们的世界"，"最后我相信我会迷途，于是我再也摸不回来，我就只好流落在你们的世界中做你们善良的人民"。当个体从"自己的世界"进入"他人的世界"——"你们的世界"——中时，个体人格的独立和尊严显然受到了一定的损害。以"自己的世界"与"你们的世界"的对照，也正表示出"我"甚至是徐訏本人，对假以抗战的神圣名义而召唤个体绝对臣服的主流思想的质疑。个体的生命价值是否只能依靠为国家、为民族献身才能实现？一个人能否通过拥有或者建构一个"自己的世界"而实现个体的价值与意义呢？小说的结尾，"我"并没有带海伦一起走，而是只身一人奔赴大后方。这似乎也暗示出坚持"独身主义"的"我"重新寻找一个最安静最甜美、如同故乡的"自己的世界"。重新出发，仍然是在路上。奥德赛的旅程并未结束。

　　无名氏也试图在文学的世界中重建个体的人格的觉醒。尤其是在浩大的《无名书稿》中，他通过主人公印蒂的生命履历，试图展现一个知识分子如何穿越不同的场域、跨越不同的界限，追寻个体的独立与生

第二章 国统区:"旧调"与"新声"

命的尊严。① 《野兽·野兽·野兽》主要写印蒂的第一段生命之旅,一段关于如何跨越"革命"的生命之旅。1920年的初夏,在就要从师范学校毕业的前夕,印蒂给父亲留下一封信走了。在信中,他说:"我整个灵魂目前只有一个要求:'必须去找,找,找!'……找一个东西!这个'东西'是什么?我不知道。正因为不知道,我才必须去找。我只是盲目的感觉:这是生命中最可宝贵的一个'东西',甚至比生命还重要的'东西'。"② 离家5年,他一直流浪在北方。他读有关马克思、十月革命的书。5年之后,他认为自己懂得了生命之谜。这个谜就是"信仰":改造世界,改造人类,改造国家与社会。怀抱着改造的理想,印蒂南下当时的"革命圣地"广州,并参加了北伐战争。随着国共分裂,他因为参加了中共的地下组织而被捕入狱,获10年徒刑。在牢狱之中,他仍未放弃自己的信仰。在父亲将其营救出狱之后,他仍试图重返党的怀抱。但迎接他的却是怀疑。他被认为是写了自白书才放出来的,因此必须进行忏悔,并厘清自己以前同情托派的思想。以党组织的身份出现的左狮直接告诉他:"你在革命的裁判席上,只有党的公平,没有个人的公平。任何个人公平,必须和党的公平联系在一起,才能立脚。在绝对的党的公平下,个人必须牺牲,无条件无考虑的牺牲。"③ 左狮的话暗示出,在革命的集体中,个体非但不能保全人格的独立,反而必须成为绝对臣服的客体。印蒂以自身的切肤之痛宣告,他试图通过投身革命来实现个体的生命价值的尝试的失败。无名氏笔下的奥德赛之

---

① 无名氏的《无名书稿》共分6卷。第1卷为《野兽·野兽·野兽》,1945年创作于重庆,1946年在上海出版;第2卷为《海艳》,1946—1947年创作于杭州,1948年在上海出版;第3卷为《金色的蛇夜》,上册于1949年在上海出版,下册1950年已经完成,但没有出版。第4卷《死的岩层》,第5卷《开花在星云以外》,第6卷《创世纪大菩提》,分别完稿于1957年、1958年、1960年,当时并未出版。在本文中主要论述40年代出版的第1、2卷和第3卷的上册。

② 无名氏:《野兽·野兽·野兽》,中国文联出版公司1989年版,第17页。

③ 同上书,第313页。

旅也并没有因此结束，印蒂再次踏上寻找的路。在小说的结尾，他决定接受友人的邀约去南洋一起办报。

在《海艳》中，印蒂又开始了生命中的另一段旅程，一段爱情之旅。在南洋因为思想左倾，他被驱逐出境。在返国的轮船上，他偶遇一位具有神秘魅力的女子，却未能深入发展。反而在杭州的西子湖畔，他和这位女子再次相遇，后者竟然是他的姨表妹瞿萦。一段浪漫而炽烈的爱情在这对青年男女之间展开。印蒂开始讴歌这世间最伟大的爱，最纯洁的美。在这里，他又找到了人生的新的信仰。同时，他又产生一种隐忧，感觉到爱情毕竟是两个人的世界。当独自一人时，自我就是一切，自我可以独立地反映这地球上的光、色、香。但在恋爱中，自我的世界中就多了一个生命，"渐渐地，自我沉下去了，他体像（浮）萍潜伏在我的四周"。即使是亲密的爱人，参加到自我的空间中来，也会造成自我的完全沉没。爱情带来生命的甜蜜与愉悦的时候，印蒂却敏感地觉察到，个体可能深陷在感情编织的网络之中，迷失自我。于是，他选择了离开，踏上了奔赴东北的战场。"九一八"事变似乎成为了一个逃离的契机和借口。问题是原本已经宣告了以改造为目的的革命并不能成就一个圆满的"自己的世界"，那么在民族战争的革命中，就有可能寻找到一个"自己的世界"吗？在印蒂无果而终的爱情之旅中，我们可以窥测到个体尤其是男性个体追寻人格独立和生命尊严的矛盾性。一方面，现实告诉他们，在国族这个大的集体面前，个体很难保有自我的独立。另一方面，他们又屡屡有试图打通个体和集体之间的横隔的冲动。他们企图寻找到集体和个体之间的最为理想的关系模型。从集体无意识的角度来说，"天下兴亡，匹夫有责"的文人传统提醒他们为国族献身的使命。同时，现代思想又告诫他们，知识分子的个体价值是一切集体价值的起点。

在《金色的蛇夜》上册，印蒂从东北战场溃败后到了上海。在上海，他纵情声色，经历人生命旅程中"魔鬼主义"加炼狱精神组合成的"负的哲学"。他沉到生命的最低和最底。纵情于感官的快乐之中只能证明他将永远失去自我。这也注定了此一阶段的印蒂只能成为"过客"，生命的旅程仍将继续。

如果说印蒂的故事表征了"一个知识分子在一个民族大动乱里的个人悲剧"，同时也是"一个理想主义者在一个残酷黑暗的现实里对一种更高更完美的存在的追寻与幻灭"的悲剧，① 那么，这同样也是一个关于个人主义的悲剧。只不过，印蒂身上的个人主义的悲剧并不是以生命的沉沦与毁灭为结局，而是一种永远在路上的追寻，体现出一种个体的"灵魂的绝对的自由"②。

显然，在徐訏和无名氏的"新个性主义的文学"中，个体呈现出永远在路上的生命状态。毋宁说这也是一种精神上的流浪。在路上或者流浪，意味着个体对秩序的拒绝。对这些印蒂们来说，被他们拒绝的秩序，不仅不能保有个体的人格的独立和生命的尊严，反而会成为一种束缚，一种取消人格独立和自由的桎梏。于是，永远地在路上或者流浪，成为个体始终坚持人格独立和自由的表征。

三 完整的人

当梁实秋在重庆北碚的"雅舍"里试图从日常生活中寻找人生趣味时，一位与他同时代的诗人却在昆明近郊的茅屋中试图在日常生活中发现精微的"哲理"；当徐訏与无名氏不间断的寻找"自己的世界"时，这位身在昆明的诗人也在试图将"二千年前的一段逃亡故事变成一

---

① 丛甦：《印蒂的追寻：无名氏论》，卜少夫、区展才主编《现代心灵的探索：无名氏作品研究》，黎明文化事业公司1989年版，第8页。
② 鸣奇：《读〈野兽·野兽·野兽〉书后》（续），《大公报·出版界》（沪）第16期，1947年1月26日第12版。

个含有现代色彩的'奥地赛'"①，一个现代奥德赛的逃亡之旅。这位诗人就是冯至。

用冯至的夫人姚可昆的话说，此时的他"思想也并不怎么进步，还是处在一种彷徨的状态"：即使在诗歌中表达出对"新的眺望"的等待，但是究竟要眺望的是什么，却"很抽象，不大清楚"②。因此，在一些研究者看来，此时的冯至，从政治立场判断，既不属于倾向于国民党的右派，又不是倾向于共产党的左派，"而是有独立见解的中间偏左派"③。

"独立见解"和"中间偏左"，实际上暗示了抗战时期的冯至坚持的是自由主义的立场。与陈铨等借用尼采等人的思想大力宣言"战国时代"与"力的政治"不同，冯至眼中的尼采不是让大众视自己为导师，视自己的思想为真理，而是让大家信仰一句话："认识自己的路。"他眼中的尼采反对大众的盲从思想："他不但让我们走自己的路，而且教我们在读尼采的时候处处要防备他：'我要唤起对我最深的猜疑'。"尼采反对大众将自己视作圣者，在倡导重估一切价值时，仍旧坚守一种基本的道德：正直。他期望人们以正直的眼光来观察和研判这个世界。在冯至看来，"尼采是一片奇异的'山水'，一夜的风雨，启发我们，惊醒我们，而不是一条道路引我们到圣地"④。在冯至对尼采的解读中，我们可以感觉到，他对个体的独立性的高度重视。当有人以集体主义名义攻击个人主义的时候，冯至积极地做出了回应。他反对将个人主义等同于利己主义。如果将二者混同为一，反倒不容易展开对自私自利之心

---

① 冯至：《〈伍子胥〉后记》，《冯至全集·第3卷》，河北教育出版社1999年版，第427页。
② 姚可昆：《我与冯至》，广西教育出版社1994年版，第123、126—127页。
③ 陆耀东：《冯至传》，十月文艺出版社2003年版，第142页。
④ 冯至：《谈读尼采（一封信）》，《今日评论》1939年第1卷第7期，第12—13页。对尼采的不同解读，可参看林同济的文章《我看尼采》，《自由论坛》（月刊）1944年第2卷第4期，第4—8页。

第二章 国统区:"旧调"与"新声"

的批判,很容易使其借着个人主义的替身溜之大吉。在中国,特立独行的真正的个人主义不仅比较少见,而且即使存在一种被冠之以"个人主义"的个人主义也并非什么罪恶,反倒有名副其实之意。在冯至看来,当下的这种个人主义,主要表现为"不肯随声附和,自己埋头于个人的工作,或是另外有一些自己的见解"。冯至所理解的个人主义更突出地强调了自我的独立性。同时,不容忽视的是,冯至对个人主义的理解并没有停留在抽象的观念层面上,更多的是呈现为一种具体的形象:"在冷静中从事自己的工作,同时也是为了人类而努力。"冯至不仅对个人主义进行了正名,而且更准确地道出了个人在社会、时代中的定位与地位:"不外乎忠实于自己的工作,忠实于自己的见解:这工作也许与狭义的时代需要相参差,这见解也许与时代精神相凿枘,但为人类的进化设想,是应该被容纳的。"[①] 对与时代的主流话语相背离的思想意识保持应有的包容之心,这显然是自由主义精神的题中应有之义。在一篇介绍丹麦哲学家凯尔克郭尔的文章中,冯至更是借这位丹麦哲人之口,明确地表达了他对现代社会中个人主义的隐忧。在一个嫉贤妒能的社会里,"平均主义"成为压倒性的思想。在"平均主义"里又很容易制造出"一个精神,一个非常的抽象,一个包罗万象,而又是虚无的事物,一座蜃楼——这个幻象就是群众","群众把一切的'个人'溶在一起,成为一个整体,但是这个盛理('盛理'疑为'整体',全集中为'整体',且此段文字中的'群众'在全集中被改为'公众'——笔者注)是最靠不住,最不负责的,因此它什么也不是"。如果平均主义代表了平庸,那么群众则是被鼓吹为神圣的"大众""人民"等集体概念的指代。"无论什么人投到这群众的海里,便具体的化为抽象的,实的化为

[①] 冯至:《论个人的地位》,《冯至全集·第8卷》,河北教育出版社1999年版,第287—288页。

虚的了。"① 在群众中，个体的独立性不仅被泯灭，而且个体所应有的对生命的热情、责任与义务也化作一种冷漠，一种随波逐流，一种自甘于平均主义的妥协。当个体失去自己的独立性、失去对生命应有的担当时，自由和自由主义早已变成了一种虚无，甚至是一种虚妄。冯至对个体的独立性的坚守，对不同思想意识的包容与宽容的态度，正显现出其思想意识中的自由主义本色。

对个体价值的重视，使冯至的文学世界呈现出"一曲'人的高歌'"②。冯至在20世纪40年代文学创作中，并没有跟随抗战文艺的主潮而动，去书写大时代的血与泪、爱与死，而是以一己之小来体验宇宙之大，坚持自我对时代的独立认识与思考，书写个体的独特的生命体验。20世纪40年代前半期，在华年磨灭地的昆明，冯至创作出了文学生涯中最重要的作品：诗集《十四行集》，散文集《山水》和中篇小说《伍子胥》。这些作品大多"与抗战无关"。当卞之琳借助十四行体来讴歌国共两党的领袖时，冯至却试图在十四行的限制中寻找到一种表达的自由，通过十四行体在日常生活中发现精微的哲理，③ 在山水等自然事物中发现生命的平凡与卑微，而在平凡与卑微中寻找永恒与伟大。即使在《伍子胥》这样原本具有史诗性的复仇故事中，复仇并未成为小说的主调，他放弃了在小说中叙写那"弓弦似的筋肉毕露的人生，真实的丑恶又崇高的美"④，放弃如郭沫若的《屈原》的古为今用的写法，没有在这个具有复仇主题的故事上附着当下中国人的国仇家恨，反而以散文诗的笔调展现个体在选择面前的决断，一个写在家国之间的现代奥德

---

① 冯至：《一个对于时代的批评》，《战国策》1941年第17期，第13页。
② 马逢华：《伍子胥》，《大公报·星期文艺》（津）第11期，1946年12月22日第6版。
③ 朱自清：《新诗杂话》，冯姚平编《冯至与他的世界》，河北教育出版社1999年版。
④ 唐湜在肯定《伍子胥》是庄严而高贵的诗篇的同时，批评冯至散文诗的写法反而造成了小说的缺陷，缺失了复仇这一主题应有的史诗般磅礴而宏大的气势。参见唐湜《冯至的"伍子胥"》，《文艺复兴》1947年第3卷第1期，第124—126页。

第二章 国统区:"旧调"与"新声"

赛的故事,"一曲'人的高歌'"。这样一种远离主旋律的写作姿态,在当代的一位诗人看来,显出了重要的意义:"他(冯至——笔者注)在日趋强大的压力下依然忠实于自己的艺术,并能从个人的坚定信念对抗集体主义的神话。"①

如果说梁实秋的"雅舍小品"系列以一种非平庸的眼光来审视平庸的日常生活,在将生活艺术化的同时,也试图在些微琐事中把玩永恒的人性的话,冯至却试图在日常生活或者自然风物中发现人生的哲理。他的哲理并非多么宏大的人生观、价值观,更不是什么复杂高深的哲学系统。他只不过是以一己之体验,来探寻关于个体在时代中的位置、个体与宇宙万物的关联,"一种个体的生存态度""一种联接个体与世界的方式"②。这实际上即是冯至在20世纪40年代的文学创作中亟欲表现的关于个体的生存哲学,也是关于人的哲学。

冯至试图表现的关于个体的生存哲学受到德语文学与杜甫等的影响,已经成为一个公认的事实。早在德国留学期间,他就给国内的友人写信,表示自己读里尔克、歌德等的体会。尤其是前者,冯至声称自己是完全沉浸在里尔克的世界之中而不能自拔。③ 以至于他决定要"重新建筑我的庙堂"④。不同于沈从文要建筑供奉人性的希腊小庙,冯至在重新建筑的庙堂里放置的是从里尔克、歌德、尼采等人那里获得的关于个人的感悟。也是在翻译里尔克的《给一个青年诗人的十封信》的时候,冯至感触到里尔克"伟大而美的灵魂",使他感到这个寂寞与忍耐

---

① 王家新:《冯至与我们这一代人》,冯姚平编《冯至与他的世界》,河北教育出版社1999年版,第201页。
② 贺桂梅:《转折的年代:40—50年代作家研究》,山东教育出版社2003年版,第155页。
③ 冯至在1930年、1931年写给杨晦的多封信中,都提到里尔克,并称其为可爱的诗人,对里尔克的喜爱溢于言表。参见《冯至全集·第12卷》,河北教育出版社1999年版。
④ 冯至:《致杨晦·19310410》,收入《冯至全集·第12卷》,河北教育出版社1999年版,第121页。

的个体同时又是一个不伏枥于因袭的传统和习俗的"完整的'人'"，一个大人者并不失其赤子之心，尼采所谓的"在真正的男子中隐藏着孩童，他要游戏的人"①。一个具有赤子之心或者童心的成人，一个在忍耐寂寞并坚持工作的人，这正是冯至重新建筑的庙堂中所要供奉的"完整的人"。这个完整的人，是一个脱离了传统与习俗对自己身心的束缚，一个尼采意义上的抛开了种族、民族与所谓的教养的人。②他/她以一颗真诚而纯洁的心来面对世界，以原始的眼光来看待万物，不仅众生平等，而且芸芸众生与他（人）也是平等的。在唐代诗人杜甫那里，冯至看到了个体所应具有的担当。这种担当不仅仅是个体应当肩负起自己的责任和义务，也是歌德意义上的"自己决断"：当个体面对不同的道路的选择时，"既不盲目，也不依靠神卜，他要自己决断"。作出了决断，勇敢地走上一条道路时，个体才能体会出生命的光彩与生命的崇高意义。③也就是说，对冯至而言，一个完整的人，不仅是独立而勇于坚持独立精神的人，还是一个敢于决断，勇于担当的个体。在这种情况下，个体不仅是一个完整的人，连大地——万物的寄生之所——也是完整的。这也正是尼采所谓的"整个的大地"④。毋宁说，正是因为个体以一个完整的人的姿态立于大地之上，用一种赤子之心来看万物众生，与万物众生之间形成了平等共存乃至彼此关联的时空，因此这个大地（宇宙）才显得更为完整。用他的话说就是，当个人作出决断之后，便"从长期的生活与内心的冲突里一跃而跃入晴朗的谐和的境界"。在完整的大地之上，完整的人真正显示出了"人的高歌"。

---

① 冯至：《致杨晦·19310820》，收入《冯至全集·第12卷》，河北教育出版社1999年版，第125页。
② 同上书，第130页。
③ 冯至：《决断》，《文学杂志》1947年第2卷第3期，第199—200页。
④ 冯至：《致杨晦·19311013》，《冯至全集·第12卷》，河北教育出版社1999年版，第130页。

第二章 国统区:"旧调"与"新声"

在冯至的眼中,诗人里尔克无疑代表了他理想意义上的完整的人。里尔克"怀着纯洁的爱观看宇宙间的万物",玫瑰花瓣与罂粟花,红鹤与黑猫,囚犯、病妇、老妇、娼妓、疯人、乞丐与盲人。他怀着纯洁的爱静听他们的沉默,体悟他们的生命,随后便把"他所把握住的这一些自有生以来,从未被注意到的事物在文字里表现出来"[①]。这就是诗。这自然也成为冯至的创作方式。

在1941年昆明郊外杨家山林场的山径上、田埂间,冯至因天空中飞过的几架飞机,想到古人的鹏鸟梦,并随口赋出一首有韵的十四行诗。从此,那些带给他启示的无名的村童农妇,山中的飞虫小草,个人的切身经历,凡是与诗人发生深切关联的,都被写入他的十四行诗中。[②] 用赤子之心的原始的眼光,"我"走进大地的万物之中去感触或者发现万物生命中的幽秘之处。诗人在山谷中婉转流淌的溪水中发现了"一个消逝了的山村"的秘密。历史早已成为被人遗忘的过往,只有这传下来的地名,以及遍山的草木中还隐藏了一小段历史兴衰的余韵。尽管时移事往,诗人却提醒我们,也许今天的我们同已经消逝的村民们共同饮过这潺潺的溪水,共吃过同一棵树上的果实,反而在生命深处有了生息相通的地方(《山水·一个消逝了的山村》)。风中萧萧的油加利树,犹如耳边的音乐,诱使"我"小心翼翼地走入那严肃的声乐的庙堂。它的高耸天空的姿态,在褪旧变新中显示出的生命力,都成为"我"的引导。于是"我"甘愿"化身为你根下的泥土"(《十四行集·三》)。那甘愿过渺小生活的白茸茸的鼠曲草,仍旧不失高贵和洁白。它用静默抵挡喧哗与荣耀,在对异己之物的否定中显示出人生的骄傲(《十四行集·四》)。林场中放牛的老人,在与山中生物的耳鬓厮磨中,变成了万物中普通的一个。他宛如一棵老树,与草木、牛等形成了这山间的一

---

① 冯至:《里尔克——为十周年祭日作》,《新诗》1936年第1卷第3期,第295—296页。
② 冯至:《〈十四行集〉再版序》,《中国新诗》1948年第3集《收获期》,第24—25页。

个"完整的大地"。只有被迫离开这一切时,他才如同被从这"完整的大地"上连根拔起,失去了应有的生命力(《山水·一棵老树》)。当诗人/个体进入万物中间时,他并未成为主宰或者中心,他只是去倾听万物的声音,感知万物的存在,甚至去体验万物本身的存在方式。冯至在诗歌中传达出个体所体验到的一种生命的经验,诗人/个体"像是佛家弟子,化身万物,尝遍众生的苦恼一般"①。于是,道路、山水,风云都成了彼此关联彼此呼应的有机生命。"我们走过的城市,山川/都化成了我们的生命。"我们生命中忧愁哀乐就如同那山坡上的一棵松树,城市上空的一片云雾,而我们自己也会在风吹水流中,"化成平原上交错的蹊径,/化成蹊径上行人的生命"。大地之上,万物之间的生命的彼此相通,也构成了一个完整的大地。完整的人与完整的大地,共同构成了冯至的关于生命抑或是关于个体生存的精微的哲理。在一个变动不居的大时代里,尤其是在一个时时刻刻都能感受到生命会遭受惘惘威胁的战争环境里,完整的人表现出了个体如何在混乱中安置自我、如何在宇宙的大秩序中寻找自我的位置的努力。套用一位研究者的话说,在冯至这里,当个体以完整的人出现的时候,才更体现出了生命个体的更为本真的生存方式,"个体的生存在'深邃的自然规律下'都获得了生存的正当性,并因此能够以'个体'包容'世界'"②。

在《伍子胥》中,冯至放弃了对复仇主题的渲染,而专注于个体的逃亡之旅。伍子胥在逃亡的过程中不断地经历着生命中的决断。一方面是为父兄复仇的决心,另一方面却要面对各种人事的"诱惑"。林泽中的青年人楚狂,原本是楚国读书的士子,只因看不惯楚国的现实政治,而皆妻子自愿隐居在这幽深之所,在雉鸡麋鹿之中自享人生的乐

---

① 冯至:《里尔克——为十周年祭日作》,《新诗》1936年第1卷第3期,第297页。
② 贺桂梅:《转折的年代:40—50年代作家研究》,山东教育出版社2003年版,第155页。

趣。他劝伍子胥用雉鸡麋鹿来消融内心的仇恨。但后者没有为之所动，反而对楚狂洁身自好的行为充满了怀疑："你们这样洁身自好，可是来日方长，这里就会容你们终老吗？"权贵们终有一天要将这山林变成他们的狩猎场，楚狂们也有可能被视作贱民来驱使。因此，目前的一切，对伍子胥来说，只不过是"一片美好的梦境"，"终会幻灭的"。而他自己还是要肩负起复仇的重担。在子产墓前，对已逝的贤人，伍子胥也生出"向哪里走呢"的犹疑。在暮色苍茫中，他还是决定了自己的去向：奔向吴国。在昭关，楚地的风物又将他拉回少年时代政治清明的记忆之中。对比今日浑浊不堪的现实，他生出究竟是自己变了还是大家变了的惶惑。最终他还是下了决断，"把旧日的一切脱去，以一个再生的身体走出昭关"。延陵，放弃吴国王位的季札隐居之地。这个快乐而新鲜的世界，勾起了伍子胥对季札所代表的淡泊名利生活的认同和向往。尽管内心激起拜访季札的冲动，他还是清醒地意识到，还是应该往前走。这是一次断念，"对于他生命里一件最为宝贵的事物的断念"。于是，他迈开大步走向吴市。伍子胥从城父到吴市的逃亡之旅，一个被诗人加入现代中国人的痛苦经验的中国版奥德赛的故事，与其说展示的是脱旧换新的"蜕变"，一个新人的生成过程，不如说是一个个体在下定了决心之后，在向目标奔去的过程中，不断经受考验，不断面对内心的矛盾、困惑和挣扎之后，仍旧坚守最初决定的故事。这也是关于个体一次次地做出决断的故事。

但是，问题也随之而来。当伍子胥对楚狂夫妇自享山林之乐的生活表示怀疑时，是不是正与诗人此前在《十四行集》《山水》中所表现出来的以赤子之心平等地与万物相处的思想相矛盾呢？尤其是在小说的结尾，伍子胥以畸人的形象立于吴市的中心。这是不是也与冯至的完整的人的形象相背离呢？与其说这是一种自我矛盾，不如说再次反映出了诗人的个人主义思想。正如他在《论个人的地位》中所特别强调的，一个平均主义的时代对特立独行的真正的个人主义的压抑,这种压抑常常表现为制造出所谓的"群众"的幻象,来召唤个体融入这个集体之中。从而,个体失去担当,不再对生命负应有的责任,也变成平均主义中的一员。而畸人,[①]正是一个超尘脱俗的异人,正代表了他拒绝对庸众的盲从,他拒绝变成平均主义中的一分子,他要保有身为个体的独立性。他在拒绝与乌合之众的同流合污中保有一颗真纯与真诚之心。这也是一个完整的人的题中应有之义。以赤子之心与万物平等相处,是因为万物本身也正显现出一种朴素与真醇,它们并不压抑个体。而以畸人的形象处身社会,恰是因为社会对个体与万物欲组成的完整的大地形成了威胁。在一定程度上说,畸人的形象,一个敢于决断,勇于担当的个体,他的坚持也正是试图"从长期的生活与内心的冲突里一跃而跃入晴朗的谐和的境界"[②]。这与怀有赤子之心的个体与万物构成完整的大地的境界是相同的。这都是在坚持个体的独立与自由。这也正体现出了冯至的自由主义文学的特质来。

第三节　向远景凝眸:20世纪40年代的沈从文

在20世纪40年代的自由主义作家中,沈从文是显得尤为特别的一位。如果说大后方的主流意识更多强调发挥文学的工具性,以便直接服务于抗战的话,那么沈从文关注的是如何将文学与战争背后的一个更为

[①] 在冯至看来,陀思妥耶夫斯基、尼采与凯尔克郭尔欧洲19世纪三个重要的人物,被当时的人们称为畸人。实际上,他们却深具慧眼,"透视一切,挖掘人的灵魂到了最深密的地方,使一切现成的事物产生不安,发生动摇"。参见冯至《一个对于时代的批评》,《战国策》1941年第17期,第10页。

[②] 冯至:《决断》,《文学杂志》1947年第2卷第3期,第199—200页。

第二章 国统区:"旧调"与"新声"

庄严与伟大的事业,即民族重造、国家重造——紧密联系起来,使前者更好地为后者服务。主流意识的目标是当下战争的胜负问题,他瞩目的却是国族的"明天"或者人类的未来。因此他被认为是与梁实秋唱同调的"与抗战无关论"者。又因为在"战国策派"主编的《战国策》与《大公报·战国》副刊上发表过数篇文章,而被视为"战国策派"的同路人。实际上他对"战国策派"的主将陈铨的"英雄崇拜论"进行了较为严厉的批判。[①] 对张道藩等国民党文人所高蹈的"文艺政策",他也表示出了相当大的质疑,而主张文学创作的自由。[②] 沈从文站在自由主义知识分子的中间立场上,与国民党政府的"抗战建国"的宏伟构图,与"战国策派"力主的"战国时代",与左翼文学界以笔为枪的思想,均保持了应有的距离。

沈从文常常立足于现实,以凝眸远景(或虚空)的姿态,在批判当下的同时,又试图探索超越当下的方式。于是,20世纪40年代的沈从文逐渐偏离了此前的牧歌风格,在文体与文字上进行实验,试图在"实际"(现实)与"抽象"(抽象的原则,关于生命的抑或人性的)的战争中杀出一条路来。毋宁说,这也是试图将自由主义文学深化的尝试。

一 对个人主义的误读

在抗战时期的一系列文章中,国族一直是沈从文关注的重心。只是与主流意识不同的是,他是从个人主义的立场来看国族问题。他突破了主流意识中个人与国族对立的窠臼,试图建立从个人主义出发而上达国族重建的道路。不过,在沈从文这里,个人主义显得相当的吊诡。一方

[①] 沈从文:《读英雄崇拜》,《战国策》1940年第5期,第17页。
[②] 沈从文:《"文艺政策"探讨》,《文艺先锋》1943年第2卷第1期,第7页。

面，他并没有严格按照西方政治学的意义来阐述个人主义，也就是说他的个人主义立场是无意识的。另一方面，他又往往将某种批判的现象命名为个人主义，这显示出他对个人主义的某种误读。

沈从文的个人主义立场充分的表现在他对陈铨的"英雄崇拜论"的批判上。陈铨的"英雄崇拜论"的一个主调即是反对知识分子思想中的个人主义为核心的自由主义与否定"五四"的传统——民主与科学精神。沈从文一针见血地指出，陈铨的"英雄"实质上就是领袖。这样一来，所谓的"英雄崇拜"也就是领袖崇拜。尽管沈从文没有做出进一步的分析，但是在"二战"的大环境中，这很容易让人与希特勒的领袖崇拜联系起来。在这一点上，沈从文对"英雄崇拜"的批判，实际上带有相当大的反对独裁专制的倾向。在沈从文看来，陈铨所谓的"英雄"既非"万能法师"也非人人都必须尊崇迷信的大神，只不过是一个"人"而已。"英雄"之所以成为英雄，主要是因为其所占据的权势地位，依凭的还是手中的武力或者武器。倘若像陈铨所主张的那样，知识分子必须无条件地拜倒在该"英雄"或领袖的脚下，反倒与国家现代化的精神相违背。言外之意，这种盲目的崇拜只能是一种反现代或者非现代的专制。他坚决捍卫"五四"的科学与民主传统，以及个人主义为核心的自由主义。在他看来，支持全民族抗战的信心与勇气的不是"英雄崇拜"，而是"个人做'人'的自尊心的觉醒"[①]。最后这一点凸显了沈从文的个人主义的自由主义立场。

在沈从文看来，个体应该在民主与科学精神的烛照下，意识到自己身为一个人的主体性与能动性。在此基础上，个体再以民主与科学精神为依托，参与到社会的政治现实进程之中，从而将民主与科学精神贯彻到国家的现代化之中或者以民主与科学精神为抽象原则来改造民族与国

---

① 沈从文：《读英雄崇拜》，《战国策》1940年第5期，第16—25页。

第二章 国统区:"旧调"与"新声"

家。他以个人主义为根基,试图建立从个人主义而上溯到社会、国家的国族主义蓝图。而这个蓝图的主调正是自由主义的民主政治——宪政和以理性、知识为武装的个人主义。也是在反对"英雄崇拜"的过程中显示出了沈从文反对独裁专制的思想。

从个人主义的立场出发,上达国族重造的宏伟蓝图的一个关键中介是文学。更通俗地说,沈从文试图借助文学这一工具来实现国族重造的计划。[①] 这一点上,作家尤其是脱离于集团之外的作家——一个个人主义意义上的自由、能动的个体——的作用显得前所未有的重要。沈从文将个人/作家/知识分子、文学、国族的重造紧密地联系起来,这也是他在20世纪40年代一直不断地试图建构的一个思想体系。

沈从文对个人主义的误读主要表现在,他将自己所批判的现象命名为个人主义。在一篇谈保守的文章中,沈从文批判了中国人因为保守思想而形成的"自私为己的精神"。"这种自私为己精神用积极方式出现,则表现于公务人员纳贿贪赃作为上,用消极方式出现,则表现于知识分子独善其身苟全乱世生活的态度上。"沈从文将这种"自私为己"的精神命名为"无可救药的个人主义"。之所以出现这样的"无可救药的个人主义",主要是源于中国人尤其是知识分子阶层不去怀疑甚至不敢怀疑的麻木心态。因为不"疑",故养成了一种顺天委命的人生观。愚昧与自私,甚至麻木与逃避成为人们思想中根深蒂固的意识。要根除这一弊病,求得社会的进步与发展,势必要从促进人的意识的觉醒做起。在年轻人的思想中,"注入较多的理性,指明社会上此可怀疑,彼可怀疑,养成其'疑'。用明智而产生的疑,来代替由愚昧而保有的信。因疑则问题齐来,因搜求问题分析问题即接近真理。人类进步由此而来"[②]。沈从文积极提倡的勇于怀疑的精神,正是为了将个体从迷信与依附他人

[①] 上官碧(沈从文):《昆明冬景》,《大公报·文艺》(港)第522期,1939年2月6日。
[②] 沈从文:《谈保守》,《新动向》1938年第1卷第2期,第54页。

或他物中解放出来，保有个体的独立性、自主性与能动性。这种个体意识的觉醒并不仅仅指向自我，它的最终目的还是突破小我的封闭圈子，为社会的发展与人类的进步做出贡献。这样的个人或者个体显然不是要从社会中剥离而去的个人或个体，而是要在保有个体的独立性、自主性的同时，勇于承担社会责任的个人或个体。在沈从文的思想中，他没有将个体与社会绝对对立起来，对个人意识的强调也并不是要完全瓦解社会的秩序，而是要重造一种符合理想人性的新的社会秩序。这才是一种真正的个人主义。

在另一篇批评抗战时期的知识分子的文章中，沈从文同样将所批判的现象误读为"个人主义"。他批判一部分知识分子虽然希望民主政治，但缺乏实际的行动。在专制制度下，"只要专制者并不限制他们的言论，并不断绝他们的供给"，即使他们赞成那些可促进真正的民主政治的计划，也并不会去实践。他们常常是"以自我为中心出发，发展自己稳定自己的人生观"。而一些政客恰恰看透这类知识分子的本质，给他们表面较为尊敬的地位，给予相当的津贴供养着。一方面利用他们点缀政治，另一方面使知识分子在这种幻象中，"某一时无形中且会成为专制的'拥护者'，甚至于阿谀"。这样的知识分子被沈从文命名为"真正的'个人主义者'"[①]。这同样也是一种被沈从文误读为个人主义的非个人主义。

将安于现状、缺乏能动性的个体判定为"真正的个人主义者"，恰恰说明了沈从文对于个人主义的盲点。同大多数中国知识分子一样，他将个人主义理解为自私自利或者完全以自我为中心的自我主义。但是，我们会发现，在沈从文批判"个人主义"的背后，他本身所站的立场，却是一种真正的个人主义。他所希望的个体是一个能够拥有自己的独立性和能动性的主体。这样的个体也是一个在理性的指导下，积极主动地

---

① 沈从文：《读书人的赌博》，《沈从文全集·第17卷》，北岳文艺出版社2002年版，第370—371页。

去改造社会、改造国家的主体。也就是他/她要在秩序内通过合理的手段来改变不合理的秩序,而不是听命于现有的秩序。这其实就是一种自由主义的立场。

在沈从文甚至一部分中国知识分子身上出现关于"个人主义"的吊诡,其中一个较为浅显的原因可能在于,他们对西方的个人主义思想缺乏系统的了解。另一个更重要的原因可能在于,这一部分中国知识分子的个人主义思想不完全是西方意义上的个人主义,而是有着复杂的脉络。就沈从文来说,他的个人主义思想的形成是唯心论与唯物论、科学与玄学、佛教与文选诸子学等的拼盘,是以个人为中心的纪德、尼采等一些短片印象感想,弗洛伊德、乔伊斯等的作品与个人情感的结合。[①]同时,他的个人主义思想更多的还是来自"五四"新文化和新文学的传统。尤其是以周作人的个人主义的人间本位主义以及周作人倡导的从个人主义出发的自由主义文学思想。[②] 而正如我在前面已经提到的,沈从文所怀抱的文学理想是希望通过作家的文学创作,来实现国族重造(包括政治重造、社会重造甚至个人重造)。所以,一方面,他认同周作人的超功利的文学观,另一方面却又在周氏的田园诗人的抒情中看到了退隐与消极的人生态度。也是这种从个人主义出发上达国族重造的文学理想,很容易使沈从文对仅仅停留在一己范围之内的生活状态,批判性地将其命名为所谓的"个人主义"。

二 对文学与政治的解读

如果说,20世纪40年代的沈从文站在个人主义的立场,试图建立从个人上达国族改造的构想,而文学被其视作实现这一构想的关键所在

---

① 沈从文:《我的学习》,《光明日报》1951年11月11日第3版。
② 沈从文:《习作举例(二)从周作人鲁迅作品学习抒情》,《国文月刊》1940年第1卷第2期,第26—30页。

的话，那么，这其中牵涉到一个攸关重要的问题，即文学与政治。毋宁说，在"个人主义——文学——国族重造"的线路图的背后潜藏的正是文学与政治的关系问题。文学与政治，构成了沈从文20世纪40年代思想体系中的核心问题。

用沈从文的话说，他对文学和政治的认识，不是来自书本知识，而是他从现实生活中学习的。[①] 因此，政治对他来说，不是什么抽象的概念，而是清晰的记忆与鲜活的现实。早年的军中生活所经历的杀戮，鲜血淋漓的人头，高级军官视万物为刍狗的骄横与愚蠢，正是这最真切最直接的政治现实，使他看到了现实政治的腐败与堕落，萌发了弃武从文，要"读好书救救国家"的理想。而"五四"新文化运动与新文学运动更使他清晰地认识到，要想救国家势必要依赖文学："社会必须重造，这工作得由文学重造开始。"[②] 在他看来，"五四"新文学运动即是欲借助文学运动的重造而达到社会重造的一场伟大的运动。白话文取代文言文，是工具重造。通过工具重造最终达到社会重造。只是由于新文学在此后的发展中，一方面受到商业的巨大影响，变成大老板手中的商品；另一方面，文学又与政治联姻。在朝在野都逐渐认识到文学的工具功能，纷纷将其作为或巩固政权或夺取政权的工具。作家遂变成政党的清客或者小伙计。非敌即友、非左即右的政争中，不仅作家受凝固的观念的限制与束缚，连文学也成为宣传的工具。[③] 最终，文学原本的庄严性也逐渐消失。在全民抗战的大环境中，沈从文仍旧倡导通过文学重造而达到社会重造的传统。

---

① 沈从文：《从现实学习》（一），《大公报·星期文艺》（津）第4期，1946年11月3日第6版。
② 同上。
③ 沈从文：《文学运动的重造》，《文艺先锋》1942年第1卷第2期，第3—6页。表达类似观点的文章还有《新的文学运动与新的文学观》《一种新的文学观》《"文艺政策"探讨》《为什么写，有什么意义——新废邮存底廿五》（收入全集时改名为《给一个作家》）等。

第二章 国统区:"旧调"与"新声"

由文学的重造而达到社会的重造,从本质上来说,是要通过文学来改造政治。沈从文将文学称作改造社会的工具,但是这种文学的工具论又不同于左翼作家的文学工具论。后者强调的是文学从属于政治,文学要听命于政治,政治的大原则决定了文学的创作方向、主题思想乃至审美风格。而前者在主张文学作为工具来实现改造社会的目标的时候,更强调的是文学自身的相对独立性。在沈从文眼里,文学与政治是平等的。文学不需要接受自身之外的诸如政治等的统辖与管理。如果说左翼作家是站在政治的或者阶级的立场来审视文学,那么沈从文则是站在文学的立场(也是个人主义的立场)来反观政治。前者的思路是通过政治来改造文学,是将文学政治化,而后者则欲借助文学来改造政治,带有将政治文学化的倾向。实际上,在左翼作家那里,文学与政治始终处于一种对立与斗争的权力关系之中,它们之间的紧张关系在于对支配权的争夺。而在沈从文这里,尽管他也要面临政治试图俘获文学的处境,但是沈从文却欲超越一种支配与被支配的权力关系,将文学与政治放置于彼此平等的位置之上,以前者来改造后者从而建立二者之间的关联。用他的话说,诗人不是为了"装点"政治而写诗,而是"为'重造政治'而写诗"[①]。

用沈从文自己的话说,在文学与政治的关系这个问题上,他始终坚守的是自由主义的文学立场。[②] 在抗战爆发前的"反差不多"的主张中,沈从文已经非常清晰地表达了他的自由主义的文学立场。沈从文认为之所以出现"差不多",主要在于作者"缺乏独立的见识……在作品上把自己完全失去了"[③]。作家独立性的缺失,即意味着自由主义

[①] 沈从文:《新废邮存底·三五七——谈现代新诗》,《益世报·文艺周刊》(津)第74期,1948年1月17日第6版。编入全集时改名为《谈现代新诗》。
[②] 沈从文:《我的学习》,《光明日报》,1951年11月11日第3版。
[③] 炯之(沈从文):《作家间需要一种新运动》,《大公报·文艺》(津)第237期,1936年10月25日第11版。

文学的根基个人主义的缺失。沈从文积极地提倡文学上的自由主义："我赞同文艺的自由发展，……它需要从政府的裁判和另一种'一尊独占'的趋势里解放出来，它才能够向各方面滋长，繁荣。拘束越少，可实验的路也越多。"① 新文学要想在今日和明天取得更好更大的成绩，必须在民主式的自由下发展，少受一些凝固的观念与时髦风气的影响。尤其是在"朝野都有人想利用作家来夺取政权巩固政权的情势中，作家若欲免去帮忙帮闲之讥，想选一条路，必选条限制最少自由最多的路"②。这种自由主义的文学立场延续到了抗战爆发之后的20世纪40年代。

当文学被视作要附属于抗战建国的大原则，作家们自觉地承认"文艺思潮被范围在'国防'概念的领域内"③，左翼作家将文学服从于政治视作"驱逐日本帝国主义、建立自由平等的新中国"的必要前提时，④ 沈从文仍然坚守自由主义的文学传统。他强调文学的自由与民主，主张文学上的宽容与自由竞争原则。在他看来，文学上的自由与民主是"一面应容许相异、不同，而又能以个人为单位，竞争表现，在运动规则内争表现"。沈从文眼中的运动规则，不是什么条条框框的关于写什么和怎么写的成规与惯例，而是自由平等的竞争规则。作家不是以集团的形式出现，而是以个体为本位，以自己的独特性来与他人的独特性相互争艳。因为是以个人主义为基础，所以作家既要摆脱党派的偏见，又要摆脱政党的清客或者伙计的依附角色，保有自身的独立性与自主性。只有这样，他/她——一个无党派的自由人——

---

① 炯之（沈从文）：《一封信》，《大公报·文艺·讨论：反差不多运动》（津）第301期，1937年2月21日第11版。
② 炯之（沈从文）：《再谈差不多》，《文学杂志》1937年第1卷第4期，第36页。
③ 赵清阁：《今日文艺新思潮》，《文讯》1941年第1卷第1期，第7页。
④ 周扬：《王实味的文艺观与我们的文艺观》，《解放日报》，1942年7月28日、29日第4版。

第二章 国统区:"旧调"与"新声"

才可以从客观与中立的视角——超党派的视角——来认识社会现实,"他也有权利和一切党派游离,如大多数专门家一样,把他的工作贡献于人民。他更……需要,与政治家所用的政争手段不一致,来爱这个国家,爱这些人民"①。

沈从文尤其推崇周作人与胡适所代表的自由主义的文学精神。即使周作人已经在北平附逆,他依然重提周作人所代表的文学传统,"一个近于静静的独白","一个充满人情温暖的爱,理性明莹虚廓,如秋天,如秋水,于事不隔"。沈从文认为周氏文章中所谈的文艺的宽容,"正可代表'五四'以来自由主义者对于'文学上的自由'的看法"②。对于当年任中国公学校长的胡适准允自己这个乡下人进入大学任教,沈从文认为这一行为本身即是自由主义精神的体现。不仅仅是他自己受到这一自由主义精神的影响,就是国内的同道者也深受影响,最终促使了"'自由主义'在文学运动中的健康发展"③。

正是因为从自由主义的文学立场来谈文学与政治之间的关系,沈从文常常采用一种超越性的姿态。这也使得他通过文学的重造而达到社会(政治重造)的文学理想与"五四"新文学中的启蒙主义显示出了微妙的差异。"五四"启蒙主义文学固然坚持通过文学来改造社会,但更多的是将诸如思想解放、个性解放等观念性的东西注入文学作品之中。而且启蒙文学本身已经预设了诸多理念,比如进步与落后、文明与愚昧、启蒙与被启蒙等。但是,在沈从文这里,文学被作

---

① 沈从文:《文学与政治》,《沈从文全集·第14卷》,北岳文艺出版社2002年版,第254—257页。
② 沈从文:《习作举例(二)从周作人鲁迅作品学习抒情》,《国文月刊》1940年第1卷第2期,第26—27页。
③ 沈从文:《从现实学习(二)》,《大公报·星期文艺》(津)第5期,1946年11月10日第6版。

为一种表现生命优美原则的有意义的形式。① 用沈从文自己的话说是，读者从一个好的文学作品中"接触了另外一种人生，从这种人生景象中有所启示，对'生命'能作更深一层的理解"②，是使少之又少的读者"对于'人生'或生命，看得宽一点，懂得多一点，体会的深刻一点"③。这更深一层的理解是生命的庄严、虔敬，诸如神、爱、美、合作等抽象却崇高而优美的生命原则。如果说在启蒙文学那里，作家要逼近现实人生，那么，在沈从文这里，他却脚踏大地而将目光转向远方。20世纪40年代的沈从文更多的是一个向远景凝眸、向虚空凝眸的形象④。他在关注现实人生的同时，思考的是如何超越当下的现实人生，将最终的落脚点放在"远处"，放在"高处"，放在国族的"明天"或者人类的未来。

如果说在启蒙主义文学那里，作家看到的是社会与个人之间的紧张与对峙，个体如何从社会的羁绊与束缚中解放出来是他们所思考的重点的话，那么在沈从文这里，他更关注的是社会中人的常与变，是在社会的堕落中人本身的堕落。比如，阉宦似的阴性人格，"以阿谀作政术，相互竞争"，知识分子坐以待毙的麻木，将知识当作讨食的工具。"这些人……观念的凝固，无形中即助长恶势力的伸张，与投机小人的行险侥幸。"⑤ 人之所以如此的急功近利、麻木与得过且过，正是因为人性中诸如向善、向美、向爱等神性原则的缺失。于是，人的重造显示出了

---

① 孙歌：《试论抽象——读沈从文四十年代论说文》，《吉首大学学报》1995年第3期，第16页。

② 沈从文：《短篇小说（五月二日在西南联大国文学会讲）》，《国文月刊》1942年第18期，第29页。

③ 沈从文：《为什么写，有什么意义——新废邮存底廿五》，《文学创作》1942年第1卷第2期，第61页。

④ 在《昆明冬景》中，沈从文描述了一个在晒台上拍手，向虚空凝眸的人。这个人带有自指性，很大程度上指的就是他自己。而在《云南看云》与《续废邮存底（二）给一个青年作家》（收入全集时改名为《给一个青年作家》）中沈从文两次用到"向远景凝眸"这一术语。三篇文章均收入《沈从文全集·第17卷》，北岳文艺出版社2002年版。

⑤ 沈从文：《长庚》，《沈从文全集·第12卷》，北岳文艺出版社2002年版，第39—40页。

第二章 国统区:"旧调"与"新声"

极为重要的意义。正如一些学者所说,在通过文学的重造而实现国族重造的路线图上,人的重造是一个必经的中介。① 因此,沈从文的重造路线图可以被描述为:(个人主义)作家→文学重造→人的重造→社会重造(政治重造、国族重造)。只是沈从文的人的重造,不同于彼时延安解放区已经开始的人的重造。后者是要将小资产阶级的知识分子改造成工农兵中的一分子,要将小我改造成大我——集体——中的一员,个体被集体或秩序所接纳。而沈从文则是要从人性的角度对人进行改造,重塑人性中的神性。个体最终也要回归到秩序之内,不过这个秩序已经被改造。改造后的秩序能够更好地保障个体的独立与自由。政治也好,社会也好,国族也好,个人也好,重造的目的都是要达到它们的最理想的状态。显然,沈从文的重造蓝图带有乌托邦的色彩。沈从文重造的超越性与乌托邦色彩,使得他在20世纪40年代标举出一个向远景凝眸、向虚空凝眸的形象。

在重造的理想中,沈从文对作家和文学寄予着极大的希望。他希望在充分的自由中,作家可以"有计划的来将这个民族哀乐与历史得失加以表现。且在作品中铸造一种博大坚实富于生气的人格,使异世读者还可从作品中取得一点做人的信心和热忱。使文学作品价值,从普通宣传品而变为民族百年立国的经典"②。作家又肩负着指导者、设计者的功能,他们通过创作的"民族百年立国的经典","来帮助政治,实现政治家的理想"。对政治家来说,他们正可以通过"伟大的文学作品所表示的人生优美原则与人性渊博知识"的指导,"来运用政治作工具,追求并实现文学作品所表现的理想",从而将沉陷于政党之间的权力斗争

---

① 赵学勇:《现代文化建构的一个重要命题:从"人的重造"看沈从文的文化观》,《吉首大学学报》1989年第1期。罗宗宇:《论沈从文的"重造"思想家族成员及其关系图景》,《社会科学辑刊》2009年第3期。
② 沈从文:《文学运动的重造》,《文艺先锋》1942年第1卷第2期,第6页。

甚至因暴力而引发战争的政治，重造为充满爱与合作的自由民主政治。① 由此，在保有作家与文学的相对独立性的基础上，通过文学的重造达到人的重造，最终实现社会的重造、政治的重造乃至国族的重造。

三 "神在我们生命里"的"奇书"

20世纪40年代，被沈从文称作自己文学创作生命旅程中的第四个阶段。在这个阶段，沈从文不断地呼吁一种新的文学经典——民族百年立国的经典——的产生。也是在20世纪40年代，沈从文试图超越此前的创作模式，超越从《边城》开始创立的一种牧歌情调的抒情诗的审美风格，而走入一种化具体为抽象，以文学来表现抽象原则的实验之中。

如果说在《长河》《湘西》当中，沈从文还试图保留"一点牧歌的谐趣"，"取得人事上的调和"②，那么，在《烛虚》《潜渊》《长庚》《生命》、"七色魇"以及《看虹录》《摘星录》等一系列作品中，沈从文更多的是将叙事的功能减弱，融入大量的议论、独白，用华丽的文字来表现个体的玄思。诸如《潜渊》等篇更带有夫子自道的味道。在《潜渊》的开篇，独坐在小蒲团上的"我"，即由眼前极美丽悦人的黄昏风景联想到几千里之外的欧战，由此感慨此间充满的反讽：用双手创造出世界文明的人类，又用双手毁掉这文明。在明媚温润的阳光中读书，陡然生发出一种战败后受伤的武士心有余而力不从的茫然感，"如有所悟，亦如有所感"。即使在《芸庐纪事》《摘星录》这样的小说中，也常常会出现大段大段的议论性文字。在《芸庐纪事》的"第三我动，我存在；我思，我明白一切存在"一节中，大先生清早起床后，先发了

---

① 沈从文：《"文艺政策"探讨》，《文艺先锋》1943年第2卷第1期，第8页。
② 沈从文：《长河题记》，《大公报·战线》（渝）第971号，1943年4月21日第5版。

第二章 国统区："旧调"与"新声"

一大段带有呓语性的独白，由从战场上回家的小兄弟想到当下的战争，那些为国捐躯的军人。随后又以大先生的角度，对当前的战争发了一番议论。这番议论中夹杂着民族战争必胜的信念，对近现代国族历史的梳理，还有对国民党历史发展的经验与教训的总结，对"五四"文学革命的发展与变异的描述，以及对知识分子在国族历史中的作用的分析。此时偏于一隅的大先生俨然成了一个大思想家。

《摘星录》宛若一个女孩子的"情感发炎的记录本"。但小说并不细腻地叙述青年男女之间的感情纠葛，更多的是以书信以及独语、内心独白等形式表现出来的论说文字。与一般性的论说不同的是，沈从文笔下的这些议论，常常超越具体的问题，引向一些带有哲理性的问题。比如《摘星录》中这个为爱情所困的女孩子，她的困惑与苦恼表面上是究竟应该爱谁，选择哪一个男子做自己的爱人的问题，实质上却是身处"无章无韵的散文"与"优美的纯诗""古典的美丽与优雅"（理想）与"现代的风尚与时髦"（实际）的矛盾中如何选择的问题。即表面上风光时髦内质里却平庸乏味的生活与充满神奇光影、美丽庄严的生命的冲突问题。她明明意识到"当前所谓具体，却正在把生命中一切属于'诗'的部分，尽其可能加以摧毁。要挣扎反抗，还得依赖一种别的力量"。尽管"她所思所想虽抽象而不具体，生命竟似乎当真重新得到了一种稳定，恢复了已失去作人信心，感到生活有向上需要。只因为向上，方能使那古典的素朴友谊与有分际有节制的爱，见出新的光和热"[①]。但是在小说的结尾，这个女孩子似乎又陷入矛盾中，"生活"的诱惑力又把她拉了回去。人的重造实际上是这一小说所潜藏的一个非常重要的主题。

尤其是小说《看虹录》，在有的研究者看来，不仅显得相当驳杂，

---

① 沈从文：《摘星录》，《新文学》（桂林）1944年第1卷第2期，第44页。

小说中充满隐喻、转喻、暗示、潜对话、同构故事、书写补续等，还极富实验色彩，将心理过程外化为戏剧性动作等。① 午夜回家的路上，"我"突然因皎洁的月光下空阔寂静的空间把内心一股无形无质的"感情"变成一种有分量的东西。"我"被从现实引入一个"空虚"之中。一个充溢炉火温润的房间，"我"翻开一本题词"神在我们生命里"的"奇书"。之后，作者将第一人称的限知叙事转化为全知全能的第三人称叙事。进入房间的客人——他和房间的主人——她，展开了一场充满暗示、复调与双声的对话。在小说的最后又回归第一人称叙事，"我"从"空虚"中回到现实。在整个结构上，小说宛如俄罗斯套娃，现实的故事套入一个"空虚"的故事，而又在"空虚"的故事中引入一个关于鹿的故事。层层叠加的故事却不以故事性取胜，而是将故事变成抽象的思考。在最后部分，小说以第一人称的角度，再次变成夫子自道的论说。"我"从"空虚"中回到现实，不仅完满了小说的结构，更成为对如何写作的思考。这又带有了元小说的味道。"我"跳出了故事、故事中的故事，变成写这个俄罗斯套娃般的故事的小说家。"我"在思考如何通过一个小说的形式，来展现一个人二十四点钟内的生命形式，如何通过小说来追究"生命"的意义。如果说生命的最高形式是"神"，亦即爱与美②，那么如何通过小说来展现与挖掘这生命中的"神"，使小说变成"神在我们生命里"的"奇书"，成为了小说中的"我"与小说家的沈从文所共同面对与思考的问题。"奇书"实际上即是沈从文所谓的民族百年立国的经典。

对沈从文来说，显然新的经典的主题已经命定，那就是生命的最高形式，"神"，亦即爱与美。但是，"神"又如何在生命中展现出来呢？

---

① 贺桂梅：《〈看虹录〉的追求与命运》，钱理群主编《对话与漫游：四十年代小说研究》，上海文艺出版社1999年版，第139页。
② 沈从文：《美与爱》，《沈从文全集·第17卷》，北岳文艺出版社2002年版，第362页。

第二章 国统区:"旧调"与"新声"

在沈从文看来,那是"一些符号,一片形,一把线,一种无声的音乐,无文字的诗歌","我看到生命一种最完整的形式,这一切都在抽象中好好存在,在事实前反而消灭"①。既然"神"或者生命的最完整的形式在抽象中保存完好,那也就意味着追求"神",试图表现生命的最完整的形式的人,必须脱离眼前的事实,也进入抽象之中。无疑,向虚空凝眸、向远景凝眸正是一种试图脱离眼前的事实而进入抽象之中的表征。在小说《看虹录》的最后部分,"我"不得不承认,对于那个"抽象"——"神"——的热爱与固执,成为"我"体会到"生存"的唯一事情,"我完全生活在一种观念中,并非生活在实际世界中。我似乎在用抽象虐待自己肉体和灵魂,虽痛苦同时也是享受"②。为追求生命的最完整的形式,为了体验"神在我们的生命里",沈从文必须由现实进入抽象的观念世界,在这个世界里,个体才可以脱掉一切外在的束缚,充分地认识到生命的最高形式,这其实意味着生命自由的极境。

"因为追究生命'意义'时,即不可免与一切习惯秩序冲突。"③ 这种冲突不仅体现在沈从文20世纪40年代的文学观念以及文学创作因为被误读而遭受一次比一次严厉的批判,比如《看虹录》在许杰看来就充满了色情意味,④ 中华人民共和国成立前更是被郭沫若定性为桃红色作家,更体现在沈从文自身内部存在的斗争,即究竟该用什么样的形式来表现这生命的最高形式,这关于爱与美的新的宗教。《水云》中那两个相互质疑、相互否定的"我"正是这一斗争的表现。《看虹录》《摘星录》《虹桥》等也成了沈从文的文体实验,一种关于如何表现生命的完整形式抑或是究竟用什么样的形式表现"神"的积极探索与尝试。因为在他看来,文学作品尤其是小说正是能够"激发生命离开一个动物

---

① 雍羽(沈从文):《生命》,《大公报·文艺》(港)第905期,1940年8月17日第2版。
② 上官碧(沈从文):《看虹录》,《新文学》(桂林)1944年第1卷第1期,第85页。
③ 雍羽(沈从文):《生命》,《大公报·文艺》(港)第905期,1940年8月17日第2版。
④ 许杰:《现代小说过眼录》,立达书店1945年版,第10页。

的人生观，向抽象发展与追求的欲望或意志"的最为适宜的方式，"小说既以人事作为经纬，举凡机智的说教，梦幻的抒情，都无一不可把它综合组织到一个故事发展中"①。在小说《虹桥》中，三个美术出身的年轻人，面对云南碧空之上的美丽的虹，却都感觉到难以用颜色与线条将其具体地表现在画布之上。那种美的极境，是无法复制的，只能够由世界上的第一流的音乐家，用音符与旋律来捕捉。小说实际上也暗示了对反映论的现实主义创作方式的否定。对生命中的"神"——爱与美的新宗教——而言，镜子般的现实主义是无法表现出来的。

因此，《看虹录》《摘星录》《虹桥》也好，《烛虚》《潜渊》《长庚》也好，包括"七色魇"中的篇章，都成了一种脱离原有的牧歌情调，带有抽象色彩与实验色彩的大胆尝试与探索。沈从文自己将这种探索与尝试描述为"一种'用人心人事作曲'的大胆尝试"，"用作曲方法为这晦涩名词重作诠释"②。从本质上来说，音乐仍旧是一种难以用文字表述的艺术形式。对于大多数人来说，音乐是可以意会而不可言传的。从这个角度说，沈从文实际上是试图用一种较为抽象的方式来表现抽象的主题。这似乎正是沈从文后来所说的"抽象的抒情"，抑或是他在20世纪30年代所命名的"情绪的体操"，"一种使情感'凝聚成为渊潭，平铺成为湖泊'的体操。一种'扭曲文字实验它的韧性，重摔文字实验它的硬性'的体操"③。

在沈从文的文学实验背后，实际上也表现出他试图突破写作上的一切成规与惯例，充分发挥文学的自由性或者文学创作的自由而表现生命自由的积极尝试。套用一位研究者的话说，沈从文的实验也反映出了一个一直纠结中国知识分子的"情意结"，即如何处理"文""体"与

---

① 沈从文：《小说作者和读者》，《战国策》1940年第10期，第14页。
② 绚文（沈从文）：《看虹摘星录后记》（未完），《大公报·综合》（津）第5期，1945年12月8日第4版。
③ 沈从文：《情绪的体操》，《水星》1934年第1卷第2期，第207页。

"魂"之间的关系。① 说得更为通俗一点就是，如何用一种充分自由的形式——文学之"体"——来表现国族之"魂"。只是，与"抗战建国"的国魂不同的是，沈从文的"魂"是抽象的生命原则。他希望表现自己的"魂"的"体"是如同音乐一样的流动的、自由的、而非凝固的。这也使得沈从文在"文""体"与"魂"上，与大后方的主流文艺呈现出巨大的差异。

在一定程度上，20世纪40年代的沈从文所做的一切构成了20世纪40年代自由主义文学的重镇。他的大胆尝试与探索也代表了自由主义文学在20世纪40年代试图不断超越自我、开拓新的文学想象空间的有益探索。

---

① 黄锦树：《文与魂与体：论现代中国性》，城邦文化事业股份有限公司2006年版。

第三章 沦陷区：在"言"与"不言"间

在中国现代文学史上，沦陷区文学是一个"意识形态上的瘴疠之地"[1]。这倒不意味着它仍旧是文学史那"热带丛林的黑暗一角"，一个中国现代文学研究中的盲点。20世纪90年代以来，沦陷区文学史著述逐渐增多，沦陷区文学的史料挖掘与整理工作也逐步展开。但是，关于沦陷区文学的研究，始终无法绕开国族叙事的主轴。沦陷区作家的国族立场与作品的政治倾向，都是在研究的过程中无法绕开的问题[2]。以是否具有民族意识来评判沦陷区文学的政治正确性，往往成为研究者首先需要考量的问题。在这个意义上来说，沦陷区文学确实是一个"意识形态上的瘴疠之地"。问题是，国族的立场是不是研究沦陷区文学的唯一或者最重要的立场？如果能够溢出国族叙述的主轴，我们又会看到什么？在20世纪40年代的政治现实中，国族的立场固然重要，但是我们能否在坚持国族立场的前提下，寻找到进入"历史"的另外一条途径？生活在"国破山河在"的大环境中的作家，他们如何在自我与现实

---

[1] 黄锦树将始终被"广义的中原地区学术界长期以来不可能理解甚至不想去理解的"马华文学称为"意识形态上的瘴疠之地"。参见黄锦树《文与魂与体：论现代中国性》，城邦文化事业股份有限公司2006年版，第6页。

[2] 张泉：《沦陷区周作人思想研究的一种新思路——以耿德华的〈被冷落的缪斯〉为中心》，《现代中文学刊》2010年第3期，第95页。

(战争、侵略者、殖民统治)之间建立起一种文学的联系?这也是我们思考沦陷区文学中的自由主义文学的一个起点。

第一节　在夹缝中生存的自由主义文学

一　沦陷区的政治环境

从地理政治学来说,中国的沦陷区可以分为三大块:台湾,东北的"伪满洲国"与关内的各个沦陷区。[1] 关内的各个沦陷区又包括以北京为中心的华北沦陷区、以张家口为中心的"蒙疆"沦陷区、以南京为中心的华中沦陷区,以及先后沦陷的武汉、广州、长沙、桂林等地,还有"孤岛"沦陷后的上海。汪精卫在南京成立伪"国民政府"之后,华北沦陷区等表面上在汪伪政权的统治之下实现了统一,实际上却各自为政,形成了相互独立的区域。仅就台湾、"伪满洲国"与关内的沦陷区相比,日本对台湾的殖民统治最为严酷。抗战爆发前后,日本殖民统治者在台湾大力推行皇民化运动,不仅废除中文,将日语定为"国语",强迫台湾人学习日语,而且规定在日常生活中也要使用日语,同时还强迫台湾人加入日本国籍,将台湾人变成所谓的"日本人"。在文学创作方面,作家用母语写作的权利被强行剥夺。许多作家被迫用日语进行文学创作。1932年成立的"伪满洲国",被日本视作一个独立的国家。尽管作家的创作环境比台湾作家相对宽松一些,比如至少可以用中

---

[1]　张泉:《中国沦陷区文学的内容与性质之辩:试析几篇"商榷"文章中的史实差错》,《抗日战争时期沦陷区史料与研究·第一辑》,百花洲文艺出版社2007年版,第304页。

文写作，但是相对于关内沦陷区的作家来说，环境则显得更为艰险。"伪满洲国"不仅在文化出版方面实行严格的管制①，还成立专门的机构来监管作家，甚至对作家直接镇压。在这样的环境中，袁犀、山丁等一批作家纷纷离开关外进入关内。

关内各个沦陷区的环境更为复杂一些。一方面，华中、华北等各个沦陷区在名义上仍旧归属于"中国"，中华文化本身还有相对的独立性②。就连日本人也认为在对待关内各个沦陷区的文化控制与文化殖民上，要谨慎，要从长远来考虑。③ 在华北沦陷区的中心北京，身为高级伪吏的周作人既可以为了呼应日伪的"大东亚同盟的大东亚精神"，将中国新文学的复兴归结为保卫东亚、复兴中国的殖民行动④，也可以大谈中国文学上为君主与为人民的两种思想，并认为在文学中"复兴的应该是那一切为人民为天下的思想"，"不但这是中国人固有的思想，一直也就是中国文学的基调"⑤。针对日本人志智嘉批评袁犀、梅娘、陈绵等人的小说有逃避现实的缺陷，上官蓉就可以表达不同的意见。他认为逃避现实并不意味着毫无意义，"因为恶劣的现实环境，若不是使作者充耳不闻，就是使他们把眼光注视于别的地方。所以在这个意义上看，沉默也不失为一个极严肃的态度，只要这沉默是深刻的彻底的话"。如果不是将现实只简单地理解为飞机火炮的话，袁犀等人的小说中"所反映的社会和青年，却正是现实的一部分的写照"⑥。这也反映出了沦陷后的北京环境的相对宽松。

---

① 封世辉主编：《中国沦陷区文学大系·史料选》，广西教育出版社 2000 年版，第 30 页。
② 张泉：《抗日战争时期中国沦陷区的言说环境：以北京上海文学为中心》，《抗日战争研究》2001 年第 1 期，第 62 页。
③ [日] 山本实彦：《对华文化工作的检讨》，《华文大阪每日》1938 年第 1 卷第 2 期，第 14 页。
④ 周作人：《新中国文学复兴之途径》，《中国文学》1944 年第 1 卷第 1 期，第 5 页。
⑤ 周作人：《中国文学上的两种思想》，《药堂杂文》，新民印书馆 1944 年版，第 26 页。
⑥ 上官蓉：《诚挚的关怀——答志智嘉先生》，《中国文学》1944 年第 1 卷第 3 期，第 44 页。

第三章 沦陷区：在"言"与"不言"间

另一方面，尽管与台湾和"伪满洲国"相比，诸如北京和上海这样的沦陷区的中心城市的现实环境显得宽松一些，但是这种宽松仍然是相对的。仅以"孤岛"沦陷后的上海为例。太平洋战争爆发之后，日军进驻租界。日伪政权加大了对沦陷后上海的文化出版的监管。"孤岛"时期的一批相当活跃的报纸被日伪当局先后接收。在战前和"孤岛"时期具有独立性的《申报》被改造为由汉奸掌控的报纸。1941年底，中华、商务等八家书局被日军查封，其全部财产也被没收。日伪当局还试图将这八家书局改造成一个直接服务于日伪政权的联合组织。同时，日军还将魔爪伸向一批滞留上海的文化工作者。许广平、夏丏尊、柯灵、李健吾、孔另境等都先后被日军逮捕，并遭受酷刑。作家陆蠡为此献出了生命。连留在上海的杨绛也遭到日军的传讯。一些作家因不愿依附于日伪当局，日常生活遇到了前所未有的艰难。作家谭正璧在"孤岛"沦陷后的上海以卖文为生，在生活的重压之下，妻子发疯，一个幼小的孩子因失乳被活活饿死，两个孩子被迫送人，他自己也身染多种疾病。[①] 在日伪的威吓下，"孤岛""鲁迅风"时期的作家文载道（金性尧），《宇宙风》时期的作家陶亢德等被迫下水附逆。因此，我们在强调诸如北京、上海沦陷后相对宽松的现实环境时，不应将这种宽松的环境过于理想化，还应该看到这些地方现实环境的严酷性。

同时，作为沦陷区的文化中心，北京和上海成为不同的政治势力相互交错的地方。除了日伪政治势力之外，国共两党的地下工作人员也以更隐蔽的方式潜藏在这两个城市的文化出版机构甚至日伪政权之中。不同的政治势力常常处于你中有我我中有你的网络之中。穆时英和刘呐鸥的死正是不同政治势力犬牙交错的结果。一些中共地下党员成功打入汪

[①] 徐迺翔、黄万华：《中国抗战时期沦陷区文学史》，福建教育出版社1995年版，第534页。

伪的文化机关之中。最典型的例子就是关露。1939年，身为中共地下党员的关露接受组织委派，打入上海的汪伪组织内部。1942年，她又成功进入由日本女作家田村俊子主编的《女声》杂志，成为该杂志文艺栏目和剧评栏目的编辑。关露以《女声》杂志编辑的身份为党组织获取情报工作。中共情报史上的传奇人物袁殊更是以中统、军统、青洪帮、日伪等多重身份为中共地下党组织获取情报。他出任社长的《新中国报》因与日本驻上海领事馆的特殊关系而被称为"汉奸报纸"，这也为他的工作披上了一层保护色。"孤岛"沦陷后再次复刊的《杂志》也属于袁殊所领导的"新中国报"系统。《杂志》的新任主编吴诚之是中共地下党员。因为与《新中国报》的特殊关系，《杂志》也被当时一些不知道内情的作家视为"汉奸刊物"。实际情况恰恰是，《杂志》的复刊工作即是在中共地下党组织的领导下，意欲与汪伪争夺文化空间的行为。[①] 汪伪宣传部的《中华日报》在刊出"我们写什么"的讨论中，大肆宣扬所谓的"和平文学"。《杂志》则以召集座谈会的方式讨论"我们该写什么"，带有针锋相对的倾向。上海和北京各种政治势力彼此纠结的复杂局面，是台湾和"伪满洲国"所没有的。这种复杂的现实环境，给作家带来巨大压力的同时，也为他们在政治夹缝中的生存提供了某种机遇。张爱玲、苏青等后起之秀正是崛起于这样的环境之中，而钱锺书也是在这样的环境中创作出长篇小说《围城》，杨绛更是以独具特色的风俗喜剧创作成为"中国现代喜剧的第二道里程碑"[②]。师陀创作出了小说集《果园城记》中的7篇和长篇小说《荒野》《结婚》《马兰》以及戏剧《夜店》（与柯灵合写）等。所以，"孤岛"沦陷后的上海同样是中国现代文学史上不容忽视的一座重镇。

---

① 李相银：《上海沦陷时期文学期刊研究》，博士学位论文，华东师范大学，2006年，第79页。

② 李健吾将丁西林比作中国现代喜剧的第一道里程碑，而创作出《弄假成真》的杨绛则是第二道里程碑。参见孟度《关于杨绛的话》，《杂志》1945年第15卷第2期，第111页。

二 文学与战争

除了对文化出版采取较为严密的控制外，沦陷区的日伪政权也采取一些"积极"的行动，试图将文学创作纳入日本的侵略战争中来，使文学直接服务于这场侵略战争。一方面，日伪政权试图通过文学来宣扬侵略战争的"中心思想"，实现殖民化与奴化的目的，以便有效地推动战争的进展；另一方面，他们也希冀通过文学将这场侵略战争美化，不仅为侵略战争的合法性提供意识形态上的依据，更是为日伪政权本身的合法性提供理论基点。为了美化侵略战争，日本提出复兴亚洲、建立大东亚联盟的口号，将自己的侵略行径美化为把亚洲弱小民族从欧美帝国主义压迫下解放出来的"解放战争"[①]。

在北京沦陷区，日伪政权积极召唤作家，投身到这场战争中来。尤其是在"肃正思想方面"，作家应当起到重要的作用。首先，作家应当充分意识到文学的"报国"功能。作家应通过文学作品在大众中普及"大东亚战争"的思想，[②] 使普通大众意识到英美自由主义与苏俄共产主义思想是如何的不适宜于当下的中国。[③] 时任华北政务委员会委员兼教育督办的周作人积极响应大东亚战争的口号，认为"因为大东亚战争是东亚民族谋求解放的一种必经途径，所以在大东亚……人人都有他应尽的使命。华北是东亚土地上的一部分，华北文化人是东亚民族的一部分，所以不应例外。据本人的见解，现在要紧的是养成青年学生以及一般知识阶级的中心思想以协力于大东亚战争。所谓中心思想，即是大东亚主义的思想"[④]。一些日伪政权的御用文人也极力美化日本的侵略战

[①] 《东亚联盟协会宣言》，《东亚联盟论文选辑》，东亚联盟中国总会上海分会1942年版。
[②] 柳龙光：《文学报国》（代创刊词），《中国文学》1944年第1卷第1期，第2—3页。
[③] 李孔：《文化人参战的路线》，《中国文艺》1942年第7卷第6期，第5页。
[④] 参见周作人《华北教育家笔上座谈》，《中国文艺》1942年第6卷第4期，第5页。

争,认为它"不但是想要从政治经济上消灭英美的侵略势力,并且打算在文化上扫除英美的麻醉色彩,回到伟大的东方文化的怀抱里,去复兴固有东方的文化精神"。侵略战争被美化成一场所谓复兴东方文化的战争。中国文学作为大东亚文学中一分子,应当发挥其积极的作用,"作为复兴东方文化的一个战斗员,以中国文学的天然立场去协助大东亚战争","这是今日中国文学的唯一使命"①。文学被纳入侵略战争的轨道中,作为直接服务于战争的工具。这种论调与周作人的论调几乎如出一辙。在有的人看来,正是战争——被美化为东亚复兴的侵略战争——成为孕育文学的母胎,战争裹挟而来的破坏作用,可以将原本就苟且、草率的文学精神,"驱入于萎缩和死灭",催生更有生机的文学精神的复兴。② 在谈到"中国文艺复兴的途径"这一问题时,周作人也是将中国文艺的复兴与"新中国"的复兴合二为一。"新中国"的复兴就是在保卫东亚的基础上来复兴中国。由此,他认为文学的发展道路与政治是同一的。显然,周作人所要复兴的中国文艺是宣扬日本的大东亚战争的文艺,而复兴的中国自然也是日伪政权统治下的中国。周作人的观点暗示出文学服务于战争的结果就是文学从属于政治。只不过这里的政治是日伪政权的政治而已。所以,华北沦陷区的御用文人赤裸裸的强调,"文学不能离开政治,它是永远在政治的影响之下前进着的"③。政治的革新促成了文学的革新,然后文学的革新再来推动政治的革新。这样文学自然也成为政治的一翼。④ 有的御用文人认为在战争成为时代主宰的环境中,"政治成了战争的机关,经济成了战争的算盘,生活成了战争的基础,文化也成了战争的宗教了","此时此地,文学之不得不走上了政治的路"。将政治与文学捆绑在一起,文学的相对独立

---

① 邱一凡:《大东亚战争与中国文学》,《中国文学》1944 年第 1 卷第 3 期,第 7 页。
② 陈鲁风:《战争与文学》,《中国文学》1944 年第 1 卷第 2 期,第 2 页。
③ 邱一凡:《大东亚战争与中国文学》,《中国文学》1944 年第 1 卷第 3 期,第 6 页。
④ 徐白林:《新中国文学的进路》,《中国文学》1944 年第 1 卷第 3 期,第 24 页。

第三章 沦陷区：在"言"与"不言"间

性荡然无存。文学不再是个人的，而是时代的，集团的。"今后的文运，必须脱离开个人的抽象的不健康的圈子而成为握得历史底必然的民族的文学集团。"①"握得历史底必然的民族的文学集团"不过是听命于日伪政权，宣扬所谓的反英灭美、复兴东亚的汉奸文学而已。有的汉奸文人则更进一步地强调政治本身就是内在于文学之中的。所以不应当将政治看作"外部侵入的东西"，也不应当只是以文学的价值来判断作品。②言外之意即是文学要天然地服务于政治，并且以政治的标准来评定文学作品本身的优劣。用一位对文学服务于大东亚战争的极力鼓吹者的话说就是"文艺的使命，要歌颂政治，发扬政治，为政治效力"③。

在上海，汪伪掌控的报纸杂志，为了配合汪伪政权"亲日、反共、和平、建国"的纲领，也极力鼓吹所谓的"和平文艺"。在汪伪政权的御用文人看来，"和平文艺"是配合"政府"的"和平运动"的一项积极而必要的工作。综合起来说，"和平文艺是革命的，它负着历史的使命，要把握着现实，以大众化的姿态，与其他工作配合，进行文化建设"④。说白了，"和平文艺"就是为"和平运动"服务的。其建设性主要体现在通过"和平文学"向大众指示出应走的途径，"替和平运动奠定更良好的根基——建立百年大计，东亚的永久和平"。但是究竟什么样的文艺作品才是"和平文艺"呢？在这位鼓吹者看来，"和平文艺""既不是浪漫派的吟风弄月，也不是颓废派的无病呻吟，更不是所谓抗战派的浮嚣浅薄"，它是经过三四年来血的教训与血的锻炼的，

---

① 吕奇：《今日的中国文艺与华北文艺运动》，《中国文学》1944年第1卷第1期，第8—9页。
② 龚持平：《关于新文学运动》，《华文大阪每日》1942年第9卷第10期，第42页。
③ 黄默君：《论文学的阶级性：驳普罗文学的口号性》，《中国文艺》1941年第4卷第6期，第2页。
④ 林蓬：《建立和平文艺》，《中华日报·文艺周刊》（沪）第31期，1940年2月4日第7版。

"所以和平文艺是时代的呼号，血与泪的交织品！"有意思的是这位论者极力强调"和平文艺"的现实性，认为它的题材是现实的，而非闭门造车想象出来的，"而现实的题材呢，无非是一片血与泪的症结"①。问题是，如果"和平文艺"要反映血与泪交织的现实，那么这种现实显然正是战争的表征之一，这无疑是和平的反面。这样一来的话，"和平文艺"极可能变成所谓的反战文学。表面上看，这似乎是自相矛盾的。但问题是，"和平文艺"所倡导的"和平"正是要大众接受日伪统治，放弃反抗，甘做顺民与臣服者的"和平"。战争带来的血与泪的现实，罪责不在日本侵略者，而在于国共两党的反抗者。正是后者的反抗造成了生灵涂炭的危局。这显然是一种极为荒谬的汉奸理论。有的论者干脆明确指出，"和平文艺"必须以"和平运动"的理论为最高指导原则，并积极表现"和平建国"的主题。② 一位鼓吹者更是认为，是"和平运动"催生了"和平文艺"，所以完全应当以汪精卫的"和平宣言"为"和平文艺"工作者的指南与方向。③ 这倒是一针见血地指出了"和平文艺"的实质。更有甚者，直接将"和平文艺"命名为"汪精卫主义文学"④。

北京文坛与上海汪伪政权的御用文人都极力强化文学的宣传功能，并将文学与大东亚战争捆绑在一起。"文学表现时代，亦领导时代，它是时代的鼓吹者，亦是时代的推进者。严格地说起来，文学作品当然不是宣传品，然而在鼓吹时代，推进时代的一点上说，文学却脱不了宣传

---

① 林蓬：《和平文艺的写作》，《中华日报·文艺周刊》（沪）第34期，1940年2月25日第7版。
② 黎岚：《关于和平文艺诸问题》，《中华日报·文艺》（沪）第11期，1941年1月31日第6版。相似的观点见曹翰《和平文学》，《新中国报·中日文化》（沪）第8期，1941年8月20日第7版。
③ 裳印：《和平宣言给予文坛的影响》，《中华日报·文艺周刊》（沪）第38期，1940年3月24日第7版。
④ 李亚芝：《关于汪精卫主义文学》，《新中国报·学艺》（沪）第369期，1942年3月14日第7版。

第三章　沦陷区：在"言"与"不言"间

的作用。"① 发表在袁殊所领导的《新中国报》上的一篇文章一针见血地指出，"抗战文学和和平文学的范畴虽根本不同，但都可名之曰政治文学，并确实可以成为政治文学"。尤其是二者中间八股之风的盛行，使得两者都不再是文学了。前者以抗战建国之类的口号构成，后者以"和平反共建国"之类的口号为基础。② 将文学视作政治宣传的工具，大后方国统区的部分作家和沦陷区日伪政权的文化人之间有着惊人的相似性。

在反英灭美的旗帜下，英美自由主义与个人主义成为被批判的对象。尤其是那些鼓吹文学服务于大东亚战争的人，将文学上的个人主义视作洪水猛兽，大肆地攻击和否定。有论者就认为"新中国文学"在服务于大东亚战争时，"首先应当抛弃一切陈旧的自由主义，个人主义的文学思想"③。同样是关于"新中国文学"的讨论，另一位论者也指出，在大东亚战争的环境中，作家不应再有自由主义的文学态度，应当走文学集团的道路。言外之意是要求作家服膺于集体的要求之中。这个集体的要求无疑是大东亚战争。一位论者在谈到作家在当下的使命时，就批评"过去大家藏在自由主义、个人主义的氛围中，坐在象牙塔里，咀嚼文学，拨弄些'未来主义'、'象征主义'、'自然主义'，乃至什么'色情主义'，不求探讨人生主务，接近现实社会"④。在积极响应日伪的"新国民运动"而发起的"国民文学"的讨论中，有论者更是明确地将自由主义文学定位于"国民文学"的对立面，称前者是"抽象的轻浮的"，而后者则"始终是积极的能动的集体的高级的近代文学"⑤。

---

① 社评：《创造大东亚的文学》，《中华日报》（沪），1942年11月7日第1版。
② 陈超：《抗战文学·和平文学·八股文学》，《新中国报·学艺》（沪）第20期，1940年12月5日第6版。
③ 徐白林：《新中国文学的进路》，《中国文学》1944年第1卷第3期，第24页。
④ 黄道明：《我们的使命》，《华北作家月报》1942年第1卷第1期，第5页。
⑤ 邱一凡：《现阶段的"国民文学"性格》，《中国文学》1944年第1卷第5期，第7页。

一位出席大东亚文学者大会的中国代表在向国统区进行劝诱式的广播时，也明确地指出，要主动抛弃"五四"新文学所感染的欧美文化的不良成分的自由主义、个人主义、唯物主义的文学。① 上海汪伪政权宣传重镇《中华日报》也以清算上海文坛的姿态，对自由主义文学大加挞伐。署名立斋的文章以诊断文坛病症的方式，将当下文坛沉寂的病原归结为自由主义的暗中作祟。他总结道，占据战前上海文坛第一把交椅的是左翼作家，而占据第二把交椅的就是自由主义作家。今天仍旧在暗影中闪烁的自由主义文学已经不是真正的自由主义文学，而是伪自由主义文学，是文坛上的市侩主义者、机会主义者、唯肉主义者和善良风俗破坏者等。② 在他的意识中，自由主义文学实际上正是汪伪政权所扶植的"和平文学"的头号敌人。

尽管沦陷区日伪政权的御用文人所倡导的文学运动仅仅只停留在理论层面，实际上并没有什么效果，但是它背后所隐藏的思维方式，比如文学的政治化、文学服务于政治、反对自由主义文学等，与大后方的抗战文艺有着惊人的相似。尽管二者的根本出发点是不同的。从这一角度来说，抗战时期的自由主义文学，在沦陷区和大后方都遇到了巨大的阻力。尤其是在沦陷区复杂的现实环境中，它的生存显得更为艰难。对于沦陷区的作家来说，险恶的环境也是一个挑战，就是当我们无法公开的呼吁文学的自由和自由的文学的时候，我们究竟应该用什么样的方式坚守文学的相对独立性，坚持自我言说的相对独立性。

---

① 柳龙光:《告在重庆方面的文学界的朋友们》（"第二届大东亚文学者大会中国华北代表言论鳞爪集"），《中国文学》1944年第1卷第1期，第41页。
② 立斋:《文化的投机主义者及其他》，《中华日报》（沪），1943年9月5日第1版。

第三章 沦陷区：在"言"与"不言"间

三 言与不言

孤岛时期，上海《文汇报》上曾经发表一篇署名金戈的文章，题目是《孤岛写些什么文章?》。作者说："虽然为着环境的不允许，我们不能够再写更有意义一些的文章。可是相反地，我们也不能写上那些尽没有意思的文章，我们要在没有办法中想办法，我们要充分地利用到环境所允许我们的至极地步。"接着作者问道："我们写文章的人，究竟写些什么样的文章呢？……我们……不要忘记本身的责任，尽环境允许我们的至极地步，为孤岛上的人们，写一些有意义的文章出来。这文章是他们所需要的精神食粮，我们写文章的人，再不能放弃这最后的岗位。"[①] 这"有意义的文章"应当是鼓舞大家抗战意识或者宣传抗战的文章。稍后的一篇文章也提出了相类似的问题。上海战事爆发之后，"可怜的是文化人，许多是逃跑了，留着的似乎许多，是不声不响了。留着的人们，当然有许多苦衷，而的确环境也不许可他们随便说话。然而，我想，我们不应当完全不声不响"。"我不能安于缄默，决定要继续说话。我不相信有谁能扼住我的喉舌，使我不能发声。"对保持沉默的人们施以同情式的理解的同时，作者更期待的是文化人应当发出自己的声音。问题是在环境不允许的情况下，人们应该怎样发出自己的声音？最后作者还是将文章的意图落在宣传抗日上，鼓励留在"孤岛"的人们继续保持原有的勇气，为抗战鼓与呼。[②]"孤岛"所保有的相对自由的空间，允许作家尽可能地写一些与抗战有关的文章。但是对于不能做苏武的人，或者不愿做苏武的人，是不是就一定意味着只能做李陵呢？尤其是在"孤岛"沦陷之后，在所有与抗战有关的文字均被禁止

[①] 金戈：《孤岛写些什么文章?》，《文汇报·文会》（沪），1938年1月30日第4版。
[②] 夷之：《匪夷室随笔·二·说话》，《文汇报·文会》（沪），1938年2月2日第4版。

发表的情况下,是不是就意味着留在上海的文化人都成了李陵呢?如果问题并非这么简单,那么在沦陷区的复杂的现实环境中,除了李陵和苏武之外,文化人尤其是中国作家是否还可以保有另外一种身份?抑或说在既不做李陵又无法做到苏武的时候,他们是否还能够继续自己的言说?

"伪满洲国"作家季疯的一段话道出了一个既不愿做李陵又无法做苏武的沦陷区中国作家的苦衷。

> 一个人,应该说的话,一定要说,能够说的话,一定要说;可是应该说的话,"有时却不能够说,这其中的甘苦,决非'无言'之士所能领略其万一"!
>
> ……
>
> 所以,言之者,自有他"言"之道理,"不言"之者,也自有他"不言"苦在。倘若他"言"而无何道理,"不言"而无何苦衷,这种失掉了语言的人类,就名之为"哑巴",也不为形容过甚。倘若,世间能容得真理在——至少能容得一部分的真理在,有话不妨公开说,然而那可必得有"道理",若是没有道理之"言",纵然公开于若干群众之前,也徒浪费群众的精神而不知其所以。世界上有的是显明的事,不必烦言,甚至可以不言。①

这份"言与不言"的甘苦,真实地反映了沦陷区作家进退维谷的历史困境。在沦陷区严酷的现实环境中,通过文学作品曲折地表现对民族国家的隐忧,固然是苏武的表现,但是能够顶住巨大的压力而不去说自己不愿意言说的话,也实属不易。跳脱开具体的历史语境,强迫所有的中国作家都必须在李陵和苏武之间做出选择,不仅是强人所难,也有

---

① 季疯:《言与不言》,谢茂松、叶彤选编《中国沦陷区文学大系·散文卷》,广西教育出版社1998年版,第583页。

第三章 沦陷区：在"言"与"不言"间

违历史主义的原则。用钱理群先生的话说，沦陷区的作家要具体的考虑，"在异族统治的特殊环境下，什么是自己想说而又不能说的话，什么是别人（当局）要自己说，自己又不想说的话？什么是自己想说，而又能够说的话？以及以什么样的方式去说"①。这无疑指出了沦陷区大多数作家要面对的真正问题。

"孤岛"沦陷后，中共地下党员、《杂志》的主编吴诚之以哲非的笔名，向当时滞留在上海的文化人也提出了一个关于"言与不言"的问题，即"文化人何时说话？"他呼吁在战时的艰苦境遇中，文化人仍然要担负起文化建设的任务，做这个时代的发言人。在他看来，"就文化事业经营而言，逃避现实的反面，就等于接受现实的压力。如果今天的文化人想以避免发言的方式而逃避现实，结果无异自行取消他的发言权"。针对"孤岛"沦陷后的上海到底还有没有发言权的疑问，他明确地回答不仅有发言权，而且"我们能够发言与应该发言的机会应该说太多了"。只是当下的发言方式过于机械，发言的内容过于贫乏而已②。吴诚之希望文化人能够从沉默中找到发言的机会。至于如何发言，他似乎表述不明。但是，从文章中来看，他暗示文化人应当从文化的角度发言。尤其是他特意强调对战争，文化仍应当有自己的相对独立性。这样的观点明显区别于为大东亚战争鼓吹的日伪政权御用文人的观点。当文化人从文化的角度来发言，以保有文化的独立性的时候，作为文化人之一员的作家自然也应当从作家和文学的角度来发言。从这一个角度来说，作家依然可以成为时代的发言人。只不过这个时代，可能既不是热血抗战的时代，也不是作家为了大东亚战争而决胜的时代。沦陷区的作家在李陵与苏武、言与不言之间，同样可以找到一种身份，一种言说的方式，一种言说的内容。在历史的困境的束缚

---

① 钱理群：《总序》，《中国沦陷区文学大系》，广西教育出版社1998年版，第4页。
② 哲非：《文化人何处去》，《杂志》1942年第9卷第5期，第7—8页。

之中，他们仍旧可以破茧而出。唯如此，沦陷区的文学史才能从附逆/抵抗的模式中摆脱出来，才不再被视为一片空白。在政治的夹缝中，沦陷区文学也才找到了一种不同的言说方式，言说这个时代中不同的内容。

四 "永远的东西"

尽管力主文化的相对独立性，但是吴诚之还是特别强调文学创作的社会性。在《关于文艺批评》一文中，他对那些致力于写身边琐事，拘泥于一己情感的文学作品提出了批评。并特别强调不能将作品或者作家的个性等同于个人主义。① 从这一点上来看，吴诚之的立场还是左翼的立场。

不过，此前留在"孤岛"上的李健吾则站在自由主义文学的立场上，为个人主义正名，为自由主义文学辩护。他将普通人所理解的个人主义分为两大类，一是关于日常生活的，二是表现在文学里面的情感思想，"二者合一的个人主义，初期是浪漫主义的一个例证"。强调作家对日常生活的重视和对自我感情的表现，这既是对个人主义的肯定，也是对个人主义的正名。他极力维护文学自身的独立性，"就是文学是文学，我们必须从它的本身推求它的价值"。而文学与个人主义的结合首先体现为一个作家的独立性，即他/她能不能坚持从个人主义的立场出发，然后将个人主义的立场贯彻到文学当中来。"只要一个人不谄媚他当前的权势（个人、社会、政府、制度等），只要他为人类共有的高尚的理想活着，我们便把自由创造的权利给他。……既然清醒，他应当有为而为；既然独立，他就不甘受人利用。时代和他有密切的关系，可是他不依附时代，群众和他有密切的

---

① 哲非：《关于文艺批评》，《杂志》1943 年第 11 卷第 5 期，第 47、44 页。

第三章 沦陷区：在"言"与"不言"间

关系；可是他不巴结群众。……他为人类的幸福活着。这是真正的个人主义，也就不复是个人主义了。"① 李健吾的"真正的个人主义，也就不复是个人主义了"，倒不是在肯定个人主义的同时又否定了个人主义，而是说这样坚定地坚持自我立场的个人主义也就不是一般人所认为的"离群索居"意义上的"个人主义"了。在左翼文学一致要求文艺大众化，更好地为抗战宣传时，在汪伪御用文人极力提倡"和平文艺"，试图使文学服务于"和平运动"时，李健吾坚持文学的独立性与作家的独立性，并将此独立性归结到个人主义这一支点之上，这无疑是自由主义文学在沦陷前的"孤岛"上的最鲜明的表现。而这样的观点实际上代表了一批作家的立场，他们在"孤岛"尤其是"孤岛"沦陷后的上海的创作正体现出了李健吾所阐释的自由主义文学特色。比如张爱玲、杨绛、钱锺书、师陀等。她们/他们不依附于任何政治势力，从个人主义的立场出发，坚持着文学创作的独立与自由。这些人的文学创作真正地构成了沦陷区的自由主义文学。对这些人的文学创作的分析，笔者将放在后面具体展开。

活跃于华北沦陷区文坛的一位批评家李景慈，也鲜明地提出了文学自由的观点。针对华北文坛叫嚣文学直接服务大东亚大决战的声浪，他旗帜鲜明地反对文学从属于政治，主张"文学是一种独立的和自由的艺术，不跟随在政治后面的"。文学应当超越时代，即使在战争中，它也不应当为某一势力所支配。只有"自由的，独立的，真实的文学"，才会成为永远的东西。② 强调文学的自由和表现思想的自由，以及文学的超越性和永恒性，使得李景慈的文学批评带有了浓厚的自由主义色彩。从"伪满洲国"逃到北京的作家山丁也呼吁，"创作'永远的东西'是

---

① 李健吾：《个人主义的面面观》，《文汇报·世纪风》（沪），1938年11月9日第12版。

② 楚天阔（李景慈）：《谈现在文学的形式和内容》，《中国公论》第5卷第1期。收入封世辉选编《中国沦陷区文学大系·评论卷》，广西教育出版社1998年版，第1—6页。

作家的事。在文学的世界，没有市侩和政治家，没有商人与出版家，更没有蓝皮阿五与小名小利之徒，有的只是精神与作品，这精神与作品必须是'永远的东西'"①。摆脱政治、商业的羁绊，使文学变成"永远的东西"，同样也是对自由主义文学的美好期许。问题是，怎样才能够保证文学的自由，以及如何使文学具有超越性和永恒性呢？在这一问题上，上海的一份名为《大众》的刊物倒是做出了回答。

在政治低气压中创刊的这份刊物，其《发刊献辞》即表明，作为一个人是无时无刻不要发言的，即便是一声叹息也是人之所以为人的发言。而他们所要言说的既不是政治，"因为政治是一种专门的学问，自有专家来谈，以我们的浅陋，实觉无从谈起"；也不是风月，"因为遍地烽烟，万方多难，以我们的鲁钝，亦觉不忍再谈"。此间的话无疑既是自谦，也是无奈，同时还是对现实环境的清醒体认。不是不懂政治，而是无法谈自己想要谈的政治，也不愿谈自己不愿谈的政治。于是他们将目光转向了另外的地方，用他们的话说就是，"我们愿意在政治和风月以外，谈一点适合于永久人性的东西，谈一点有益于日常生活的东西"②。抑或说，这永久的人性和有益于日常生活的东西正是山丁所说的作家所要创作的"永远的东西"。超越政治与风月之外，通过文学寻找永久的人性，抑或说在日常生活中发现诗意，这正是沦陷区文学，尤其是沦陷区自由主义文学的一大特色。之所以这样说是因为，正是对永久人性的追求，使得在沦陷区夹缝中生存的文学成为超越性和永恒性的存在。也是在日常生活的诗意中，身处沦陷区"言与不言"的历史困境中的作家摆脱了政治的束缚，使他们和这个生不逢时的时代建立起密切的关联，他们找到了切入时代的契合点，从而建构起了相对自由而独立的言说世界。也正是在永久的人性和日常生活之中，国族叙述的大故

---

① 山丁：《创作"永远的东西"》，《中国文学》1944年第1卷第3期，第2页。
② 《发刊献辞》，《大众》1942年第1卷第1期，第4页。

第三章 沦陷区：在"言"与"不言"间

事——中国人抗战建国的悲情叙事与日伪政权的大东亚、"新中国"的神话——才被成功地置于文学之外，个人与个人主义终于找到了一个暂时的立足之地。这也正是自由主义文学的根基所在。

按照钱理群先生的话说，"永久的人性"和"日常生活"是沦陷区作家劫后余生的生命体验，在战争对生命的"惘惘的威胁"中，人们"发现正是这个人的琐细的日常生活构成了最基本、最稳定，也更持久永恒的生存基础"[①]。所以在沦陷区作家的文学世界中，男女主角不是英雄人物，只是普通人的普通生活。就像苏青所说："所以我对于一个女作家写的什么：'男女平等呀！一起上疆场呀！'就没有好感，要是她们肯老实谈谈月经期内行军的苦处，听来倒是入情入理的。"[②] 饮食男女，也构成了苏青文学世界的主调。苏青自称"是不学无术的人，初不知高深哲理为何物，亦不知圣贤性情为何物"，所以只以"常人地位说常人的话"，生活的甘苦，名利的得失，爱情的变化，事业的成败，都可以成为言说的内容。只要谈的有味道，均可侃侃而谈。而且，她还认为，人的地位身份可以不同，但是人性中总有相同的部分。比如大总统和挑粪工都喜欢漂亮的女人。[③] 生活化与世俗化，成为苏青自觉的追求。从世俗生活中见出相通的人性，也是苏青围绕饮食男女而作的目的。她常常从一个女人的切身体验出发，拨开婚姻、家庭、工作等日常生活的表面，写出身为女人——母亲、妻子、职业女性等——所遭遇到的种种不公与成见。从一个女人的立场出发，苏青指出所谓"红颜薄命"这一古训背后，实际上潜藏着从古到今随处可见的男权主义。红颜之所以薄命完全取决于一个有身份有地位的男人。是他发现了她的美丽，所以她才能成为红颜。"美人

[①] 钱理群：《总序》，《中国沦陷区文学大系》，广西教育出版社1998年版，第5页。
[②] 苏青：《我国的女子教育》，《苏青散文精编》，浙江文艺出版社1998年版，第139页。
[③] 苏青：《〈天地〉发刊词》，《天地》1943年创刊号，第1—2页。

没有帝王、将相、英雄、才子之类的提拔，就说美到不可开交，也是没有多少人能知道她的。"而红颜之所以薄命也是因为那个发现了她、"提拔了"她的男人没有将其当作人对待，不是将其送人就是视作自己泄欲的工具。另一个原因还在于女性自己的思想陷在男性中心主义的牢笼之中，甘愿以红颜献身或者依附于一个男人。在苏青看来，女人要想真正走出"红颜薄命"的宿命，应当从自己做起，将美做到人格上，内心里。① 至于生活中常听到的男人抱怨妻子爱吃醋，根本原因也不在女人的心胸狭小，而是根源于性别歧视。男人好色没有关系，女人吃醋却不被世俗所容忍，历史上就将妒列为女性被休的七个条件之一，河东狮吼也常用来形容吃醋的妒妇。男权主义早就规定了戒律来惩戒女人的吃醋，可见女人的吃醋也不是很容易就可以吃的。而男人则不同了，只要他想吃醋，马上断了女人的经济来源即可展现吃醋的威力。② 在丈夫的好色和妻子的吃醋这样的日常生活中，苏青看到的是男女之间真正的不平等。她谈作为妻子的女人遭遇到家庭生活的种种不公：公婆的冷眼，丈夫的外遇，也谈作为母亲的女人生儿育女的身心之痛，作为一个职业女性意欲独立自足时遭遇到的世俗的种种成见。这几乎都是她的一份切肤之痛。但是苏青却并非由此而要求女性革命，套用北京文坛女作家梅娘的话说，她也许正是通过文字来疏泄"一种女人的郁结"③。她要点破那层世俗的窗户纸，也仅仅是点破而已。这也从一个侧面说明了苏青写作立场的平民化。她只是将自己当作了日常女子中的一个而已。长篇小说《结婚十年》《续结婚十年》，被称为是"自传中的自传"④。尽管是写琐碎的家庭婚姻生

---

① 冯和仪（苏青）：《论红颜薄命》，《古今》1943年第26期，第14—16页。
② 苏青：《好色与吃醋》，《杂志》1943年第12卷第1期，第126—127页。
③ 梅娘：《几句话》，《华文大阪每日》1941年第7卷第4期，第48页。
④ ［美］黄心村：《乱世书写：张爱玲与沦陷时期上海文学及通俗文化》，胡静译，上海三联书店2010年版，第202页。

第三章 沦陷区：在"言"与"不言"间

活，但在苏青笔下却还显得平实可爱。她坚守了以常人的地位说常人话的风格。小说里中西合璧亦新亦旧的婚礼，姑嫂、婆媳之间的矛盾纠结，夫妻之间的小小隔阂，虽然没有什么高深的人生理想，但也正是普通人生活中的共性。她也常常谈吃，坦承自己既爱吃也爱睡，这正是自己的日常生活享受。吃的也不是高档肴馔，而是一碗薄粥。只不过这粥是用家乡宁波的方法做成，也别有一番地方风味（《吃与睡》）。幼时外婆家煮熟的南瓜，父亲喜欢吃的几样小菜，消夏时乡人自制的饮料，仍然呈现出小户人家的温润饱满（《夏天的吃》）。用张爱玲的话说，苏青的俗中仍带有"无意的俊逸"①。在胡兰成看来，苏青带给人的是生活的活力与热意，"没有威吓，不阴暗，也不特别明亮，就是平平实实的"②。这自然也是苏青的文字世界所形成的美学风格。

经历了日军进攻香港的"十八天围城"之战的张爱玲，对战争的生命体验是一份清晨四点钟难挨的感觉："寒噤的黎明，什么都是模糊，瑟缩，靠不住。回不了家，等回去了，也许家已经不存在了。房子可以毁掉，钱转眼可以成废纸，人可以死，自己更是朝不保暮……人们受不了这个，急于攀住一点踏实的东西……"③ 然后在战争结束的一刹那，突然发现了"吃"的喜悦。也是张爱玲小说中白流苏的切身感受，"在这动荡的世界里，钱财、地产、天长地久的一切，万不可靠了。靠得住的只有她腔子里的这口气，还有睡在她身边的这个人"，"在这兵荒马乱的时代，个人主义者是无处容身的，可总是有地方容得下一对平凡的夫妻"④。在战争的参照下，人们身边琐细的日常生活显出了重要的意义。当钱财、地产、天长地久的一切都可能在眨眼之间消失的时候，只

---

① 张爱玲：《我看苏青》，《天地》1945 年第 19 期，第 9 页。
② 胡兰成：《谈谈苏青》，《小天地》1944 年创刊号，第 18 页。
③ 张爱玲：《烬余录》，《天地》1944 年第 5 期，第 22 页。
④ 张爱玲：《倾城之恋》，《杂志》1943 年第 12 卷第 1 期，第 108 页。

有最凡常的生活，才让人变得可以把握，可以触摸，才成为人生中最真切的存在。也是在日常生活中，人才体验抑或发现了永久的人性。所以张爱玲深有感触地说自己也要"从柴米油盐、肥皂、水与太阳之中去寻找实际的人生"①。但是将日常生活化成一种艺术追求或者说是一种审美风格，却是张爱玲一种高度自觉的追求。就像她的自我辩白，她要通过文学来表现那易被忽视的人生安稳的一面，和谐的一面，因为这一面常常有着永恒的意味，"它存在于一切时代""它是人的神性"。她所关注的也常常是些不彻底的人物，一些软弱的凡人。在她看来，这些不彻底的软弱的凡人，才是"这时代的广大的负荷者"，他们对人生的态度到底还是认真的。

1943 年，芦焚开始以"师陀"的笔名发表长篇小说《荒野》。根据师陀事后对"师陀"等笔名的解释，钱理群认为名字的改变也反映出了作家的一种自觉的体认，即"经历了战乱的作者此刻所要'师'（法）的是普通人的平凡人生"②。师陀本人也坦诚自己只是一个小人物，一个平常人，所谓的"名作家"的头衔只会徒增自己的苦恼。"游息于万众之间，我是万众之一。"③ 师陀在审视他笔下的人物时，不是采用一种高高在上的审判的眼光，也不是采用仰视的视角，而是将人物视作与自己一样的常人，有"和自己一样平凡的生命"。由此，师陀自觉地进入那些凡常人的生命内部，去认识和了解他们的生命体验，同时也将自己的生命体验融入其中，最终形成的是作家师陀和小说中的人物"共同追寻生命的意义与价值"④。所以他一再强调自己

---

① 张爱玲：《必也正名乎》，《杂志》1943 年第 12 卷第 4 期，第 72 页。
② 钱理群：《〈万象〉杂志中师陀的长篇小说〈荒野〉》，《中国现代文学研究丛刊》2005 年第 3 期，第 116 页。
③ 芦焚：《华寨村的来信》，《万象》1943 年第 3 卷第 1 期，第 25 页。
④ 钱理群：《〈万象〉杂志中师陀的长篇小说〈荒野〉》，《中国现代文学研究丛刊》2005 年第 3 期，第 132 页。

第三章 沦陷区：在"言"与"不言"间

讲的故事都是"平常的故事"①。果园城里贫寒的说书人(《说书人》)，20岁时卖掉全部家当远走他乡而后又悄然返回，却发觉早已是物是人非的孟安卿(《狩猎》)，都是普通小城中的普通子民。在小说《一吻》中，师陀写了一个准张爱玲式的故事。在张爱玲的《爱》中，她用极为简洁的文字讲述了一个"真实的故事"。一个春天的晚上，一个情窦初开的少女和住在对门的少年相遇，他只是走过来轻轻地说了声"噢，你也在这里吗？"两个人就各自走开。很多年后，已经老了的她还不断地提起那个春风沉醉的夜晚，那个少年。在故事的结尾，张爱玲别有韵味地写道："于千万人之中，遇见你所遇见的人，于千万年之中，时间的无涯的荒野里，没有早一步，也没有晚一步，刚巧赶上了，那也没有别的话可说，唯有轻轻地问一声：'噢，你也在这里吗？'"② 一个邂逅的时刻并未成就荡气回肠的爱情，只变成了记忆中不断回味的面影。在这个关于"爱"的故事背后，是个体在"时间的无涯的荒野"中无可逃遁的宿命与被这"时间的无涯的荒野"拨弄的无奈。而师陀的关于"爱"的故事发生在他的果园城里。在17岁的季节，锡匠店的学徒虎头鱼和摆摊子的少女大刘姐懵懂之中有了甜蜜的一吻。可是她听从了母亲的安排嫁给一位师爷做了姨太太。随后她和全家离开小城。多年后，她再次回到小城，想寻找一份多年放不下的牵挂。可是一切都变了。锡匠店的学徒娶妻生子，成了拉她的人力车夫。他没有认出她，她却从他的话中知道了眼前人即梦中人。于是，她转身踏上了离开的火车。过去的时代终究过去了。套用张爱玲的话说"我们"回不去了。什么叫沧海桑田？就是你想留都留不住的匆忙而过永不回头的时间。所以，师陀也在他的小说中感慨："人们无忧无虑地吵着，嚷着，哭着，笑着，

---

① 芦焚：《狩猎》，《万象》1943年第3卷第1期，第22页。
② 张爱玲：《爱》，《杂志》1944年第13卷第1期，第129页。

满腹机械地计划着,等到他们忽然睁开了眼睛,发觉他们面临着那个铁面无私的时间,他们多么空虚可怜,他们自己多无力呀!"[1] 个体依然敌不过"时间的无涯的荒野"。在我们无法掌控的时间和无法驾驭的命运面前,再纯真的感情也只能被宣告为尘封中的记忆。师陀的"爱"的故事在人生宿命的感慨背后还有人超越现实而不得的苦楚。

在现实的"荒野"中,师陀试图建构起另一个"江湖世界"[2]。在长篇小说《荒野》中,师陀并未将这样一个颇富侠肝义胆与儿女情长的题材写成一个浪漫的传奇故事。如同钱理群先生指出的,师陀"也正是以'万众之一'的一个'平常人'的眼光去看待他的人物",于是在男主人公顾二顺,这个土匪头子的男人身上,保留着一个普通农民的品性[3]。他和女主人公娇姐都是这荒野中的"寻梦人"。他们最大的梦想是在这纷扰不平的年代能够安安稳稳地做个普通的农夫与农妇,过寻常百姓家柴米油盐的日常生活。毋宁说,这种理想也是男女主人公试图对现实生活的超越。只是他们悲剧性的结局,再次宣告了人无法超越现实、无法超越自己所身处的时代的困境。

在钱理群先生看来,对日常生活的重新发现,对软弱的凡人的历史价值的肯定,不仅是对新文学中占据主流地位的理想主义、浪漫主义、英雄主义传统的一个"历史的反拨",更形成了一种"新的文学追求"[4]。毋宁说,这正是沦陷区尤其是"孤岛"沦陷后上海的自由主义文学的最大特色。

---

[1] 康了斋:《一吻》,《万象》1945年第4卷第1期,第32页。
[2] 钱理群:《〈万象〉杂志中师陀的长篇小说〈荒野〉》,《中国现代文学研究丛刊》2005年第3期,第124页。
[3] 同上书,第132页。
[4] 钱理群:《总序》,《中国沦陷区文学大系》,广西教育出版社1998年版,第6页。

第二节　张爱玲：自己的文章与时间的荒野

一　一个个人主义者

人们谈到"孤岛"沦陷后的张爱玲时，常常认为此一阶段的她对政治是相当疏离的。与胡兰成的婚恋，并没有使她投身到为日伪鼓吹的御用文学之中，而且她还拒绝参加在南京举行的"第三届大东亚文学者代表大会"。当然，"在一个低气压的时代，水土特别不相宜的地方"①，我们也并不需要存在张爱玲创作抗战文学的幻想。张爱玲自己说："（'孤岛'沦陷后）我所写的文章从来也没有涉及政治，也没有拿过任何津贴。"② 后一句话倒是真的，前一句话则需要稍加修正。从"孤岛"沦陷到抗战胜利，张爱玲的文学创作虽然没有直接的关涉现实政治，却并非完全与政治无涉。用胡兰成的话说，张爱玲没有从政治的角度来描写政治，将文学变成政治侦探小说。相反，她是"从一般人日常生活的角度去描写政治"，像处理恋爱题材一样，来处理现实政治。她的着眼点是"人性的抑制与解放，感染于小事物小动作，亦即人们日常生活的全面的情调"③。一方面是众所周知的现实环境的原因，不允许张爱玲直接通过文学来表现政治现实，另一方面则如同胡兰成所言，张爱玲从日常生活的角度来表现政治，实际上是将文学视作文学的高度自觉。而

---

① 迅雨：《论张爱玲的小说》，《万象》1943年第3卷第11期，第48页。
② 张爱玲：《有几句话同读者说》，《张爱玲全集·流言》，北京十月文艺出版社2009年版，第263页。
③ 胡兰成：《随笔六则》，《天地》1944年第10期，第14页。

这种自觉也与她所坚守的政治立场相关。

　　1944年11月创作的短篇小说《等》，是张爱玲试图从日常生活的角度来触及现实政治的一个典型例子。推拿医生庞松龄的诊所成为故事现场。在这个小小的诊所之内发生的，也不过是波澜不惊的琐碎的生活故事，医生与病人、病人与病人之间家长里短的闲言碎语。张爱玲却通过这些貌似波澜不惊的闲聊，于不经意之间透露出现实政治的一角。庞松龄一边进行推拿，一边讲起诊所外边的现实。他原本是为了向做推拿的客人/病人展示自己与高官要人们的熟悉，而借以自夸与自耀——每天都坐朱姓"公馆"里的车，却于不经意之间对现实政治做了一个评判："现在真坏！三轮车过桥，警察一概都要收十块钱，不给啊？不给他请你到行里去一趟。……就是后来……放他出来了，他也吃亏不起，所以十块就十块，你不给，后来给的还要多。"①现实政治是日伪统治下的警察对三轮车夫之类的普通人的压榨。这其中也间接地传达出作者对日伪统治的不满。张爱玲也通过一位候诊的奚太太的身世之感传达出对国民党政府的批判。奚太太的丈夫被国民党政府召到大后方服务抗战，结果竟然有了新欢。按照这位年过半百的奚太太的说法，"上面下了命令，叫他们讨呀，因为战争的缘故，中国的人口损失太多，要奖励生育，格咾下了命令，太太不在身边两年，就可以重新讨，……都为了公务员身边没有人照应，怕他们办事不专心——要他们讨呀"②。通过一个被丈夫暂时遗弃的妇人之口，张爱玲揭开了大后方"抗战建国"神话背后的隐情。原本被视作封建陋习的纳妾竟然获得政府的公开支持，并被"升华"为一项有利于民族国家的合理而合法的行为。在弃妇的身世之感的背后实际是国民党政府开历史倒车的荒唐行为。张爱玲对这一荒唐行为的讥讽，融化在了暂时被丈夫遗弃的奚太太无助、无奈

---

① 张爱玲：《等》，《杂志》1944年第14卷第3期，第40页。
② 同上书，第42页。

第三章 沦陷区：在"言"与"不言"间

却不乏阿Q式的自我安慰的盲目等待之中，等待丈夫有一天仍旧回来找她，也许他会意识到自己是对不住她的。只是等他回来的时间既不要太晚——毕竟她已经红颜不再，也不要太早——不然她脱发的病还没有治好。在这样的等待中，"生命自顾自过去了"。如果说类似奚太太的无可奈何、将无望变作希望的等待，一种虚妄，一种生命的无意义的消耗，是小说的红花的话，那么不经意之间流露出的现实政治只是小说中的绿叶。尽管是现实政治，但仍旧属于小说中日常生活的一部分。

1944年创作的散文《打人》，真实地记叙了张爱玲在上海外滩看到警察打人的观感。看到一个警察没有缘故地抽打一个十五六岁的男孩子，自称向来很少正义感的张爱玲也不由得"气塞胸膛"。她甚至狠狠地盯住那打人的警察，试图表现出如同"对于一个麻风病患者的憎怖"。她坦承："大约因为我的思想没受过训练之故，这时候我并不想起阶级革命，一气之下，只想去做官，或是做主席夫人，可以走上前给那警察两个耳刮子。"[①] 显然，张爱玲表现出对左翼政治或者左翼文学的不认同或者不感冒。她既不想接受所谓的"思想上的训练"，也不想将一切不公的现象归结为阶级的问题。这种对左翼政治的微妙的批判，仅仅只是通过对日常所见的打人事件的观感表现出来。这可能正是张爱玲式的表现方式，没有氛围的渲染与情绪的夸大，仅仅将其视作所谓的"小事物小动作"，以一己最直接的感受，于不经意间流露的方式自然而然地表达出来。

从这两个文本中，我们看到，张爱玲对日伪政权，对大后方的国民党政府，乃至对左翼政治均抱有一定程度的批判。在这个意义上，张爱玲表现出对于彼时彼地的党派政治乃至国族政治的超越。毋宁说，在她的身上更多地体现出一个个人主义者的特质来。她拒绝听命于任何政治

[①] 张爱玲：《打人》，《天地》1944年第9期，第7页。

的律令或者思想指导，完全站在一个个人主义者的立场来进行自我的言说。她承认，"在今日的中国，新旧思想交流，西方个人主义的影响颇占优势"①。在一篇谈音乐的文章中，她将大规模的交响乐比作浩浩荡荡的"五四"运动，个体的声音被融入浩大的交响乐之中，个体自己的声音反而迷失在交响乐里面，我们"不大知道是自己说的还是人家说的"。对小我融入大我之中从而迷失自我的现象，她表示"模糊的恐怖"②。在一篇谈跳舞的文章中，对舞蹈中乃至现实生活中过于讲求整齐划一而失去自我个性的做法，她自称"从个人主义者的立场来看这种环境，我是不赞成的"③。在同一篇文章中，张爱玲还特意提到萧伯纳的名为《长生》(*Back to Methuselah*，中译《回复到密福沙勒的时代》或《千岁人》——笔者注) 的科幻戏剧。在萧伯纳笔下，未来的人们从出生伊始就是成熟人，生命可延续千万年之久，但他们仅仅只是被称为"古人的男人"和"古人的女人"，彼此之间没有什么不同。张爱玲将一位印度女舞者的舞蹈与此相比，认为这样失去个性的舞蹈不能给人带来美的享受，只能让人感觉"冷冷的恐怖之感"④。在张爱玲的身上，更多地体现出美国历史学家巴尔仁 (Jacques Barzun，大陆译为雅克·巴尔赞——笔者注) 所谓的知识分子的特质：他们——知识分子——虽无时无刻不具有独立思考的品性，但"未必具有抗议抗暴的胆识与勇气"⑤。如果正如笔者一再强调的，在沦陷区险恶的政治环境中，要求中国作家表现反抗日伪统治的爱国精神，实在是强人所难的话，那么张爱玲所保有的这份站在超越各派政治势力立场上的个人主义，正是知识

---

① 张爱玲：《借银灯》，《太平》1944年第3卷第1期，第7页。
② 张爱玲：《谈音乐》，《苦竹》1944年第1期，第11页。
③ 张爱玲：《谈跳舞》，《天地》1944年第14期，第6页。
④ 同上书，第5—6页。
⑤ 参见高全之《〈赤地之恋〉的外缘困扰与女性论述》，《张爱玲学：批评·考证·钩沉》，台湾一方出版有限公司2003年版，第235页。

分子试图独立思考、独立发声的表现。在集团的声音越来越占据主导地位的 20 世纪 40 年代，这样一种个人主义的立场显得尤为珍贵。

如果我们将视野稍稍放宽到张爱玲 20 世纪 40 年代末、20 世纪 50 年代初的创作，将带有左翼倾向的《十八春》《小艾》与带有"反共倾向"的《秧歌》《赤地之恋》进行参差对照，不难发现，用"亲共"与"反共"的标签来标识张爱玲的政治立场，显得相对简单化或者过于粗糙化。台湾学者高全之通过对这些小说的分析发现，尽管这些小说带有相对较强的政治性，但并不意味着此时的张爱玲，就完全是站在亲共或者反共的立场上来创作小说。他特意以《赤地之恋》中的男主人公刘荃为例。在朝鲜战场上，以中国人民志愿军身份被俘虏的刘荃，声称"我是中国人""可我不是共产党"。他对中共表示不认同的时候，仍旧强调自己身为中国人的身份。由此高全之认为，张爱玲的政治观是"党"与"国"并非同体。她试图将政党与中国分离开来。无论是国民党还是共产党，都不能够完全代表中国。"所以全面或局部地批评这两个政党，并不表示否定它们所隶属的中国。"[1] 无论是从 1949 年前后创作的带有左翼色彩的《十八春》《小艾》，还是 20 世纪 50 年代初赴港之后创作的向右转的《秧歌》与《赤地之恋》，从更宏观的角度来看，张爱玲始终不变的政治立场即是保有"个人针砭政党的基本权利"[2]。这种立场也是个人主义的政治立场。这些小说也表现出了张爱玲对于大我——国家——和小我——个体之间关系的认识。高全之将其总结为两点，即张爱玲认为：第一，国家对个人的控驭"必须适可而止"，第

---

[1] 高全之：《张爱玲的政治观：兼论〈秧歌〉的结构与政治意义》，《张爱玲学：批评·考证·钩沉》，台湾一方出版有限公司 2003 年版，第 167 页。

[2] 高全之：《大我与小我：〈十八春〉、〈半生缘〉的对比与定位》，《张爱玲学：批评·考证·钩沉》，台湾一方出版有限公司 2003 年版，第 284 页。

二,"国家必须提供个人参与政事、发表异议的管道"①。显然,在高全之的分析里,个人主义者的张爱玲呈现出一个自由主义者的面影来。

按照高全之的分析,我们重新来看上海完全沦陷后的张爱玲,不难发现,正是站在个人主义的立场之上,张爱玲对日伪政权、大后方的国民党政府、共产党所代表的左翼政治均持微妙的批判姿态。在沦陷区,她同样试图将政党或者政治与国家分离开来。无论是美化侵略战争的日伪政权也好,还是坚持抗战建国的国共两党也好,对于她而言,都不能代表一个整体意义上的中国。即使在沦陷区复杂的政治环境中,她也试图保有一个个体对各派政治势力的批判能力。尽管在沦陷区特殊的政治环境中批判并不能够直接而充分地表现出来。高全之提醒我们,只要将张爱玲评价美国作家爱默森的一段话中的"他"换成"她","就刚好描述了张爱玲政治思想的基调"②。在《爱默森的生平与著作》一文中,张爱玲这样描述爱默森:"他并不希望拥有信徒,因为他的目的并非领导人们走向他,而是领导人们走向他们自己,发现他们自己。他认为……每一个人都应当自己思想。他不信任团体,因为在团体中,思想是一致的。如果他保有任何主义的话,那是一种健康的个人主义……"③ 与她所喜爱的爱默森相似,张爱玲无疑也是一个坚持思想独立与自由的作家。而胡兰成早在20世纪40年代前半期,就将张爱玲定位为个人主义者,并将她与鲁迅并举。在胡兰成看来,鲁迅是以讽刺与谴责的文学尖锐地直面政治,张爱玲是把文学从政治拉回日常生活之中,"时代在解体,她寻求的是自由,真实而安稳的人生"。与其他的个人主义者不同,

---

① 高全之:《张爱玲的政治观:兼论〈秧歌〉的结构与政治意义》,《张爱玲学:批评·考证·钩沉》,台湾一方出版有限公司2003年版,第182—183页。
② 同上书,第185页。
③ 张爱玲:《爱默森的生平与著作》,《张爱玲全集·重访边城》,十月文艺出版社2009年版,第5—6页。

"张爱玲的个人主义是柔和、明净的"①。站在个人主义的立场上,通过文学来追寻一种"自由、真实、安稳的人生",使张爱玲对她笔下的人事少了一份冷嘲热讽,多了一份悲悯,一份同情的理解,一份对于人事的哀矜。这也正是张爱玲的自由主义文学创作的显著特色。

二 自己的文章

在沦陷区作家中,张爱玲无疑是一位高度自觉的作家。这不仅表现在她在文学创作上形成了特有的美学风格,而且在关于写什么和怎么写的问题上,她也构建了属于自己的"理论体系"。

首先,张爱玲反对作家的创作服膺于任何文学理论,强调作家要写出属于"自己的文章"。她将文学理论和文学作品比作拉同一辆车的两匹马,二者的地位是平等的,它们相互推进,共同向前发展。"理论并非高高坐在上面,手执鞭子的御者。"② 她坦言自己的兴趣爱好乃至生活品味属于小市民、小资产阶级行列的③,所以无产阶级的故事,她是写不出来的。为了创作而刻意地到某地去搜集创作的素材或者体验生活的做法,在她看来对创作的作用不大。因为这样一来作家内心已经先抱有了一个指导思想,是为了写什么而写什么。真正的创作是作家本身就在自己的生活中,然后在有意无意中将自己对生活的感触自然地转化为文学的世界。所以对作家来说,"只需老老实实生活着",如果他想履行作家这一功能时,他自然会把他想到的一切写出来。"他写所能够写的,无所谓应当。"④ 如此创作出来的文章也才是真正意义上的"自己的文章"。显然,张爱玲坚持保有作家的独立性和创作的自由度。

---

① 胡兰成:《评张爱玲》(续),《杂志》1945 年第 13 卷第 3 期,第 81—82 页。
② 张爱玲:《自己的文章》,《苦竹》1944 年第 2 期,第 13 页。
③ 张爱玲:《童言无忌》,《天地》1944 年第 7、8 期合刊,第 16 页。
④ 张爱玲:《我们该写什么特辑·张爱玲》,《杂志》1945 年第 13 卷第 5 期,第 6 页。

在作家和读者/大众的关系上，张爱玲表现出对左翼文学的不满。左翼文学仍旧停留在代大众说话的层面上。就如同某一时期的文人雅士纷纷谈道参禅，表面看起来谈的不亦乐乎，实际上未必真正懂得其中精髓与真义。左翼作家表面上以大众代言人的身份出现，好像是在为大众申冤诉苦，内心未必真正懂得老百姓生活的苦楚。虽然身为代言人，但左翼作家仍然将自己放置在比大众较高的位置之上。他们和大众之间自然仍有相当的距离。至于作家"要说人家所要听的"，则不一定就是为了迎合大众而故意制造色情趣味。张爱玲特意强调大众喜欢的所谓"低级趣味"并不等同于色情趣味。前者更多的指代大众所喜欢的"那温婉，感伤，小市民道德的爱情故事"。"所以秽亵不秽亵这一层倒是不成问题的。"张爱玲也不赞成故意迎合大众趣味的做法。如果作家故意迎合大众的趣味，只能说明他/她们依然将自己放在大众之上，将自我与大众隔离开一定的距离。这样的作品，从骨子里就缺乏一种真挚，显得相当浅薄。要想真正创作出符合大众趣味的作品，作家"非得从（大众）里面打出来"。作家应当将自己本身归入大众中间去，这样就可以真正体会到大众需要什么。"要什么，就给他们什么，此外再多给他们一点别的……"由此，作家和大众/读者之间形成彼此平等民主的关系。但是也并不就意味着作家的写作完全受制于大众的需要，张爱玲特意强调作家"此外再多给他们一点别的"，并且"作者尽量给他所能给的"，实际上即是突出了作家本身的能动性。也意味着在写出大众趣味的同时，作家仍需要写出"自己的文章"，用张爱玲的话说是要写出"文字的韵味来"[1]。强调作家置身大众中间而为大众写作，也使张爱玲将作家置身大众之间而为大众的写作和"为帝王"/为统治阶级的写作区别开来。相对于后者受制于"天威莫测"的统辖，前者显示出了它

---

[1] 张爱玲：《论写作》，《杂志》1945年第13卷第1期，第63—66页。

第三章　沦陷区：在"言"与"不言"间

应有的自由。① 所以就像笔者在前面提到的，张爱玲主动将自己归入小市民的行列之中，称自己是一个"自食其力的小市民"，"每一次看到'小市民'的字样我就局促地想到自己，仿佛胸前佩着这样的红绸子"②。所以她也特别的喜欢上海的小报，觉得它们有一种亲切感③。在遭受轰炸听天由命的夜晚，手握当日出版的小报，张爱玲还是感觉"亲切、伤恸"④。

正是因为将作家置身于大众中间而为大众写作的姿态，使得张爱玲在观照现实人生时，更注重"人生安稳的一面"。相对于轰轰烈烈的革命、斗争等人生飞扬的一面，"人生安稳的一面"更具有永恒的意味。前者常常会属于一个特定的时代。后者则"存在于一切时代"，"它是人的神性，也可以说是妇人性"。优秀的作品正是"以人生的安稳做底子来描写人生的飞扬"⑤。问题是，张爱玲所谓"人生安稳的一面"究竟指代什么？相对于革命、斗争等人生飞扬的一面，究竟什么才能够代表具有永恒意味的"人生安稳的一面"？张爱玲亲身经历了太平洋战争爆发后，日军进攻香港的十八天围城之战。但是事后回忆这场战争经历时，张爱玲却说："然而香港之战予我的印象几乎完全限于一些不相干的事。"张爱玲的"不相干的事"是大战爆发后女同学想到的"没有适当的衣服可穿"，炎樱照样去电影院看电影，回宿舍后在流弹打碎了玻璃窗的浴室里唱着歌洗澡；是战争中人们急于抓住点什么，"因而结婚了"。也是战争结束后大家忙于吃的"喜悦"，置身于伤兵的痛苦的呻吟与死亡之中，"我们这些自私的人若无其事的活了下去"。显然，"不

---

① 张爱玲：《童言无忌》，《天地》1944 年第 7、8 期合刊，第 16 页。
② 同上。
③ 张爱玲：《特辑：女作家书简·张爱玲》，《春秋》1944 年第 2 卷第 2 期，第 74 页。收入止庵编的《张爱玲全集》时题目改为《致力报编者》。
④ 张爱玲：《我看苏青》，《天地》1945 年第 19 期，第 7 页。
⑤ 张爱玲：《自己的文章》，《苦竹》1944 年第 2 期，第 13 页。

相干的事"是对日常生活的回归：身上穿的衣物，切身的饮食，生活所不能够或缺的享受，哪怕是诸如看场电影，洗个澡之类的小小的享受。用张爱玲的话说："清坚决绝的宇宙观，不论是政治上的还是哲学上的，总未免使人嫌烦。人生的所谓'生趣'全在那些不相干的事。"但是，为什么会是这些与战争不相干的事才成为"人生的'生趣'"呢？尽管张爱玲没有说明，答案似乎也可以从同一篇文章中找到。张爱玲特意提到两个直接参与战争的人事，一个是他们的英籍历史老师佛朗士的死。他身为英国人而应征入伍，最后不是死在战场上，而是在返回军营时被自己人误杀，"最无名目的死"。另一个是侨生乔纳生，在九龙参战时，目睹英军不顾大学生的生命危险，强命两个大学生到战壕外抬一个受伤的英国兵。在两个与战争直接相关的事件中，张爱玲看到的不是战争所标榜的正义与非正义，侵略与抵抗的春秋大义，也不是投身战争所应有的价值与意义，而是个体生命在战争面前无意义、无价值的损耗。死亡变成了一种"最无名目的死"。目睹伤兵所经受的生命中难以忍受的煎熬与痛苦，张爱玲更加体会到了战争的残酷与生命，尤其是一份安稳的生活的重要。当战争撕去了一切文明的浮文之后，世界裸露出来的也只有饮食男女两项而已。[①] 显然，战争的这段亲身经历带给张爱玲的影响是巨大的。她所谓的生命中的"惘惘地威胁"最根本最直接的来源就是战争。没有理性的战争宛如咆哮饥饿寻食的巨兽，急于要吞噬/吞食一切。转瞬间，一座城市变成断壁颓垣，成千上万的人死去。"（一切）已经在破坏中，还有更大的破坏要来。"[②]

在大破坏中，原有的一切秩序都遭到破坏，"人们只是感觉日常的一切都有点儿不对，不对到恐怖的程度"，人所生活的这个时代"却在

[①] 张爱玲：《烬余录》，《天地》1944年第5期，第23页。
[②] 张爱玲：《〈传奇〉再版的话》，《张爱玲全集·流言》，十月文艺出版社2009年版，第156页。

第三章 沦陷区：在"言"与"不言"间

影子似地沉没下去，人觉得自己是（将要）被抛弃了"①。宛如是世界末日将要来临。而人所要急于抓住的最真实的与最基本的东西，且能够证实自己存在的也只能是饮食男女而已。当原有的熟悉的一切都行将崩毁或者已经遭到毁灭的时候，即使是身边最微末的东西也显得弥足珍贵。在张爱玲的视野中，当下的时代和社会呈现出的是颓败与解体的征兆。而未来呢？她显然也并不充满希望。即使有一个所谓的"理想国"，即使她能够看到，也终究享受不到那份升平盛世的丰足与明丽了，到底那"是下一代的世界了"。当对当下充满悲观、对未来充满犹疑的时候，对张爱玲来说，与其自伤自怜，不如"各人就近求得自己的平安"②。于是，吃饭、穿衣、儿女私情，这些与战争不相干的事情，变成了人生中最有生趣的事情。她自诩要从"柴米油盐，肥皂，水与太阳之中去找寻实际的人生"③。在长长的磨难面前，向公寓里彼此居住的小小空间瞅一眼也变成了人生中的片刻的享受。④ 这倒不是窥探别人隐私而获得的喜悦，只不过是在别人的生活中看到了人生而已。在那些琐碎的家常起居生活中，是呼之欲出的人，虽然普通却真切、熟悉而又无比的鲜活。所以胡兰成称张爱玲是人与物的发现者。这显然也影响到了张爱玲所理解的作家置身大众之中而为大众写作的"文学理想"。

战争带给张爱玲的影响与她所坚持的"说大众所想要听的"写作姿态，使得她的文学世界中的人物既非惊天地泣鬼神的英雄，也非不食人间烟火的文人雅士，而大都是一些不彻底的软弱的凡人，一群"这时代的广大的负荷者"。"他们虽然不彻底，但究竟是认真的。"⑤ 她坦言，身为写小说的人，即使原来抱着一份憎恶之心，在将人事明了之后，也

---

① 张爱玲：《自己的文章》，《苦竹》1944 年第 2 期，第 14 页。
② 张爱玲：《我看苏青》，《天地》1945 年第 19 期，第 13 页。
③ 张爱玲：《必也正名乎》，《杂志》1943 年第 12 卷第 4 期，第 72 页。
④ 张爱玲：《公寓生活记趣》，《天地》1943 年第 3 期，第 22 页。
⑤ 张爱玲：《自己的文章》，《苦竹》1944 年第 2 期，第 14 页。

早将憎恶变成了哀矜。因为哀矜，所以她不是站在高处俯视笔下那些不彻底的软弱的凡人，而是就站在他们中间，甚至就是他们所站的位置，将自己变成他们中的一个，从而对他们的人生充满了理解。用张爱玲的话说："他们有什么不好我都能够原谅，有时候（对他们）还有喜爱，就因为他们存在，他们是真的。"她能够充分理解他们活在这世上的不易。在这让人感到恐怖的乱世中，"要继续活下去而且活得称心，真是难，就像'双手劈开生死路'那样的艰难巨大的事"[①]。即使他们有种种的缺陷也是应当的，也是可以原谅的。所以当傅雷批评《连环套》时，张爱玲却表示她感动于女主人公霓喜"对于物质生活的单纯的爱"。她理解这个"对于这个世界她要爱而爱不进去的"女人，"她究竟是个健康的女人"，她的生命境遇"到底是悲怆的"[②]。

至于如何写这些不彻底的软弱的凡人，张爱玲认为最为适宜的是一种"参差对照"的写法。她特意以衣服上的颜色搭配来做说明。如果说大红配大绿是一种过于直率的对照，缺乏应有的回味，那么宝蓝搭苹果绿，松花色对大红，葱绿配上桃红，便是一种理想的"参差对照"[③]。它们的搭配既不会让人感觉冲突倾轧，也不会只是带给人一种刺激。具体到文学创作上，就是拒绝用"善与恶，灵与肉的斩钉截铁地冲突的那种古典的写法"，"不把虚伪与真实写成强烈的对照，却是用参差的对照的手法写出现代人的虚伪之中有真实，浮华之中有素朴"，"从描写现代人的机智与装饰中去衬出人生的素朴的底子"。如果说悲壮正如大红配大绿式的强烈的对照，那么葱绿搭桃红的参差对照就是一种苍凉。相对于前者的刺激，后者能够给予大众/读者的是更为深长的回味。因此，张爱玲并不想通过文学讲述一个关于斗争的人生飞扬

---

① 张爱玲:《我看苏青》,《天地》1945年第19期,第6—7页。
② 张爱玲:《自己的文章》,《苦竹》1944年第2期,第16页。
③ 张爱玲:《童言无忌》,《天地》1944年第7、8合期,第17页。

的故事,通过这个故事传达某种政治理念或者说教,她只是想用那素朴为底子,写出对人生安稳的渴望与向往,从而"给予周围的现实一个启示",给予大众/读者一份更深长的人生回味。① 这正是属于张爱玲的"自己的文章"。

三 时间的荒野

战争带给张爱玲的还有一种时空错乱之感。用胡兰成的话说:"无年无月的世界战争与已在到来的无边无际的混乱,对于平常人,这是一个大的巫魇,惘惘地,不清不楚……"② 对张爱玲来说是当下已经在破坏中,还有更大的破坏将要到来,文明终究要成为过去。张爱玲放眼望去,未来呈现出的是一片断瓦颓垣里的荒原。③ 生活在这个乱世中的人,为了证实自己的存在,"不能不求助于古老的记忆",试图去抓住"人类在一切时代中生活过的记忆",因为"这比瞭望将来要更明晰、亲切"。求助于"古老的记忆"又让人产生一种奇异的感觉,"疑心这是个荒唐的,古代的世界,阴暗而明亮"。于是,古老的记忆与当下的现实常常发生"尴尬的不和谐"④。所以,小说《沉香屑 第一炉香》中的梁太太——葛薇龙半老徐娘的姑妈——为了证实自己的存在,也拼命地试图抓住一点最基本的东西。对她而言,这最基本的东西似乎是来自年轻男子的情爱。于是,她"一手挽住了时代的巨轮,在自己的小天地里,留住了满清末年的淫逸空气,关起门来做小型慈禧太后"。小说开始即写到葛薇龙——香港南英中学的女生——第一次看到姑妈梁太太

---

① 张爱玲:《自己的文章》,《苦竹》1944年第2期,第14—15页。
② 胡览乘(胡兰成):《张爱玲与左派》,《天地》第21期,1945年6月。收入胡兰成《中国文学史话》,上海社会科学院出版社2004年版,第196页。
③ 张爱玲:《〈传奇〉再版的话》,《张爱玲全集·流言》,十月文艺出版社2009年版,第156、158页。
④ 张爱玲:《自己的文章》,《苦竹》1944年第2期,第14页。

在山上的豪宅时，陡然而生的"一种眩晕的不真实的感觉"：不调和的地方背景和时代气氛，掺糅在一起，"造成一种奇幻的境界"。类似摩登电影院的房子又盖着仿古的琉璃瓦，四周的围廊带有美国南部早期建筑的遗风。室内既有立体化的西式布置，同样也放置着中国摆设。真可谓是亦中亦西、亦古亦今的杂交。等到晚上薇龙走下山再回头看时，倒觉得这豪宅又像古代的皇陵，而自己恍若《聊斋志异》里的书生[①]。薇龙恍若隔世的感觉正是张爱玲古老的记忆与当下现实之间发生的"尴尬的不和谐"。

张爱玲也常常在她的文学世界中，用参差对照的手法写到"现实生活里有历史的印记，而历史事件又有它的现代翻版"。现实与历史的错位也出现在《倾城之恋》里面恍若"神仙洞府"的白公馆。"这里忽忽悠悠过了一天，世上已经过了一千年。可是这里过了一千年，也同一天差不多，因为每天都是一样的单调无聊。"当外边的生活已经是十一点钟时，他们仍旧是十点钟，他们自称用的是老钟。这是一个滞后于现实世界的相对自足的小世界，一个仍旧停留在他们的老时钟里的自足的空间。古老的记忆更是由那咿咿呀呀的胡琴唤起，一些辽远的忠孝节义的故事油然而生。尽管流苏认为这些忠孝节义的故事与她无关，可抑扬顿挫的胡琴仍旧唤起了她关于古代传奇的佳人的记忆。"流苏不由得偏着头，微微飞了个眼风，做了个手势。她对着镜子这一表演，那胡琴便不是胡琴，而是笙箫琴瑟奏着幽沉的庙堂舞曲。她向左走了几步，又向右走了几步，她走一步路都仿佛合着失了传的古代音乐的节拍。"[②] 对流苏而言，古老的记忆正是那古传奇里倾国倾城的佳人。而《金锁记》里"那三十年前的上海，三十年前的月亮"也并不仅仅只是关于曹七巧，戴着黄金的枷锁，在三十年里劈杀他人也套牢自己的悲剧故事。在

---

① 张爱玲：《沉香屑 第一炉香》（上），《紫罗兰》1943年第2期，第20、30页。
② 张爱玲：《倾城之恋》，《杂志》1943年第11卷第6期，第58、62、63页。

第三章 沦陷区：在"言"与"不言"间

缠脚、鸦片、姨奶奶等建构的"古中国"的碎片里，还有"天地玄黄，宇宙洪荒"的古老记忆。未来的蛮荒的世界里，是七巧，像蹦蹦戏里的花旦这样的女人，才能够夷然地活下去。①

如果古老的记忆/历史代表的是一种人类过往的生活方式，更具体的说是白公馆、是曹七巧生活的姜家大家庭和她主导的小家庭，是梁太太营造的宛如清末的"小朝廷"，是有着《红楼梦》中的丫鬟与服饰，是女人的小脚和小脚的女人，是吞云吐雾的鸦片，是姨奶奶等"古代的遗风"的话，那么张爱玲对这些被"五四"宣判为死刑的风物，显然不是持一种简单的批判与否定，而是更多了一份难以言说的复杂情感。就如同在那个防空的夜晚，当她从公寓的楼上俯视黑压压沉默的上海，竟生出犹如古战场之感。再次用古老的记忆来求证现实的存在时，在她貌似蔑视的眼光中，还有一份"难言的恋慕"②。

在自传体散文《私语》中，张爱玲写到自己曾经截然地将母亲、姑姑的家与父亲的家划分成光明与黑暗、善与恶、神与魔两个世界。而父亲的家统统属于不好的世界。但是她不得不承认，父亲的家，那个令自己"心碎的屋"，充斥太多回忆/记忆，"像重重叠叠复印的照片"，自己仍有某种归属感：她喜欢父亲房间里的鸦片的云雾，"雾一样的阳光"，摊开的小报，看着小报和寂寞的父亲谈谈亲戚间流传的笑话，那个时候父亲是喜欢她的，而她内心也是喜欢父亲的，喜欢父亲这个家的，尽管坐久了就会慢慢地沉下去，沉下去。③ 对张爱玲而言，古老的记忆/历史好像樟脑的芳香，"甜而稳妥"，"像记得分明的快乐，甜而怅惘，像忘却了的忧愁"。过去的世界常常是我们无法想象的"迂缓，

---

① 张爱玲：《〈传奇〉再版序》，《张爱玲全集·流言》，十月文艺出版社2009年版，第158页。
② 张爱玲：《"卷首玉照"及其他》，《天地》1945年第17期，第16页。
③ 张爱玲：《私语》，《天地》1944年第10期，第10页。

安静而又整齐"①。

　　张爱玲在时间层面上的参差对照，使得她的文学世界对"历史"产生了某种张力。"这种张力抗拒那不朽的感情结构的诱惑，为我们提供了另一种处理历史的方法。"② 正是张爱玲用参差对照的手法来处理历史与现实，使得我们对历史与现实的认识溢出"五四"的线性历史的大传统（这种大传统被此后的左翼所继承和发展）。在线性的历史观里，历史与现实分别代表了反动/落后/黑暗与进步/先进/光明。它所代表的大叙事最通俗的表述模式是今胜于古，通过一种革命——现实造历史的反——来实现历史的向前发展。但是在张爱玲的参差对照中，现实和历史并不一定就意味着新与旧的判然分明。历史并不是铁板一块的只写着"吃人"两字的天书一部。张爱玲反对将个体所遭受的种种迫害与不幸一股脑儿地推给历史。历史与个体之间的关系断然不是吃/被吃、压迫/被压迫那么简单。在复杂的历史境遇中，个体的悲剧或悲情故事，很多时候还与自己有关。

　　葛薇龙的故事就是这方面的一个典型。小说中不断地暗示我们，薇龙始终是清醒的，她大有飞蛾扑火的决绝。她知道自己是姑妈用来诱惑青年男子的诱饵，知道乔琪乔并不是一个可以和自己厮守终生的伴侣。她曾经下定决心要离开香港返回上海，重新做一个人，一个新人，最终还是主动地留了下来，自愿地接受梁太太的忠告，彻底地沉下去，沉到最低，也沉到最底。张爱玲并没有将薇龙的堕落完全归结到梁太太等人身上。薇龙本身的清醒说明她"具有省察自己行径、评估（自己）生涯规划得失的能力"③。如果我们不能简单地将薇龙的堕落归结于外部

---

　　① 张爱玲：《更衣记》，《古今》1943 年第 36 期，第 25 页。
　　② [美] 周蕾：《妇女与中国现代性：东西方之间阅读记》，麦田出版公司 1995 年版，第 229 页。
　　③ 高全之：《飞蛾投火的盲目与清醒》，《张爱玲学：批评·考证·钩沉》，台湾一方出版有限公司 2003 年版，第 81 页。

第三章 沦陷区：在"言"与"不言"间

环境，那么显然问题出在她自身。

小说中多次写到薇龙房间中的那个衣橱。第一次打开衣橱，当薇龙明白那些合身而又精致的衣服是姑妈为自己量身定做的时候，她忽然感觉自己跟妓女又有什么区别呢？当晚上在半睡半醒之间还做着自己换穿衣服的迷梦的时候，她开始安慰自己"看看也好"。从最初内心的稍微抗拒到自我的安慰，显示出薇龙内心发生的微妙变化。第二天再次打开衣橱时，里面丁香末子的香味已经使她有点发晕。"那里面还是悠久的过去的空气，温雅、幽娴、无所谓时间。衣橱里可没有……那肮脏、复杂、不可理喻的现实。"于是，对于衣橱，薇龙不再是抗拒，不再只是"看看也好"的自我安慰，而是主动地投入进去："薇龙在衣橱里一混就混了三个月……"薇龙对衣橱/衣服的微妙变化，不只是表明一个涉世未深的女孩子在虚荣心的驱使下如何接受诱惑的过程。问题并没有这么简单。如果对于梁太太而言，衣橱是她设下的诱饵的话，那么薇龙不是不知道这是一个诱饵，最关键的是她充分地利用了这个诱饵，试图将这个利用自己的诱饵也为自我所用——用它来隔离"那肮脏、复杂、不可理喻的现实"。小说在写薇龙开始完全接受衣橱里的衣服时，还提醒我们，此时的她依然是清醒的，她不过是将这份诱惑看成了"炫弄衣服的机会罢了"，"她暗自庆幸，梁太太只是拿她当个幌子，吸引一般青年人……"如果衣橱正是历史/古老的记忆的表征的话，薇龙投身其中正预示了个体对于历史的倾心。张爱玲用"无所谓时间"提醒我们，这悠久的过去所具有的永恒的意味。它不同于文明的日子，后者是"一分一秒划分清楚的"，而它更像是"蛮荒的日夜"，"没有钟，只是悠悠地夜以继日，夜以继日，日子过得像钧窑的淡青底子上的紫晕，那倒也好"①。"日子过得像钧窑的淡青底子上的紫晕"与"温雅、幽娴"暗

---

① 张爱玲：《我看苏青》，《天地》1945年第19期，第8页。

示出这永恒的历史本身所散发出来的魅惑。问题是，个体有主动投身这历史/古老记忆的勇气，却并不意味着就拥有了可以抽身而出的能力。葛薇龙的问题就出在这里。如果梁太太的豪宅以及薇龙房间里的衣橱所暗指的历史/古老的记忆，实际上指涉的是一种古老的生活方式的话，那么薇龙以清醒而决绝的姿态投身而入，却并不能保证她就具有抽身而出的能力。随着故事的进展，这一点恰恰被坐实。所以，葛薇龙，一个上海女孩在香港的故事，恰恰反映出了一种人生的困顿。在夜以继日、夜以继日的蛮荒的历史/古老的记忆面前，那个主动投身历史的个体貌似强大实际上仍然不过是一个软弱的凡人。

  与线性历史观在审判历史的同时肯定现实不同，在身处乱世中的张爱玲看来，现实是个体无法把握的。于是，在张爱玲的小说中，某一个特殊的历史时刻被高度地凝聚，成为生命中最铭心刻骨的情感体验。多少年后，它还足以供他/她时时的回味，甚至牢记终生。在《金锁记》中是嫁入姜家多年后，七巧想起的"从前的事"。她在麻油店里的那个时刻，肉铺里的朝禄赶着她叫曹大姑娘。记忆与现实的参差对照中，年过半百的七巧陡然生出了困惑，"归根究底，什么是真的？什么是假的？"[1] 在《爱》中，那历史/记忆是青春懵懂之际，少男少女的不经意的相遇，春风沉醉的夜晚，桃树下，他轻轻的一声"噢，你也在这里吗"的问候。仅仅如此而已，却成为她生命中最美的时刻。与此后她所经历的无数的惊险的风波——被拐，被卖作妾，"又几次三番地被转卖"——相比，那个春风沉醉的夜晚的相遇，却成为永恒的记忆，一次情感的巅峰体验，生命戏剧中的高潮。直到她老了的时候，还念念不忘，"在那春天的晚上，在后门口的桃树下，那年轻人"[2]。这一被高度凝聚的时刻成为个体不断回味的历史记忆。也是在不断的回忆与回味之

---

[1] 张爱玲：《金锁记》（续），《杂志》1943年第12卷第3期，第86页。
[2] 张爱玲：《爱》，《杂志》1944年第13卷第1期，第129页。

中，那一瞬间、那一时刻带有了永恒的意味。它又被无限放大，放大到夜以继日、夜以继日的蛮荒的历史之中，变成个体踽踽独行于时间的无涯的荒野里，与另一个生命的偶遇与巧遇。你/我/他/她遇见我们生命中所要遇见的那个人，也只有轻轻的问候一声"噢，你也在这里吗？"而已。除此之外，我们还能够怎样呢？各自走开，各奔东西。当这相遇的时刻变成生命中弥足珍贵的记忆，不断地被我们咀嚼回味时，却再一次证明了在蛮荒的历史面前，我们只不过是软弱的凡人而已。因为即使碰见了生命中那个最重要的人，我们未必能携手同行。

张爱玲在现实与"古老的记忆"之间的参差对照，反映出的不仅是个体在时代的仓皇巨变之中无所适从的惶惑，更有个体在历史亦是现实面前无从摆脱的软弱凡人的人生困境。坐在轰轰然往前开的时代列车上，我们在那些熟悉的橱窗里看到我们自己的苍白与渺小，自私与空虚，恬不知耻的愚蠢，"谁都像我们一样，然而我们每人都是孤独的"①。乱世中的孤独的个体，这是乱世中的张爱玲对人生的"苍凉"和苍凉的"人生"最为彻骨的体验。这也是张爱玲的文学世界给予20世纪40年代自由主义文学的别具特色的贡献。

第三节 钱锺书：忧愤之书与潜在写作

一 潜在写作

从"孤岛"沦陷到抗战胜利，钱锺书一直滞留于上海。根据相关资料，我们可以推定，抗战胜利后出版的小说集《人·兽·鬼》（上海

---

① 张爱玲：《烬余录》，《天地》1944年第5期，第25页。

开明书店1946年初版)、长篇小说《围城》(上海晨光出版公司1947年初版)以及文论《谈艺录》(上海开明书店1948年初版)中的部分篇章均创作于此一阶段。可以说,从"孤岛"沦陷到抗战胜利的三年多的时间,在钱锺书的文学生涯中,占有相当重的分量。[①] 同样置身于沦陷区特殊的政治环境中,钱锺书没有张爱玲"出名要趁早"的焦虑感。在日伪统治下"海水群飞,淞滨鱼烂"的环境中,他认为自己/个体(与家庭)也只能是如"危幕之燕巢,枯槐之蚁聚"般"偷生"而已。在"忧天将压,避地无之"的特殊时空之中,个体毕竟是卑微而怯懦的,"虽欲出门西向笑而不敢也",所以只能"销仇舒愤,述往思来","托无能之词,遣有涯之日","麓藏阁置,以待贞元"[②]。对钱锺书而言,写作——无论是文学想象还是学术研究——变成了知识分子在政治低气压下的一种自我寄托。这种自我寄托并非像某些论者所严厉批判的那样,是对于抗战这一大时代有意识地规避,而是在一个不能直抒爱国情怀的时空中仍旧寄寓了一个/代知识分子家国之痛的"忧愤之书"[③],是并未失却创作热情的"忧乱伤生"之作[④],也是抗战八年当中的"潜幽韬晦"之作。[⑤] 钱锺书选择的"麓藏搁置,以待贞元",使得他此一阶段的写作/创作实际上是一种准"抽屉文学"的写作,更准确地说是一种所谓的"潜在写作"。

在一个作家/知识者无法完全自由言说的环境中,钱锺书"依然保

[①] 更准确地说,广义上20世纪40年代是钱锺书文学生涯中最为重要的阶段。尽管早在20世纪30年代,他就以书评的形式初涉文坛,但是诸如散文集《写在人生边上》、小说集《人・兽・鬼》、长篇小说《围城》、文艺批评《谈艺录》等均创作于1938年返国之后。

[②] 钱锺书:《〈谈艺录〉序》,田蕙兰等编《钱锺书 杨绛研究资料》,知识产权出版社2010年版,第88页。在这段序言中,钱锺书点明了写作这篇序言的时间为"壬午中元日",即1942年7月15日。

[③] 钱锺书:《〈谈艺录〉序》,田蕙兰等编《钱锺书 杨绛研究资料》,知识产权出版社2010年版,第88页。

[④] 钱锺书:《围城・序》,晨光出版公司1947年版,第1页。

[⑤] 《发刊旨趣》,《新语》(半月刊)1945年第1期,第2页。

第三章 沦陷区：在"言"与"不言"间

持着对文学的挚爱和创作的热情"，并创作出诸如《围城》与《谈艺录》这样高水平的文学作品与学术论著。而《围城》《人·鬼·兽》中的《猫》《纪念》等"实际上标志了一个时代的真正的文学水平"，并与张爱玲等公开发表的文学作品一起构成了沦陷区尤其是"孤岛"沦陷后的上海的"文学的整体"①。所以，尽管诸如小说集《人·鬼·兽》与长篇小说《围城》真正公开发表和出版的时间是在抗战胜利之后，但是如果从"潜在写作"的角度来看的话，它们仍然构成了沦陷区文学的重要组成部分。它们也显现出在沦陷区特殊的环境中，作家创作方式的多样性以及沦陷区文学所具有的丰富性。尤其是当钱锺书从个人主义的自由主义立场上来构建他的文学世界（包括文学批评世界）时，也反映出了沦陷区自由主义文学对人性、自我的世界的探索。在这样的意义上，笔者试图将钱锺书放置于沦陷区特殊的政治环境中来谈，以便反映出沦陷区文学尤其是自由主义文学的真实风貌。

二 政治立场

与张爱玲相似，钱锺书也常常被认为是有意识地远离政治的作家。在其 1949 年之前的文章中，我们很少看到他直接触碰政治议题的文字。但是这并不意味着钱锺书没有自己的政治立场。当然，仅仅只是以不谈政治本身就是一种政治来描述钱锺书的政治立场似乎显得过于笼统，有大而不当之嫌。随之而来的问题是，如果我们承认钱锺书拥有政治立场的话，他究竟拥有什么样的政治立场呢？台湾学者高全之对张爱玲的"政治观"的精彩而到位的分析提醒我们，对张爱玲、钱锺书这样貌似与政治无涉的作家，仍应当回到他们所建构的文字世界甚至文学世界，通过对他们形诸于文字的作品的分析，来研判其政治立场。

---

① 陈思和：《中国当代文学史教程·前言》，复旦大学出版社 1999 年版，第 12 页。

在分析钱锺书的政治观时，我们不妨将时间范围扩大到20世纪30年代，以便更好或者更准确地进行界定。在1935年发表的一篇短小书评中，我们知道钱锺书在1934年已经读过一本英文版的《马克思传》。他认为这本传记写得"颇有兴味"，"妙在不是一本拍马的书"①。对马克思的思想，钱锺书并未发表看法。但是，旁观者的姿态似乎透露出钱锺书对马克思主义持理性的态度。有意思的是当年与钱锺书处于热恋中的杨绛，也曾经翻译过一篇名为《共产主义是不可避免的么》的文章，与钱锺书的书评《近代散文文钞》发表在同一期的《新月》月刊上。这篇文章的作者F. S. Marvin（中译马尔文，提倡新实在主义的美国哲学家——笔者注）对于将来世界是不是就一定进入共产主义社会，持否定态度。②很难说这一观点就是杨绛甚至是钱锺书的观点。而在小说《围城》中，陆子潇在方鸿渐住处看到一本名为《共产主义论》的英文书（拉斯基Laski著）。这本书是赵辛楣去重庆时留下来的。尽管在钱锺书的笔下几次涉及马克思主义，但都没有或狂热或否定的态度。有论者指出，从这些文章中的细节来看，钱锺书对于在20世纪30年代极为流行的马克思主义等左翼政治思想抱有较为"警惕"的态度，这恰恰反映出了他的"独立性格"③。

在《围城》中，钱锺书通过对三间大学的描写，将批评的矛头指向了国民党的教育体制。尤其是小说中以叙述人的角度所发的一些议论，比如在中国学理科出身的人极容易走上政治仕途，尤其是出任大学校长，这是其政治生涯的开始。当赵辛楣告诉方鸿渐，诗人曹元朗与苏

---

① 《一九三四我所爱读的书籍·钱锺书·马克思传》，《人间世》1935年第19期，第72页。

② [美] F. S. Marvin：《共产主义是不可避免的么》，杨季康（杨绛）译，《新月》1933年第4卷第7期，第1—13页。本期《新月》上每一栏目的页码都重新从1标注。

③ 谢泳：《钱锺书研究四题》，谢泳主编《钱锺书和他的时代》，上海辞书出版社2009年版，第140—141页。

文纨结婚后,依靠老丈人的关系在"战时物资委员会"谋得一个小官(晨光版中说的是科长,三联版是处长——笔者注)时,方鸿渐不无愤慨地说:"国家,国家,国即是家!"① 这也是对当时国民党的政治体制的一种嘲讽与批判。在方鸿渐讲给赵辛楣的牢骚中,更是泄露了钱锺书对国共两党在内的一切现实政治的强烈批判:"从前愚民政策是不许人民受教育,现代愚民政策是只许人民受某一种教育。不受教育的人,因为不识字,上人的当,受教育的人,因为识了字,上印刷品的当,像你们的报纸宣传品、训练干部讲义之类。"② 显然,钱锺书对国共两党所代表的政治均抱有较为理性的批判态度。我们也不难推测,他所占据的正是一种超越左右政治之外,知识分子的独立性和批判性的立场。

正是坚持这样一种知识分子的独立性和批判性,使得钱锺书对一切"革命"抱有与众不同的态度。在一篇关于周作人的书评中,尽管谈的主要是文学,但他顺带表达出了对"革命"的独特见解。钱锺书眼中的"革命"——无论是文学革命,还是政治革命——都意味着一种"霸权":"所以要'革'人家的'命',就因为人家不肯'尊'自己的'命'。'革命尚未成功',乃须继续革命;等到革命成功了,便要人家遵命。这不仅文学上为然,一切社会政治上的革命,亦何独不然。"所以他宣告,革命在实践中的成功即意味着在理论上的失败。③ 与左翼将革命视作推动历史发展的动力不同,钱锺书在革命中看到的是独断甚至专制。革命——无论是革命前、革命中还是革命胜利后——都意味着对领导权的争夺。领导权的争夺实就是要获得对他人的支配权。支配权的形成意味着个体自由的消失。在对革命的"洞见"中,我们似乎可以看到坚持独立性和批判性的钱锺书思想深处并未言明的自由主义色彩。

---

① 钱锺书:《围城》,晨光出版公司1947年版,第188页。
② 同上书,第177页。
③ 中书君(钱锺书):《中国新文学的源流》,《新月》1932年第4卷第4期,第14页。

据曾经在 1939 年就读于西南联大的学生回忆，当年钱锺书在英语课堂上讲过"自由与民主"的相关论题。"如五月十五日（钱锺书）讲《大学教育的社会价值》，说到大学教育的目的是'知人'，使我更了解西方的'民主'；五月二十二日讲《自由与纪律》，大意是说：人只有做好事的自由，如果做了坏事，就要受到纪律的制裁，这使我对于'自由'的了解，又更深入一步。"① 通过历史亲历者的回忆，我们不难发现，钱锺书不仅熟悉西方的自由民主思想，而且也试图将这种思想带入大学教育的课堂之中。尤其是他将自由与纪律并置，实际上标识出他对自由主义的深刻理解。钱锺书这里的纪律相当于法律或者秩序。所谓"做好事的自由"显然是指，在法律或秩序许可的范围之内个体所应享有的一切权利。强调纪律/法律对于"坏事"的制裁，实际上突出了秩序尤其是一个良好而健全的制度的重要性。这正是自由主义的真谛所在。这再次证明，钱锺书所坚持的独立性和批判性的知识分子立场，正是自由主义的立场。

小说《围城》中，政治学出身的赵辛楣将整个三闾大学内部的人事纠纷，称为准政治斗争。方鸿渐左右失措而不被容于三闾大学的结局，反映出了个体在一种人人都要被纳入权力之中去的制度建构过程中，如何保持自我的相对独立性而不得的困境。从这个层面上而言，钱锺书笔下的三闾大学的一幕幕正反映出了一种制度性的缺失，即保障个体的独立与自由的自由民主制度的缺失。杨绛的话也许多多少少代表了钱锺书的观点，"我是脱离实际的后知后觉或无知无觉，只凭抽象的了解，觉得救国救民是很复杂的事，推翻一个政权并不解决问题，还得征求一个好的制度，保障一个好的政府"②。这一点也说明了钱锺书为何

---

① 许渊冲：《追忆逝水年华：从西南联大到巴黎大学》，生活·读书·新知三联书店 1996 年版，第 53 页。
② 杨绛：《回忆我的父亲》，《杨绛文集·第二卷》，中国社会科学出版社 1993 年版，第 67 页。

会在革命中看到以权力践行的霸权机制。在他这里，拥有一个好的制度，比一场轰轰烈烈的革命更重要。前者能够保障个体的自由与民主。在这个意义上来说，钱锺书表现出的对充分保障个体自由的政治制度的期待，正反映出了钱锺书（甚至杨绛）是一个坚持个人主义的自由主义者。

三　文学批评

从 20 世纪 30 年代开始的文学批评之中，我们也可以发现一个坚持个人主义的自由主义者的钱锺书。他不畏惧名家大家，敢于从自己的视角对文坛的名家大家进行批判，而这种批判更多的是从作家、从文学或者文学批评的角度展开。钱锺书将自己的文学批评命名为"随笔"，并明确地将其定位于自由的言说，而且是出于内心的真实想法，并非虚辞，即"下笔不拘"，"皆纪实也"①。

在批判文学欣赏的色盲——钱氏将其命名为"文盲"——时，钱锺书特别强调了个体作为主体的一面。在他看来，人类与低级动物的区别在于人有一个"超自我"的存在。这个"超自我"主要表现为人/个体能够将"是非真伪与一己的利害分开，把善恶好丑跟一己的爱恶分开"，"他并不跟日常生活黏合，而能跳出自己的凡躯俗骨来批判自己"②。也就是说个体能够超越自身的局限而具有研判事物的能力。这实际上是一种人类/个体所具有的理性批判的能力，也是个体的独立性的表现。那些文学上的价值盲，一方面对文学作品缺乏欣赏能力，认识不到文学作品的美感；另一方面是仅凭自己的好恶来欣赏作品，自己喜

---

① 钱锺书：《冷屋随笔之一》，《今日评论》1939 年第 1 卷第 3 期，第 14 页。收入散文集《写在人生边上》时改名为《论文人》。
② 钱锺书：《冷屋随笔之二》，《今日评论》1939 年第 1 卷第 6 期，第 12 页。收入散文集《写在人生边上》时改名为《释文盲》。

欢的就认为是美的，否则就是丑的。这样一种文学上的"文盲"正是个体缺乏独立性的表现。

他还讥讽当下作家因为强烈的功利心而随波逐流的劣性。作家可以去做政论，甚至自任民众的导师，就是不愿老老实实地待在文学的园地里，尽一个作家应尽的职责。只要有改变职业的机会，他们就会立刻抛弃文学，另谋他路。他特别将中西作家进行对比："在白朗宁的理想世界里，面包师会做诗，杀猪屠户能绘画；在我们的理想世界里，文艺无人过问，诗人改而烤面包，画家变而杀猪——假使有比屠户和面包师更名利双收的有用职业；当然愈加配合脾胃。"① 钱锺书强调作家的独立性。作家应当坚守"自己的园地"，作家本身的职责是学创作，而不是其他。钱锺书实际上也暗示文学本身的自主性，不能够以一种纯粹的实用的功利观来考量文学/作家的功能。

钱锺书还批评文学上的说教。那种文学上义正词严的说教，正是"文学创造力衰退的掩饰"。因为无法创作出具有审美情趣的作品，所以只好干巴巴地大发一番教训人的长论。常常会有一种人，他之所以教训别人，并非因为他比别人更有道德，恰恰是他并没有什么道德。这种人的说教文章显得更加虚伪。"道德教训的产生也许正是文学创作的死亡。"②

即使对于文坛上已经成名的作家，钱锺书也敢于自由地发表不同观感。在评价周作人的《新文学的源流》时，钱锺书就认为以"载道"与"言志"来划分文学与非文学是不科学的，因为中国古代并没有现代西方意义上的"文学"这个概念。"文以载道"中的"文"指的是"古文"，也即现代意义上的散文，它并不能够涵盖一切现代意义上的

---

① 钱锺书：《冷屋随笔之一》，《今日评论》1939年第1卷第3期，第16页。收入散文集《写在人生边上》时改名为《论文人》。
② 钱锺书：《谈说教》，《写在人生边上·写在人生边上的边上·石语》，生活·读书·新知三联书店2002年版，第39页。

第三章 沦陷区：在"言"与"不言"间

文学。即使提倡言志的"性灵文学"，本身也是一种反自由主义的文学。因为"在一个提倡'抒写性灵'的文学运动里面，往往所抒写的'性灵'固定成为单一的模型（Pattern）"。这种"性灵文学"的提倡也有唯吾独尊的排他性[1]。钱锺书所难以认同的原因还在于，尽管周作人坚持的是文学的"自己的园地"，但他谈"载道"与"言志"之分，实际上仍旧未摆脱从成王败寇的政治逻辑来谈文学的思维模式。所以在一些论者看来，钱锺书对周作人的批评才是真正地在坚持"文学自主论"的立场[2]。

他对"幽默文学"也展开批评。在他看来，笑并不意味着幽默。有些人常常是没有幽默而笑，是在借笑来掩饰自己的没有幽默。这样一来，不仅笑本身的真义消失了，连幽默也逐渐变得空洞乏味。在一片跟风潮中，浅薄的模仿使幽默与笑都变得职业化与机械化，反而失却了幽默文学应具有的个性与独特性。"真正的幽默是能反躬自笑的，它不但对于人生是幽默的看法，它对于幽默本身也是幽默的看法。"[3] 钱锺书强调的还是创作幽默文学的作家的独立性问题。作家能够站在一己的角度，真正地体会到人生中幽默的真谛，这种体会才具有永恒性，在另外的时空中，其他个体才会感同身受。作家也应当跳出自我的局限，能够对于幽默本身进行理性的审视，从而将自己对于幽默的体验对象化，在体会自己对于幽默的体会之中，体会到这种双重审视的幽默情趣。

在批评郭绍虞的《中国文学批评史》一书时，钱锺书认为"文学革命"与"文学复古"并非截然对立，二者常常是彼此交融的。有时候"文学革命"恰恰带有复古的意味，只不过他复的"古"可能不是本国的"古"而已。他强调中国古代文学中的古文家所追求的美是一

---

[1] 中书君（钱锺书）：《新文学的源流》，《新月》1932年第4卷第4期，第11、14页。
[2] ［美］胡志德：《钱锺书》，张晨译，中国广播电视出版社1990年版，第22页。
[3] 钱锺书：《冷屋随笔之四》，《今日评论》1939年第1卷第22期，第12—13页。收入散文集《写在人生边上》时改名为《说笑》。

种"永久不变的美"①。针对俞平伯将明末清初的散文区分为"说自己话"的小品文与"说人家话"的正统文,钱锺书也表示不以为然。因为一些小品文也有说他人话的。所以小品文与正统文的真正区别不在于内容或者题材,而在于形式或者格调。前者区别于后者的正是它在形式或者格调上的自由性,不骈不文,亦骈亦文,从而与"蟒袍玉带踱着方步"的正统文迥然有别②。

在政治与文学的关系上,钱锺书强调二者的彼此平等与相互独立③。在1942年已经写就的《谈艺录》中,尽管谈的主要是中国古体诗词,但是在一些论者看来,钱锺书在这部文论中试图"使文学从历史的或意识形态的功利观念中,取得独立地位",以便确认"文学是什么?更重要的是,好的文学是什么?传统的趣味规范是怎样促使这个问题明瞭(或混淆)的?"④。显然,钱锺书试图从文学的角度来谈与文学有关的问题,他所坚守的仍旧是文学的自主性。从这个层面上来说,钱锺书的文学批评真正体现出了自由主义精神。

四 自我的分裂与迷失

作为个人主义者的钱锺书,对于个体有着清醒的体认。一方面,正如笔者在上面已经提及的,他理想中的个体应当是拥有"超自我"的个体。也就是说,他/她能够超越一己的好恶,"能跳出自己的凡躯俗骨来批判自己"。这也是人与兽的区分。另一方面,他又认识到个体"生来是个人",也"具有无毛两足动物的基本根性"⑤,所以也会"做几桩

---

① 中书君(钱锺书):《论复古》,《大公报·文艺副刊》(津)第111期,1934年10月17日第12版。
② 中书君(钱锺书):《近代散文钞》,《新月》1933年第4卷第7期,第3页。
③ 中书君(钱锺书):《旁观者》,《大公报·学界思潮》(津)第29期,1933年3月16日第11版。
④ [美]胡志德:《钱锺书》,张晨译,中国广播电视出版社1990年版,第61页。
⑤ 钱锺书:《围城·序》,晨光出版公司1947年版,第1页。

第三章 沦陷区：在"言"与"不言"间

傻事错事，吃不该吃的果子，爱不值得爱的女人"，"但是心上自有权衡，不肯颠倒是非，抹杀好坏来为自己辩护。他了解该做的事未必就是爱做的事"。对于后一种情况中的个体，钱锺书认为即一种自我的分裂，知行的歧出，"紧张时产生了悲剧，松散时变成了讽刺"①。并非像某些论者所言，钱锺书是以上帝的位置来俯视人性，而是对于普通个体人性中的缺点充满了同情与理解。与其说是他在讽刺那些虚伪的人，不如说正是因为他展现了个体的自我分裂与知行分歧，使得后者自身造成了讽刺的效果。在他的小说世界中，形成了一系列这种自我分裂、知行分歧的人物。尽管他们有时候对于周遭的世界和自身有着清醒的认识，但是却常常缺乏那个躬身自问的"超自我"的存在。所以从某种程度上来说，个体的自我分裂实际上也意味着自我的迷失。

小说《猫》中的爱默，迷失在以自己为中心而建构起来的"太太的客厅"之中。在陆伯麟等男性知识分子的簇拥下，她很容易为自己制造一个新的幻影，将自我的魅力夸大，误以为诸位男性皆是自己的倾慕者。她认为可以将丈夫李健侯掌控在自己的范围之内。当丈夫最终带着情人南下，爱默试图让年轻的颐谷爱自己的愿望落空之后，她似乎才真的从迷梦中清醒过来。小说写道："她（爱默——笔者注）忽然觉得老了，仿佛身体要塌下来似的衰老，风头、地位和排场都像一副副重担，自己疲乏得再挑不起。她只愿有个逃避的地方，在那里她可以忘掉骄傲，不必见现在这些朋友，不必打扮，不必铺张，不必为任何人长得美丽，看得年轻。"② 这种彻底的清醒，实际上正印证了此前的迷失。

在另一篇被论者高度称赞的小说《纪念》中，钱锺书更为细腻地讲述了一个家庭主妇欲"醒着做梦"的故事。曼倩与丈夫才叔的平淡生活，因为飞行员、才叔的表弟天健的到来而产生了涟漪。钱锺书不断

---

① 钱锺书：《冷屋随笔之二》，《今日评论》1939年第1卷第6期，第12页。
② 钱锺书：《猫》，《人·兽·鬼》，生活·读书·新知三联书店2002年版，第68页。

地在小说中提醒我们,这段婚外恋并不是真正的爱情故事。他在小说中暗示天健另有女人,而且不止一个。对于天健来说,曼倩只不过是又一桩恋爱而已。而曼倩,与其说她爱的是天健,不如说她需要一份带点浪漫色彩的柏拉图式的精神之恋,给其平庸单调的日常生活增加些微的趣味与调剂。"她只是希望跟天健有一种细腻、隐约、柔弱的情感关系,点满了曲折,充满了猜测,不落言筌,不着痕迹,只用触须轻迅地拂探彼此的灵魂。对于曼倩般的女人,这是最有趣的消遣,同时也是最安全的;放着自己的丈夫是个现成的缓冲,防止彼此有过火的举动。"① 在这场婚外恋中,曼倩是清醒的,她知道自己想要什么,她有自己的底线,也试图将事态控制在自己所能够掌控的范围之内。但是意想不到的结果还是发生了,天健为了要证明这场恋爱的成功,还是用尽了办法和她发生了关系。最讽刺的是,当事情发生之后,当事双方都感到了一阵空虚。天健觉得恋爱成功了,也结束了,和曼倩也就此了断了。曼倩则在事后更清醒地意识到自己真的不爱天健。于是,真的应了钱锺书所说,"在做以前,它(指理想——笔者注)是美丽的对象,在做成以后,它变为残酷的对照"②。原本以为随着天健的为国捐躯,这场婚外恋成为了永远的秘密,可曼倩却发现自己怀上了天健的孩子。真的是"做成之后,变为了残酷的对照"。"醒着做梦"的结果再次证明了知行歧出的自我分裂,在某一时刻正是对于自我的最好讽刺。

　　如果正如顾彬所说,"五四"的个性解放宛如自我冲出笼子的老虎般,而30年代漂泊的年轻人将自我装入革命和集体的笼子里③,那么,钱锺书笔下的"围城",这一题目本身正寓意了在20世纪40年代自我又一次深陷牢笼之中而不可自拔。只不过钱锺书笔下的笼子/"围城"

---

① 钱锺书:《纪念》,《人·兽·鬼》,生活·读书·新知三联书店2002年版,第111页。
② 钱锺书:《围城·序》,晨光出版公司1947年版,第1页。
③ [德]顾彬:《二十世纪中国文学史》,范劲等译,华东师范大学出版社2008年版,第209页。

第三章 沦陷区：在"言"与"不言"间

与革命、国族无涉，它更多地指代人类所面临的普遍困境，比如爱情、婚姻以及你我他/她之间错综复杂的人际关系网络。个体在这些与自己最为切身的网络之中逐渐失去了自我。小说主人公方鸿渐同样属于钱锺书所说的知行分歧与自我分裂的家族中的一员。同样的假文凭，韩学愈不以此为耻，反而凭它爬上了三闾大学历史系主任的位置。而方鸿渐则将这张假文凭视作自己人生中的污点。他不屑与李梅亭、顾尔谦、曹元朗之流为伍。他是一个清醒的人，对周遭文人的虚伪与丑陋有着清醒的认识。在经历了与唐晓芙、苏文纨的三角恋的纠葛，在一路上目睹了李梅亭、顾尔谦的做作与虚伪之后，他对于爱情甚至人生有了洞烛幽微的感悟，尽管这些感悟显得有些悲观，但仍不失一种对人事的彻悟和清醒。在与赵辛楣谈到苏文纨与曹元朗的婚事时，他将人对爱情和婚姻的追求比作狗追求水里肉骨头的影子。理想的情人或者爱情、婚姻，抑或是自己想要的情感，只不过是个幻影罢了。即使"跟爱人如愿以偿地结了婚，恐怕那时候肉骨头下肚，倒要对水怅惜这不可再见的影子了"①。方鸿渐的领悟如同米兰·昆德拉所说的人永远想生活在别处。即将到达三闾大学时住过的一个小饭铺屋后的破门，在他看来也象征着某种人生意味。"（火铺屋后的破门）好像个进口，背后藏着深宫大厦，引导人进去了，原来什么也没有，一无可进的进口，一无可去的去处。'撇下一切希望，你们这些进来的人。'虽然这么说，（人们）按捺不下的好奇心和希冀像火炉上烧滚的水，勃勃地掀动壶盖。"② 尽管对于爱情、人生有如此透彻的领悟，但是在方鸿渐身上仍旧缺乏一个"超自我"。他并不能够完全躬身自问，展开自我批判。抑或说他缺乏的正是对自我进行反思的能力。比如在赴三闾大学的途中，他主动征询赵辛楣对他的评价。当后者说"你不讨厌，可是全无用处"时，他不但没有接受批

---

① 钱锺书：《围城》，晨光出版公司1947年版，第188页。
② 同上书，第255页。

评，反而显得有些生气。尤其是在小说的最后部分，与孙柔嘉的婚姻出现矛盾纠纷时，他总是将原因归结于他人，而完全没有自我反省的意识。问题的症结正在于此。方鸿渐自身并不是没有问题，一方面他是个思想大于行动的人，即所谓的"多余人"。辞去报社的工作固然表现出了中国人的气节，但是事先没有与妻子商量也为后面再起纷争埋下了祸根。正像孙柔嘉所说，依靠赵辛楣获得工作与依靠姑妈获得工作的性质是一样的，同样证实了方鸿渐能力上的缺失。是不是在重庆就一定可以找到一份适当的工作，也并不在方鸿渐的掌控之内。到重庆去找赵辛楣，对方鸿渐来说，只不过是想象中更好的选择而已。另一方面，他也缺乏化解危机的能力。在很多时候，问题并不严重，都是家常范围内的矛盾。但是方鸿渐却常常为此勃然大怒，将问题升级，与妻子之间擦枪走火。也正是自我反思意识的缺乏，造成了方鸿渐时时深陷"围城"之中的困境。如果说陷入"围城"之中而不能自拔，即意味着一种自我的迷失，自我找不到前行的方向，那么，当个体缺乏自我批判、自我反省的意识与能力的时候，实际上也意味着自我的丧失，即个体的独立性与理性批判的丧失。自我的分裂与自我的丧失，可能正是钱锺书用文学的方式对于个人主义的一种想象性诠释。

第四章　左翼的异端：有"问题"的个人主义

20世纪40年代，是左翼文学意识形态化过程中一个极为重要的阶段。尤其是在革命根据地的中心延安，在经过了相对自由宽松的文化氛围之后，由1942年延安文艺座谈会的召开，包括在此前后对于丁玲、王实味等人展开的批判，延安体制中作家、知识分子的思想改造逐渐加强。当1942年毛泽东《在延安文艺座谈会上的讲话》以党的文艺政策的形式成为文艺创作的最高指导原则，并建构起"党的文学"的规范机制时，这不仅意味着左翼作家身份的明晰化——在知识分子、作家与党员或者党的干部之间，后者的角色压倒了前者的角色，更意味着左翼文学一体化的强势推进。随后，毛泽东《在延安文艺座谈会上的讲话》又被有计划地传播到国统区的左翼文学界，开始更明确地从理论基础上来统一左翼文学的思想。但是，在左翼文学急遽意识形态化的过程中，左翼文学内部却出现了不同的声音。在国统区，以胡风为代表的"七月派"，和延安文艺座谈会召开之前的丁玲、艾青、王实味等延安作家，包括延安时期和东北解放区时期的萧军，尽管他们在具体的文学思想上存在着差异，却共同构成了左翼文学正统与主流之外的"异端"与"支流"。相对于"党的文学"的主流与正统，胡风等人大有重塑（左翼）文学传统、另立（左翼文学）正统的倾向。更重要的是，在"党的文学"尝试统一左翼文学思想的时候，胡风等人的"行为"表现出某种"抗争性"。这种"抗争性"不仅意味着对于鲁迅所代表的"五四"新文学传统的继承、坚守或者说是重塑，更是对于文学与政治，作家、知识分子与党员等关系的另类看法。胡风等人在坚持文学的政治化的同时，仍旧试图保有文学自身的相对独立性，在坚持作家的革命立场的同时，仍旧强调作家或者知识分子所具有的相对独立性，尤其是鲁迅所代表的独立的社会批判、文化批判的精神传统。

在胡风、萧军以及延安文艺座谈会之前的丁玲、王实味、艾青等人身上呈现出左翼文学内部对于作家与文学的相对独立性的坚守。同时，又因为他们不断地将自我与鲁迅、"五四"新文学传统密切地联系在一起，所以，他们的文学思想或者文学实践又呈现出"个性解放"的色彩。在左翼文学的正统与主流的眼中，与"党的文学"的相对疏离，与鲁迅、"五四"新文学传统的亲近，正是小资产阶级知识分子缺乏党性（组织性、纪律性）的劣根性——个人主义——的典型表现。所以，胡风、王实味、萧军等人在遭到左翼正统批判时，常常被冠以"个人主义""自由主义"的称谓。这也揭示出，胡风等人（包括延安文艺座谈会之前的王实味、丁玲、艾青等）的思想并未与党的思想达到完全的契合，在其思想内部仍旧残留着某种个人主义的成分。这种个人主义的成分正是坚持知识分子与文学创作的相对独立性的表征。胡风、丁玲、王实味等的文学实践可以视作左翼文学内部的"自由主义"的某种冲动。他们的被批判，也说明了左翼文学内部的某种困境，即在左翼文学内部，作家如何实现身份认同，如何在革命体制下建构起自我与文学的主体性？在这个层面上，当我们探讨20世纪40年代的自由主义文学的时候，对以胡风等为代表的左翼文学内部的"异端"的分析，实质上也正是对左翼文学与自由主义文学之关系的追问。

第一节 阐述"遗产"与重塑"传统"

一 "传统"的"发明"

按照英国学者埃里克·霍布斯鲍姆的研究,一些我们所熟知的"传统"并非不言自明,常常是被有意识地"发明"出来的。社会生活中的某一部分被重复地灌输一定的"价值和行为规范",甚至具有了某种仪式或象征特性,"而且必然暗含与过去的连续性"。参照于变动不居的当下,它们常常被建构为不变与恒定。但是,"传统的被发明"的着眼点仍旧在于当下,它不仅在于显现出"过去"(的传统或社会生活)与"当下"(的社会生活)的历史连续性,更是通过重构历史/社会的连续性为"当下"的存在与发展提供"自然法的认可",也即为"当下"的存在与发展提供历史应然的合法性[①]。

20世纪40年代的左翼文学内部也出现了"发明传统"的积极实践。不仅仅"党的文学"的主流与正统通过"传统的发明"而得以被建构,即使是作为左翼文学内部的"异端"的胡风等人也不断地通过重构自我与"传统"的紧密关联,建立起自身的文学传统,从而为自己当下的存在与未来的发展提供历史的合法性。无独有偶,不论是正统/主流,还是"异端","传统的被发明"均体现在了对"五四"与鲁迅的重新阐释上。"五四"与鲁迅被作为左翼文学生生不息的革命遗产

---

① [英]霍布斯鲍姆、兰格编:《传统的发明》,顾杭、庞冠群译,译林出版社2004年版,第1—2页。

而被积极地阐释。套用美国学者戴维·霍姆（David Holm）的说法，在20世纪40年代，"五四"和鲁迅遗产的解释形成了一个固定的领域，它们不仅成了"学术研究和美学欣赏的对象"，"同时也变成了一个各种意识形态势力都企图加以占领的思想战场"[①]。虽然同为左翼，但是以毛泽东为代表的中共主流意识形态话语与胡风、萧军等，对于"五四"和鲁迅遗产的阐释而"发明的传统"有着明显的差异。舒允中提醒我们，毛泽东与胡风等对于"五四"和鲁迅"传统"的"发明"是一个双向的过程。一方面，他们都受到了"五四"和鲁迅遗产的影响；另一方面，他们又为我所用地阐释"五四"和鲁迅所代表的"传统"。这种阐释已经带有了选择性与化约性[②]。

尽管按照一些研究者的说法，被高度意识形态化的"鲁迅传统"的最终形成得益于20世纪40年代的延安[③]，但是早在1933年——鲁迅仍旧在世的时候，瞿秋白就已经从"党的立场"，对"鲁迅传统"进行了阐释。在瞿秋白的这篇文章中，鲁迅被形塑为一个从早期（"五四"）的进化论进化到后来的阶级论，"从进取的争求解放的个性主义进到了战斗的改造世界的集体主义"，"从绅士阶级的逆子贰臣进到无产阶级和劳动群众的真正的友人，以至于战士"（着重号为原文所加——笔者注）的文学家与思想家。瞿秋白一方面肯定了鲁迅早期思想中尼采超人主义的进步价值，认为这种"个性主义"的目的在于追求光明，思想自由，打破传统，"客观上在当时还有相当的革命意义"，另一方面仍旧反映了"一般的知识分子的资产阶级性的幻想"。在高度肯定了鲁迅转变的价值与意义的同时，瞿秋白也批评了鲁迅思想中残存的个人主义

---

① 参见［美］舒允中《内线号手：七月派的战时文学活动》，上海三联书店2010年版，第95页。
② 同上书，第9页。
③ 袁盛勇：《宿命的召唤：论延安文学意识形态化的形成》，博士学位论文，复旦大学，2004年，第127页。

第四章 左翼的异端：有"问题"的个人主义

思想，即"怀疑群众的倾向"，实际上就是鲁迅对诸如阿Q的精神胜利法等国民劣根性的批判。瞿秋白也指出鲁迅思想中的"反自由主义"的倾向①。而20世纪40年代的左翼文学对于鲁迅遗产的阐释，在一定程度上都与瞿秋白的这篇文章展开着或隐或显的对话。

毛泽东对于鲁迅的阐释，对于"鲁迅传统"的形成起着极为重要的作用。在纪念鲁迅逝世一周年的文章中，毛泽东称鲁迅为"中国的第一等的圣人"。他承认，尽管鲁迅并不属于中共组织内的一员，但其思想已经是"马克思主义化的"。这即等于瞿秋白的结论，鲁迅已经成为革命阵营中的革命作家，是党外布尔什维克。所以，毛泽东尤为强调鲁迅晚年的转变，认为"他（指鲁迅——笔者注）近年来站在无产阶级与民族解放的立场，为真理与自由而斗争！"②。毛泽东将鲁迅遗产中反封建（追求个性解放）的斗争精神纳入反帝国主义（追求民族解放）的宏大叙事当中。在毛泽东的视域中，鲁迅遗产或者鲁迅传统更重要的是其作为与中国共产党有着亲密联系（党外的布尔什维克或者党最为亲密的战友），并站在无产阶级的立场上进行斗争的政治性而存在的。鲁迅的战斗与中国共产党的战斗保持着方向上的一致性，他们拥有共同的敌人。鲁迅作为文学家，进行社会批判与文化批判的一面被毛泽东有意识地淡化。

显然，毛泽东对鲁迅的阐释，具有策略性。在1939年11月7日写给周扬的一封信中，他明确地指出了鲁迅的问题所在。与瞿秋白相同，毛泽东将鲁迅表现农民的"黑暗面""封建主义的一面"视为缺陷，认为这是鲁迅"未曾经过农民斗争之故"。当下的抗战实质上是一场以农民为主体的斗争。而"农民基本上是民主主义的，即是说，革命的"。

---

① 瞿秋白：《〈鲁迅杂感选集〉序言》，《乱弹及其他：瞿秋白遗著》，上海霞社1938年版，第360—388页。
② 《毛泽东论鲁迅》，《七月》（半月刊，汉口）1938年第10期，第289页。

他们身上所表现出来的封建性的东西，只不过是农民的一个方面而已①。

稍后，毛泽东更是将鲁迅纳入整个中国革命史的轨道之中来进行定位。他也有意识地将"五四"与鲁迅有机地联系起来。更准确地说是通过对于"五四"遗产的重新阐释，将鲁迅纳入了新民主主义文化的历史脉络之中。毛泽东以"五四"为分水岭，将革命的历史叙述为旧民主主义与新民主主义两个质变的阶段。后者之所以为"新"，是因为它的领导权掌握在中国共产党手中，前者之所以为"旧"，是因为其是由资产阶级所领导的。革命史的不同也造成了文化史的不同。同样以"五四"为分界线，中国文化战线或思想战线被划分成了两个不同的历史时期。"五四"以前是资产阶级的新文化与封建阶级的旧文化的斗争。而"五四"之后，"中国产生了完全崭新的文化生力军，这就是中国共产党人所领导的共产主义的文化思想，即共产主义的世界观与社会革命论"。"而鲁迅，就是这个文化新军的最伟大与最英勇的旗手。鲁迅是中国文化革命的主将，他不但是伟大的文学家，而且是伟大的思想家与伟大的革命家。……鲁迅的方向，就是中华民族新文化的方向。""五四"的文化遗产被毛泽东阐释为中国有史以来最伟大、最彻底的反对封建文化的运动与文化革命，且是一场"无产阶级领导的人民大众反帝反封建的文化"，即所谓新民主主义的文化。"共产主义者的鲁迅"则成了"中国文化革命的传人"②。通过对"五四"文化遗产的重新叙述，鲁迅所代表的"传统"与新民主主义文化的革命传统被有机地联系起来。鲁迅也从先前的革命的急先锋、党外布尔什维克、中国第一等

---

① 毛泽东：《致周扬（一九三九年十一月七日）》，中共中央文献研究室编《毛泽东文艺论集》，中央文献出版社2002年版，第259—260页。
② 毛泽东：《新民主主义的政治与新民主主义的文化》，《中国文化》1940年创刊号，第3—23页。后又发表在1940年2月20日在延安出版的《解放》第98、99期合刊上，题目改为《新民主主义论》。

的大圣人变成了新民主主义历史脉络中的革命主将、共产主义者，革命传统的真正承继者。同瞿秋白一样，毛泽东也高度肯定鲁迅后期的杂文，认为正是通过杂文这一战斗武器，鲁迅在"文化围剿"中奋力搏杀而成为"中国文化革命的传人"。

有意思的是，在《在延安文艺座谈会上的讲话》中，毛泽东对于鲁迅的评价却存在着有意味的"空白"与"沉默"[①]。与此前高度评价鲁迅，尤其是肯定鲁迅后期的杂文的战斗意义不同，这一次鲁迅式的杂文被作为延安解放区的问题提了出来。针对延安知识分子中间所流行的"还是杂文时代，还要鲁迅笔法"的思想，毛泽东一方面承认鲁迅在黑暗势力统治下，以杂文为武器来对敌人进行战斗是"完全正确"的；另一方面对于"革命文艺家充分享有民主自由"的解放区及各个抗日根据地而言，"杂文的形式就不应该简单地和鲁迅的一样"。毛泽东还暗示，他不反对讽刺，但是反对讽刺的乱用，以及隐晦曲折的使人看不懂的讽刺。他将杂文/讽刺问题与歌颂/暴露以及作家的阶级属性联系起来。在毛泽东看来，杂文的讽刺与批判更多的是暴露黑暗。作为革命队伍中的一员，作家应该将讽刺与批判的矛头对准"侵略者、剥削者、压迫者及其在人民中所遗留的恶劣影响"，"尖锐地嘲笑法西斯主义，中国的反动派和一切危害人民的事物"，而不是人民大众。只有歌颂无产阶级的光明，暴露资产阶级的黑暗的作品才是伟大的作品[②]。毛泽东的言外之意是，鲁迅杂文的战斗性不应当用在解放区及抗日根据地内部。解放区与抗日根据地与国统区不仅是地理意义上的不同区域，更是政治上有着不同属性的政治文化时空。前者是"无产阶级领导的革命的新民主主义社会"，后者则是"大地主大资产阶级统治的半封建半殖民地的社会"。对后者来说，左翼作家当然要用鲁迅式的杂文与敌人展开斗争，

[①] 蓝棣之：《毛泽东心中的鲁迅》，《南方文坛》2001年第2期，第43页。
[②] 毛泽东：《在延安文艺座谈会上的讲话》，《解放日报》，1943年10月19日第4版。

即要"横眉冷对千夫指"。对于前者，革命队伍中的作家要考虑的是如何与人民大众结合的问题，是如何像鲁迅那样，"做无产阶级和人民大众的'牛'，鞠躬尽瘁，死而后已"，即要"俯首甘为孺子牛"。

蓝棣之先生提醒我们，毛泽东在前后两篇经典文献中对鲁迅遗产阐释的侧重点的不同，实际上与毛泽东所要"发明"的"革命传统"的不同有关。在"发明"新民主主义文化的"革命传统"中，鲁迅以及鲁迅的遗产——杂文——被赋予了极其重要的地位与价值，而在论述"工农兵方向"的社会主义文化革命的"传统"时，鲁迅的杂文显得有些不合时宜①。正如笔者在前面提及的，《在延安文艺座谈会上的讲话》的重要性在于它建构出了左翼文学的正统与主流——"党的文学"。按照一些研究者的理解，所谓"党的文学"不仅仅是对列宁的"党的组织和党的文学"的移植与借用，更"呈现了党对所有'文学'理应予以统治的政治化倾向"②，即左翼文学一体化的倾向。更重要的是，在一体化的过程中，左翼文学乃至左翼文艺与革命/政治的关系，左翼作家、知识分子与革命/政治的关系被纳入了一个带有权力关系的体制之中。党的政治或革命的政治是作家和文学首先应该服从的原则。而以左翼文学内部的"异端"出现的胡风、萧军等，则试图将这一原则丰富化或者复杂化：一方面，他们承认政治对作家与文学的指导性，另一方面，他们又试图强调作家和文学对政治的反作用。在这一点上，胡风等人对左翼文学正统与主流的偏离，表现出试图将左翼文学与自由主义文学调和的倾向。

---

① 蓝棣之：《毛泽东心中的鲁迅》，《南方文坛》2001年第2期，第45页。
② 袁盛勇：《宿命的召唤：论延安文学意识形态化的形成》，博士学位论文，复旦大学，2004年，第38页。

二 鲁迅的"学生"

无论是国统区的胡风,还是延安的丁玲、萧军等,从历史渊源上来看,早在20世纪30年代的"上海亭子间"时期,他们大都与鲁迅建立了较为良好的关系。在鲁迅病逝之后的20世纪40年代,他们中的部分人有意识地以继承鲁迅衣钵的形式建立起与鲁迅遗产的有机关联。将他们,尤其是胡风与萧军,视作鲁迅的学生应该不是什么牵强之举。与毛泽东的做法相似,他们也将鲁迅纳入整个左翼文学的历史脉络之中。只不过,在对鲁迅遗产的重新阐释中,他们建立起了有别于左翼文学正统的另一个"传统"。

萧军一再强调自己身为鲁迅学生的身份。在1939年,还未举家奔赴延安之前,他将自己定位为:"我本身应该是:鲁迅现实战斗主义的承继者……"在到延安之后,更是直接称"我的先生(指鲁迅——笔者注)是伟大的",并自称是"中国鲁迅这转轴人底承继者"[1]。对于胡风,20世纪40年代,鲁迅也是以导师的形式继续活在他的思想中的。由于他不遗余力地对鲁迅遗产进行积极地阐释,所以大有"被普遍认为是鲁迅的唯一真正传人"的趋势[2]。

舒允中提醒我们,与毛泽东相似,胡风对"五四"遗产的阐释也是"有选择性"的。"这种选择性体现在他始终将文化批判而不是爱国主义看成是'五四'精神的精髓。"[3] 对于"五四"的两大遗产——反封建主义(个性解放)与反帝国主义(民族解放),毛泽东看重的是后者,他通过对于后者的重点阐释,将前者纳入后者的主线当中。胡风更

---

[1] 萧军:《萧军全集·第18卷·日记》,华夏出版社2008年版,第94、563、568页。
[2] [美]舒允中:《内线号手:七月派的战时文学活动》,上海三联书店2010年版,第92页。
[3] 同上书,第98页。

强调前者。反封建主义（个性解放）才是"五四"遗产中最重要的部分。他同样强调"五四"文学的"革命传统"，但将其中"为人生的艺术"与"为艺术的艺术"视作孪生兄弟。前者是，"觉醒了的'人'把他的眼睛投向了社会，想从现实的认识里面寻求改革的道路"，后者是"觉醒了的'人'用他的热情膨胀了自己，想从自我的扩展里面叫出改革者的愿望"，二者同属于"在市民社会出现的人本主义的精神"，鲁迅将二者真正统一到了一起[①]。在胡风的阐释中，"五四"遗产所呈现出的是"人的觉醒"／"人的解放"／"个性解放"为中心的文学传统。鲁迅正是这一传统的最佳体现者。

在1942年发表的一篇题为《民族战争与新文艺传统》的文章中，胡风将"五四"文学中"个性解放"的传统命名为鲁迅所代表的"革命的人文主义"，认为鲁迅开创并领导了这新文艺的革命传统。这种"革命的人文主义"具体的表现是：鲁迅与其同道者在批判中国文艺中的封建意识时，"唤醒了沉睡的现实底灵魂"，从而使得文学中出现了"人民底觉醒了的自由的意志"，同时，也表现出了虽然觉醒但仍旧不得不与半封建半殖民地的黑暗现实"苦斗的运命"，比如阿Q[②]。在胡风的视域中，鲁迅所代表的"五四""传统"主要是针对中国内部的自我改造过程，通过对内的文化批判和社会批判而达到的人（人民）的真正解放的过程，尤其是人在精神上摆脱封建思想的束缚、奴役而获得自由的过程。胡风对于"五四"传统的发明，对于鲁迅遗产的重塑，实际上继承了"五四"文学中的"人的文学"的传统。对于内部改造的重视，使得在胡风眼中，当下的抗战，不仅是一个对外的抵抗过程，同时也是"一个内部发展的过程"[③]。

---

① 胡风：《文学上的五四——为五四纪念写》，《胡风全集·第2卷》，湖北人民出版社1999年版，第622—623页。
② 胡风：《民族战争与新文艺传统》，《人世间》1947年第1卷第1期，第5页。
③ 同上。

第四章　左翼的异端：有"问题"的个人主义

与毛泽东将鲁迅与"五四"合二为一的策略相似，胡风也将"五四"的传统与鲁迅的传统等同起来。他也认为只有鲁迅才能够真正代表"五四""革命传统"。只不过毛泽东更强调鲁迅遗产中的后期思想，而胡风突出的是鲁迅早期的"立人"思想。所以胡风一再提醒我们注意，鲁迅所强调的不能因为害怕做外国人的奴隶，反而认为不如做中国人自己的奴隶的思想。胡风暗示，即使在全民族团结抗战的20世纪40年代，也并不就是一派光明、自由就在眼前的乐观图景，污秽与黑暗仍旧存在，因此，针对内部的文化批判和社会批判仍然有着极为重要的作用。那种只准"歌颂中国文化又古又好，中国人民又自由又幸福"，只准"对于敌人的弱点和没有出路，加以嗤笑"，只是一种自欺欺人的幻境而已[1]。胡风的言外之意是，"五四"文化启蒙的任务不仅并未完成，还应当在新的现实环境——抗战——中继续进行，鲁迅所代表的批判现实主义的战斗精神仍然应当被发扬。与毛泽东在"发明传统"的过程中形塑中国共产党所领导的新民主主义文化的历史进程，并强调知识分子只有接受这一领导，转变思想（改造思想），与工农大众结合乃至变成工农大众的一员不同，胡风在重新阐释"传统"的过程中，极力凸显的是知识分子本身就具有的"革命性"。这种"革命性"不是体现在知识分子如何转变自己的思想，接受党的领导，改变自己的阶级归属上，而是仍然坚持自己的独立性。这具体表现为坚持一种不妥协的批判精神，不仅是对中国之外——帝国主义侵略的批判，更是对中国内部——封建主义的批判，甚至对革命队伍以及自己人的批判。个体应以有生命尊严的人而存在，不仅不要做帝国主义的奴隶，也不要做封建主义的奴隶，同样也不要做自己人的奴隶。显然，与自由主义作家相似，胡风强调个体在革命体制下的独立和自由。在这一点上，20世纪40年

---

[1]　胡风：《鲁迅如果还活着》，《文学创作》1942年第1卷第1期，第60页。

代的胡风，在左翼文学内部呈现出自由主义的特色来。

需要指出的是，胡风对于鲁迅传统的"发明"与捍卫，表现出了双面作战的特点。在国统区确实出现了一种"右"的声音，宣告鲁迅的时代已经过去。这种观点认为，鲁迅的缺陷是"只注意到社会的黑暗面，没有留意到社会的光明面"。在抗战的时代，鲁迅的杂文因为只是破坏，"揭发社会的黑暗与缺点，不去改善与建设，于社会是毫无补益的"。因此，鲁迅的时代已经过去，"鲁迅"和"鲁迅作风"也成为和桐城派一样的历史的古迹了[①]。这篇题名为《鲁迅与现代青年》的文章，明确地宣布鲁迅应该被历史与时代所淘汰。这种声音与毛泽东《在延安文艺座谈会上的讲话》对于"还是杂文时代，还要鲁迅笔法"的批评有着相似的立论点。当胡风将鲁迅遗产中的批判精神形塑为一种仍应当承继的"革命传统"时，他实际上既回应了以《鲁迅与现代青年》为代表的"右"的声音，也回应了《在延安文艺座谈会上的讲话》所代表的左翼文学的"正统"，尽管这种回应可能不是有强烈地指向性的。

无独有偶，身在延安的萧军也同样强调，即使在中国革命策源地的延安，坚持鲁迅精神仍有着重要的作用。不管是"革命"还是抗战，都存在着"错误，不良的倾向，落后意识底残留"。这些都不是凭一个"决定""规定""命令"或"原则"就可以根除掉的。"它需要更深和更韧性的强力的东西来和它战斗，这就是文化。"能够代表这极富战斗性与韧性的文化的是鲁迅的作品，"除开鲁迅，还不能找到第二个人"。延安更需要鲁迅精神[②]。在延安举行的纪念鲁迅逝世五周年大会上，丁玲呼吁，解放区的知识分子应当继承鲁迅遗产——杂文，从而"大胆的

---

① 黄照熹：《鲁迅与现代青年》，《前锋》（月刊，桂林）1941年第1卷第2期，第20页。
② 萧军：《延安鲁迅研究会成立经过》，萧军编《鲁迅研究丛刊第一辑》，鲁迅文化出版社1947年版，第217页。该《丛刊》曾于1941年由延安的鲁迅文化出版社出版。

第四章　左翼的异端：有"问题"的个人主义

互相批评，展开自由争论"①。在丁玲看来，今天仍然是鲁迅的时代，因为国统区的贪污腐化，黑暗，压迫屠杀进步分子自不必说，"即使在进步的地方，有了初步的民主，然而这里更需要督促，监视，中国所有的几千年来的根深蒂固的封建恶习，是不容易铲除的，而所谓进步的地方，又非从天而降，它与中国的旧社会是相联结着的"。她反对那种认为解放区不宜写杂文的观点②。显然，在丁玲的视域中，解放区也存在着问题与缺点，向鲁迅学习，继续以杂文为武器，批判革命中的污秽与黑暗，正是革命作家义不容辞的责任。与丁玲持相似的观点，王实味也认为，中国的革命者生长在这包脓裹血的旧中国，避免不了会沾染上旧社会的黑暗与肮脏。作为艺术家的革命者应当勇敢地正视自身的问题，大胆地揭破一切黑暗与肮脏。在他看来，战斗的鲁迅所拥有的寂寞，正来自鲁迅在革命者的灵魂中看到的黑暗与肮脏③。王实味将批判的过程视作灵魂的改造过程。灵魂的改造仍旧属于"人的解放"的范畴。在这一点上，王实味接续的是鲁迅的改造国民性的传统，也是"五四"的个性解放的传统。

身处延安的萧军、丁玲、王实味等，对于鲁迅的批判精神的积极阐释，毋宁说也是他们对左翼文学所展开的一种想象。他们试图将鲁迅对内批判的精神，作为左翼文学的重要思想资源，重构左翼文学关于"解放"的命题。抑或说，在他们看来，左翼文学应当以鲁迅的批判精神为核心，在对革命者展开批判的过程中，将革命者所受到的封建思想意识毒害的因素进行清洗，使包括革命者在内的人彻底地从封建主义的奴役中解放出来。显然，这样一种灵魂的改造与此后毛泽东所倡导的思想改造是有着明显区别的。后者的思想改造更多的是在人的阶级属性的转变

---

① 《延安各界举行大会纪念鲁迅逝世五周年》，《解放日报》，1941年10月21日第4版。
② 丁玲：《我们需要杂文》，《解放日报·文艺》第26期，1941年10月23日第4版。
③ 实味（王实味）：《政治家·艺术家》，《谷雨》1942年第1卷第4期。参见黄昌勇编《王实味：野百合花》，中国青年出版社1999年版，第111页。

过程中，放弃自己原有的思想意识，接受新的思想，建构起一个阶级的主体。而前者的灵魂改造，是将个体从封建思想的奴役中解放出来，重获自我的主体性的努力。这也是对个体自由的一种追求。萧军、丁玲、王实味等在积极阐释鲁迅传统的同时，实际上也是在坚持"五四"的个性解放或人的解放的传统。这样一种传统，与毛泽东所"发明的传统"有着明显的差异。这也注定了他们此后遭到批判的命运。

三 有"问题"的个人主义

在研究鲁迅与个人主义的关系时，林毓生发现鲁迅对个人主义的态度有微妙的变化。在一封写给许广平的信中，鲁迅称自己的思想是无治的个人主义与人道主义的此消彼长。而在正式出版的《两地书》中，"无治的"一词被删除。这一删除反映出了鲁迅态度上的变化。无治的个人主义即无政府的个人主义，"那是备尝人间无边黑暗、无理与罪恶后所产生的反抗任何权威、任何通则的思绪后，以为除了满足自己的志愿外，一切都是假的。这样的'个人主义'没有是非，没有未来，只有自我的任意性"。鲁迅显然对此有着某种认同。但是在他删除"无治的"时，又表现出对无政府的个人主义的怀疑。在林毓生看来，无政府的个人主义的不分是非与鲁迅的爱憎分明是相矛盾的。这使得鲁迅在删除"无治的"时，从对无政府的个人主义的认同转而又回到了对一般意义上的个人主义的认同。一般意义上的个人主义与人道主义在鲁迅身上非但不是彼此冲突的，反而是相辅相成的。人道主义的前提是对于人/个体尊严的肯定与坚持，"而人的尊严则来自个人至高无上与自身的、不可化约的（irreducible）价值"。易言之，要尊重一个人，就必须肯定"他的自主性，他的隐私权，他的自我发展的权利"，"这三方面对个人的尊重，实际上也是个人自由的三个面相"，也是个人主义的"坚实的核心"。因此，"主张与坚持人道主义的人就必须主张与坚持这

第四章 左翼的异端：有"问题"的个人主义

个意义之下的个人主义"①。林毓生的分析提醒我们，在鲁迅的思想中，包含有以肯定与坚持人的尊严的个人主义为核心的自由主义思想。也就是说，在鲁迅遗产中是可以"发明"出一条个人主义的自由主义的思想传统的。当然这一"发明"并非凭空虚构。

郜元宝在分析鲁迅和中国现代自由主义的关系时也指出，鲁迅遗产中的"怀疑态度和批判精神"，是对从"五四"到 20 世纪 30 年代的"以个人独立为核心的自由主义思想传统的明确叙述"②。尽管与胡适、梁实秋、朱光潜等自由主义者相比，鲁迅虽不算作一位完全意义上的自由主义者，但这并不能够否定鲁迅思想中包含自由主义的成分。

郜元宝提醒我们，如果说作为主义的自由主义是思想的意识形态化，而自由思想"则是非意识形态的情感、态度、想象等"，那么，自由主义对于鲁迅而言，不再是完整的思想体系，即"自由的思想"，而是如何"自由地思想"，"就是不为任何外力拘囿而自由地去思考那值得思考的东西，包括思考自由主义和自由主义者本身的根据、处境、动机与前途"。对鲁迅而言，更重要的是如何将自由化做一种积极的实践，而非民主、自由等抽象的理念。在郜元宝的分析中，我们也不难发现，他所认定的鲁迅对"自由地思想"的坚持，一个最基本的出发点也是来自自由主义的核心概念，即"个人自由"的追求。这即林毓生所分析的尊重和肯定人的尊严的一般意义上的个人主义。

在这个角度上，胡风、萧军等人通过阐释鲁迅遗产而"发明的传统"，正是鲁迅思想中的个人主义的思想。这也解释了为何胡风、萧军等作为左翼文学内部的"异端"，呈现出自由主义的特色来。他们并非自由主义文学的积极实践者，只是在他们身上呈现出了左翼文学试图与

---

① 林毓生：《鲁迅个人主义的性质与含义——兼论国民性问题》，《鲁迅研究月刊》1993 年第 12 期，第 33 页。

② 郜元宝：《再谈鲁迅与中国现代自由主义》，一土编《21 世纪：鲁迅和我们》，人民文学出版社 2001 年版。

自由主义文学相调和的倾向，尽管这种倾向可能是无意识的。对于鲁迅所代表的"传统"的继承，使胡风、萧军等人思想中带有个人主义的色彩。比如萧军在延安的政治环境中就认为自己思想中仍然有着"小资产阶级的根性"——"个人主义"①。萧军的自我解剖并不是面对外在政治压力的自我批判，而是在感到与延安政治格格不入时的一种思想上的自觉。包括延安文艺座谈会召开之前的丁玲，在思想中也具有个人主义的成分，尽管她已经是多年的中共党员。日本学者相浦杲就认为《我在霞村的时候》中的贞贞，在许多方面都与莎菲相似，带有个人主义的思想②。用贺桂梅的话说，延安文艺座谈会召开之前的丁玲，与"五四"的血统并未斩断，"仍旧按照莎菲式的'自主和独特的个人性格观念'在理解人物"，在贞贞、陆萍等小说人物的身上"都具有呈现为个人性格的主体性"。此时的丁玲更关心的是"单一的个体如何获得主体性，获得'自主和独特'的支配自己行动的能力"③。说白了这也就是一种追求个人自由的个人主义。

正是这种个人主义思想的存在，使得他们疏离于左翼正统之外。在左翼正统的批判视域中，胡风等人的问题是，他们不是站在阶级的立场而是站在知识分子或个人主义的立场来看待问题，即使在表现工农兵的精神世界时，仍然是从知识分子的心境或从个人的感受来描写他们。即使要表现觉醒的人民，也常常"片面地着重了'个性解放'的问题"，而忘记了"人民的力量存在于觉醒的人民的集体斗争中"。左翼正统认

---

① 萧军：《萧军全集·第18卷·日记》，华夏出版社2008年版，第420页。
② 相浦杲将《莎菲女士的日记》和《我在霞村的时候》进行对比，重点比较了两篇小说中的女主人公莎菲与贞贞。在他看来，除了贞贞最后走向集体之外，在其他方面二人都有很多相似性。至少在投奔延安之前，贞贞的思想中是有着与莎菲相似的个人主义思想的。参见（日）相浦杲《〈莎菲女士的日记〉与〈我在霞村的时候〉》，丁玲创作讨论会专集编选小组编《丁玲创作独特性面面观——全国首次丁玲创作讨论会专集》，湖南文艺出版社1986年版，第500页。
③ 贺桂梅：《转折的时代：40—50年代作家研究》，山东教育出版社2003年版，第206、233页。

第四章 左翼的异端：有"问题"的个人主义

为，作家不应当再站在知识分子的角度来表现劳动人民，而是要按照毛泽东所说的"长期无条件地全身心到工农中去"，"小资产阶级意识必须向无产阶级无条件的投降"。知识分子与人民大众已经不再是对等的地位①。

有意思的是，胡风等人虽然有个人主义思想，却又站在左翼革命的立场，将批判的矛头指向所谓的"个人主义"。在他们看来，"个人主义"要么是极端自私自利的代名词，要么指涉的是与集体相对立的思想，拒绝融入集体，拒绝与人民大众结合。他们特意将个性解放与个人主义区别开来，认为个性解放就是反对封建主义，就是战斗，使人成为真正的人，"成为真正的这个时代的战斗者：要求着而且进行着真正的和人民结合"②。他们往往以左翼自居，批判自由主义作家身上的个人主义，表现出对于左翼传统的捍卫。比如20世纪30年代胡风对于林语堂、朱光潜等自由主义作家的批判，20世纪40年代路翎等以左翼正统的姿态展开的对于姚雪垠、沈从文、朱光潜等的批判。于是，在胡风等人身上出现了一个奇怪的现象：一方面因为他们思想中存在个人主义，而遭到来自左翼正统的批判，另一方面他们站在左翼的立场（甚至以左翼正统的姿态）又视个人主义为批判的对象。在他们身上，个人主义真的成了"有问题的个人主义"。最为通俗的说法是，它如同照镜子的猪八戒，落到了里外都不是人的尴尬境地。而之所以出现这样的现象，一方面与他们对个人主义的"误读"有关。同20世纪20年代的鲁迅一样，他们将个人主义等同于利己主义，并将个性主义与个

---

① 这样的观点可参看荃麟《对于当前文艺运动的意见：检讨、批判和今后的方向》、荃麟《论主观问题》、胡绳《评路翎的短篇小说》、胡绳《鲁迅思想发展的道路》、默涵《评臧克家的〈泥土的歌〉》等文章，以上文章均收入《大众文艺丛刊批评论文选集》，新中国书局1949年版。稍早的还有王文澜的文章《论王实味同志的思想意识》，《群众》1942年第7卷第15期，第364页。

② 余林（路翎）：《论文艺创作底几个基本问题》，《泥土》1948年第6期，第9页。

人主义进行切割①。另一方面，从更深层的原因来看，这反映出左翼作家在20世纪40年代所面临的一个困境。对于身处国统区的胡风来说，左翼作家如何与20世纪40年代逐渐扩展到国统区的毛泽东话语进行协调：是承认它的权威，无条件地认同，为了达到与其完全契合而改造自己的思想，还是仍旧保有自我的批判精神，甚至对于这一体制的批判？延安的丁玲、萧军、王实味等面临着如何在革命体制下处理好自我的角色的挑战。用贺桂梅的话说，"在革命政权下，作家（知识分子）是某一话语秩序的生产者、传播者甚至监督者，还是与毛泽东话语保持一定的距离，保有一定的自由度，对社会现实状况具有自主阐释的权利，甚至对毛泽东话语本身提出反省或质疑的批判者"？②当他们选择后者的时候，即意味着对革命体制的僭越。这可能正是个人主义在他们那里成为"问题"的关键所在，也决定了在他们的思想中有自由主义的成分存在，但并不能够使他们成为自由主义者的命运。

第二节 "正统"与"逆流"

在20世纪40年代的国统区，左翼文学的重镇当推胡风。他所创办的《七月》在时间上比《文艺阵地》与《抗战文艺》的时间还要早。在他主持的《七月》与《希望》两个刊物周围，团结了一批年轻的文学生力军。他们的文学创作为整个20世纪40年代增添了极为重要的色

---

① 恺良、鲁迅：《通信·其二》，《语丝》1928年第4卷第34期，第46—47页。收入《三闲集》时改名《文学的阶级性》，参见《鲁迅全集·第4卷》，人民文学出版社2005年版。鲁迅的观点非常有代表性，沈从文、张爱玲也将个人主义视作利己主义的代名词。

② 贺桂梅：《转折的时代：40—50年代作家研究》，山东教育出版社2003年版，第240页。

第四章　左翼的异端：有"问题"的个人主义

彩。无论是胡风所宣扬的"主观战斗精神"，还是路翎等人的文学创作，都呈现出了对20世纪40年代已经形成的左翼文学正统的某种疏离。用舒允中的话说，在胡风的精神感召下，"七月派"作家的文学实践表现出对左翼文学主流的不满，并试图"将自己的个人看法从正统观念的桎梏下解放出来"①。与其将这种疏离看作胡风等有意识的与毛泽东话语相对抗②，毋宁说，胡风等人的理论主张与文学实践，是在有意识地批判左翼文学存在的问题时，试图重建左翼文学传统，甚至是另立左翼文学正统的努力。当我们站在后见之明的立场，将其视作左翼文学内部的"异端"时，身处20世纪40年代历史中的他们却并无"异端"自觉，反倒有自命正统的倾向。不可否认，他们在打破文坛正统的桎梏时所表现出的"打破正统专制的革命力量"③，但是也不应无视或者忽视他们以左翼正统自居，视胡适、沈从文、林语堂、朱光潜、萧乾、无名氏等自由主义作家以及郭沫若、茅盾、沙汀、姚雪垠、碧野等左翼作家为"逆流"并加以批判。所以，"正统"与"异端"，"主流"与"逆流"是相对的。而我之所以仍然采用"正统"与"逆流"来标举以胡风为中心的"七月派"作家，是希望凸显出作为左翼文学重镇的他们与左翼文学主流的差异。差异的重要原因就在于，他们在反对左翼文学主流乃至整个文坛主流，包括对自我的超越过程中表现出的特质。这其中包括了自由主义的成分。

一　战争、作家与文艺

在20世纪40年代，胡风等"七月派"作家对战争、文学、作家/个体之间的关系的理解，都区别于当时的文坛主流，包括左翼主流。

---

① ［美］舒允中：《内线号手：七月派的战时文学活动》，上海三联书店2010年版，第11页。
② ［美］夏志清：《中国现代小说史》，传记文学出版社1991年版，第314—315页。
③ ［美］舒允中：《内线号手：七月派的战时文学活动》，上海三联书店2010年版，第10页。

如同在上文提及的，在"国族至上"成为统制思想时，胡风等试图通过重提反封建主义的"五四"和鲁迅传统，来反抗借爱国主义而实行的思想桎梏。针对号召作家弃笔从戎的"前线主义"，路翎认为，战场不是只有一个抗战的前线，作家和封建主义作战也是一个重要的"战场"①。胡风也认为，在抗战时期，反封建主义与反帝国主义是同等重要的。他既反对用抽象的爱国主义来诠释作品的主观公式主义，又反对那种机械地反映现实的客观主义②。在他看来，诸如爱国主义之类的政治概念，实际上是复杂多变的现实人生的高度浓缩。作家可以通过它的引导更好地深入现实人生，并认识现实人生的复杂与纠葛。但是如果是直接从政治概念到作品，用前者制造后者，用后者来诠释前者，结果不仅失去了现实人生，而且创作出来的作品也不能成为艺术品，只是"抗战八股"而已③。胡风并非完全否定政治概念对于作家和文学的影响，只是认为作家不应该完全臣服/听命于政治概念，按照政治概念来创作作品，而是应该将政治概念作为一条引线，通过它更好地认识现实人生的丰富性。在政治概念、作家、生活、作品中，他强调的是作家的主体性，即相对的独立性。在胡风等"七月派"作家看来，超越爱国主义等政治概念的桎梏的办法之一，是坚持反封建主义的批判精神。一方面，坚持这种批判精神，尤其是对内批判，表明作家不能因为全民族抗战而失去了自己的独立性与主体性。另一方面，这种批判精神也使得这场民族革命战争呈现出它的复杂性来，这正是现实生活的复杂性。所以胡风在为《七月》征稿的"启事"中除了希望作家写前线、战区、

---

① 余林（路翎）：《论文艺创作底几个问题》，《泥土》1948年第6期，第5页。
② 胡风：《论现实主义的路》，《胡风全集·第3卷》，湖北人民出版社1999年版，第488页。
③ 胡风：《答文艺问题上的若干质疑：在〈职业妇女〉文艺座谈会的谈话》，剑冰记录，《文坛月报》1945年第1卷第2期。收入《胡风全集·第7卷》，湖北人民出版社1999年版，第208页。

第四章 左翼的异端：有"问题"的个人主义

伤兵、医院等题材之外，还特别强调要真实，要有批判精神，"任何黑暗或污秽的东西，都应大胆地揭出"①。对战时难民营有着切身经历的曹白，一再通过特写（报告文学）的形式将同仇敌忾背后的阴暗、凶狠、刻薄等——展示出来。对曹白来说，暴露战时的"卑污的精神，黑暗的灵魂，妖精的伎俩，愚昧的方法，老谱的翻新"，不是简单的批判，更是一种"反省"②。"反省"的言外之意正是要提醒国人，抗战的胜利不仅仅取决于对日作战，还应当包括对中国这一肌体内部的清污工作。

按照胡风的解释，不应当将批判"误解"为"否定""攻击"，那么，他们所提倡的批判尤其是对内批判，就应当包含了曹白所说的"反省"的意味。而"反省"除了上面提及的对内部清污的意义外，还意味着批判者从人的角度审视自我与他人。用胡风的话说，无论是歌颂还是批判，都应将对象（包括自我）看作与我们同样的人③。换言之，真实地写出自我、他人对于战争的感受，不应当为了抗战而虚构太多的英雄神话与乐观主义。胡风批判神化抗日将领的现象。他认为，作家应当更真实地在优点与缺点的交织中"画出一个人物"。正是带着"自省"的意识，从普通个体的角度来表现战争与人，使得在难民营工作的曹白认为自己就是难民中的一个。在丘东平那些阵地特写中，他写的不是战士在战场上如何成长为英雄，而是在敌人的炮火中，因为指挥上的失误，我方战士的四处流窜或者无谓的牺牲（《我们在那里打了败仗》），甚至毫无顾忌地写出参战的连长初上战场时的恐惧心理（《第七连》）。在丘东平的这些纪实性的阵地特写中，他常常以第一人称的形式，以亲历者的姿态，将抗战的残酷性真实地展现出来。同时，也以批判的视角

---

① 胡风：《七月社明信片》，《七月》（周刊，上海）1937 年第 3 期，第 39 页。
② 曹白：《烽烟杂记》，《七月》（半月刊，汉口）1937 年第 3 期，第 72—73 页。
③ 胡风：《续论革命战争期的一个战斗的文艺形式》，《七月》（半月刊，汉口）1938 年第 6 期，第 103 页。

对爱国主义的神话进行"自省"。他质疑长官对下级官兵发出的与阵地共存亡的指令,认为在很多时候,人的生命与阵地是两回事。不能只是为了要坚守阵地就无谓地牺牲普通士兵的生命。士兵的生命应该比阵地更重要。丘东平与曹白都以纪实文学的形式,揭开了以"民族至上,国家至上"为感召的爱国神话的外衣。他们从普通人的视角对于战争中普通人的关注,表明了在民族危难之际,如果普通人的生命无法得到保障,普通人的生命尊严无法得到尊重,那么,为了民族、国家而战只能是一句空谈。他们的文学实践也质疑了以国族的名义要求小我无条件地服从大我的集体主义神话。

  胡风等坚持反封建主义的批判精神在抗战时期的重要意义,一方面是希望将真实的现实生活展现出来,也就是说现实生活并不只是高昂的爱国主义激情和抗战必胜的乐观主义的情绪的单面体,污秽与黑暗依然存在。另一方面,强调作家保有自我的主体性的重要性。这意味着作家不应消音于爱国主义的众声合唱之中,即使做了从军的战士,也应当保有作家或知识分子的批判者、监督者的角色,能够对以战争为核心的现实人生保有独立的观察与审视能力。易言之,作家可以投入战争当中,为战争做出应有的牺牲,但不应当为了战争而放弃自我。普通个体可以为战争做出贡献,但并不意味着在战争面前,普通个体就失去了自己的种种权利,比如,生命的尊严,仍然活下去的权利等。胡风等"七月派"作家强调的是人/作家/普通个体拥有相对的独立性的权利,他们/他/她不应当绝对地臣服于战争(尤其是以战争的名义所宣扬的爱国主义等政治概念)。这也使得他们带有反对战时文学崇高化的倾向,将人从被崇高化的英雄重新拉回到人的地位。从这里,我们也可以窥视到"五四""人的文学"的传统。胡风等人不反对文学宣传抗战,但是他们反对为了抗战而牺牲文学的艺术性,使得文学变成诠释政治概念的"抗战八股"。在这一点上,他们与沈从文的"反差不多"论、梁实秋的"与抗战无关"论是相似的。所以,胡风等"七月派"作家虽然在国统区以左翼作家自居,却表现出了自由主义文学的倾向。

二 精神的介入

针对战时一些批评家指责文坛没有及时跟进战争,出现以平型关大捷、台儿庄大捷为题材的文学作品,胡风回应:"仅仅把应该写什么的任务向作家提出,那除了说明批评家把作家看成毫无政治意识的愚民以外,并无其他的意义,因为它没有接触到文学发展底实际内容。"① 显然胡风暗示作家在文学创作中有着至关重要的作用。但是在具体的文学创作上,也就是"文学发展底实际内容"中,作家究竟发挥着什么样的作用,这牵涉的是主体性怎么发挥的问题,同时也是作家、生活、世界观(马克思主义的抑或是革命的世界观)、文学等之间究竟是一个什么样的关系的问题。

关于左翼文学争论不休的"如何创造典型"的问题,胡风既批评了郑伯奇的作家和人物生活在一起,"观察、归纳、描写"的主张,又批评了罗荪的"概括、分析"等主张。他认为这些观点"完全抛开了作家的对待对象(题材)的态度,作家的主观和对象的联结过程,作家的战斗意志和对象的发展法则的矛盾与统一的过程"②。郑伯奇、罗荪两位左翼批评家的问题在于,将创作过程简化为概念或者一个"冷静的,'精密的',单纯的,逻辑思维底过程"。而胡风则强调整个文学创作是动态的过程。这一动态的过程体现在作家的精神介入。

作家精神的介入,首先表现在对作家角色的界定上。在这一问题上,胡风等"七月派"作家表现出矛盾性。他们站在左翼的立场上,

---

① 胡风:《今天,我们底中心问题是什么?——其一,关于文学与政治,创作与生活的小感》,《七月》(渝)1940年第5集第1期,第2页。
② 同上书,第2—3页。

反对自由主义知识分子将作家/知识分子视作一个独立的阶级。胡风就认为并不存在站在人民与政府之间的"第三人",即使是那些专门家也是为着社会的某一阶层服务的①。在知识分子的阶级属性上,他们认同毛泽东的观点,认为知识分子属于小资产阶级。同时,他们强调知识分子和人民的结合方式的多样性。部分知识分子本身也属于下层知识分子,故他们就是人民。尤其是革命的知识分子是"人民的先进"②。那些底层的与革命的知识分子原本就在人民的行列之内,也就不存在从一个阶级转化为另一个阶级的必要了。在这一点上,胡风等又与毛泽东话语拉开了距离。在后者看来,知识分子,即使参加革命的知识分子还顽强地保留着小资产阶级知识分子的根性,必须通过思想的改造实现阶级的转化。而胡风等认为底层的和革命的知识分子因为本身就属于人民,所以不存在改造思想的问题。这意味着,这些底层的与革命的知识分子是可以保持自己原有的独立性的。同时,胡风等人将人民与知识分子具体化。知识分子的具体化就是除了那些主张知识分子作为一个独立阶级的自由主义知识分子外,还有底层的和革命的知识分子。而人民也并不都是如毛泽东话语所暗示的是比知识分子要纯洁得多的崇高体。

胡风认为具体化的人民中间也还有很多依然饱受封建主义的毒害而"带着精神奴役的创伤的人民"。因此,知识分子与人民的结合不是预先设定"'优美的'人民的面貌",让知识分子变成那个崇高体。而是知识分子/作家"在带着精神奴役的创伤的人民里面去担受那带着血痕和泪痕的人生,寻求支配历史命运的潜在力量,开辟从创伤里面逐渐把潜在力量解放出来,生发起来的道路"③。具体的知识分子与具体的人

---

① 胡风:《关于"善意的第三人"》,《新华日报》(渝),1945年7月8日第4版。
② 胡风:《现实主义的路》,《胡风全集·第3卷》,湖北人民出版社1999年版,第526、528页。
③ 胡风:《现实主义的路》,《胡风全集·第3卷》,湖北人民出版社1999年版,第557页。

第四章 左翼的异端：有"问题"的个人主义

民结合的过程是作家的精神对于生活，甚至对于文学世界中的人物的介入。

其次，作家的精神介入还表现在作家、文学与生活的关系上。"七月派"作家在生活尤其是战时生活的理解上，反对为了团结抗战的需要一味地唱赞歌的做法。曹白就主张，生活"有无数的面"，要了解战士，就不能只看他们冲锋陷阵的一面，而要从不同的方面来了解。"仅将生活的一面砍下头来，忘其所以的描着刻着，结果，仅仅是一个概念的东西……"他期待"七月派"的作家们暂停对光明的讴歌，要在战争中"揭发黑暗和疾苦"[①]。能否表现出生活的"无数面"取决于作家对生活的认识。在作家和生活的关系问题上，丘东平不同意"没有生活就没有了作品"的观点。他认为有码头生活和流浪生活的不是高尔基一人，却只有高尔基写出了伟大的作品。在中国作家中没有出现伟大的作品，原因不在于他们没有与生活发生联系，没有认识生活，而是他们缺乏"像磁石一般能够辩证法地去吸收的脑子"[②]。在文学、生活与作家的关系上，曹白和丘东平也强调作家的重要性。

在文学与生活的关系上，胡风明确反对两种倾向。一为客观主义，用他的话说是"生活吞没了本质，吞没了思想"。这也是文坛最流行的观念，即要如实、客观地如镜子式地反映生活。在胡风看来，这样的创作只能表现出生活的浮面，使作家、作品成为生活的奴隶。另一倾向为主观主义。用胡风的话说是"概念压死了生活形象，压死了生活的具体内容"[③]。在抗战时期最流行的是将爱国主义的理念诠释成作品。作品

[①] 曹白：《从黑暗的海里》，《七月》（半月刊，汉口）1937 年第 3 集第 2 期，第 37 页。
[②] 东平：《并不是节外生枝》，《七月》（半月刊，汉口）1938 年第 2 集第 10 期，第 320 页。
[③] 胡风：《一个要点的备忘录》，《抗战文艺》（月刊）1941 年第 7 卷第 2、3 期合刊，第 155 页。收入《胡风全集·第 2 卷》时增加副标题《在文协小说晚会上的发言要点》，全集中注明原载《抗战文艺》1941 年第 7 卷第 2 期有误，实为第 2、3 期的合刊。

变成诠释政治概念的工具。作家、作品成了传达理念的传声筒。作家、作品又变成了概念的奴隶。

胡风并不否定生活对文学创作的重要作用。与后来的毛泽东话语相同，他强调文学来源于生活并高于生活。与文坛主流以及后来的毛泽东话语之间的分歧是，胡风主张"文艺不是生活的奴隶，不是向眼前的生活屈服"，它应当具有反过来影响生活的能力。这种能力主要体现在作家的"主观作用"①。也就是说主观主义与客观主义的问题都出在对作家的"主观作用"的忽视。但是，胡风又强调作家的"主观作用"并不能简单地理解为，作家将现实中的各色人物通过艺术加工概括成作品中的人物形象。这样的"主观作用"依然是作家、作品在追随现实生活②。

作家的"主观作用"在稍后被命名为主观战斗精神。这种主观战斗精神即作家在文学创作过程中的一种精神的积极介入："对于血肉的现实人生的搏斗，是体现对象的摄取过程，但也是克服对象的批判过程。"摄取的过程与克服的过程是一个同时展开的作家和对象之间相生相克的斗争过程。这就要求，作家要有坚强的意志力——"坚强到能够和血肉的对象搏斗，能够对血肉的对象进行批判"③。用辛人的话说，就是要求作家不仅能够深入现实人生中去，而且还要拥有一种掌控现实的能力："自己把每一刻都在发展着的现实，粉骨碎尸地加以解剖控制。"④ 作家不仅是一个参与者，也是真正意义上的一个介入者。

由于作家具有掌控现实和解剖现实的能力，而且又与对象结为一体，所以他/她既可以在感性对象的潜意识中发现几千年精神奴役的创

---

① 胡风：《文学与生活》，《胡风全集·第2卷》，湖北人民出版社1999年版，第318页。
② 胡风：《一个要点的备忘录》，《抗战文艺》（月刊）1941年第7卷第2、3期合刊，第155页。
③ 胡风：《置身在为民主的斗争里面》，《希望》1945年第1集第1期，第4页。
④ 辛人：《谈公式化》，《七月》（半月刊，汉口）1938年第6期，第161页。

第四章 左翼的异端：有"问题"的个人主义

伤，也可以赋予这"创伤的承受者"以顽强的生命意志，即原始的生命强力。这种生命的原始强力成为创伤者反抗几千年来封建主义精神奴役的武器。在这个意义上，舒允中将作家视作"参与者、心理创伤的治疗者和精神潜力的解放者"，实际上只说对了一半。私以为，是因为同时赋予了那些精神奴役的创伤者以主观战斗精神——一种反抗的原始的生命强力，使作家和他们笔下那些具有原始生命强力的人们，共同扮演了"精神潜力解放者的角色"。这些创伤承受者以生命中的原始强力来反抗无处不在的精神奴役，以寻求自我获得真正的或彻底的解放。这也是个体追求自由的战斗历程。如同王德威的分析，在这一点上，胡风等的立场与毛泽东话语产生了一个常被我们忽略的分歧。胡风与毛泽东都意识到了"人性在历史中的斫伤"，都认为应将受损伤的人性从"历史的非人的暴力中解放出来"。但是在个人主体解放的方式上，胡风强调"首在重建个人原始的反抗力量"，而毛泽东却主张在个体解放之前，"历史群体的解放既是（个体解放的）方法，也是（个体解放的）最终目的"[①]。毋宁说这也是胡风等"七月派"作家的文学理论与实践真正彰显出自由主义色彩之所在。

另外，胡风的主观战斗精神还强调，感性对象同时对精神介入的作家有不容忽视的反作用，即"对象也要主动地用他底真实性来促成、修改、甚至推翻作家底或迎合或选择或抵抗的作用"[②]。感性对象和作家之间是相互制衡的。这样一来，创作过程就变成了充满激烈斗争的动态过程。

强调作家的精神介入，还关系到文学与政治的关系。站在左翼文学的立场上，胡风等"七月派"作家反对"文学是文学，政治是政治"，

[①] 王德威：《三个饥饿的女人》，王德威：《如何现代，怎样文学？十九、二十世纪中文小说新论》，台湾城邦文化事业有限公司2008年版，第210页。
[②] 胡风：《置身在为民主的斗争里面》，《希望》1945年第1集第1期，第4页。

"文学不应置于政治的囚笼中"的观点。一方面,胡风承认文学从属于政治,但是此处的政治不是政党政治,而是一个宽泛意义上的理解,即现实人生①,一种"现实要求的最高的综合表现,是含有真实的生活内容和广远的发展趋向的综合表现"。因此,文学从属于政治就变成了"把文学放在生活的本质的深处和激烈的斗争里面"②。胡风将文学与政治之间的关系转化成了文学与生活之间的关系。另一方面,胡风承认,尽管政治理念对文学有领导和限制的作用,但是"文学却还有它自己的道路"。其中最关键的是"作家的意识在特殊的方法上最高度地进行搏斗"③。换言之,作家并不是可以完全服膺于某项政治理念,作为政治理念的客体而存在的。他/她在接受政治理念的指导时,也会与之展开强烈的斗争,并将其转变成对于血肉的现实人生的认识。所以,尽管胡风反对自由主义文学所宣扬的文学是文学,政治是政治的主张,但是他自己也在坚持文学的主体性,维护文学的相对独立。只不过在他看来,那种凯撒的归凯撒,上帝的归上帝的二分法,是文学脱离生活而自闭于象牙塔的表现。如同朱光潜所强调的直觉一样,胡风也将文学创作视作脱离逻辑思维的形象思维。作家的精神介入,也是一种形象思维。并非先有了概念再转化成了文学的形象,"而是在可感的形象的状态上去把握人生,把握世界"。文学创作的过程是一个矛盾与统一的心理过程④。

在整个文学创作的过程中,作家精神的介入,彰显出作家的主体性与文学创作过程的复杂性和特殊性。对于作家和文学的主体性的强调,使得"七月派"作家在文学理论和文学实践上均表现出了与当时国统

---

① 胡风:《关于抽骨留皮的文学论》,《文艺杂志》(桂林),1943年第2卷第2号,第101页。
② 胡风:《由现在到将来》,《大公报·文艺》(渝)第9号,1944年1月1日第8版。
③ 胡风:《今天,我们底中心问题是什么?——其一,关于文学与政治,创作与生活的小感》,《七月》(渝)1940年第5集第1期,第5页。
④ 同上。

第四章 左翼的异端：有"问题"的个人主义

区的文坛主流、与毛泽东话语代表的左翼文学主流之间的疏离，反而显示出了自由主义文学的色彩来。

三 个人、历史与人民

在20世纪40年代的大环境中，知识分子/个体与人民、与历史结合变成了一种"历史的普遍要求"。尤其是在左翼知识分子那里，结合的问题成了一种被内在化的意识。但是在具体的理解上，"七月派"作家与当时国统区的主流思想甚至与解放区的毛泽东话语之间都存在种种差异。

就像笔者在上面提到的，"七月派"作家眼中的人、人民往往是具体的人。舒芜就强调理论上的阶级概括并不能完全涵盖具体的个人。因为具体的个人生活在错综复杂的现实社会之中，他/她的感情就是在这其中形成的，也就不可能是纯粹的本阶级的思想感情。所以具体的个人的阶级属性不是固定不变的，他/她"常常在不同的阶级之间游移"，"许多（革命的）知识分子出身于封建地主阶级之中，而许多进步阶级的具体的人，在多年被压迫之中，被统治者影响之中，其精神被封建精神所污染、损伤也是有的"[①]。舒芜的观点带有超阶级的倾向。同样，路翎在将人民具体化的时候也带有超阶级的倾向。他认为人民既有这个社会中的被剥削者，也有那些保持中立的小资产阶级，"甚至还包括即使不是中立者却客观上对历史的发展无害或有用的中小资产阶级"[②]。在路翎的理解中，人民成了一个超阶级的共同体。舒芜与路翎的观点再次表现出以左翼文学自居的"七月派"与左翼文学主流的疏离，与自由主义文学的某种相似。

---

① 舒芜：《观论主》，《希望》（渝）1945年第1集第1期，第80—81页。
② 余林（路翎）：《论文艺创作底几个问题》，《泥土》1948年第6期，第6页。

舒芜在《个人·历史与人民》的文章中，谈到知识分子与人民、历史的结合。在舒芜看来，个人与历史的结合等于个人与人民的结合，即从个人主义进展到集体主义。他又强调有这样一种"个人主义"是他所要坚持的："即始终坚持'自我'的原则，要把社会整个的按照这原则加以改变。在这变革的实践中，就不能不渐渐感到社会对于'自我'的相生相克的种种决定力，不能不由这决定力而渐渐了解'自我'的社会性。于是，这也就成了推动他进为集体主义者的契机。"舒芜的结合不是让个体消融于历史的洪流之中与人民的集体之中，即个体按照历史与人民的要求改造自己，而是要求在结合的过程中以自我的解放的原则来改造社会。这就是他所说的"一方面绝对承认那与历史与人民不可分的人的本质之价值，另一方面更承认那与历史与人民不可分的个人的特别伟大性之价值"[①]。

而在路翎看来，个体与历史、人民的结合更多的是知识分子与人民的结合问题。他不同意邵荃麟等批评家站在左翼正统的立场对"七月派"的批判，认为不应机械地教条地理解知识分子与人民的结合。知识分子与人民结合的途径多种多样，而反封建主义的个性解放就是一种真正的结合。按照路翎的思路，知识分子发现人民遭受精神奴役并将其解放出来，使其变成真正的人，"成为真正的这个时代的战斗者"，正是知识分子与人民的结合。与人民的结合并不意味着知识分子改变自己的思想，实现阶级属性的蜕变。坚持个性解放的知识分子原本就与人民有着血肉联系，所以他们本身即人民[②]。在《财主底儿女们》中，蒋少祖告诫弟弟蒋纯祖要警惕一些政治势力将人民抽象化的做法。在蒋少祖看来，个体可以以人民为信仰，但人民应是从具体的生活实践中所认识到

---

① 舒芜：《个人·历史与人民》，《希望》1946 年第 2 集第 1 期，第 15、19 页。
② 余林（路翎）：《论文艺创作底几个问题》，《泥土》1948 年第 6 期，第 5、9 页。

第四章　左翼的异端：有"问题"的个人主义

的人民，而不是已经被抽象为崇高体的人民①。在《财主底儿女们》的第二部中，路翎特意将蒋纯祖的生活表现为三个大的阶段：旷野中的逃亡，演剧队的生活与石桥场小学的教员生活。在三个不同的生活阶段，蒋纯祖与现实生活发生着血肉般的关联，他认识到所谓的人民是那些逃亡中溃败的士兵，他们一方面穷凶极恶，抢劫乡民，甚至强暴农女村妇，另一方面他们又软弱中不乏善良，乃至成为暴力的牺牲品。人民也是石桥场上那个要将自己16岁的女儿卖掉的母亲，仅仅出于贫穷，也是处于困苦生活中的胡德芳痛恨抽鸦片烟的母亲，试图用砒霜毒死母亲，而最后时刻又痛苦地亲手毁掉这个计划跪倒在母亲脚下。

在《财主底儿女们》的第二部中，路翎借助叙述人的口气，印证了蒋少祖在第一部中对弟弟蒋纯祖说的话，再次强调应当区分抽象的人民与具体的人民。人民所拥有的力量，在现实中是活生生的存在，而在理论里只是一种被简单化、凝固化、抽象化的东西，也是被当作麻木不仁的偶像。当自以为信仰人民的力量的青年们跪拜在这偶像的脚下时，他们也就变成了教条理论的奴才，从而失去了自我。实际上，将人民抽象化为偶像的做法已经包含了一种霸权。因为在葛兰西的意义上，霸权并不就意味着一种赤裸裸的暴力性的思想强迫，而是使个体心甘情愿地从独立的主体变成臣服的客体的权力机制。在这个问题上，蒋少祖的话可谓是一针见血："每一种权力都不能代表人民，人民永远和权力不相容，不是服从就是反抗。"② 尽管哥哥在找不到出路的时候，抽身而退到静穆的古中国的历史文化中寻找精神的归宿，但是在人民的抽象化这一点上，蒋氏兄弟是有着相似的立场的。在他

---

① 路翎：《财主底儿女们》（第一部），《路翎文集·第1卷》，安徽文艺出版社1995年版，第565页。
② 同上书，第527页。

们看来，与人民的结合，并不意味着知识分子/个体要失却自我，反而是仍应当保有自己的独立性。这种反对对人民进行偶像崇拜的做法，实际上也是一种打破无处不在的权力机制，反对霸权，追求个体自由的强烈表现。

这一点在蒋纯祖身上表现得尤为明显。当他走进现实生活中，接触到具体的人民时，他反而感觉不到那种抽象的力量所宣扬的人民的力量，而现实生活中真正感觉到的人民的力量又并不能满足他，反而在自己的精神世界中喷涌而出的是"自我绝对的扩张"。"这个绝对的自我……站起来向全世界挑战"，挑战一切生活中的教条主义和机械主义①。这些教条主义和机械主义有时变成一种最高原则，使人们对现实生活包括现实斗争做出机械的和教条的理解。比如演剧队中那个神秘的小集团，批评一切青年男女的恋爱是小资产阶级个人主义的表现，并认为这是一种毒素，甚至将发表不同看法的行为上升到反革命的表现，就是一种机械式的和教条式的理解。在那些教条主义和机械主义的背后，常常潜藏着针对个体的专断。个体被囚禁于这专断的牢笼之中，从一个独立自由的个体变成一个臣服于权力、听命于他者的听话的客体。反对生活中的一切权利压迫的蒋纯祖，在怀疑、矛盾、困惑中仍然坚信，人/个体不应当成为历史的奴隶和生活的奴隶。正如演剧队的恋人高韵问他何谓自由时，他回答："打碎旧的一切，永远的向前走。"他将自己的道路理解为向前、向前、不断地向前，消灭这个世界上的一切丑恶与黑暗，争取爱情、自由和光明。甚至他常常将斗争的矛头指向自己，批判自我自私、傲慢、愚昧、最坏的怯懦等恶劣的表现。这种自我批判也是个体充分自省的精神。一个可以躬身反省的个体反倒证明了这样的个体是独立的、自由的。所以说在蒋纯祖的身上，他对外与这个时代斗

---

① 路翎：《财主底儿女们》（第二部），《路翎文集·第2卷》，安徽文艺出版社1995年版，第465页。

第四章 左翼的异端：有"问题"的个人主义

争，对内又与自我进行斗争，其最终的目的是要真正地做到个性解放，使个体获得彻底的自由。因此，在蒋纯祖身上高扬的正是一种争取个性彻底解放的精神，也是个人主义的积极实践，对个体的精神自由的追寻①。

王斑在分析 20 世纪中国的美学与政治之纠葛的崇高化问题时指出，在现代中国的革命政治文化中，与个体被崇高化相伴随的是个体的力比多被转移成一种能动性的政治力量或者被秘密地隐藏，从而使个体从一个默默无闻的无名小卒到获得革命历史规定的政治身份，一跃成为历史主体的过程②。但是，当路翎将人民具体化的时候，他既没有将毛泽东话语中人民的主体——工人与农民——崇高化，抑或说他没有将这些被压迫者身上的力比多转移或者升华为一种政治能量，也没有从阶级的角度来表现集体/群体意义上的工人与士兵，更没有赋予其革命历史规定的阶级斗争的意识，所以，他们也没有一跃成为历史的主体。实际上这也意味着一种反"历史发展的普遍要求"——被压迫者以阶级斗争的形式推动历史的发展——的倾向。路翎总是将工人与农民的形象处理成一个个体的形象，他不避讳他们身上的缺陷。饱受压迫的郭素娥饥饿的不仅是食，更是色。张振山与郭素娥的偷情，也反映出了这个年轻的工人身上强烈的情欲诉求。《黑色的子孙之一》中被有意识作为正面形象塑造的煤矿工人何连，有时候也将嫖娼视作对于困苦而寂寞生活的调节。《王炳全底道路》中，当被抓的壮丁王炳

---

① 胡风等"七月派"作家对于个人主义的批判最根本的原因在于一种历史的负担，即"个人主义"在中国的历史语境中常常被误解为一种极端的自私自利的表现。他们忽视了个人主义本身所拥有的保障个体的独立与自由的含义。所以，胡风在评价《财主底儿女们》时，再次将真正的个性解放和个人主义区别开来，并有扬前者抑后者的态度。而在路翎感同身受的蒋纯祖身上，那种追求彻底的个性解放的姿态，正是一种个人主义的表现，一种追求个体的独立与自由的强烈表现。

② ［美］王斑：《历史的崇高形象：二十世纪中国的美学与政治》，孟祥春译，上海三联书店 2008 年版，第 123 页。

全因病被军队遗弃后,他也曾经一度沉溺于赌钱、酗酒、嫖妓等混乱而盲目的生活中。

路翎并非没有在这些人物中发现阶级意识。比如在煤矿工人张振山身上,路翎就赋予了他一种朦胧的阶级斗争意识。张振山对矿上的同伴说:"一个工人要认识他自己,他的朋友,他的工作关系,他不要一个人单独捣鬼。他们要发展工作关系,自己团结,休戚相关。"[①] 但是,他并没有按照"历史发展的普遍要求",将这种朦胧的阶级斗争意识变成一种明确的革命理论,对其他的工人进行革命的启蒙,也没有转化成一种阶级斗争的实践。甚至他连拯救郭素娥的功能也没有担负起来,而是独自离开了矿场。路翎也没有给予他的离开一个光明的尾巴或者启示——投奔革命的队伍或者革命根据地等,而是暗示离开即新的流浪生活的开始。流浪实际上也是一种逃避,对一个与自己有着情欲关系的女人命运的逃避。路翎没有给这些饱受压迫的工人和农民安排一个革命导师式的人物,一个左翼文学中经常出现在工农中间,已经拥有了革命理论的"中国现代卡里斯马典型"。他们所拥有的只是简单的自发的反抗意识或者自发的朦胧的阶级意识。用路翎的话说,他所试图挖掘的是这些张振山、王炳全、石二、何连们身上的一种自发性反抗,他提倡的是"人格力量自发性内因论"[②]。"内因论"暗示出路翎是有意识地将张振山们从"历史发展的普遍要求"中拉了出来。他不仅强调胡风同意自己的观点,还暗示胡风曾经明确表示"内因论"正是"个性解放、个性价值、人性的主体性"的积极探索。这种"人格力量自发性内因论",用《财主底儿女们》中蒋纯祖的话说就是,这些离开故乡的农民与辗转于工厂之间的工人,"得到了关于自己底命运

[①] 路翎:《饥饿的郭素娥》,《路翎文集·第3卷》,安徽文艺出版社1995年版,第85页。
[②] 路翎:《一起共患难的友人和导师——我与胡风》,晓风编《我与胡风:胡风事件三十七人回忆》,宁夏人民出版社1996年版,第479—480页。

的自觉"。毋宁说,在张振山们身上,同样表现出个体如何获得精神自由的探索。

相当多的研究者已经指出,路翎笔下的人物身上常常有一种流浪汉的气质。如果说流浪是一种看似漂泊无依的生活,是一种永远或者暂时失却(精神)家园而没有归宿的过客状态的话,那么它也意味着对于一切固定的生活,生活中的成规与惯例(很多时候就是生活中的教条主义和机械主义)的反抗。流浪是个体以一种变动不居的生活表现出对于社会的价值标准的拒绝,也是个体对社会秩序的拒绝。拒绝的根本目的是为了使个体摆脱社会的压迫和束缚,使"自己真正地成为自己底主人"。

套用一位研究者的话说,在一个个体与历史/时代/社会有着血肉联系的大环境中,在一个"'小'的个人很难和'大'的历史剥离开来"的大时代中[1],路翎的小说呈现出的是这样一种精神探索:个体/知识分子与人民、与历史的结合反倒是个体如何摆脱所谓"历史必然性"或"历史普遍性"的束缚,追寻个体的精神自由的积极尝试。从这个角度上来说,路翎的小说体现出了"七月派"作家在具体创作上的自由主义的色彩。

但是需要强调的是,胡风、路翎等将批判的矛头既对准姚雪垠、碧野等左翼作家,又对准胡适、沈从文、朱光潜、萧乾等自由主义作家,他们显然将自己视作左翼文学的正统。与20世纪40年代末邵荃麟等在香港对他们展开的批评相类似,他们同样以正统的姿态,对被批判的对象进行了带有独断性质的政治裁判。在这一点上,胡风等人体现出了自由主义文学的色彩,但并不属于真正意义上的自由主义文学。

---

[1] 参见贺桂梅对钱理群的《我的精神自传》中的部分文字的点评。钱理群:《我的精神自传》,广西师范大学出版社2007年版,第16页。

第三节 "政治家"与"艺术家"

在研究20世纪40年代延安解放区文艺时，尤其是涉及毛泽东《在延安文艺座谈会上的讲话》与延安作家的关系时，李陀认为不应当仅仅将其理解为"压迫/反抗"模式下的知识分子的受难史①。他以丁玲为个案提醒我们，革命体制内部的知识分子，可能还扮演着与话语生产相关的复杂角色。与胡风等"七月派"作家相似，丁玲、王实味、萧军等人对于自己的左翼革命立场有着充分的自觉。在他们身上存在的问题，不是与革命政权的直接对抗，而是作家（尤其是左翼作家）/知识分子/个体如何界定自己在革命政权中的位置问题，即自我的角色认同问题。用贺桂梅的话说，对于丁玲、王实味、萧军等人，"最关键的因素涉及毛泽东话语体制下作家（知识分子）的角色和功能，即在革命政权下，作家（知识分子）是某一话语秩序的生产者、传播者甚至监督者，还是与毛泽东话语保持一定的距离，保有一定的自由度，对社会现实状况具有自主阐释的权利，甚至对毛泽东话语本身提出反省或质疑的批判者。革命政权给定的位置，决定了作家（知识分子）可能的活动方式和活动空间"②。从丁玲、王实味、萧军等人身上，我们可以得到一种启示，即不应当将左翼作家/知识分子/个体与革命政权之间的关系看成是凝固不变的。这种关系也并非是一个派定/被派定的单向道关系，而是双方对于这一关系（曾经）有着各自的理解。尤其是在革命

---

① 李陀：《丁玲不简单——毛体制下知识分子在话语生产中的复杂角色》，李陀编《昨天的故事：关于重写文学史》，牛津大学出版社2006年版，第169页。
② 贺桂梅：《转折的时代：40—50年代作家研究》，山东教育出版社2003年版，第240页。

第四章 左翼的异端：有"问题"的个人主义

体制下，作家/知识分子/个体的角色和功能，党员作家的双重角色，作家和革命/革命政权之间的关系，都是相互变化的。正是在相互变化中存在的理解上的微妙差异，引发了双方之间并不势均力敌的摩擦。我们可以首先来看一下，在延安解放区，包括毛泽东为领袖的革命政权对于作家/知识分子/个体的理解有什么样的变化。

一 "曾经的蜜月期"

在1943年4月22日的一份党务广播中，革命政权以总结经验的姿态将文化人（即知识分子）与革命政权之间的关系分为三个阶段。第一个阶段是从抗战初期到陕甘宁边区文协第一次代表大会（1940年1月）召开。在这个阶段，许多进入延安的知识分子来去自由，用革命政权的话说是"听其自便"。这一点在很多作家身上都有所体现。卞之琳跟何其芳一起去了延安，但他并未像何其芳那样留在延安，而是又返回了成都。1938年萧军也曾到过延安，稍后也离开了延安。直到1940年，他才携妻女重返延安。这说明当时确实存在着来去自由的宽松环境。只不过党务广播从批判的角度将这样一种宽松自由的环境总结为党在知识分子管理上的松懈。第二个阶段是从边区文协大会的召开到延安文艺座谈会的召开（1942年5月）。对这个阶段，这份党务广播认为，虽然毛泽东已经提出了新民主主义论，并在新民主主义论的思想体系中对知识分子提出了历史要求，但是许多知识分子并没有深刻理解这个要求。从革命政权一方来说是过于强调了知识分子/作家的特殊身份，"对他们采取了自由主义态度"。再加上一些其他的原因，在延安的知识分子中出现了许多问题，"如对政治与艺术的关系问题，有人想把艺术放在政治上，或者脱离政治。如对作家的立场观点问题，有人以为作家可以不要马列主义的立场观点，或者以为有了马列主义的立场、观点就会妨碍写作。如对写光明写黑暗的问题，有人主张对抗战与革命应'暴露黑暗',写光明就是公式主义（所谓歌功颂德），还是'杂文时代'（即主张用鲁迅对敌人的杂文来讽刺革命）一类的口号也出来了。代表这些偏向的作品在文艺刊物上甚至党报上都盛极一时"。在革命政权看来，这实际上反映出一部分知识分子在诸如文学与党/革命/政权/政治的关系，党员作家与党的关系，作家与群众的关系的认识上，脱离了阶级立场①。从党务广播对这一阶段的批判性描述中，我们可以看出这一阶段的延安仍然有着相对宽松的政治氛围。知识分子可以就一些问题相对自由、大胆地展开讨论。第三阶段是延安从文艺座谈会的召开到1943年4月。在很多研究者看来，这份党务广播所总结的前两个阶段，实际上正是延安知识分子与革命政权的"蜜月期"。

之所以出现这样的"蜜月期"，在党务广播的总结中也有所透露。原因不在于党务广播所说的革命政权对于文化人的思想重视程度不够，思想上的管理比较松懈，采取了放任态度，而恰恰是如其所说的，过于优待文化人，"总是把文化人组织一个文协或文抗之类的团体，把他们住在一起，由他们自己去搞"，还是将知识分子作为一个相对独立的群体看待的缘故②。之所以会出现第二个阶段中的问题，最主要的原因不在于革命政权对于知识分子疏于管理，而是在对待知识分子的态度上与第三个阶段有着明显的不同。

1938年，毛泽东在延安鲁艺的讲话中，专门讲到"我们对艺术应持什么观点"。在他看来，尽管"艺术至上主义"是一种唯心论的观点，但是为了抗战，还是应当团结"艺术至上主义者"。因为，"今天第一条是一切爱国者的抗日民族统一战线，第二条才是我们自己艺术上

---

① 《关于延安对文化人的工作的经验介绍》，《陕甘宁边区抗日民主根据地·文献卷（下）》，中共党史资料出版社1990年版，第449—450页。
② 同上书，第450页。

第四章　左翼的异端：有"问题"的个人主义

的政治立场"。所以，他强调现在不能用马克思主义排斥别人①。在稍早的另一次针对"抗大"学员的讲话中，毛泽东更明确地提出了"首先是学一个政治方向"的要求。这个正确的政治方向就是抗日②。显然，在毛泽东看来，在抗战初期，抗日的原则要大于阶级的原则或者党性的原则。1939年，毛泽东专门撰文，提出"大量吸收知识分子"的主张。他强调知识分子在当前抗战中的重要性，认为如果没有知识分子的参与，当下的民族解放战争甚至未来更长远的革命是不可能胜利的。所以，"共产党必须善于吸收知识分子，才能组织伟大的抗战力量，组织千万百万农民群众，发展革命的文化运动和发展革命的统一战线"。他呼吁应当吸收更多的知识分子入党、加入军队、加入革命政权中来。甚至还特意强调要注意团结那些党外知识分子，要与他们建立适当的联系，将其组织到服务于抗战的文化运动与统一战线当中去。考虑到毛泽东在延安革命政权中的地位，他的立场可以代表当时革命政权的立场。在抗战初期，中国共产党从团结抗日的角度，对知识分子采取了相当重视的态度。在知识分子的角色与功能的认定上，强调了他们作为文化人的特殊性，甚至尊重知识分子这一群体的相对独立性。毛泽东强调知识分子在发动和组织农民群众起来抗日的作用，充分说明他将知识分子理解为文化启蒙者的角色。这样一种看法与后来认为知识分子还没有脚上沾着牛粪的农民干净的立场有着明显的差异。在1939年纪念"五四"运动20周年的两篇文章中，在对"五四"做出革命史的解读的同时，毛泽东指出虽然革命的青年知识分子不是"五四"运动的主力军，知识分子能否变成革命的知识分子

---

① 毛泽东：《在鲁迅艺术学院的讲话》，中共中央文献研究室编《毛泽东文集·第2卷》，人民出版社1993年版，第122页。
② 毛泽东：《在抗大应当学习什么？》，中共中央文献研究室编《毛泽东文集·第2卷》，人民出版社1993年版，第116页。

最终还是要取决于是否愿意与工农结合，但是他们却是首先觉悟的成分①，起着先锋队的重要作用，"即站在革命队伍的前头"②。这对知识分子是一个非常大的肯定。

问题是，为什么毛泽东会在抗战初期如此重视知识分子，并给予知识分子极高的肯定？除了团结抗战的政治考虑之外，究竟还有什么样的原因？在上面已经提到的毛泽东在"抗大"的讲话中，我们似乎可以找到答案。毛泽东在强调"抗大"的学员首先要学习一个正确的政治方向——抗日——时，还指出"抗大"的学员要"学做干部"。从这里我们可以得到启示，毛泽东号召大量地吸收知识分子到党的队伍中，到军队中，到革命政权中，实际上正是出于为整个革命队伍充实血液的考虑。当他认定需要知识分子加入革命队伍中，担负起发动农民、组织农民的任务时，毛泽东充分认识到了与农民相比，知识分子在文化程度、思想意识上都要比农民先进。尽管他仍然站在阶级的立场，坚持知识分子走向革命的必由之路是与工农结合。毛泽东未曾言明的是，大量地吸收知识分子加入革命队伍中来，也是为了提高革命队伍的整体素质的需要。这可能是比团结抗日更重要的一个原因所在。所以，在毛泽东的论述中，吸收知识分子成了一项党/革命政权的政策③。

在抗战初期的一系列文件中，延安的革命政权不仅积极地要求吸收知识分子，而且特别强调给予他们应有的待遇与重视。1940年10月10日，《中央宣传部、中央文化工作委员会关于各抗日根据地文化人与文化团体的指示》中，强调要重视作家及其作品的重要作用，"用一切方

---

① 毛泽东：《五四运动》，《解放》（延安，周刊）1939年第70期，第9页。收入《毛泽东选集·第2卷》（人民出版社1991年版）时，文字上有明显的修正。
② 毛泽东：《青年运动的方向》，《毛泽东选集·第二卷》，人民出版社1991年版，第565页。
③ 毛泽东：《论政策》，《毛泽东选集·第二卷》，人民出版社1991年版，第768页。

第四章　左翼的异端：有"问题"的个人主义

法在精神上、物质上保障文化写作的必要条件，使他们的才力能够充分的使用，使他们写作的积极性能够最大的发挥。须知爱好写作、要求写作，是文化人的特点。他们的作品，就是他们对于革命事业的最大供（贡）献"。特别强调要给这些作家写作上的充分自由，力避来自党的领导人的干涉与限制。甚至认为那种给作家规定具体的题目，具体的写作内容以及完成时间的做法都是要不得的。对作家以及作品的批评也应当采取"严正、批判"又"宽大"的立场，避免用政治口号非难他们，或者用嘲笑的态度对待他们。在非党员作家身上，也应当包容他们的生活习惯。对作家等知识分子组成的文化团体，也应当区别于一般性的群众团体，在其内部"不必要有严格的组织生活与很多的会议"，从而保证他们有"充分研究的自由与写作的时间"[①]。1941年4月23日，《中央军委关于军队中吸收和对待专门家的政策指示》也特别指出，吸收专业性的知识分子加入军队中，选择的标准不是他们的政治认识，而是他们所拥有的专门知识。对这些知识分子应给予充分的信任，给他们和他们的家属提供物质上的特别优待。对于非党员的专业知识分子，不强迫其参加政治生活、政治学习、政治集会等。他们可以选择参加或者不参加这些政治活动。在填写履历时，不填过去的政治历史。指示还要求那些不懂技术的政治委员，"无权干涉专门家的专门工作"[②]。类似的文件还有很多。

从当时的这些文件中，我们不仅看到革命政权对知识分子的待遇是相当贴心的，而且充分考虑到知识分子的特殊性，将其视作一个整体性甚至是相对独立性的存在而给予尊重。在革命政权的各个部门中，知识分子有着相对的独立性。当然，当他们被纳入延安供给制的伙食单位的

[①] 《中央宣传部、中央文化工作委员会关于各抗日根据地文化人与文化团体的指示》，《中共中央文件选集·第12册·1939—1940》，中共中央党校出版社1991年版，第497—498页。

[②] 《中央军委关于军队中吸收和对待专门家的政策指示》，《中共中央文件选集·第13册·1941—1942》，中共中央党校出版社1991年版，第84—86页。

体制之中的时候，他们也并不能够完全独立于这一体制之外。萧军就是一个最好的例子。但是，从整体上来看，在革命体制内部，知识分子/作家/个体自由研究、自由创作的空间还是存在的。所以，称延安文艺座谈会之前的一段时间是知识分子与革命政权的"蜜月期"不仅没有夸大事实，而且是比较准确的。在这样相对优厚的待遇与相对宽松自由的环境中，知识分子尤其是包括作家在内的文艺工作者才可以大胆而自由地思考乃至批评革命体制内部所存在的问题。

正如笔者在上面提到的，以毛泽东为首的革命政权，在抗战初期采取"大量吸收知识分子"的政策的一个重要动力来自为革命"培养（未来）干部"的需要。问题在于，这样一项即使在1942年之后仍然被革命政权延续下来并高度重视的政策，为何在抗战初期的延安会形成一种宽松自由的政治环境？当然，团结抗日作为中共抗战初期的首要政治原则是一个重要的原因，但是除此之外，更应当考虑以毛泽东为首的革命政权在知识分子角色的定位上的问题。将知识分子作为革命干部来培养，也就意味着已经将知识分子尤其是革命的知识分子当做革命队伍中的人来看待。赋予知识分子以发动和组织农民大众的职能，意味着在革命政权的视域中，知识分子是有着较高的文化素质和较先进的思想意识的。抗战初期，延安的知识分子至少是被作为正面形象看待的。而对于他们的特殊身份的强调，以及力避从政治层面对其干涉和干扰，恰恰说明革命政权除了将其视作革命干部之外，仍然将其视作知识分子。

延安革命政权在抗战初期对于知识分子角色的理解，抑或说是某种程度上的"派定"，也决定了延安知识分子对于自我角色的定位。与毛泽东将知识分子的功能理解为发动群众和组织群众相同，丁玲就将知识分子的大众化与群众化理解为"不是要把我们变成与老百姓一样，不是要我们跟着他们走，是要使群众在我们的影响和领导之下，组织起来，走向抗战的路，建设的路"①。如果说知识分子被作为革命干部来培养，已经被视作革命队伍中的自己人的话，那么当他们站在革命（而非反革命）的立场批评革命体制内部存在的种种问题时，这些知识分子可能觉得正是自己的职责。抑或说对于革命体制内部的批判，被这些知识分子视作一种革命行为，一种秉承革命精神的批判，一种"革命内部的革命"②。对于知识分子而言，保有他们对于农民等其他阶层的特殊性的，正是从知识分子的立场来审视现实的能力和坚持批判现实的传统。从知识分子的立场来观察延安解放区，自然会如同陆萍那样"在医院中"发现官僚主义的作风，对待自己人的冷漠的态度，自然也会如"我""在霞村的时候"，发现革命的群众中间仍有浓厚的封建思想意识。也会如王实味在原本优厚的待遇中仍然发现"衣分三色，食分五等"的等级制度。当丁玲、王实味等批判革命体制下存在的封建思想意识时，他们想要探索的可能是个体如何在革命体制下获得彻底的解放的问题。

在一定程度上，抗战初期延安革命政权对于知识分子的角色的理解或者说对于知识分子的角色的派定，至少是通过书面形式的文件、优厚的待遇、宽松而自由的环境为其提供了某种自我角色定位的暗示。也就是说，当丁玲、王实味、萧军等人对革命体制展开批判的时候，这种批判者角色的赋予，并不仅仅是他们的自我定位，还有革命政权的"派定"。他们的批判权力，对个体的独立性的积极争取，不仅仅来自他们自己，还来自革命政权的鼓励。

二 角色的游移与"人的解放"

抗战初期，延安革命政权所形成的宽松而自由的政治环境，以及对

---

① 丁玲：《适合群众与取媚群众》，陈明编《我在霞村的时候：丁玲延安文艺作品集》，陕西人民教育出版社1999年版，第104页。
② 贺桂梅：《转折的时代：40—50年代作家研究》，山东教育出版社2003年版，第237页。

知识分子角色理解的丰富性，都促成了身处延安解放区的知识分子在自我角色定位上的游移性。这使得他们在党员、革命干部、文化人/知识分子/作家/独立个体的角色上，并非完全凝滞于某一种固定角色。尤其是在丁玲、王实味、艾青、罗烽等党员作家和萧军这样的非党员作家身上，常常表现出对文化人/知识分子/作家/独立个体等角色的偏移。毛泽东在延安文艺座谈会上的讲话，一针见血地指出了丁玲等人在1942年之前的问题所在。尽管已经入党，或者被视作革命干部，但是他们仍然保留了小资产阶级知识分子的思想。在很多时候，他们的立场都游离出了党性的立场或者革命干部的立场，表现出知识分子的立场、作家的立场。

  对于知识分子角色的定位，与丁玲等对"五四"和鲁迅传统的形塑有着极为密切的关系。在革命体制下，身为党员或者革命干部的他们，所要继承、发扬、强调的不是党的原则/传统、革命的原则/传统，而是鲁迅所代表的传统。而且在延安，毛泽东对"鲁迅"和"五四"的"传统的发明"与丁玲等人对"五四"与鲁迅的"传统的发明"有着明显的差异。他们与国统区的胡风等"七月派"作家有着相似的立场。这也就意味着这些兼具党员、革命干部、文化人/知识分子/作家等身份的人，在与革命政权所代表的主流思想尤其是毛泽东话语拉开距离的时候，也游离出了党员、革命干部的角色。

  与胡风相似，丁玲等人也将鲁迅与"五四"合二为一，强调"五四"的反封建主义传统——个性解放，并将鲁迅视作这一传统的代表。在他们看来，鲁迅的杂文所代表的批判精神，尤其是对内批判精神，正是"五四"反封建主义/个性解放传统的最好的体现。

  在丁玲看来，解放区存在着一种不敢对别人展开批评也不愿倾听别人的批评的现象，这说明了革命者还没有真正懂得民主的含义。她高度评价鲁迅的杂文，并暗示即使在强调统一战线的当下，仍不应为了统

第四章 左翼的异端：有"问题"的个人主义

一/团结而放弃批判的武器。她呼吁"我们需要杂文"，并认为，即使在延安解放区或者其他革命根据地，已经有了初步的民主，但数千年的封建思想意识并不一定就被彻底根除，而且这些地方本身无法割断与整个中国社会的关联，沾染或者存在封建思想意识是无法避免的。讳疾忌医只能是懒惰与怯懦的表现。重新提倡鲁迅的杂文，正是直面现实，追求真理，"为真理而敢说，不怕一切"的表现。"我们这时代还须要杂文，我们不应该放弃这一武器。举起它，杂文是不会死的。"① 丁玲自己身体力行，以杂文为武器对延安解放区所存在的问题展开批判。她批判革命体制中存在的男权主义对于革命女性所产生的压迫，批判"干部衣服"背后隐藏的等级制度与虚荣心理等。

罗烽也认为杂文在当下的延安仍然有着重要的意义。几千年流传下来的陈腐思想是不容易一下子清除掉的。他将批判比喻为洗澡，如果不经常的洗澡，那么再华丽的衣服也会变脏的。所以，鲁迅杂文的批判精神的重要性就显现出来了。罗烽暗示，鲁迅杂文所代表的批判精神并没有得到革命政权的足够重视②。当罗烽认为延安的今天还应当是杂文的时代的时候，一方面，意味着他同样站在知识分子的立场在解放区发现了问题，尤其是遗留下来的几千年封建恶习等；另一方面，也意味着在革命体制下，批判精神尤其是对内批判所代表的知识分子的相对独立性仍然应当保持。自称是鲁迅传人的萧军，也呼吁"杂文还废不得说"。尽管他主要强调作为战斗武器的鲁迅杂文在对外批判上的强大功能，但也指出作为武器，杂文具有双面刃的特点："一面是斩击敌人，一面却应该是为割离自己的疮瘤而使用罢（吧）。"③

---

① 丁玲：《我们需要杂文》，《解放日报·文艺》第 26 期，1941 年 10 月 23 日第 4 版。
② 罗烽：《还是杂文的时代》，《解放日报·文艺》第 101 期［百期特刊（二）］，1942 年 3 月 12 日第 4 版。
③ 萧军：《杂文还废不得说》，《谷雨》1942 年第 5 期。收入《萧军全集·第 11 卷》，华夏出版社 2008 年版，第 551 页。

如果说批判尤其是对内批判，被丁玲等当事者理解为"革命内部的革命"的话，那么对内批判的精神正是革命体制下知识分子的相对独立性的表现。他们对革命体制的批判，最终要达到的目的是人在革命体制下获得彻底的解放。此处的"人的解放"，并非仅仅是阶级意义上的解放，更多的是个体如何在革命体制下享有更充分的自由。这其中也包括身为党员的作家或者身为革命干部的作家如何在革命体制下保有自己作为作家的创作自由的问题。丁玲就自己年幼的儿子充满公式化的作文呼吁文学创作的自由。她认为在文学的园地里，没有公式，没有教条，没有定律，没有指令，有的是作家大胆地、自由地去想象①。

艾青引用"宁可失去一个印度，却不愿失去一个莎士比亚"的话来说明作家/作品/文学的重要性。既然作家有着如此重要的意义，给予他们应有的尊重是必须的。同时，他又指出，作家的创作是独立的，"他只能根据自己的世界观去看事物，去描写事物，去批判事物。在他创作的时候，就只求忠实于他的情感"。言外之意是作家的创作不应听命于外在的指导原则，比如文艺政策。即使在革命体制下，作家至少是在创作时，应当保有作为个体的独立性。同时，艾青将作家的重要性上升到保卫人类精神健康的角度，并强调这一作用"更持久，普遍，深刻"。而作家和革命/政治的关系是，他们拥护革命/政治，正是希望后者能够保障他们"艺术创作的独立的精神"。"因为只有给艺术创作以自由独立的精神，艺术才能对社会改革的事业起推进的作用。"② 我们可以感觉到艾青在谈及作家的重要性时，不是凸显作家对于革命的重要作用，而是强调作家在普遍意义上的重要性，也就是一种超越阶级与政

---

① 丁玲：《什么样的问题在文艺小组中》，《中国文艺》（延安）1941年第1卷第1期。收入陈明编《我在霞村的时候：丁玲延安作品集》，陕西人民教育出版社1999年版，第201页。

② 艾青：《了解作家，尊重作家——为〈文艺〉百期纪念而写》，《解放日报·文艺》第100期［百期特刊（一）］，1942年3月11日第4版。

治的重要性。这里也隐含着对于个体的一种理想境界的想象。在创作中只忠实于自己的作家，呈现出的是一种个体的存在状态。当他/她同时拥有普遍意义上的超越性时，那也意味着他/她超越了政治、阶级等种种束缚而达到了一种真正自由的境界。

与艾青从普遍意义上来理解作家不同，王实味主要是从作家与政治家的角色定位与功能的不同来理解作家的。他将革命一分为二："改造社会制度与改造人——人底灵魂。"政治家的功能主要是前者，作家的功能主要是后者。在性质上二者都是清污工作，要清除肮脏、黑暗与污秽。尽管前者的工作带有根本性，但后者的工作更艰苦。因为"旧中国是一个包脓裹血的，充满着肮脏与黑暗的社会，在这个社会里生长的中国人，必然要沾染上它们，连我们自己——创造新中国的革命战士，也不能例外"。在他看来最懂得这个道理的是鲁迅。他将那种认为作家的工作只是"枪口向外"，如果对内的话就是给了敌人攻击的借口的观点视作短见①。王实味将作家与政治家的功能加以区分的意义在于，一方面，凸显出作家的特殊性，尤其是他们所从事的文学创作的特殊功能。这也是对于作家的相对独立性的强调。大有上帝的归上帝，凯撒的归凯撒的意味。因为分工的不同，政治家不应去干涉作家的工作，要给作家应有的自由与独立。另一方面，王实味的灵魂改造工作，不是毛泽东意义上的思想改造——从一个阶级蜕变为另一个阶级，而是类似于胡风的观点——将饱受几千年封建精神奴役的人们解放出来。这也就触及了人的解放的命题。而且他将人的解放的命题推及革命者自身。也就是说，处于革命体制中，成为党员或者革命干部，并不意味着就获得了彻底的解放，也可能在思想上仍然背负着沉重的历史包袱。在这种情况下，革命体制下的继续解放就不再是阶级层面的解放，而是个体在精神上的彻

---

① 实味（王实味）：《政治家·艺术家》，《谷雨》1942 年第 1 卷第 4 期。收入黄昌勇编《王实味：野百合花》，中国青年出版社 1999 年版，第 109—113 页。

底解放。

丁玲则从最切身的性别主义的角度关切革命体制下的女性解放问题。在《三八节有感》中，丁玲尖锐地指出在延安妇女比中国其他地方的妇女都幸福的背后，延安妇女仍然受困于爱情、婚姻的牢笼之中。对于女性而言，加入革命队伍当中，并非意味着获得了彻底的解放。阶级的解放并不等于性别的解放。革命女性在解放区遭遇的困境，说明革命体制同样存在父权性的一面。在小说《东村事件》中，一方面，丁玲站在阶级的立场，讲述了一个农民如何饱受地主压迫——因为欠租父亲被抓坐牢，未婚妻被迫送给地主做"押头"换回父亲——而阶级意识觉醒并起来反抗的阶级斗争的故事，而且丁玲将个人的私仇上升到集体层面的阶级仇恨；另一方面，在这个阶级斗争的故事中，丁玲仍然表现出了女性主义/知识分子的立场。在男主人公陈得禄，这个饱受压迫最终起来反抗的农民身上，丁玲毫不留情地揭示出其思想中浓厚的封建意识，抑或说是男权主义思想。未婚妻七七被送入地主赵老爷家后，一次七七偷偷跑出来与他相会。当他想到七七的身体被赵老爷所霸占后，就将拳脚发泄在这个已经成为牺牲品的女孩子身上，并强迫她在以后仍然要来和自己相会。相比陈得禄的阶级压迫，作为女性的七七遭受到的是双重压迫。她不仅要承受阶级压迫，而且要承受来自同一阶级阵营中的性别压迫。同样的阶级压迫在女性七七身上直接体现为另一个阶级的男人对自己身体的侵犯与占有。尽管丁玲没有明确提出女性遭受压迫的问题，但是从丁玲在小说中透露出的信息，我们仍然能够感觉到女性并不能够随着阶级解放而真正获得解放。在《我在霞村的时候》中，女性遭受的多重压迫的问题已经被明确地作为小说关注的重点。小说中那个以旁观者身份出现的"我"，虽然是革命干部的身份，但并没有遵循自己的角色，反而更多的是从女性/知识分子的立场来审视贞贞的故事。在知识分子的

第四章 左翼的异端:有"问题"的个人主义

立场上,贞贞的故事呈现出的是,面对这个遭受异族侵略者强暴的农村女孩,周围的群众异样的眼光与充满鄙视的恶评。这无疑正是庸众的封建思想的表现。而从女性的立场上,贞贞的故事呈现出的是女性作为个体与国族这个神圣的集体的关系问题。在笔者看来,丁玲在小说中展现的最为尖锐的地方在于,很大程度上,正是因为贞贞受辱于日军,正是因为她已经失去贞洁,所以才被派定以随军军妓的身份从事地下工作。小说中贞贞的病痛并非完全是身体上的,更多的是来自精神或者心灵。当被强暴的心灵创伤还未完全愈合的时候,又要为国族/革命的利益而再次主动地以身伺虎,其中所包含的伤痛是外人所难以体会的。贞贞的故事引发的问题是,个体尤其是女性个体在必须为国族、革命等做出牺牲的时候,他和她尤其是后者究竟能够在多大程度上保有自我的生命尊严?献身的同时,个体的权利在多大程度上还能够得到保障?在女性主义的立场上,贞贞的遭遇暗示作为女性个体的她所遭受的压迫不能完全归于"阶级"[1]。反过来说,女性并不能随着阶级解放获得彻底的解放。这样一来,女性立场的丁玲将问题引向了更深的层面,即女性解放的任务并没有随着她们投身到革命队伍中来而结束,解放的任务仍然需要在革命体制下继续。

丁玲等人对知识分子/作家的相对独立性的坚持,对个体如何在革命体制下获得彻底解放的探索,使他们在延安文艺座谈会前的文学实践闪现出自由主义的特色来。但是,又因为他们在自我的角色定位上常常出现游移性,知识分子/文化人或者性别的立场又常常会游移到党员/革命干部的立场,所以也决定了他们在具体的文学实践中常常又会回到左翼文学的主流叙事的轨道中。比如丁玲在《新的信念》中,同样是表现一个类似于贞贞的故事,一个老母亲/老奶奶被日军掳去并遭受身体

---

[1] [美]梅仪慈:《丁玲的小说》,沈昭铿、严锱译,厦门大学出版社1992年版,第180—181页。

的侵犯。但丁玲并未像对待贞贞那样从女性或者知识分子的立场给予这个不幸者更多的悲悯，而是从革命的立场出发，将这个不幸的女性设计成一个用自己的惨痛经历启发民众抗日激情的工具。在小说中，劫后余生的老母亲/老奶奶通过不断地向周遭的民众讲述自己最为惨痛的经历，以及自己目睹的其他女性所遭受的屈辱，向民众唤起民族的仇恨，激励他们尽快加入抗日的大军中去。一个女性惨遭屈辱的性别压迫的故事被纳入国族叙事的主轴。惨遭屈辱的中国女性，年迈的母亲，再次为国族的利益做出牺牲，尽管这次牺牲表现为伤痛的经历者不断地向大众讲述自己的伤痛。

当延安文艺座谈会召开之后，革命政权或者毛泽东话语对于革命体制下的知识分子的角色与功能给予明确的派定的时候，在丁玲等人身上（除了萧军），角色的游移不再出现。他们开始接受革命政权派定的角色，并积极地接受思想改造，痛下决心割除自己思想深处的知识分子的尾巴。此后，党员/革命干部的角色成为最重要的角色，并牢牢地占据统治地位。尽管他们偶尔还会流露出知识分子的立场，但是从丁玲在批判王实味大会上的发言，以及此后的文学实践来看，"党的文艺政策"已经内化在他们的思想意识中了。

三 "革命社会里的个人"

与丁玲、艾青等在延安文艺座谈会之后，接受思想改造，从知识分子/作家/党员/干部等多重角色的游移到逐渐以党员/革命干部的角色来定位自我不同，萧军与革命政权/毛泽东话语始终保持着距离。如果说丁玲等人1942年之后成为被规训的"革命主体"，那么萧军则始终未被"驯服"。萧军在延安解放区包括抗战胜利后的东北解放区的一系列经历，反映出左翼知识分子在革命体制下如何坚持作家/知识分子/个体的独立性的积极尝试。

第四章　左翼的异端:有"问题"的个人主义

虽然身处延安,但萧军在很多地方更接近于国统区的胡风。比如他们都以鲁迅的传人自居。萧军明确地表示自己就是"中国鲁迅这转轴人底承继者"①。在延安,他积极参与成立鲁迅研究会,并编辑出版了两辑的《鲁迅研究丛刊》。他强调鲁迅遗产对于革命的重要意义,甚至希望包括革命政权的高层领导人在内的每一个中共党员与非党员都能读懂鲁迅,并继承鲁迅的精神。鲁迅的精神不仅是杂文所代表的批判精神,更是一种毫不妥协的战斗精神。即使最后失败的阿Q也可以被视作曾经有过战斗精神的人②。在遭到来自外部的政治压力时,他常常会以鲁迅的战斗精神来鼓励自己,不屈服、不妥协。在他看来,鲁迅遗产与"五四"遗产中都有一个关于如何使人变成"真正的人"——"摆脱'奴隶时代'"——的思想③,鲁迅的理想"是怎样把自己的民族从奴隶和奴才的地位提到一个真正'人'的地位;把人类从虫豸的地位提到人的地位"④。要实现这样的理想,首先就应当对个体意义上的人给予更多的理解与尊重。比如对延安解放区仍然满腹牢骚的青年人,领导者应当给他们"真诚的同情和尊重",而不是严厉斥责。尤其是对于那些曾经在战斗中犯过错误的革命同志,也宜用尊敬的态度对待。与那些始终待在"保险柜"里"逞英雄的英雄们"相比,他们毕竟受到了血与火的"试炼"。总之,对于革命队伍中的同志,要多"爱"——尊重和同情——与"耐"——说服、教育和理解⑤。他还以自己的女儿在延安保育院的遭遇,呼吁对延安未成年的孩子多一点

---

① 《萧军全集·第18卷·日记》,华夏出版社2008年版,第568页。
② 萧军:《两本书:"前记"(一)》,《解放日报·文艺》第19期,1941年10月13日第4版。
③ 萧军:《再来一个"五四"运动!》,《萧军全集·第12卷》,华夏出版社2008年版,第24页。
④ 萧军:《两本书:"前记"(二)》,《解放日报·文艺》第20期,1941年10月14日第4版。
⑤ 萧军:《论同志之"爱"与"耐"》,《解放日报》,1942年4月8日第4版。

关爱。尤其是在各个机关做勤务的"小鬼",他们的正当权利与合理诉求不应被漠视,更不应当用奴隶式的态度对待他们①。在两性关系上,他主张从最基本的人性出发,给个体的生命欲求以合理的尊重。当听到一个女同志因为丈夫的生活能力太低而离婚的时候,萧军反倒为她感到欢喜。因为终于"听到了女人们正面的,本质的敢于提出自己的愿望和要求——这才是真正的大大小小的进步的征候(症候)"②。他批评男性的专制、嫉妒、自私、暴力等"恶德"对女性造成的伤害。他甚至将批判的矛头指向自己,认为在自己身上同样存在这些"恶德"。言外之意是,要想真正做到对女性的尊重和理解,男性首先应当对自己展开斗争。

无论是战斗精神,还是关于"人的解放",萧军都表现出对于革命体制下以个体的形式存在的人的无限关怀。他要捍卫的是,不管在什么样的环境中,个体所应具有的生命的尊严与权利,包括独立、自由与解放。这一点尤其表现在他与革命政权的关系上。在1940年第二次到达延安之前,他就对自己的身份有着明确的定位,即一个始终保持独立的文化人/知识分子/作家。在1939年5月15日的日记中,他写道:"文人们总要附属于一个阶级,作歌颂的喇叭手,总要附属一种不正的力量把自己抬起来,是很少有着仗着自己艺术能力的自觉,可怜!""文艺靠着政治力量捧场,绝不会有好的收获。政治应消极地辅助,还应该让作家自己行路。"③对知识分子/作家的相对独立性,萧军有着高度的自觉。他将自己比喻成一颗穿越庸流星群的独立的彗星。这很容易让我们想起鲁迅笔下那个与庸众格格不入的精神界战士的形象。从这里我们也可以再次感觉到萧军和鲁迅思想上的血缘性。他直接将那些用文学阐释

---

① 萧军:《纪念鲁迅:要用真正的业绩!》,《解放日报·文艺》第25期,1941年10月21日第4版。
② 萧军:《论"终身大事"》,《解放日报·文艺》第108期,1942年3月25日第4版。
③ 《萧军全集·第18卷·日记》,华夏出版社2008年版,第43页。

第四章　左翼的异端：有"问题"的个人主义

政治概念的作家称为"江湖医生"。他们的创作只能是一种"乞丐行为"[1]。

在1939年9月11日的日记中，他将自己未来的文学理想设定为："建设一个文学的国，和建立一个真正的国一样，它是应该不受任何谁的，某种力量的压迫干涉，虽然他可以有权利批判。"[2] 在坚持文学的"理想国"的时候，他再次强调决不能放弃个人的自由，表示"个体服从一般为主导，个体本身底发展与存在，也一定要存在的，这也是文艺上典型性'一般性中的特殊性'，全是重要的"。他想象自己创作上的哲学路线是"由个人到集体，由集体到个人"[3]。萧军并不反对文学或者作家服务于集体，但是这种服务并不意味着文学或者作家就失去了自己。服务的最终目的仍旧要归到文学或者作家的层面。有的时候，他会决绝地表示"自己要成为一个自由的军队（比喻的说法——笔者注），独立，自主。不支持谁，也不被谁支持"[4]。

即使1940年到了延安之后，他仍然认为在延安的文艺工作者更要注意"勿甘心丧掉自己的人格和独立的精神，变为浅薄的软骨病者或装甲的乌龟"。萧军暗示，革命政权不应当像旧的统治阶级那样将知识分子视作门客[5]。在日记中他大胆地宣称自己永远以一个人类的"控诉者、监督者、见证者、改变者"的姿态，在保持自我的独立的同时，"反抗那些能残害人的事和物"。同时，他又要做一个人类的"拾荒者"与"拓荒者"，将那些被革命的无知所遗弃或者残害的人重新拾回革命的队伍中[6]。这让我们想起那个在布满历史碎片的荒原上拾荒

---

[1] 《萧军全集·第18卷·日记》，华夏出版社2008年版，第81页。
[2] 同上书，第94页。
[3] 同上书，第114页。
[4] 同上书，第165页。
[5] 同上书，第283页。
[6] 同上书，第488页。

的本雅明。

与王实味的立场相似,萧军也认为应当将作家与军人等政治人物加以区分。从武器上看,虽然将军手中的刀和枪是沉重的,但是学会使用它们只需要很短的时间;作家手中的笔虽然很轻,但是真要使其发挥出战斗的作用却比较难,不是一时半会儿就可以学会的。将军们的任务主要是攻城拔寨,作家们的任务主要是"攻心"。在兵法上,"攻心为上,攻城次之"。不能因此轻视了将军们的作用,更不能轻视作家们的独立性①。在延安文艺座谈会上的发言中,虽然萧军强调了作家所属的阶级立场,但并不认为作家就一定要从所属的阶级立场出发来进行文学创作。他主张作家从"民族解放、人类解放"的立场来写作。尽管他也宣布自己是一个政治性很强的(左翼)作家,但是在立场的问题上,恰恰显示出了与其他左翼作家尤其是主流作家的区别。他将阶级的/政治革命的立场置换为人类的立场。在他看来,作家的首要工作是如何理解人,将人的生活状态表现出来。深入生活中去的作家好比下海取珍珠的人,"珍珠要取到手,还要不为海水(生活)所淹死"②。在这一点上,他和胡风相似,都认为深入生活不一定就能创作出作品,能否产生作品还要看作家的能力。作家深入对象中去,但不要被对象所吞没,仍要保持观察对象甚至掌控对象的能力。尽管萧军也提议要尽快制定党的文艺政策,但是按照其一贯的立场和思想来看,他所谓的"党的文艺政策"绝非高居作家头上的指导思想,对作家的创作做出种种的规定,而恰恰是如何以具体的政策来保障创作自由。

萧军对于作家/知识分子/个体独立性的坚持还典型地表现在其对"入党"的看法。诗人艾青到达延安后不久就选择了入党,而先艾青到

---

① 萧军:《论文武之道》,《萧军全集·第11卷》,华夏出版社2008年版,第428页。
② 萧军:《对于当前文艺诸问题底我见》,《解放日报》,1942年5月14日第4版。当周扬批评延安作家写不出作品,并将这一问题归结为"写什么"时,萧军则认为主要还是作家自身的问题。

第四章 左翼的异端：有"问题"的个人主义

达延安的萧军则始终选择了做"党外人"。据萧军的妻子王德芬回忆，20世纪40年代初，毛泽东曾经劝萧军入党，但萧军拒绝了。他认为自己身上的"个人自由主义"和"个人英雄主义"的思想太重，如同一匹脱缰的野马，是受不了束缚的。最好还是留在党外①。在当年的日记中，我们可以感觉到萧军的隐忧：加入党的集体中可能意味着个体的独立与自由的丧失，尤其是在文学创作上失去作家的相对独立性和创作的自由性。所以，对萧军而言，入党的问题是究竟做党员还是做作家，究竟是成为政治家还是始终做知识分子的问题。与丁玲等党员作家将这些角色统一在身上而再游移于这些角色之间不同，萧军倾向于将这些角色分开看。

萧军曾经两次主动提出入党，第一次是1944年，他和家人刚刚结束被取消供给的"流浪生活"。但是，当彭真告诉他，入党就要遵守党的组织原则和纪律的时候，他反而选择了继续留在党外。第二次是在1948年的东北解放区。他的入党申请已经被批准，但是因为《文化报》事件而遭到批判，被定性为"反苏反共反人民分子"，成为阶级敌人，致使他始终没有过上组织生活，也就意味着他仍然没有加入党的集体之中。他将自己和党的关系比作一对恋人，他爱它却不能嫁给它，因为他更爱自由。一方面，他明确表示拥护党，因为它代表进步的力量。另一方面，他又在一些党员的身上尤其是自己所接触到的"一般所谓政治文化人"身上发现了官僚主义、市侩主义、过左的政治倾向等，这反倒使他以一种不能"同流合污"的姿态拒绝成为他们的同类。用他自己的话说，因为在一个众声合唱的队伍中，他们对于那些发出的不同的声音始终要么纠正，要么消除。萧军认为自己的独奏或者噪音对于整个合唱队的"革命进行曲"是无害的，"甚至是必要和精彩的"。只是因为这

---

① 王德芬：《我和萧军风雨50年》，中国工人出版社2004年版，第107页。

独奏或噪音"缺乏（对）高度革命音乐艺术的理解和认识"，就不被容纳和理解①。这也反映出萧军可能更为清醒地意识到，监督者、控诉者的角色与党员/革命干部的角色是无法真正统一起来的。

在和党的关系上，萧军明确地将自己定位为党的"谏友"②。需要注意的是此处的"谏友"并非等于"谏臣"，用萧军的话说"我不愿意像一个'士'似的那样被别人豢养着"，"我是个作家，我不独能推进社会，而且要监督社会，我要和任何人平等，我不想领导人，但也不想被谁领导"③。监督者的角色意味着党也在自己的监督范围之内。这样一种思想在当时的政治环境中被批判为极端的个人主义在所难免。甚至到中华人民共和国成立前夕，当他看到体制的力量越来越强大，一切作家都逐渐被纳入整个严密的体制中而被管理的时候，更决绝地表示，在革命的阵营中，自己只能是一个"炮手"，"绝不是唱赞歌者！"，"致死也不会屈服于'婢女'或'弄臣的地位'"④。他下定决心不再入党，永远做一个党的"大家族以外的人"。

萧军始终没有加入党的大家族中来，可能和他的思想也有一定关系。尽管他强调马克思、恩格斯、列宁、高尔基等人为自己终生的"先生"⑤，但是他并不想接受这些革命导师的思想而转变为一个以集体为依托的坚定的共产主义战士。毋宁说，他要做的是"透过马克思主义向个人的新希腊思想迈进"。他更看重的是马克思主义中"人的解放"的命题。在这一基础上继续向着形塑更发达的个体的方向上迈进⑥。而这个最高理想不是共产主义的乌托邦社会，而是沐浴在古希腊人文主义的

---

① 《萧军全集·第20卷·日记》，华夏出版社2008年版，第371页。
② 同上书，第11页。
③ 《萧军全集·第18卷·日记》，华夏出版社2008年版，第387页。
④ 《萧军全集·第20卷·日记》，华夏出版社2008年版，第412页。
⑤ 《萧军全集·第18卷·日记》，华夏出版社2008年版，第174页。
⑥ 同上书，第540页。

第四章 左翼的异端：有"问题"的个人主义

光辉之中的健硕而优美的个体。如果说沈从文的文学理想是建造精致、结实、匀称的供奉人性的古希腊小庙，他所要追求的是人性中的庄严、美丽、健康与虔诚的话，那么萧军所要追求的新希腊主义则是一种如尼采的超人式/鲁迅代表的战斗精神的力之美，如同佛教的慈悲为怀、如托尔斯泰的人道主义对人类的爱之美与个体为核心的自由之美①。在很多时候他又提出新英雄主义的文学理想。与旧英雄主义主要是以个人为主不同，他所谓的新英雄主义是以人类为目标，但同时也不放弃对个体的关注。用他的话说就是"在兼爱之中为我，在为我之中兼爱"。而强健自己被他视作新英雄主义中最基本的人生哲学态度②。无论是新希腊主义还是新英雄主义，都和毛泽东话语拉开了距离。其实，这也透露出一个非常重要的信息，即生活在革命体制下的萧军并没有认同毛泽东话语。这种思想上的不认同在一定程度上也决定了他最终选择成为"局外人"。

在具体的文学创作上，萧军也表现出很强的独立性。他的长篇小说《第三代》的第一、二部于1937年在上海出版。第三部的创作因为抗战的爆发而暂时中断。到了延安之后，他除了修改已出版的第一、二部和未完成的第三部之外，到1943年他完成了第三、四、五、六、七部，以及第八部的部分章节。1951年在北京续写第八部从而完成整部小说的创作。可以说这部小说中的绝大部分是在延安时期完成的。除了第三部完成于1942年9月21日，跨越文艺座谈会召开前后之外，其他几部

---

① 1940年2月24日的日记中提到要鲁迅的是从尼采的思想中走了出来，而自己可能要从尼采的思想中走进去。1949年9月6日、9月22日的日记中都从积极的意义上提到尼采，并承认自己思想中有尼采的影子。1940年3月15日提到自己受佛教的启发，将佛家的慈悲为怀发展为"伟大的人类爱，革命的人道主义"。在1947年7月29日的日记中表示"所有作家之中，我只感到我和他最接近"。这个"他"指的是托尔斯泰。参见《萧军全集·第18卷·日记》第247页、《萧军全集·第19卷·日记》第75页、《萧军全集·第20卷·日记》第551、558页。

② 《萧军全集·第20卷·日记》，华夏出版社2008年版，第558页。

都是在《在延安文艺座谈会上的讲话》（以下简称《讲话》）成为党的文艺政策之后开始创作的。考虑到丁玲、艾青等人都按照《讲话》的精神对自己进行思想改造和改变自己的创作方法的话，萧军在这样的背景下完成的《第三代》中的主要章节似乎表现出对《讲话》精神的有意规避。在这部表现东北农民与地主之间的阶级斗争的小说中，他没有将农民的反抗升华为集体意识的觉醒。《八月的乡村》中陈柱司令、铁鹰队长等对革命有着明确认识的人没有出现，只有类似于唐老疙瘩的村民：优柔寡断的王大辫子，善良乐观的林青，朴实憨厚的宋七月兄弟，曾参加过义和团的井泉龙，血气方刚的土匪刘元等。这些农民身上所表现出来的反抗意识也更接近于路翎的"人格力量自发性内因论"，而非左翼文学正统中的阶级意识。小说的结尾也没有被设计成农民彻底觉醒，在革命者的带领下冲向地主之家的经典画面。当有人从左翼文学正统的立场来批评这部小说时，萧军却认为自己的立场是："从最高度的'人生'看人的。"① 显然，他是有意识地与左翼文学正统拉开了距离。

  甚至在日记中，他直接表达了对《讲话》精神指导下产生的文艺作品的不满。1948年3月9日的日记中批评一出名为《血海深仇》话剧公式化、脸谱化，是紧跟政治的产物。它的源头是《白毛女》，"我最讨厌这戏（指《白毛女》——笔者注）的"②。在1949年7月2日的日记中批评丁玲的长篇小说《太阳照在桑干河上》，是一部艺术上的失败之作，"她（指丁玲——笔者注）的艺术才能被僵化的政治理念牺牲了"③。这反映出萧军对毛泽东的《讲话》以及左翼文学正统的不满。

  在钱理群先生看来，萧军正如鲁迅笔下那个永远向前的"过客"，一个"永远的精神流浪汉"④。在这一点上，革命体制下的萧军更像路

---

① 《萧军全集·第20卷·日记》，华夏出版社2008年版，第200页。
② 同上书，第202页。
③ 同上书，第485页。
④ 钱理群：《天地玄黄》，山东教育出版社2002年版，第130页。

第四章 左翼的异端:有"问题"的个人主义

翎笔下那个反抗世界上一切教条主义、机械主义的蒋纯祖。精神上永远的流浪意味着个体拒绝加入秩序中去,拒绝成为秩序中一个被给定位置的局内人。在这个角度上,与蒋纯祖相同,萧军也是一个个人主义者,只不过他是一个革命体制下的个人主义者。用萧军自己的话说:"我是集体主义前提下,一个顽强的无害他人的'个人主义者'。"[1] 个人主义者的萧军在革命体制下,对于知识分子/作家/个体的相对独立性的追求,在革命的立场上仍然坚持文学的相对独立性,正是个体在"革命社会"里对于自由的追求。在萧军这样一个自称是政治性很强的左翼作家身上,再次表现出了左翼文学与自由主义相互结合的特征。

---

[1] 《萧军全集·第20卷·日记》,华夏出版社2008年版,第371页。

第五章 命运抉择：自由主义与中间路线

　　随着抗战的胜利，一个真正和平与民主的政治环境并没有在中国出现。外患消失了，内忧反而突显出来。一度由民盟等第三方介入的国共和谈以失败告终。当第二次国内战争爆发之后，知识分子面临着一个"历史性的主题"。这个主题不仅关系到中国往何处去，"中国文艺往哪里走"，同时也关系到中国知识分子如何选择自身的道路。甚至连以美国总统特使的身份调节国共纷争的马歇尔也发表声明，号召中国的自由主义知识分子，在历史巨变之际担负起他们的责任。在这样的政治背景中，知识分子开始纷纷"介入"现实政治。这种"介入"不是直接参与政党政治，更多地体现在他们站在知识分子的立场上，对包括国共两党在内的现实政治展开批评。尤其是针对中国的历史走向、知识分子的道路选择、中国文学的发展方向，在1946年到1949年，在知识分子中间出现了激烈的争论。一批带有自由主义思想的知识分子/作家，试图在一个历史行将巨变的时刻，在一个非杨即墨的时代，试图在国共两党政治道路之外，寻找到第三条道路。毋宁说，他们所谓的第三条道路是如何将自由主义的理念贯彻到现实政治甚至文学之中。在这样一个政治问题日益尖锐的"转折年代"，一批怀抱自由主义文学理想的作家，仍然试图在保持作家/文学的独立性的基础上，重建自由主义的文学理念。

无疑，无论是从中国思想史的角度，还是从中国现代文学史的角度，这样的尝试与实践都有着极为重要的意义。

第一节 文人议政与"自由"的政治

一 知识分子的任务

1946年之后，一大批知识分子随着复员的队伍从大后方重新回到北京、上海这样的文化中心。国民党的腐败统治带来的是高通货膨胀，物价飞涨，即使身处大学校园的知识分子们也直接面临着生活上的压力。国民党政治上的独裁专制的本性再次暴露无遗。闻一多在昆明被国民党特务暗杀，各地风起云涌的学生民主运动也遭到镇压。尤其是国共两党之间再次引爆的战争，它们之间彼此消长的政治力量的变化，都使得刚刚还沉浸在抗战胜利当中的知识分子有一种"大局在变"的历史感。用闻家驷的话说，在承平年代，知识分子还可以依照自己的兴趣，"选择自己的工作，各自埋头苦干，忠实于自己的工作"。而当"今天时代发生剧烈的变化，整个社会的基础都动摇了"的时候，知识分子非但失去了埋头苦干的环境，在精神上/心理上都受到了巨大的冲击[①]。在"大局在变，亦不必讳言在变"的时候，他们可能会出现更多的困惑、疑问："现在要问的问题是从哪里变起，是怎样变，变到什么方向去？"[②] 在这历史的巨变中，知识分子究竟应当采取什么样的立场，他

[①] 张东荪、许德珩、费孝通等：《知识分子今天的任务——本刊座谈记录》，《中建》1948年第3卷第5期（实际上为北京版的第1卷第1期），第7页。

[②] 陈林：《大局在变》，《中建》1948年第3卷第5期，第18页。

们该如何面对或者迎接历史巨变？于是关于"知识分子今天应该做些什么"也成为他们思考、讨论的主题。

对于知识分子究竟是仍然保持自我的独立（尤其是独立于国共两党的党派政治之外），还是在两种政治力量中做出选择，郭沫若的观点颇能代表中国共产党在这一问题上对于知识分子的"历史要求"。郭沫若提出所谓的"尾巴主义"，就是要求知识分子毫无选择地做人民的尾巴，"反过来也就是要人民做知识分子的头子"。有人提出即使是做人民的尾巴，可能也有知识分子被（人民）支配和束缚的嫌疑。一方面，"尾巴主义"似乎暗示了知识分子还与人民有别。让知识分子做人民的尾巴，好像还是出自一种外在的指令："你只需做尾巴就好了，何必多问？"另一方面，是不是知识分子只能或者只应该做人民的尾巴呢？对于知识分子的要求应该根据他们自身的不同情况展开，这样一刀切地要求他们都去做尾巴，带有"只此一味""必须看齐"的关门主义的倾向。知识分子固然不应该做人民的领导者，但也并非一定要听命于人民。最好还是首先保障知识分子的独立和自由，让其能够自己认识问题，自己思考问题。即使是要做人民的尾巴，也是他们通过自己的认识与思考而做出的选择，而非受制于一种外来的思想或者压力。实际上在这种反对的意见看来，尾巴主义是不能成立的。知识分子可以投身于人民之中，但是最重要的还是保有他们的独立与自由。这明显是一种自由主义的观点。针对反对意见，郭沫若认为，无论是做人民的尾巴，还是保持独立和自由，都是有条件的。这个条件就是当面对（国民党的）独裁专制的时候，不投身人民可能就要被独裁专制或者投身独裁专制①。显然，郭沫若是从二元对立的思维来看待知识分子的选择问题的。在他的理解中，知识分子不是趋向人民就是俯就于独裁专制（自身

---

① 金焰、郭沫若：《关于尾巴的讨论》，《国讯》（港）1947年新第1卷第6期，第7页。

第五章 命运抉择：自由主义与中间路线

被独裁专制或者做独裁专制的同谋者），他们自身的独立性是不存在的。郭沫若的观点与毛泽东将人民与知识分子比作皮和毛的关系是非常相似的。

必须指出，左翼政治尤其是毛泽东话语要求知识分子与人民相结合，从40年代开始对知识分子的影响越来越大。这一点在闻一多和朱自清身上表现得尤为明显。在闻一多生前，当有人请他预测抗战胜利后的文艺发展方向时，他就特别强调应当从社会发展史的角度，尤其是阶级斗争的历史来看文学。他批评当下的知识分子只是追求个体的自由，与人民离得越来越远。他暗示作家/知识分子与人民结合或者与人民并肩作战已经成为"历史的法则"。如果还有要逃避这法则的人，"（就应该）消灭它（他），服从历史"[①]。朱自清的表现没有闻一多这么激烈，艾思奇的《大众哲学》和当时流行的《知识分子及其改造》获得了他的好评。对前者的看法是"甚有说服力"，对后者的看法是"它的论点鲜明，使人耳目一新，知识分子的改造的确很重要"[②]。在知识分子的道路上，他也认为有两条：一是帮闲帮凶，二是"向下"（走向人民）。所以知识分子不是一个（独立的）阶级，只是阶层[③]。在这一点上，显然他已经接受了左翼政治的看法。需要注意的是，朱自清并没有完全与左翼政治保持一致，他对知识分子可上可下的描述，实际上暗含了知识分子不属于"上"也不属于"下"的地位，毋宁说，这样的地位恰恰是知识分子相对独立性的表现。

朱自清的思想在当时的知识分子中间有很大的代表性。许多知识分子都认识到应该丢掉知识分子的优越感（袁翰青），应该为多数人着想

[①] 闻一多：《战后文艺的道路》，文汇丛刊第四辑《人民至上主义的文艺》，上海文汇报馆1947年版，第18页。

[②] 《朱自清全集·第10卷·日记编·下》，江苏教育出版社1998年版，第500、515页。

[③] 张东荪、许德珩、费孝通等：《知识分子今天的任务——本刊座谈记录》，《中建》1948年第3卷第5期（实际上为北京版的第1卷第1期），第5页。

（容肇祖），要参加组织，加入民众的集体生活中去，要帮大众的忙（许德珩、章友江）①。这也意味着很多知识分子的思想已经向左转。但是，向左转并不意味着知识分子已经完全认同于共产党。比如前面提到的反对郭沫若的"尾巴主义"的意见中，反对者同意知识分子与人民结合。但是结合并不意味着知识分子就要听命于人民，由人民来领导知识分子。

反对"尾巴主义"的意见实际上代表了一批自由主义知识分子在面对历史巨变时的立场：可以认同人民，但是不要失去自我。比如俞平伯就认为知识分子应该为人民服务，问题是究竟应该怎么去服务。为人民服务的知识分子不应该像依附于统治阶级那样依附于人民。他也强调知识分子要检讨自己，要改造自己，但是还要认识到哪些东西是应该保留下来的②。尽管没有进行具体分析，但是从他的发声中可以感觉到，至少知识分子的独立和自由是应当被保留的。在楼邦彦看来，不是有了知识就可以叫作知识分子的，知识分子的"知识"指代的是"理性"。所以知识分子就是以理性为准则去行事的人。在今天，他/她/他们的任务是"把全国的人都变成'都能凭理性去行事的人'"。这种理性还包含一种对于社会的责任感③。理性更通俗的说法应该指知识分子能够独立、自由地思考，同时独立、自由地行动。即使在这个变动的时代里，知识分子不是如何领导或者听命于人民去革命，而是培养人民能够独立和自由的思想与行动。显然，拥有"理性"的人民，在党派政治中首先是保持独立的，他们根据自己的理性来判断、分析然后做出选择或者结论。楼邦彦对知识分子的理解实际上也是在肯定知识分子的独立和自由的时候，将知识分子视作了国共两党政治之外的一个特殊的群体，即

---

① 张东荪、许德珩、费孝通等：《知识分子今天的任务——本刊座谈记录》，《中建》1948年第3卷第5期，第8页。
② 同上书，第4页。
③ 同上。

第五章 命运抉择：自由主义与中间路线

所谓的"中间分子"。将知识分子定位于"中间"位置，这表明知识分子可以站在自己的立场上对左右不同的政治势力展开批评。用朱光潜的话说，这样的位置正说明了（自由主义的）知识分子不属于任何一个政党或者政治集团，所以他/她不是专门以某一政党的反对者的形式存在的，他/她只是在党与党之间的政争中保持一个中立的超然的态度。超然不是说他们没有政治立场，只是说他们的政治立场是依靠自己的独立思考与分析形成的。他/她只是就事论事，"无须为庇护某一条党纲或某一政策而去对某一件事情作偏袒底赞助或抨击"，因此他/她的意见常常就能将各方面的意见考虑进去，而显得"大公无私，稳健纯正"[①]。这也正是知识分子的身上所具有的"理性"的表现。正是因为他的"大公无私，稳健纯正"，所以，他常常能够与人民站在一起，也往往能够代表人民的利益和意见。在朱光潜看来，这样一种不偏不倚、不群不党的中间位置，在一个因变动而发生混乱的社会里正可以发挥重要的作用，即可以在在野与在朝两党之间的纷争中起到一种平衡作用，充当一个调停人的角色，帮助双方找到一个折中的方案，不至于使局面陷入无法解决的境地。在朱光潜看来，自由主义知识分子在当时中国的变动中原本是可以担负起重要的作用的。而这种重要的作用正是知识分子独立与自由的地位所赋予的。

沈从文返回北平后，有记者采访他，问他以后的打算。他强调自己不怕被人称为保守，仍愿意将文学当作一种事业，与几位同好共同努力，埋头干下去[②]。冯至在肯定这已经是一个"集体主义"的时代的时候，仍然认为那种不肯随声附和、埋头自己的工作，或者有不同于主流的声音的"个人主义者"实在是无损于集体主义的。按照他的理解，忠实于自己的工作与忠实于自己的见解，从长远的眼光看是会对人类的

[①] 朱光潜：《自由分子与民主政治》，《益世报》（津），1947年12月21日第1版。
[②] 姚卿详：《学者在北大（一）沈从文》，《益世报》（津），1946年10月23日第1版。

社会进化做出贡献的,所以也是应当被容纳的①。同样,胡适呼吁学术独立也是在通过强调知识分子的岗位,而保有知识分子的独立。

保持知识分子的独立与自由实际上也就是保持个体的独立和自由。这是自由主义的核心思想。所以与提倡"尾巴主义"的郭沫若相反,持自由主义思想的知识分子恰恰要求在面对历史巨变时,仍然通过各种方式保有自我的独立与自由。这也是他们对知识分子乃至对自我在变动的时代中的定位。无论是胡适重新提倡学术的独立性,还是沈从文要求作家坚守文学的事业,他们都有意或者无意地采取了一种相类似的方式:将一个在变动中行将崩裂的社会试图重新整合。这并不意味着他们要保有原有的政治体制不变,要保持既得利益者的利益不变,而是他们试图站在自由主义的立场,用自由主义的政治方式来重新改变这个社会。在这个意义上,他们并不保守,即使像胡适那样依然拥护国民党政权。只不过与左翼政治通过暴力革命的方式打碎整个国家机器的方式来变革社会不同,他们希望的是,如何更和缓、平稳或者民主地、在照顾到社会的各个阶层的适当利益的基础上,实现他们心目中的自由主义政治理想。就像张东荪的社会民主主义所设想的,要改变的是剥削关系,而不是说要将生活在比较富裕的阶层的人们一下子拉到贫民窟里,他们正当的、合理的利益还是要保护的。这也是他们和左翼政治的不同之处。

二 自由主义的理念

自由主义对现实政治的介入,并不是直接参与到政治中,而是试图以"中间"的立场,对现实政治尤其是正处在变动中的社会和社会的变动发表自己的看法。因此,20世纪40年代后期,一批带有自由主义

---

① 冯至:《论个人的地位》,《新生报》(北平),1946年12月15日第1版。

第五章 命运抉择：自由主义与中间路线

色彩的刊物和社团纷纷创办和成立。从总体上来说，这些刊物与社团，并没有强烈地形成"流派"或者严密的组织、团体的倾向，更多的是依靠他们信奉的自由主义的信仰黏合起来的。同时，它们也发挥着一种"公共空间"的作用，成为自由主义知识分子对现实政治展开批评的主要阵地。

首先要提到是以胡适为首的"独立时论社"。1946年7月29日，刚刚从美国回国不久的胡适飞抵北京（当时为北平），出任北京大学校长。在下午举行的记者招待会上，当有记者问他对李公朴、闻一多被暗杀的看法的时候，胡适说："我一向主张思想言论自由，故而对因思想言论而受害者，甚为愤慨。"他暗示以后北大将以老校长蔡元培所提倡的兼容并包思想与自由的精神作为办学精神。自由主义中较为重要的元素是容忍，就是要对不同的态度都有容忍的雅量。自由都是双面的，既要保有自己的自由，同时也要尊重别人的自由。胡适认为自由主义是欧美的传统思想[①]。1947年5月，他出面组织成立了"独立时论社"。参加者有40多人，大多是北大、清华与南开三所高校倾向于自由主义或者具有自由主义思想的教授，包括沈从文、朱光潜、冯至等人。按照胡适的设想是希望通过这样一个相对松散的组织，激发三所高校的教授关注现实，并对国内国际的政治、经济、军事、文化等发表自己的看法，然后将这些教授撰写的文章发给全国25个城市的38家日报发表，以便给社会以影响。这样一种文人议政的方法也是一种自由主义的政治。很快便有在文章末尾著名"独"字的时评文章在各大报刊上出现。比如胡适自己写的《两种根本不同的政党》《我们必须选择我们的方向》，朱光潜的《自由分子与民主政治》《挽回人心》《世界的出路就是中国的出路》，沈从文的《一种新的希望》，樊际昌、朱光潜等16人的《中

[①] 子建：《"我一向主张思想自由"：胡适谈片——容忍就是对不同的见解有容忍的雅量》，《经世日报》（北平），1946年7月30日第3版。

国的出路》等一大批文章纷纷在京津等地的《大公报》《益世报》《经世日报》《平明日报》《世界日报》等大小报纸上发表。这些文章均站在自由主义的立场，对中国当下的国共两党纷争、中国的出路、自由主义知识分子的选择与时代使命等问题发表自己的看法。

从思想上来看，胡适是一个完全倾向欧美自由主义思想的知识分子。除了刚到北京就向记者明确表明自己主张宽容的自由主义精神之外，在40年代后期中国历史发生剧烈变动的时候，他仍旧不遗余力地宣扬自由主义的信仰。仅在1948年8月、9月、10月三个月内，他就不断通过现场演讲、广播、书面文章等形式来阐述对自由主义的理解以及希望中国选择自由主义的政治理想。1948年8月1日写就的《自由主义是什么》中，他再次重申自由主义的含义。自由主义的政治即民主政治。民主政治又意味着多数人统治少数人的政治。但是这种统治的一个最重要的前提是保障少数人的基本权利——自由。这才是自由主义的"精髓"。同时，他强调作为自由主义的政治还要容许反对党的存在。他又以英国的民主政治体制为例，说明自由主义政治不是依靠流血与暴力的途径实现的，而是采取和平渐进的方式[①]。同年9月4日，他在北平电台发表了《自由主义》的广播词。再次重申自由主义所应具有的"自由、民主、容忍、和平渐进改革"的基本内涵。并着重解释了"和平渐进改革"在政治上的具体表现："和平的转移政权"，"用立法的方法一步一步地做具体的改革，一点一滴地求进步"。9月27日在上海公余学校演讲中国文化问题时，再次提到他所衷心信仰的"自由主义"，并强调自由主义的核心是"言论自由与容忍异己"。同时他专门批评了喜欢极权暴力的人们主张的"辩证法"[②]。显然，他的矛头指向在国共

[①] 《胡适论自由主义》(《大公报》转载时改名，原名《自由主义是什么?》)，《大公报》(津)，1948年8月14日第2版。
[②] 胡适：《当前中国文化问题》，《自由与进步》1948年第1卷第10期，第12—14页。

战争中已经取得主导地位的中国共产党。1948年10月4日和5日,他又分别在武汉大学和对武昌公教人员的两次演讲中提到自由主义。尤其是第二天的演讲题目即《自由主义与中国》,并再次标榜英国的自由主义政治体制,重申自由主义政治最为"可贵的地方"即将容忍反对党变成一种制度①。

从这短短三个月的密集的对自由主义的论述中,我们可以看到自由主义已经在胡适思想中占据了最为重要的地位。但不能否认的是,自由主义又在这位中国自由主义最坚定的信徒身上呈现出颇为吊诡的地方。一方面,他主张容忍异己,尤其是在政治上应当容忍反对党的存在;另一方面,他又在国共两党的政争中,以暴力革命与自由主义相违背的方式强烈批评以反对党的形式存在的共产党。当国民党大肆镇压北京、上海等地的学潮时,他不是不知道国民党正在用暴力流血的方式对待青年学生,同时也在限制言论自由。但是,在20世纪40年代后期他却明显地表现出对于国民党政府的亲近性。显然,自由主义的政治在胡适身上呈现出了复杂性。笔者认为之所以在胡适身上出现这样的吊诡现象,尤其是当大多数知识分子思想均不同程度地向左转,国共之争呈现出一面倒的趋势时,他仍然亲近国民党而疏远共产党,根源还在于他的自由主义信仰。就像他说的,他是主张反对暴力革命的,主张通过和平渐进的改革而实现民主政治。正像朱光潜对自由主义知识分子在时代中的定位那样,知识分子不是以反对党的形式出现。胡适所希望的自由主义的政治也不是反对政府的政治。他是希望能够通过对政府施加影响促使政府改变的方式来和平地过渡到民主政治体制。这代表了大多数自由主义知识分子的思想。试想,如果将当时的政治情况颠倒过来,主政的是共产党,可能胡适同样反对用暴力革命的方式来推翻它。这样的思想可能与

---

① 《胡适在汉讲演"自由主义与中国"》,《大公报》(津),1948年10月7日第5版。

自由主义知识分子对于自己的历史定位有关。就像朱光潜在《自由分子与民主政治》中强调的，自由主义知识分子是要化解社会矛盾，寻找折中方案。用朱光潜的话说就是自由分子反对的是国家/政府的政策或行为，"在任何时候都决不会反对国家"，因为他们还有国家的立场①。

同样，在有着自由主义传统并声称"同人信奉自由主义"的《大公报》上面，也出现了诸多自由主义的文章。当时在《大公报》（上海）工作的萧乾专门针对当时的现实写了两篇谈自由主义的文章，并以社论的形式先后刊出，表明这不仅是萧乾对于自由主义的理解，还是《大公报》的主要立场。在1948年1月10日的社论中，自由主义被解读为一种人的思想和人生态度。因为它在政治文化上尊重个人，所以带有强烈的个人主义色彩。萧乾也强调自由主义的包容性、公平、理性与尊重大众等。自由主义的中间路线不是两面倒，而是"左的右的长处兼收并容，左右的弊病都想除掉"。同时他也主张适应时代的要求，将民主政治与经济平等并举，反对经济上的剥削与压迫。自由主义的政治应当以大多数人的幸福为前提②。稍后的另一篇社论中，自由主义的理念再次被强化。这篇名为《政党·和平·填土工作——论自由主义者的时代使命》显示出较强烈的现实针对性。一个自由主义者为了保持其独立的立场，保持其拥有独立与自由的发言权，应当始终站在政党之外③。两篇社论都暗示，真正的自由主义者不是要在左右政治势力中进行选择，也不是试图将国共两党的理念加以调和，而是按照自己的政治理想，对当下的国家与社会做些更务实的工作，即填土工作。萧乾不主张自由主义的政治变成自由主义知识分子直接参与政党政治的形式来实

---

① 朱光潜：《自由分子与民主政治》，《益世报》（津），1947年12月21日第1版。
② 萧乾：《自由主义者的信念——辟妥协·骑墙·中间路线》，《大公报》（津），1948年1月10日第2、3版。
③ 萧乾：《政党·和平·填土工作——自由主义者的信念》，《大公报》（津），1948年2月9日第2版。

现。他希望突显出自由主义知识分子的超党派性，要自由主义知识分子做永远的反对派，始终在政党之外，以知识分子的立场对现实政治展开批判。说白了就是文人议政。

除了胡适的"独立时论社"，另外一个自由主义的大本营当属储安平主编的《观察》（周刊）。1946年9月1日，《观察》周刊在上海正式创刊。在创刊号的封面上特意标明了《观察》周刊特约的78位撰稿人。其中包括冯友兰、傅斯年、卞之琳、李广田、冯至、梁实秋、曹禺、宗白华、杨绛、钱锺书、萧乾等各个大学的教授、知名作家以及文化界的知名人士。从这份庞大的名单中我们可以看到《观察》的包容性，它试图将不同倾向的知识分子聚集到旗下，展开自由的讨论。这一点在创刊词《我们的志趣与态度》中也可以感觉出来。在这篇署名编者的文章中，刊物被明确地定为时事性刊物，主要面向当下的现实政治。"这个刊物确实是一个表现政治的刊物，然而绝不是一个政治斗争的刊物。"尽管是要针对国事发言，但是他们将自己的立场明确地定位为自由主义的政治立场，而且强调是"一般自由思想分子"，即自由主义的知识分子，没有什么党派等政治势力作为依托。他们也采取一种"中间"的位置，对政府、执政党与反对党等展开批评。这种批评不是为了颠覆政府或者获得权力，只是"公开的陈述和公开的批评"而已，最终的目的是获得国家的进步和民生的改变。所以，刊物同人的共同信仰是：民主——反对独裁，保障人民的权利；自由——用法律保障人民的自由，人人在法律面前平等；进步——国家的现代化；理性——用理性解决问题。"我们的态度是公平的、独立的、建设的、客观的。"[①] 这样的思想在第3卷第11期中被再次明确。在"本刊传统"中特意声明"只要无背于本刊发刊辞（词）所陈民主、自由、进步、理性四个基本

---

① 编者：《我们的志趣和态度》，《观察》1946年第1卷第1期，第3—4页。

原则，本刊将容纳各种不同意见。我们尊重各人独立发言，自负文责"①。

《观察》的文章更多地从他们所标榜的自由主义的立场，对包括国共两党在内的政治对象展开批评。身为主编的储安平发文，一方面批评国民党的统治是造成今日政治混乱的主要原因，另一方面又批评共产党将知识分子纳入"小资产阶级"的做法，认为这不符合国情。因为在今日知识分子大多也陷入生活的窘困之中，早已置身于无产阶级的行列了。最后，他将希望寄托在自由主义知识分子身上，认为这些人既能够动摇国民党也可以抗拒共产党②。这样的批评立场正反映了他自己的政治主张，即走国共两党之外的第三条道路，这条道路是由自由主义知识分子所主导的，也就是自由主义的民主政治体制。

《观察》上面也有许多关于自由主义的讨论。杨人楩在《自由主义者往何处去？》一文中对于自由主义的政治进行了深入的探讨。他认为自由主义知识分子为了追求进步，需要不断地改变不合理的现状。但是自由主义知识分子反对暴力干涉。这一点与胡适是相同的。他还强调，自由主义知识分子不一定要通过掌握政权来谋求民主政治，可以走议会政治的道路，因为他们更适合做永远的反对派③。在另外一篇文章中，杨人楩强调自由主义的动力是个人主义，但是目标却应当是社会整体。那种强调经济上自由竞争的自由主义已经过时。自由主义的要义在追求进步，一个自由主义者不一定要在国共之间选择，他/她是可以保持自己的独立性的。自由主义者虽然有自己的政治活动，但他们的目的不在取得一种政治上的霸权④。显然，与朱光潜、胡适等不主张知识分子直接参与政治的主张不同，杨人楩并不否定知识分子为了实现自己的政治

---

① 《本刊传统》，《观察》1947年第3卷第11期，第7页。
② 储安平：《中国的政局》，《观察》1947年第2卷第19期，第3—8页。
③ 杨人楩：《自由主义者往何处去？》，《观察》1947年第2卷第11期，第3—6页。
④ 杨人楩：《再论自由主义的途径》，《观察》1948年第5卷第8期，第3页。

第五章 命运抉择：自由主义与中间路线

理想而参与政治。杨人楩主张走议会民主制的道路与胡适推崇英国的代议制是相似的。张东荪则将自由主义分为政治的与文化的。他认为政治的自由主义在今天已经过时，而文化上的自由主义只是一种"态度"①。张东荪坚持他的社会民主主义，更侧重于从经济的角度来谈如何促进社会迈向民主政治的时代。

除了《观察》，1947年1月4日在南京创刊的《世纪评论》（张纯明主编）周刊也表现出鲜明的自由主义色彩。创刊号上的《发刊词》，对自由主义的政治有着精彩的阐述。文章开头即强调自己将以超然于党派政争的姿态出现。超然的意义主要体现在没有党派背景与秉持不偏不倚的精神"从事于现实问题的检讨"。随后则谨慎地申明刊物同人的思想接近于自由主义。最精彩的要数接下来对自由主义的解释，这也代表了一批自由主义知识分子对自由主义政治的理解。"自由主义，与其说它是一种主义，不如说它是一种态度，一种观点。这种态度的特点是广大的同情心，有接受新潮的雅量，本著（着）理智的知识，使政治经济能负起现代的使命。"将自由主义理解成一种态度和观点，其实是将自由主义的内涵与外延扩大。在他们看来，自由主义是中国现代化的一种表征。他们也强调自由主义的个人性，并将其理解为一种流动不居的、现实的、创造的东西。"它的对象是现实，不专恃威权，不依赖传统，而是以智理（理智）去审查现实的要求。"这种理解将自由主义从一种理论变成一种直接针对现实的东西，并凸显出自由主义的开放性。他们将自由主义的基本态度概括为反抗顽固、偏狭、保守、专横及一切反动的倾向和势力。自由主义在政治上的理想即民主政治，"民主的前提是自由，平等"。最后，包容性被定义为自由主义的基本精神②。这

---

① 张东荪：《政治上的自由主义与文化上的自由主义》，《观察》1948年第4卷第1期，第3—5页。
② 《发刊词》，《世纪评论》1947年第1卷第1期，第1—2页。

样一个自由主义色彩的刊物也更多的是关于时事性的评论。

《新路》周刊是另一个带有自由主义色彩的刊物。这份由中国社会经济研究会主办的刊物于 1948 年 5 月 15 日在北京创刊。中国社会经济研究会带有英国费边社的色彩，参加者有吴景超、萧乾、楼邦彦等人。《新路》主要针对现实政治进行评论。最能体现他们对自由主义政治的理解的是，中国社会经济研究会（3 月 1 日成立）于 1948 年 3 月 2 日第一次会员大会上发表的《中国社会经济研究会的初步主张》。它从政治、外交、经济、社会四个方面对自己的政治理想进行了充分阐述。这份包括 32 项主张在内的文件代表了一批自由主义知识分子试图在历史巨变中，将政治理想转化为现实图景的倾向。因为很多项谈到关于自由主义中国的具体构想，所以笔者将在后面再详细论述。

同时，一些其他的综合性的报刊上也不断出现关于自由主义的讨论。比如发表在《国闻周报》上署名黄炳坤的文章就重点探讨了自由主义是否会没落的问题。在这篇文章中，作者首先认为自由主义思想即个人主义思想。这一点实际上继承了胡适在 20 世纪 30 年代的主张。但与胡适不同的是，他认为自由主义会由个人到集体，从小我到大我，最后追求整个人类的自由、进步与幸福，但最核心的目标仍是个人的，即个人的心灵或心理的自由。他认为要想避免个人主义的没落，应当将其包含的私有财产以及带有自我为中心的传统改掉，否则没落无法避免[①]。显然，这样的主张也受到了 20 世纪 40 年代走向集体，走向人民的左翼思潮的影响。类似的主张在上海的《时与文》周刊中也能体现出来。比如《时与文》创刊号上发表的施复亮的《中间的政治路线》，就希望能够将自由主义与社会主义各自的优势结合起来，形成一种良好的民主政治。从根本上说，这仍然是一种自由主义的立场，因为他特别

---

① 黄炳坤：《自由主义是否没落？》，《东方杂志》1948 年第 44 卷第 4 号，第 29—33 页。

强调自由主义知识分子的中间路线在与左翼政治结合的时候，仍应当保持自己在政治上的独立[①]。一篇署名冯契的文章在充分强调自由主义的中间性的时候，也试图将自由主义与当下的历史发展相呼应。作者认为，自由主义的最基本的精神是不偏不倚，始终抱有一种包容性的态度。它在政治上的意义主要表现为对个人的生存等基本权利的追求。但是，在当下，也应当注意与社会发展保持一致，应该在社会解放的基础上，再来获得个体的自由，即自由主义应与集体主义相结合[②]。这也反映出当时相当多的知识分子在思想上对左翼政治的某种认同，他们走的是一种试图将自由主义与社会主义相调和的路线。

无论"独立时论社"，还是《观察》《世纪评论》《新路》《时与文》《大公报》，尽管他们对于自由主义的理解有所差别，但是他们始终将自我定位于"中间"的位置，其政治理想都带有自由主义色彩。他们或它们对自由主义的讨论，无疑为自由主义在中国的传播与发展无形中做了推动的作用，同时也深化了人们对自由主义的理解。并且，它们也给20世纪40年代后期的自由主义文学提供了一个温床，一种浓厚的文化氛围或者说是一种历史语境，在一定程度上也深化了包括朱光潜、沈从文、杨振声等在内的一批自由主义作家对自由主义文学的理解。

三　中国：出路与方向

20世纪40年代后期，在历史的变动中，几乎很多人都感觉到一种转变将要发生。连美国的《纽约日报》也注意的中国的变动，称"中国在转变中"[③]。翻翻当年的报刊，我们很容易发现这样的字眼："中国

[①] 施复亮：《中间的政治路线》，《时与文》1947年第1卷第1期，第6—10页。
[②] 冯契：《论自由主义的本质与方向》，《时与文》1947年第2卷第1期，第6—7页。
[③] 参见楼邦彦《中国在转变中》，《大公报》（津），1948年2月9日第3版。

的出路""中国往哪里走/去"。这一方面可能反映了当时知识分子在历史变动中的某种困惑或者迷茫，另一方面也是他们以探讨问题的方式试图对中国的出路与方向做出自己的"想象"，也是他们介入现实政治的一种方式。在这些关于中国的方向与出路的设想背后，潜藏的是他们自己的政治立场或者思想意识。

到底往哪一个方向变动，出路在哪里，不同的观察者有不同的看法。但是，他们在思考中国问题时，大都倾向于将中国的未来放在世界大局中来理解。这个大局就是战后以美苏为代表的两种社会制度。他们要么是在其中进行选择，要么是试图将其相互协调，要么对其中的某一种制度的合理部分加以发展，然后来设计未来的中国政治体制。但是，不能否认的是，在这些不同的设想中几乎有一个相似的理想，就是那个未来的中国应当是一个真正民主的中国。问题是真正的民主政治究竟是什么样的，在知识分子中间又有不同的理解。而笔者主要关注的是其中的一批希冀走中间路线的自由主义知识分子或者带有自由主义倾向的知识分子在这个问题上的不同理解。他们对中国的出路与方向的设想，牵涉到的不仅是一个小我对于大我的期许，还是他们在诸如小我如何在大我中安放自己的位置，个体与历史的关系，知识分子与人民的关系等问题上的理解。这背后表现出的更是他们对于自由主义的理解与追求。

在社会变动之中，胡适发出"我们必须选择我们的方向"的呼吁。他将世界的潮流分为主流和逆流。代表前者的是民主自由的思潮，代表后者的是反民主、反自由的集体专制。前者显然代表了整个世界发展的大趋势。所以必须做出的选择就是走自由民主的道路。尤其是，"只有自由可以解放我们的民族精神，只有民主政治可以团结全民族的力量来解决全民族的困难"①。同毛泽东指出从新民主主义到社会主义的"历

---

① 胡适：《我们必须选择我们的方向》，《益世报》（津），1947 年 8 月 24 日第 1 版。

第五章 命运抉择：自由主义与中间路线

史必由之路"相似，这也是胡适指出的一条"历史必由之路"。而选择民主更具体的表现是对两种不同的政党的选择。一类是英美西欧式的政党。这样的政党，人人可以自由加入也可以自由地退出，党员投票也是无记名的，且尊重少数党的存在。更重要的是政权的更迭是通过选举和平交接的。这样的政党即胡适的理想的代表自由主义的政党，也是他所谓的代表世界历史发展趋势的进步的政党。而另一类显然是被他视作逆流的苏德意式的政党。这类政党的组织严密，纪律性强，个人从属于政党。而且是一党专政，不允许反对党存在。这样的善/恶/主流/逆流的划分，反映出一种二元对立思维。将苏联共产党视作与德意法西斯党性质相同的政党，充分暴露了胡适意识深处业已形成的冷战思维。这两类政党所代表的是：自由/不自由，独立/不独立，容忍/不容忍。显然，选择前者成为一种符合历史发展的必然。而在他看来，当下的国民党政府是属于后者的，但是它已经开始向前者转变①。需要指出的是，胡适将苏联与德意放在同一阵营，实际上与他将自由主义理解为"健康的个人主义"有着很大的关系。他的一个最基本的立足点是个人的独立与自由，所设想的民主政治也是以保有个人的独立与自由为目的的。所以，对于要求个人服从集体/党的苏联的社会主义体制，他不甚感冒甚至直接视作专制，也就在所难免了。但是胡适的二元思维可能隐含着一个危险的观点：两害相权取其轻。在国共两党的纷争中，他选择支持国民党就是这样的思维的表现。这可能正是胡适这样的自由主义者应引起我们深思的地方。如果考虑到也是在20世纪40年代梁漱溟大声疾呼"我们的问题出在哪里？"，"我们的问题就在文化上的极严重地失调"，并主张充分重视中国传统文化的时候，我们就会发现，在胡适坚持欧美自由主义的背后，还是他始终所保持的一种普罗米修斯式的态度：希望中国

---

① 胡适：《两种根本不同的政党》，《益世报》（津），1947年7月20日第4版。

的现代化进程能够积极吸取西方现代文明的经验。他保持的是一种开放的心态。

同样是持自由主义的政治立场，另外一部分知识分子则寄希望于国共两党政治之外，重新设想未来的中国。比如《新路》为代表的中国社会经济研究会的知识分子们。他们也明确地将自己的目的定为："为中国的出路建立思想基础"，"为中国寻求一条新路，根据全民需要，试画一幅建设新中国的蓝图"①。他们对未来中国的走向做出的设想，主要体现在《中国社会经济研究会的初步主张》中。有意思的是这份主张在《大公报》上发表时名为《中国前途之主张》。名字上也充分显示了这份从政治、外交、经济、社会等方面包括32项建议的《初步主张》有着极强的现实针对性。毋宁说，这正是他们对"建设新中国的蓝图"的构想。在政治上，他们主张民主政治，即"政治制度化，制度民主化，民主社会化"。他们更强调制度上的建设，淡化人为的因素。法律在整个制度化中发挥着重要的作用。行政机关不完全受控于政党，能够更充分地体现人民的意愿。军队也应当属于国家，军人不应当干涉国家的政事。同时，他们也强调政治上的包容性，要允许反对党的存在。在体制上有一种政治上的监督批评互相制衡的力量。政权的转移也要依靠选举来进行。总之，在政治上要充分地保障人民的基本自由与权利。此外，在经济上，他们也吸收了社会主义的做法，主张将土地、银行、交通等收归国有。此外，还包括教育、医疗卫生等方面的规划②。

从整体上看，这份主张的基点是构想一个在制度上较为完善，同时又能够照顾到大多数人的利益的民主政治。其中明显受到了英国拉斯基主义的影响，也是试图将政治上的民主、经济上的公平/平等、公民的

---

① 《研究中国出路》，《益世报》（津），1948年2月28日第4版。
② 《中国社会经济研究会的初步主张》，《新路》第1卷第1期，1948年5月15日。文章以附录的形式刊登在该期的末尾，没有标页码，实际上应为第24页。文章最早刊登在1948年3月4日的《大公报》（津）的第2版，名为《中国前途之主张》。

福利最大化有机地组合到一起。在 32 项具体的主张中，我们并没有看到要求个体融入集体或者服从集体的思想。所以，他们的最基本的出发点还是如何更好地保障个体的独立与自由。在这一点上，他们和胡适的最终落脚点是一致的。将民主政治制度化，也是对于一种合理的秩序的强调。这反映了相当一部分自由主义知识分子的立场。他们都是希望社会的重心应当保持最基本的稳定状态，包括政党的更替。

与中国社会经济研究会等人的主张相类似，一批知识分子直接主张将英美式的民主制度与苏联式的社会主义制度相互融合，各去其短，各取其长，然后结合到一起。他们将这样的政治理想命名为"中间政治路线"。施复亮就认为中国的出路在于一种"新民主主义的政治"。在政治上实行英美的民主政治，但是要防止成为少数人的政治。他的英美式的民主政治，实际上更接近于社会主义的人民民主专政，就是让这种民主政治能体现出多数民众的意愿。在经济上采取资本主义经济制度的优点，来促进国民生产力的发展。在阶级上，知识分子与工农合作，共同来反抗官僚资本家与大地主。在党派上，与左翼政党/共产党合作，共同制止右翼政党的反动政策。但是要指出的是，施复亮特别强调，知识分子"不可无原则地附和左翼党派的主张"[①]。所以，他的一个不能忽视的立足点是保持知识分子/个体的独立和自由。

类似的主张在当时的很多知识分子当中比较普遍。比如朱光潜就从为目前的僵局寻一个出路的目的出发来看美苏问题。在他看来，美国在政治上代表了民主，经济上却代表了资本主义。苏联则是经济上是共产主义，政治上是集权专制。美国的经济制度中的人与人的不平等，苏联政治制度上的集权专制，可谓是它们各自的缺点。整个世界目前处于混乱之中，就是这种经济和政治的错误结合所致。所以，"世界的唯一底

---

① 施复亮：《中间的政治路线》，《时与文》1947 年第 1 卷第 1 期，第 6—10 页。

出路就在纠正这种错乱地结合"。也就是将美国式的民主政治与苏联式的经济制度结合到一起。"这是世界的出路，也就是中国的出路。"[①] 杨振声也有相同的观点。他批评苏联在剥夺个人自由上有些偏激，而美国的自由民主又属于资本主义制度。"如果把他们（它们）两个融合起来，取其长，舍其短，那不是一个更完美的社会制度？"但是，他又特别强调无论怎样选择，都不应放弃个人的自由[②]。显然，个人的独立和自由是他们必须坚守的基点。所以，他们仍然是个人主义者。

　　主张将中国的出路设计为吸收苏美各自的优点而摒弃各自的缺点的民主政治，实际上都带有社会民主主义的特色。正是在"二战"结束之后，社会民主主义思想在欧洲获得了充分的发展。一方面，它吸收了英美自由主义政治的多党制和议会制，反对一党制和无产阶级专政。另一方面它又充分吸收了社会主义经济制度中的合理因素，比如通过国家的计划经济来避免市场经济那双"看不见的手"所带来的盲目性。同时又注意适当调节各个阶层的收入，避免贫富分化。总的来看，社会民主主义仍然保留了自由主义的一些核心的理念，比如个体的自由与平等。所以，主张未来的中国是一个融合苏美的民主政治共同体，正反映了一批知识分子将中国的出路放置于世界背景中时，对于世界政治文化思潮的借鉴。同时也应该看到，在20世纪40年代后期，中国共产党所代表的政治理念已经给中国的自由主义知识分子以强烈的冲击。融合美苏的民主政治理想，实际上也反映出了一批自由主义知识分子在历史巨变中，对于自己立场的调节。通过调节自己的立场来适应变动的时代和社会，从而在现实中找到一个安放自我的位置。

　　无论是胡适所坚守的英美式的自由主义政治，还是中国社会经济研

[①] 朱光潜：《世界的出路——也就是中国的出路》，《益世报》（津），1948年11月2日第6版。

[②] 姚卿详：《学者在北大（三）：杨振生》，《益世报》（津），1946年10月27日第4版。

究会关于中国之出路的"蓝图设计",都反映出了一批知识分子试图从中间的立场,在国共两党政治之外,寻求一种突破/超越当下现实政治的努力。关于中国的出路与方向的想象,既是对于自由主义政治的一种探索,本身也是一种自由主义政治的积极实践。

第二节 作家的"变"与"不变"

20世纪40年代后期,一个不容忽视的现象是,自由主义作家也面临着一个选择的问题。左翼文学不断地扩大自己的影响力,一方面积极地将《讲话》精神演绎为一个"文艺的新方向",召唤大家迎接这个方向;另一方面又直接针对自由主义作家展开批判。对于自由主义作家来说,这些不仅构成了自己所身处的现实环境,还是有形或者无形的压力。变,还是不变,对于他们都成为一个需要思考的问题。一方面,笔者希望,将自由主义作家在20世纪40年代所身处的历史语境具体化。他们到底生活在一个什么样的文学环境之中?如果面临压力和选择,这个压力和选择又是什么?另一方面,笔者希望考察自由主义作家是如何面对这样的环境或者压力的:仍然坚持自己方向的作家,怎样回应"新的方向";走向"新的方向"的作家,如何调节自我,改变自己的立场;选择"变"的作家,他们又是怎样理解"新的方向"的。而在这些正在转变的自由主义作家身上表现出来的,可能不仅仅是知识分子如何与人民结合,如何进行自我思想改造,也不仅仅是个体如何进入集体,还有他们如何试图将自我安放于时代之中,如何想象自我在时代尤其是一个行将到来的"新时代"的位置的。在笔者看来,后者的意义并不亚于前者。

一 右翼:"中国文艺再革命"的"希望"

历史有时候并不像我们想象的那么简单。比如我们常常认为,20世纪40年代,当国民党政权在与共产党的对峙中逐渐处于劣势,走向崩溃的时候,他们在文学上不会有什么积极的举动。历史表明这种认识是不正确的。20世纪40年代后期,国民党政权的文化界领导人仍然试图在文学上给予影响,尽管这种影响力相当微弱。他们也试图在文学上提出"新的方向"。

与毛泽东的《讲话》精神有着惊人相似的是,站在国民党立场上的作家也开始在题材上,要求作家以歌颂为主。他们批评那种总是暴露社会黑暗的作家。虽然暴露黑暗不算错,但反映出作家的短见:"把自己拘囿在一个比较狭隘的道路上,不肯走向平坦宽阔的境地。"现实不是只有阴暗面或者反面,同时还存在着不容忽视也不应忽视的正面或光明面。所以,作家应该积极地关注现实中的正面或者光明面。也就是要通过文学去表现现实中"进步的力量"。什么是现实中"进步的力量"呢?在这位论者看来,"凡是有利于国家自由统一、民族生存发展的,就是现实进步的力量;凡是有害于国家自由统一,民族生存发展的,就是反现实反进步的力量"①。这篇文章的后面还专门配上了"编者按",进一步说明这一篇文章的重要性以及文章提到的问题的重要性。编者按语指出,他们非常同意文章作者的观点。在作者的文章中没有被点破的问题,在编者的按语中也被点破。他们认为,之所以形成当下只暴露黑暗或者以暴露黑暗为主的倾向,罪魁祸首在左翼文学。新文艺在经过20世纪20年代末的左翼文学的暴露黑暗之后,就陷入了"暴露"与"否定"的小圈子。"这是文艺的厄运!"

---

① 钱明健:《取不尽的题材》,《文艺先锋》1947年第10卷第6期,第1—2页。

第五章 命运抉择：自由主义与中间路线

而要结束这厄运，就要在文学创作的题材和主题上充分表现"肯定"，要多去描写"积极"，表彰"正（面）的人物"，"刻画'进步'的典型"。至于如何更具体地实现这种"刻画'进步'典型"的文学理想，编者还详细地举例说明。比如要写一个农民，表现他积极的一面就应当写出"他把愿望寄托在国家的和平与安定上"；写一个正面形象的士兵，就应当突出他意识上的觉醒，"终于懂得了以国家民族利益为基准"；写一个家庭主妇的光明形象就应当是"一个为国家民族抚育下一代的主妇"。编者按语的主要目的就是要求作家以歌颂为主。而他们所谓的歌颂，就是要求歌颂国家至上、民族至上的思想意识。那些代表光明的、积极的、正面的农民、士兵、家庭主妇，他们之所以光明、积极、正面就是因为完全服膺于国家、民族。这显然是抗战时期的"国家至上、民族至上"的思想的延续。只不过，在抗战时期，国族至上的要求还带有积极的意义，而现在，则成了直接为国民党的统治服务。实际上还是将文学当作了宣传的工具。

稍后国民党政府的文化领导人张道藩明确表示，作家要对当前的时代有"应有的认识"和"努力"。他首先批判了自由主义的文学理想。他认为"在今天，只有为文艺而文艺的思想是不够的"，还要在文学中表现"善"。那么什么是他所谓的"善"呢？用张道藩的话说就是"中国古时代的忠孝节义，和国父所说的忠孝仁爱信义和平，以及蒋主席提倡的礼义廉耻"。这些都是文艺工作者写作的最好的"准则"。"我们如果能够把写作归纳到发挥这些要义的正面，自然能写出对于民族国家有益的作品"[①]。张道藩强调的是文学为国民党的政治统治服务，也是要求文学以歌颂正面为主。也是抗战时期他所提出的"文艺政策"思想的延续。呼应张道藩的要求，一位叫红萍的作者直接提出了"文学再

[①] 张道藩：《文艺作家对当前大时代应有的认识和努力》，《文艺先锋》1947 年第 11 卷第 2 期，第 3—7 页。

革命"的口号。再革命后的"新文艺","就是纯以国家民族利益为出发点的三民主义文艺"。而文学的再革命也主要表现在,作家站在国家民族的立场上来写作。作者从象牙塔、"牛角尖""金丝笼""古井""脂粉堆里"走出来,"大踏步地走进农村里去,走进广大的民众里去,走到沙场上去,走进大都市的每一角落,每一阶层里去,紧握住'暴露主义'的笔,大胆而真实的暴露出它们的善与恶,真与伪,是与非,光明与黑暗!指引出人生的意义,生活的真理和正义!"①。仅仅从后面这一段话来看,我们很容易将其当作左翼文学的主张。他所谓的再革命后的"新文艺"说白了就是直接服务于国民党政权,为其统治的合法性提供证明的歌颂文学而已。这同样也是将文学和作家视作宣传的工具。这种思想发展到极致的表现是一份《文学再革命纲领》草案的出炉。在这份草案中将"文学再革命"的论题从各个方面充分展开,主要是要求文学为国民党的对"敌"斗争服务。但是我们从这份草案中发现很多熟悉的话语,比如"文学是现实社会生活反映,文学之必须大众化,通俗化,社会化,已是最不容易忽视的一件大事"。孤立地看这样的文字,也很容易将其误认为是左翼文学发出的召唤。稍后更有明确提出为了配合国民党的"戡乱"的"戡乱文学"②。

国民党文化界的领导人及其御用作家所积极倡导的文学,总的来说就是文学直接服务于国民党的政治,作家的创作主要以支持、宣传国民党的统治为最终的目的。他们也极力主张文学的通俗化,大众化,作家走进生活,走进民众,无非希望通过文学的方式向民众灌输"反共剿匪"的思想。尤其是他们强调文学以歌颂为主,以所谓的国

---

① 红萍:《简谈中国文艺再革命》,《文艺先锋》1947 年第 11 卷第 5 期,第 1—2 页。
② 余公敢:《我们需要戡乱文学》,《文艺先锋》1947 年第 12 卷第 3、4 期合刊,第 1—2 页。

族为本位，实际上还是强调政治标准第一，文学标准第二，也就是文学的工具论。在这一点上，他们的思维模式与毛泽东话语所代表的左翼文学的主流思想是相似的。而且他们批评的文学上的个人主义，也就是自由主义文学。从本质上来说，国民党所支持的"文学的再革命"，不仅是反对左翼文学的，也是反对自由主义文学的。尽管他们也一再强调文学的独立和自由，实际上在他们的主张中，文学的独立和自由是根本不存在的。相对于左翼文学越来越大的影响，国民党所支持的"再革命"的"文艺新方向"几乎没有多大的影响。笔者之所以将其引入进来，并作介绍，主要是想说明，20世纪40年代后期的文学环境中，反自由主义文学的声音不仅仅来自左翼文学，还有国民党支持的文学。同时，也想表明，同自由主义知识分子在政治上的"中间"位置一样，自由主义作家在文学上的立场也是一种"中间"位置。

二 左翼："文艺的新方向"的"召唤"

与国民党提出的"文学再革命"的"文艺新方向"影响微弱相比，左翼文学提出的"新的文艺方向"的影响则要大得多。从抗战后期，延安革命政权已经开始加强对国统区的文化宣传。在胡风的回忆中，当年何其芳、刘白羽就曾经被派到重庆，向左翼文化界来宣讲毛泽东的《讲话》精神。随着抗战胜利，国共两党之间的矛盾日益突出，中国共产党更是加强了在国统区的文化宣传。在复员后的国统区，左翼文学也开始通过各种形式来宣传他们的文学主张。

与国民党的御用文人从时代来要求作家一样，左翼作家也是在分析时代变化的基础上要求作家转变，迎接"文艺的新方向"。1946年，郭沫若发表文章认为，"历史在大转变"，今天已经是一个人民的世纪，所以作家要迎接一个"新的文艺方向"，即"人民的文艺"①。将 20 世纪 40 年代后期命名为人民的世纪或者人民的时代，几乎成为一种主流思想。在 1945 年 7 月创刊的一个小的文艺刊物上，创刊词就明确地提出"二十世纪是人民的世纪"，人民拥有着巨大无比的力量②。在一些知识分子看来，当下的时代作为人民的时代即对"人民的发现"。发现人民是国家的主人，人民是政治的主人，人民应该当家做主③。也就是以人民为本位。穆旦在诗《给战士》中也大声疾呼"人民的世纪，大家终于起来"。身为左翼作家的茅盾则预言即将到来的 20 世纪 50 年代是一个"人民的世纪"。所以作家应当展开自我检讨，看自己是不是站在了人民之外或者人民之上的非人民的立场，要思考自己如何才能更接近人民，如何向人民更好的学习④。言外之意就是作家/知识分子要进行思想改造。

需要指出的是，左翼作家的人民和一些自由主义知识分子所谓的人民是有区别的。前者意义上的人民主要指的是毛泽东话语中那个被崇高化的以工农兵为主的主体，而像自由主义知识分子这样的人在没有进行改造之前是不被包括在这个主体之内的。后者包括的是全体民众，跨越各个阶层或者各个阶级的人民。所以，虽然同样认为这是一个人民的时代，但是在人民的具体含义上是不同的。同样需要指出的是，相对于国民党的作家的民族本位，自由主义知识分子的人民本位思想在立场上更接近于左翼作家的人民本位思想。他们的人民本位中均包含了对于普通人的尊重，希冀普通人能够获得真正的解放。从这里我们也可以看到，抱有人民本位思想的自由主义知识分子在感情上

---

① 郭沫若：《人民的文艺》，《文汇报·世纪风》（沪）"五四文艺节特辑"，1946 年 5 月 4 日第 6 版。
② 编者：《人民的世纪（代创刊词）》，《艺风》1945 年第 1 卷第 1 期，第 1—2 页。
③ 李成蹊：《认识人民的时代》，《大公报》（沪），1947 年 10 月 24 日第 3 版。
④ 茅盾：《五十年代是"人民的世纪"》，《文汇报·世纪风》（沪）"五四文艺节特辑"，1946 年 5 月 4 日第 6 版。

第五章 命运抉择：自由主义与中间路线

更容易接近左翼作家的主张。

郭沫若的"人民的文艺"有时候又被称为"人民的文学"。他认为中国文学史发展的主流原本就是人民的文艺。所以现在应当是恢复这个主流的时代了。"人民的文艺"首先要求作家以人民为本位。他们要改变轻视人民的态度，主动地向人民学习。同时，作家也应该接受一种思想的指导。他特意将指导思想比作旅行时用的地图。根据地图旅行不是什么耻辱的事，因为地图上的知识被证明是正确的。这样旅行者就可以将地图上的知识化作自己的知识①。这意味着，作家不仅应该接受指导思想，而且还应当将其内在化。后来，他又发表文章提出"人民至上主义的文艺"的概念，主要是对此前"人民的文艺"进一步的论述。他明确地指出，"我们"的"新文艺"应当是"人民的文艺——人民至上主义的文艺"。郭沫若特意点名批评《看虹摘星录》是堕落的，是"纯文艺"的冒牌货，实际上是"最混杂的排泄"，"不必说到纯不纯，根本就不是文艺"。从这里我们也可以看出，郭沫若对沈从文的批判并不是从香港的《大众文艺丛刊》时代才开始的。当然，郭沫若的批判对象不单单指的是沈从文，而是以沈从文为代表的坚持自由主义文学理想的作家。这一点从《大众文艺丛刊》中可以明确地看出。他将"纯文艺"定义为纯人民意识的文艺。这种纯人民意识的文艺不是对反人民的统治者的谄媚，而是纯真地歌颂人民的劳动的作品。所以，他总结道："我们抱定意识第一主义。"② 只要意识是正确的，就要尽力地去赞扬。在意识面前，作家的主体性不是按照自己的观察去展开文学想象，而是服从一种正确的意识/指导思想，将这种意识表现出来。说得更通俗一点就是要求作家将《讲话》作为自己创作的指导规范。毛泽东的《讲

---

① 郭沫若：《走向人民文艺》，《文艺生活》（港）1946 年新第 7 期，第 12—13 页。
② 郭沫若：《人民至上主义的文艺》，文汇丛刊第四辑《人民至上主义的文艺》，上海文汇报馆 1947 年版，第 1—2 页。

话》就是郭沫若所谓的那张旅行者应该带的地图。郭沫若的"人民的文艺"实际上是对毛泽东《讲话》精神的演绎。

以群在这个问题上说得更为透彻。他强调今天所需要的文艺,不是抒发作家个人感情的作品,而是表现社会,并预示了社会的发展方向的作品。作家创作这样的作品最终是为了协助政治,去促成社会的改造。这是作家的中心任务。不过以群显然还没有真正领会毛泽东《讲话》的精神。在作家与人民的关系上,他更近似于胡风的立场,认为人民生活在几千年的封建主义的传统之中,有着精神上的负担,所以作家要帮助他们摆脱这种束缚①。这表现出了他与郭沫若的差别。郭沫若的人民是毛泽东话语中已经被崇高化的主体,一个即使脚上沾着牛粪也比小资产阶级知识分子干净的人民。所以,在郭沫若这里,人民是没有问题的,有问题的是作家,知识分子。不是要作家帮助人民改造,而是作家如何改造自己去为人民服务。

艾芜也从人民本位的立场来开始定位作家的角色。他认为作家不仅要站在人民的立场为人民服务,同时更应该将文艺创作视作服务于人民的一种形式。所以作家要从态度上培养对人民的爱②。实际上就是强调作家要改变自己的态度。

郭沫若、茅盾、以群、艾芜等对"人民的文学"的强调都是针对国统区的作家的。"人民的文学"作为一种"文艺的新方向",突显出的是左翼文学一体化的趋势。它不仅仅要统一左翼作家的文学思想,也要统一国统区作家的文艺思想。它对于作家的影响力,我们可以从一位署名秋越的作者的话中感觉到。"自从一九四二年五月二十三日以后,我们的作家就解决了为谁服务,也就是为谁创作的问题。一切为了人

---

① 以群:《论文艺工作中的迎合倾向》,文汇丛刊第四辑《人民至上主义的文艺》,上海文汇报馆1947年版,第6页。
② 艾芜:《培养对人民的爱》,《新生报·北方》(北平)第14期,1947年5月6日第3版。

第五章 命运抉择：自由主义与中间路线

民，这已经成为家喻户晓的口号了。"① 是不是真的家喻户晓，我们不知道，但是很多作家开始用"人民的文学"的标准来评价作家却成为事实。比如一位署名劳辛的批评者，在比较袁水拍的《马凡陀的山歌》和李季的《王贵与李香香》时，就认为前者还带有"知识分子的情感的蹩（别）扭"，而后者已经"是完全属于人民的东西，无论从内容和形式来说都是从人民中来又归复于人民中去的艺术"②。这种批评话语中的等级划分，艺术上的优劣不是取决于作品本身，而是与作者的思想感情联系起来，均是明显的"人民的文学"的立场。"人民的文学"要求作家的主体，是一个需要彻底改变自我的主体。这个主体不再是一个单人称的"我"，而是复数的"我们"。

与国民党作家的"再变革"后的"新文艺"相似，强调意识主义第一的"人民的文学"也注重文学的工具功能。从以人民为本位而要求作家从"我"变身为"我们"，可以看出，后者仍然带有反自由主义文学的倾向。

1947年，胡风在上海出版的《大公报》上发表了一篇文章。虽然这篇文章是为他自己的文集《逆流的日子》作的序，却颇能反映出当时左翼作家的态度。在这篇文章中，胡风认为在左翼文学外部和内部都存在一股逆流，"这就急迫地要求着战斗，急迫地要求着首先'整肃'自己的队伍，使文艺成为能够有武器性能的武器"③。尽管胡风没有想到，以他为首的"七月派"作家在稍后的左翼文学内部的整肃中成为被重点整肃的对象。但是，他的主张非常准确地概括出了当时左翼文学的整体构想，即一方面对外展开批判，另一方面对内进行批判。而对外

---

① 秋越：《此时此地文艺运动的消沉》，《大公报·星期文艺》（沪）第34期，1947年6月1日第9版。
② 劳辛：《新书杂话》，《大公报·文艺》（沪）第139期，1947年5月20日第8版。
③ 胡风：《从一九四四到一九四六——〈逆流的日子〉序》，《大公报·文艺》（沪）第125期，1947年4月1日第10版。

的批判主要针对的是自由主义作家。早在1946年年底，在上海的《文汇报》上已经开始出现文章点名批判沈从文。只是从阵仗和强度上都无法和后来的批判相比。而对自由主义作家展开最猛烈与最集中的批判的是1948年香港出版的《大众文艺丛刊》。在邵荃麟执笔以"本刊同人"名义刊发的文章中，他们完全按照毛泽东的《讲话》精神展开对内和对外的批判。比如在一篇文章中，他们批判"那种打着'自由思想'的旗帜，强调个人与生命本位，主张宽容，而反对斗争，实际上反映了把文艺拉回到为艺术而艺术的境域（遇）中去的反动倾向"。而这种现象主要是"个人主义意识的高扬"所致。这其实正是自由主义文学本身的特点。被点名批判的朱光潜、梁实秋、沈从文、萧乾等自由主义作家被定性为大地主大资产阶级的"帮凶和帮闲"，是反动统治阶级的代言人，也是需要"我们直接打击的敌人"[①]。专门针对以上这些自由主义作家的批判体现在郭沫若那篇颇有名的文章中。在这篇名为《斥反动文艺》的文章中，郭沫若将这些自由主义作家逐个批判，并将其反动的性质与带有寓意性的颜色挂钩。沈从文是桃红色作家，其作品被斥为春宫画。朱光潜因为是国民党中央监察委员会的委员，被称为蓝色作家，喻其如同国民党的蓝衣社。萧乾是被重点抨击的对象，既是白色又是黑色作家。白色是说他伪装成自由主义者，好像是无所偏袒。黑色是比喻他在《大公报》上发表的文章充满了毒素，犹如鸦片。尤其是在描述"反动文人"的白色时，反倒点出了自由主义作家的自由的本质。"自以为虽不革命，也不反革命，无党无派，不左不右，而正位乎其中……"我们将其反过来解读的话，这正是自由主义作家/知识分子所要坚持的"中间"位置。笔者所关心的是，在这些批

---

① 本刊同人、荃麟执笔：《对于当前文艺运动的意见——检讨·批判·和今后的方向》，荃麟、乃超等《新的文艺方向》（《大众文艺丛刊》第一辑），香港生活书店1948年3月1日，第7、16页。

第五章 命运抉择：自由主义与中间路线

判中，这些自由主义作家是如何被他们"处置"的。在郭文的最后对此有一个较为明确的态度。郭沫若认为，"我们也并不拒绝人们向善，假使有昨天的敌人，一旦翻（幡）然改悟，要为人民服务而参加革命的阵营，我们今天立地可以成为朋友。……我们也知道一味地打击并不能够消灭所打击的对象。我们要消灭产生这种对象的基础"[1]。这才是他们对自由主义作家展开批判的真正目的所在：按照毛泽东的《讲话》精神，知识分子必须进行思想上的彻底改造。对于向来强调个体的主体性的自由主义知识分子而言，这样的批判意味着将一个独立的主体变成一个被规训的主体。这也是为什么在众多的文章中，个人主义始终被作为一个问题而不断地遭到批判。

而几乎同时进行的，另外一场针对自由主义作家的批判，常常被我们忽略。这就是，在北大的学生刊物《泥土》上面发起的，针对胡适、周作人、沈从文、朱光潜、梁实秋等的批判。刊物是由北大的学生社团泥土文艺社主办的。这个刊物的撰稿人大多是以胡风为师。而同时，他们本身却是这些被批判者的学生。这场批判又成为一场学生对老师的批判。

在署名雁棣的一篇文章中，针对沈从文在《大公报》上发表的《一个传奇的本事》，作者将沈从文比作《红楼梦》中的焦大，认为他是甘心以奴才的身份为正走向颓势的主子焦虑，并苦口婆心的"忠告着"。接下来重点批判沈从文的文艺思想。作者认为沈从文所坚持的还是为艺术而艺术的老调子。这种论调在今天已经过时。因为今天是人民的世纪，所以文艺也应该是人民的文艺。那种坚持文学的永恒性的作家，只是帮闲文人而已。同时，作者还顺带批评了梁实秋[2]。一篇署名

---

[1] 郭沫若：《斥反动文艺》，荃麟、乃超等《新的文艺方向》（《大众文艺丛刊》第一辑），香港生活书店1948年3月1日，第19—22页。

[2] 雁棣：《夜读随笔》，《泥土》（北平）1947年第1辑，第28页。

石岩的文章则针对梁实秋展开批判。梁实秋在《文学与现实》一文中，重提人性论的主张。在梁实秋看来，文学不是因为反映了现实而成为文学的，文学的根本是它对现实背后的人性的反映。所以，现实中的政治、经济、社会等问题并不在文学的反映之内。石岩认为梁实秋是旧调重弹。用人性论的观点将政治、经济、社会等问题排除在现实之外。而一些大人老爷们正忌讳作家们将政治、经济、社会等种种的阴暗面暴露出来。所以，石岩认为梁氏也是"帮忙与帮闲"[1]。后又有署名初犊的文章，将矛头再次指向沈从文。文章一开始就暗示，主持北方几家报纸副刊的沈从文，大有独霸文坛的嫌疑。只因沈从文在回答读者来信中说，像彭燕郊、绿原、孙钿等年轻诗人的诗集，在云南和北京很少看到，初犊就认为沈从文在撒谎。因为这几位诗人的诗集在云南和北京的书店都卖过。所以，他直接将沈从文定为"一个有意无意将灵魂和艺术出卖给统治阶级，制造大批的谎话和毒药去麻醉和毒害他人精神的文艺骗子"。同时又对发表在沈从文主持的文学副刊上的几个诗人的诗进行批评，诸如林徽因、袁可嘉、穆旦、李瑛、郑敏等人的诗歌，缺乏积极的战斗精神，完全沉溺在自己的阴冷的小我的情绪中。在文章的后半部分，又批评袁可嘉的诗歌理论。总之，沈从文和这些诗人们所建立的艺术的王国，不过是一个"大粪坑"而已。他们的诗歌是粪便与毒花[2]。之后诗人阿垅批评朱光潜的"心理的距离"说。他认为朱氏是唯心论者，其主张也抹杀了现实和艺术之间的关系[3]。尤以署名怀潮的文章将这批判推到了一个最高点。他在名为《论小资产阶级——论艺术与政治之三》的文章中，痛批胡适、周作人、朱光潜、萧乾、林语堂等人。他用狂飙式的语言，分别指出了这些自由主义作家身上的小资产阶级表

---

① 石岩：《"禄在其中！"》，《泥土》（北平）1947 年第 2 辑，第 25—26 页。
② 初犊：《文艺骗子沈从文和他的集团》，《泥土》（北平）1947 年第 4 辑，第 12—15 页。
③ 阿垅：《内容别论：以对于朱光潜底"心理的距离"说底批判为中心》，《泥土》（北平）1948 年第 7 辑，第 6—15 页。

第五章 命运抉择：自由主义与中间路线

现，主要有自由主义、个人主义、人道主义、超功利主义、悲观主义、机会主义、犬儒主义、动摇性、妥协性、软弱性等。在他看来，总的问题出在，小资产阶级始终有依附性，他们依附于统治阶级。他们需要改造，通过改造从依附于统治阶级转变到依附于人民大众①。

从总体上看，《泥土》上的批评文章，秉承的文学标准是胡风的主观战斗精神。他们同样是站在左翼文学的立场，否定自由主义作家的文学理想。在整体思维上与香港的邵荃麟、郭沫若是相同的，但缺乏后者的理论功底。《泥土》上的批判文章很多流于情绪式的"骂评"，以毒辣的语言，给批判对象戴上罪名，带有嘲笑谩骂的性质。在他们看来，沈从文等人最大的问题就是他们所站的"中间"位置，即自由主义立场。同邵荃麟、郭沫若的观点相似，他们也认为，这种立场是不存在的。不是倒向统治阶级，就是倒向人民。这是典型的二元对立式的思维逻辑，即不是革命者就是反革命者。最关键的问题是，这样的批判就发生在被批判者身边，还是由他们的学生发起的。尽管相对于郭沫若、邵荃麟等人，这些年轻的批判者的资历和地位都没有什么分量，但是考虑到 20 世纪 40 年代后期的社会情况，我们可以猜想这样的批判，多多少少都会给那些坚持自由主义立场的教授们带来压力的。从 1948 年出版的另一份《北大》（半月刊）第 4 期上，我们也发现了批判沈从文的文章。同时，还有一篇专门针对"北大文化服务社新书介绍"的文章，主要介绍的就是在香港出版的《大众文艺丛刊》第一辑《文艺的新方向》。这表明，当时在香港发动的批判已经传到了北京。所以，这些来自左翼的大批判，自由主义作家应该是有所耳闻的。这些都构成了他们所身处的现实环境。

无论是左翼作家积极地宣扬"人民的文学"，还是有针对性的批

---

① 怀潮：《论小资产阶级——论艺术与政治之三》，《泥土》（北平）1948 年第 7 辑，第 35—40 页。

判，最终的目的都是使不同的作家走向这个"文艺的新方向"。对于自由主义作家来说，到底是走向这个"新方向"，还是继续坚持自己的方向，无论做出怎样的选择，都需要巨大的勇气和胆识。选择前者，就意味着要积极地改造自己的思想，改造思想的过程也不会是一帆风顺的。选择后者，意味着要面对包括批判在内的各种压力。变与不变，也会因为每个人的具体情况不同而表现不同。

三 变与不变：自由主义作家的选择

自由主义作家不是没有感受到关于文学方向的压力。1948年11月7日，由北大"方向社"主办的座谈会上，沈从文、朱光潜、冯至、废名等都谈到了"今日文学的方向"。金隄首先就文学与政治的关系求教各位先生。冯至从文学史的角度出发，认为文学史上诸如韩愈的文、杜甫的诗都是第一流的文章，并且都是载道的文章。在他看来，作家将自己信奉的某一种"道"变成自己的信仰，是自然的事情。他暗示文学是可以载道的。但文学载道和是不是强迫文学来载道是两回事。冯至的观点中存在的一个漏洞是，韩愈的文与杜甫的诗之所以成为一流的文章，究竟是因为他们所载之道的道，还是因为他们的文与诗自身。将文章载道和文章被强迫载道分开看，说明他所希望的载道是作家将"道"视作了自己的信仰，而非被人强迫的。换言之，作家可以和政治结合，但是这种结合应取决于作家内心对政治的认同，而不是政治施与作家的压力。废名则强烈反对文学/作家听命于某种"道"。他眼中的作家只是用来指导别人而不是别人来指导他/她的。针对冯至拈出历史的做法，他反问道："历史上哪有一个文学家是别人告诉他要自己这样写、那样写的？"他承认，文学是宣传，但是它宣传的是作家自己的思想感情。废名坚持的还是作家/文学的独立性。

接下来众人又将文学/作家与政治的关系化为交通上的驾驶员与

第五章 命运抉择：自由主义与中间路线

红绿灯的问题。沈从文就认为驾驶员要遵守交通规则，那就意味着他/她要听红绿灯所代表的指令。冯至则认为，有红绿灯是好事。而沈从文的疑问是，如果红绿灯是被人故意操纵的，驾驶员是不是还应当听从红绿灯的指示呢？对于这个疑问，冯至给了非常肯定和现实的回答："既要在这条路上走，就要看红绿灯。"沈从文进一步追问，如果有的驾驶员并不想要红绿灯，认为没有红绿灯反而更好呢？接着他又将自己的问题明确化。他的疑问是即使文学要受政治的影响，但是文学是否还可以保持自己的主体性？在政治试图修正它、改造它的时候，它是否也可以反过来给政治以修正和改造的能力和权利？他自己的想法是，明明知道有红绿灯，但是还希望可以走自己的路。在废名看来，沈从文的问题并不是什么问题。因为在他看来，文学只是作家天才的表现。废名的意思是，文学是根本不会考虑外在的红绿灯问题的，如果接受了红绿灯的指令，那就不是文学。一位与会者则正面回答了沈从文的问题。在他看来，作家这个时候有两条路可以走，要么坚持自己的路义无反顾地走下去，只要自己认为是对的；要么是妥协，暂时先停下来，等以后有机会再重新坚持自己的路。不管选择哪条路，作家都要"牺牲"。冯至再次强调，"一个作家没有中心思想，是不能成功的"。朱光潜则将所谓的"道"转化为每一个体自己的见解。他有意将所谓的"道"从集体的"道"拉回个体本身。这样的话，文学载道就变成了载的是自己的道，也就是废名所说的是作家自己的思想感情。而且他特别强调政治也属于生活的一部分，文学与它发生关系也较为正常，但是"不能把一切硬塞在一个模型里"。也就是说，不应当给文学一个指定的方向，文学即使有方向，也是作家/文学自己选择的方向[①]。

[①] 《今日文学的方向——"方向社"第一次座谈会纪录》，《大公报·星期文艺》（津）第107期，1948年11月14日第4版。

在这场涉及"今日文学的方向"的讨论中，我们可以看出讨论者的分歧。沈从文、朱光潜、废名是要求保持不变的，仍然坚持自己的方向，也就是自由主义文学的方向。而冯至则强调的是变，这个变是历史的趋势。但是，他也强调这种变应当是作家自己内心已经认同新方向的变，是诚心诚意的变，而不是被迫的变。在坚持不变的作家当中，废名的意见是最坚决的，对他来说根本不存在变还是不变的问题。文学家是天才、豪杰与圣贤的结合，他/她表现的就是自己，如果他/她表现的不再是自我，那就不是作家，产生的也不是文学。沈从文的想法实际上更大胆，他不仅不主张变，还强调在这种不变的前提下，是不是可以通过文学来促使政治的改变。朱光潜承认文学会受到政治的影响，但是这种影响并不能够主宰文学，文学还是文学。

同样，萧乾也充分感受到了来自左翼文学的压力。针对那种动辄就给别人扣上"富有毒素"或者"反动落伍"的帽子的大批判，他也提出了"自己的方向"。在他看来，中国文学的方向应当走向一条民主的方向。它能够容忍异己，"平民化的向日葵和贵族化的芝兰可以并肩而立"。坚持这个方向的作家，能够抗拒左右政治方向的影响，"根据社会与艺术的良知，勇敢而不畏艰苦的创作"[①]。显然，与沈从文等在政治的影响下，仍试图坚持文学/作家的独立性有区别的是，萧乾将方向的问题往前推进一步。他要的不是作家如何在现状下坚持文学的自由，而是试图在改变现状的基础上，构想一个"新的方向"。这个"新的方向"是一个能够更充分地体现文学/作家的独立和自由的方向。

无论是沈从文、朱光潜、废名，还是学生辈的萧乾，他们表现出的都是对于那个"走向人民的文艺"的"新方向"的犹疑和拒绝。在是变（走向人民的文艺）还是不变（坚持自由主义文学）的问题上，他

---

① 《中国文艺往哪里走?》，《大公报》（沪），1947 年 5 月 5 日第 2 版。这篇文章当时以社评的形式发表，没有署名，作者实为萧乾。

第五章 命运抉择：自由主义与中间路线

们选择的是后者。

从那场关于文学方向的讨论中，我们能够充分地感受到冯至显然选择的是变。但是，对于冯至来说，这种变，并非脱胎换骨的彻底的变。他的变更是一种有保留性的变。20世纪40年代后期，评论界对冯至抗战期间创作而战后出版的小说《伍子胥》和诗集《十四行集》给予了极高的评价。马逢华就认为在《伍子胥》中，冯至写下了"一段有声色的，美丽的人生，……一曲……'人的高歌'"。它充分表现出了"一种艺术的完美，一个完整的世界"①。袁可嘉在批评当下诗坛严重的模仿倾向的时候，认为冯至的诗歌并不是观念的呈现。他是将抽象的观念融入了想象，再透过作家的感觉、感情而形成了最后的诗。所以，《十四行集》并不完全靠的是抽象的哲理取胜，更多的还是诗人如何"通过艺术来完成艺术"②。两位批评家都从文学的角度给冯至以极高的评价。也就是说，在40年代后期，冯至在批评家中呈现出来的是一个在艺术的王国中遨游的作家，并且已经达到了一个高峰。

可是这个在艺术王国中遨游的作家内心是较为复杂的。于1943年写就的一首名为《歧路》的十四行诗中，冯至就表达了一种选择道路的痛苦。"它们一条条地在前面／伸出去，同时在准备着／承受我们的脚步；／但我们不是流水，／只能先是犹疑着，／随后又是勇敢地／走上了一条，把些／其余的都丢在身后——……朋友们，／我们越是向前走，／我们便有更多的／不得不割舍的道路……我们／全生命无处不感到／永久的割裂的痛苦。"③ 选择时的那份犹疑，选择后要面临的痛苦，一种"永久的割裂的痛苦"，可能正呈现出了冯至在选择"方向"／"道路"时

---

① 马逢华：《伍子胥》（书评），《大公报·星期文艺》（津）第11期，1946年12月22日第6版。

② 袁可嘉：《诗与主题》，《大公报·星期文艺》（津）第12期，1946年12月29日第10版。

③ 冯至：《歧路》，《经世日报·文艺周刊》（北平）第3期，1946年9月1日第4版。

最真实的内心世界。对他来说，选择是痛苦的，选择后依然要经历不断的痛苦。在另外一首关于"一个中年人述说五四以后的那几年"的诗歌中，他将过去与当下进行对比："那时我们是少数/但相信/一个挪威的戏剧家，/那时我们是少数，/但相信/一个俄国的革命者。/如今走了二十年，/却经过/无数的企图与分手；/如今走过了二十多年，/只看见/无数的死亡和杀戮。"① 诗歌中表现出当年那个深信易卜生主义的个人主义者面对当下现实的无奈。如果个人主义式的奋斗与反抗曾经是"那时""我们"的信仰，那么经过了 20 多年之后，我们却并不能实现当年的理想。这是不是透露出对于当年理想的怀疑？是不是也对自己所坚持的个人主义的信念表现出了某种动摇？是不是在他看来，个人主义在面对当下的死亡和杀戮时，显得如此的无力？也是在这个时候，他开始表现出试图将个人主义与集体主义融合的努力。当有人说这是一个集体的时代，而个人主义正是阻碍集体主义的罪魁祸首的时候，他认为真正的个人主义对集体主义不会造成妨害。真正的个人主义是忠实于自己和忠实于工作的。这样的个人主义和集体主义拥有一个共同的目标，即为人类②。所以，个人主义和集体主义是可以和谐地结合到一起的。需要指出的是，一方面，冯至表现出对集体的认同，也不反对个人走向集体；另一方面，他坚持个人融入集体以后仍然保持自己的独立。因为双方都有一个为人类的共同目标。

于是，我们会发现，冯至的文学观念开始发生明显的变化。他认为现在最可贵的是，许多诗人抛弃了自己高贵的身份，他们开始以一个普通人的身份写诗，通过诗歌为普通人说话，即普通人的代言者。这才是真正的诗歌③。在稍后有记者采访他，就目前存在的以田间、艾青、袁

---

① 冯至：《那时……》，《大公报·星期文艺》（津）第 30 期，1947 年 5 月 4 日第 7 版。
② 冯至：《论个人的地位》，《新生报》（北平），1946 年 12 月 15 日第 1 版。
③ 冯至：《"五四"以来的诗》，《平明日报·风雨》（北平）第 15 期，1947 年 5 月 4 日第 3 版。

第五章　命运抉择：自由主义与中间路线

水拍所代表的大众化和带有"灵感"味道的温柔敦厚两条诗歌道路，请教他的看法。冯至认为前者是有希望的。他还支持当下的学生运动，并认为这表明了他们一反过去自居于知识阶级的姿态①。这里包含了两个重要的信息：一是在态度上对左翼文学已经有了亲近感，二是对于学生运动的评价透露出，他对知识分子转变自己的身份，投身革命运动的方式，表示了认同。在1948年纪念"五四"的文章中，他更明确地表示，"诗人之可贵，不在乎写几首好诗，而在乎用诗证明了他真诚可贵的为人态度"。诗歌创作的目的不仅要证明诗人还活着，而且"还要表示他要合理地去活"。显然，在这里，诗歌已经被视作一种人生斗争的工具。再联系上面袁可嘉和马逢华对他的作品的评价，我们会发现，此时的冯至已经离开了那个美的艺术之宫。他开始更看重诗歌的"载道"功能。重要的是，此时的他，毫不犹豫地宣布，"现代社会的腐朽促使我们很自然地共同地上了追求真理，追求信仰的正路"。所以"我们"面临的问题，不是道路的选择问题，而是如何更好地在这条道路上坚持下去的问题。"我"变成了"我们"，曾经的"歧路"变成了"正路"。这似乎表明他已经走向了那个"新方向"。在前面提到的北大"方向社"的座谈会上，当沈从文表示对文学的红绿灯表现出疑虑、困惑、担忧时，他已经积极主张文学应该"载道"、应该接受红绿灯的指挥、文学应该有中心思想。而一次在南开大学新诗社的演讲中，他明确地表示，"'人民的方向就是文艺的方向'是正确的"，并号召学生要先使自己成为人民中的一员，然后才能够了解人民，才能够写出真正属于人民的诗歌②。换言之，就是要先改造自己，丢掉知识分子的立场，站在人民的立场来创作诗歌。这已经是按照左翼

---

① 慕容丹：《访冯至先生》，《平明日报·风雨》（北平）第31期，1947年6月9日第3版。

② 冯至：《新诗的还原》，《大公报·星期文艺》（沪）第85期，1948年6月6日第7版。

文学的立场来进行文学实践了。

如果冯至的转变已经成为事实，那么促使他转变的动因是什么？仅仅用环境的影响来解释显然是笼统的。而且与沈从文、朱光潜已经成为左翼文学重点批判的对象不同，冯至并没有来自左翼大批判的压力。也就是说冯至的转变，主要不应该是外在的压迫，而在于他内心的真正认同。就像前面提到的，他在理论上解决了一个知识分子都面对的问题，即个人和集体的冲突问题。这是一个原因。另外一个非常重要的原因在于，他所秉持的信念。1947年发表的《决断》中，他一改在诗歌《歧路》中表达的人即使作出了选择，仍然会有"永久的割裂的痛苦"。冯至的意义上的决断，相当于在关键时刻做出重要的选择。一个人在决断时可能会遇到很多痛苦，但是在做出决断后，就会化乌云为晴朗。而且这种决断，不是来自外在的压力，而是自己的觉醒。一个真正痛苦的人，是那些意识到决断而不决断的人，是已经决断但又犹豫的人。这是人的生命的停滞和浪费，"在生命的悲剧中是最灰色最黯淡的"。尤其是当下两个世界的局面越来越明显的时候，决断就显得尤为重要。在文章的结尾，冯至认为，"在决断里可以使用人的最高的自由，同时也使人感到这个最高的自由是多么难于使用"[①]。对于冯至来说，勇敢的做出决断，是摆脱痛苦的重要途径。也就是说，他再次在理论上为自己的转变提供了充分的支持。同时也意味着他的转变真的是自己的决断而并非外在的压力。

但是在另外一篇文章中，我们又发现他的转变还是有所保留的。在名为《批评和论战》的文章中，冯至将批评和论战加以区分。考虑到当时左翼文学对自由主义作家展开的大批判，显然这篇文章是有感而发的。冯至将论战与批评均视作正面的行为。在文学上，批评主要是从客

---

① 冯至：《决断》，《文学杂志》1947年第2卷第3期，第198—203页。

观上来判断真伪与是非，论战主要是从主观上来否定自己的对立面。前者是要估量作品的价值，后者是拥护或者反对某一种思想。所以，作为一位批评者一定要抛弃成见、偏见，保持公正。"他是一个真理的寻求者。"论战者主要是以"一个真理的代表者"的身份出现的，他要以自己更正确或者唯一正确的姿态出现，这样才能打倒对手，证明对方是错误的。所以他要么被别人打倒，要么打倒别人。他身上是不允许存在宽容的。而批评家则要保持客观的、公正的、宽容的态度来面对批评对象[1]。这意味着，冯至更主张文学上的批评而非论战。这种批评所应具有的客观的、公正的、宽容的态度，即要求批评家站在一种"中间"的位置。这也是典型的自由主义的文学立场。再加上他强调个体与集体结合的时候，仍应当保有个体的"忠实于自己，忠实于自己的工作"的权利，我们可以发现，冯至的转变并非他诗歌中曾经主张的歌德意义上的蜕变。他的变还是有保留的变。冯至身上这样一种既出自自己的决断所进行的转变，又有所保留的转变，可能反映出了他对于行将到来的时代的想象。在这个想象中，个体与集体的矛盾可以统一在为人类的旗帜下。在决断之后，就意味着自己成为革命队伍中的人，不再是一个被批判的小资产阶级知识分子。

朱自清也开始向左翼文学所召唤的那个"新方向"靠拢。经常被我们提到的一个小细节是，当抗战胜利朱自清返回北京后，遇到一个警察殴打一个三轮车夫。这打人的警察走后三轮车夫反而问"你有权利打人吗？"。尽管这个时候打人的警察已经走了，但朱自清还是感到了巨大的震动。他觉得，"从这儿看出了时代的影子，北平是有点晃荡了"[2]。其实晃动的还有他的思想。从朱自清20世纪40年代的日记中，我们整理出一个简略的跟左翼有关的小书单：毛泽东的《论联合政府》，艾思

---

[1] 冯至：《批评与论战》，《中国作家》1948年第1卷第3期，第8—9页。
[2] 朱自清：《回来杂记》，《大公报·星期文艺》（津）第5期，1946年11月10日第6版。

奇的《大众哲学》《知识分子及其改造》《延安一日》，赵树理的《李家庄的变迁》，冯雪峰的《乡风与市风》，瞿秋白的《〈鲁迅杂感选集〉序言》，袁水拍的《马凡陀的山歌》，胡风的《民族战争与文艺性格》《在混乱里面》《论民族形式问题》，吕荧的《人与花朵》，艾青、田间的作品等。从书单中我们也可以看出，朱自清对左翼政治、文学等方面的书籍的阅读不是随便看看而已。他能够阅读这么多左翼方面的书籍，就说明他是有意识地主动地去阅读的。这些书多多少少都会对他的思想产生影响。比如在标语口号的态度上，他自己承认原本是极讨厌的。标语口号和名言、格言相比，它可能也是出自知识分子之手，但是在姿态上代表的是人民/集体的主张。相反，格言、名言则是出自知识分子之手，还常常是以高高在上的姿态来面对读者。标语口号是站在民众的立场来鼓动民众，和民众的位置是平等的。而且，它往往是民众运动的纲领的凝缩，代表的是集体的力量，目的也是要唤醒民众。朱自清承认，标语口号所代表的集体力量，常常会给"爱自由的个人主义者"一种压迫，妨碍他们的自由。因此，对其产生厌恶感也是自然的事情。不过，标语口号又是民众求生存的有力的武器。只要它摆脱公式化的弊病，是真诚的，知识分子也不应完全否定。"标语口号有他（它）们存在的理由，我们是该去求了解的。"① 这可能正是朱自清自己的真实心态。尽管意识到集体的力量可能会对自己所坚持的自由主义的个人主义带来压力和妨碍，但仍然抱着一种包容、开放的心态来对待，并表现出主动的改变自己的态度，去试着学习的倾向。从这里我们也可以看出，朱自清要改变的想法，并不完全取决于外在的压迫，更主要的还是他自己主动的要求。对当下时代的认识上，他就受到了当时已经流行的思想的影响，也认为这是一个平民世纪。正是因为这是一个人民的世纪，所

---

① 朱自清：《论标语口号》，《知识与生活》1947年第5期，第12—13页。

第五章　命运抉择：自由主义与中间路线

以知识分子才应该有自我反省和批判精神。朱自清将批判的矛头对准了知识分子，也是对准了自己。与伍尔芙将"一战"后的英国作家描述为站在倾斜的塔上相似，朱自清描述的中国知识分子处于一种"悬空"的状态。他们"吊在官僚和平民之间，上不在天，下不在田"。这样一种状态原本是自由主义知识分子所要坚守的"中间位置"。也曾经是他自己所坚守的立场，现在则成了被他批判的对象。在他眼中，处在"悬空状态"的知识分子的苦闷最多，矛盾也最多。他们不上不下，拘囿于自己"越来越窄的私有生命的角落上"，实在是已经缺乏了做这个时代的人的勇气。换言之，他们将自己封闭在象牙塔里，与时代、社会、现实、群众都隔离开了。于是，矛盾和苦闷就接踵而至。改变现状的最重要的办法是知识分子进行自我改造——重新做人。这主要体现在两个方面：一是重新认识文艺的使命。从以前将文艺视作表现自我的情趣转变为让文学来载道。二是知识分子改变以前的写作立场，从居高临下到走到人民中去。知识分子不再从知识分子的立场上来写作，而是从人民的立场上来写作。这就要求他们"得作为平民而活着"，不仅要深入人民中间，还要向人民学习，学习人民的活的语言[1]。在朱自清的主张里我们很容易发现毛泽东《讲话》的影子。他所批判的知识分子的"悬空"状态，正是自由主义知识分子所坚守的"中间"位置。这篇文字可谓是朱自清从自由主义立场向左翼立场转变的宣言书，也是他对自我进行思想改造的白皮书。而且他自己也真的开始走出象牙塔，走进这个时代的中心里。1947年2月，他和俞平伯、陈寅恪、金岳霖等十余名教授发表联名宣言，抗议当时的国民党大肆捕杀学生，"要求政府释放无辜人士，保障人权，依法办事"[2]。同年5月20日，他和沈从文、杨振声等

---

[1] 朱自清：《周话》，《新生报·语言与文学》（北平）第8期，1946年12月9日第3版。
[2] 《大学教授朱自清等昨发联名宣言　对北平市拘捕多人向当局表示抗议》，《世界日报》（北平），1947年2月24日第3版。

102位教授签名声援学生的"反饥饿、反内战"大游行①。在1948年抗议国民党枪杀东北学生的声明上，在拒绝美援和拒绝美国面粉的宣言中，他都签下了自己的名字。他还参加学生的集会，与学生一起扭秧歌。

朱自清开始用左翼文学的话语方式来分析文学作品。赵树理的《李有才板话》被他称为"朴素，健康，而不过火"，是新写实主义的作风。用农民的活的口语，显得新鲜有味。这不仅体现出对于民族形式的成功借用，而且真正做到了大众化②。在这篇文章中，他不断用旧瓶新酒、民族形式、"新的语言"等左翼文学的常用概念。显然这是他从左翼的立场来展开文学批评的积极尝试。在另外一篇谈文学的标准和尺度的文章中，朱自清特意强调今天知识分子已经走进大众，文学的标准和尺度也由原来的"人道主义"转变为"社会主义"。从前文学还只是雅俗之分，现在更注重的是普及和提高。这也是文学的新的"民主"的尺度。在这里我们再次感觉到《讲话》的影子。所以说，朱自清可谓是响应那个"新方向"的召唤，并主动进行着转变的尝试。但这并不表示，他已经完全适应了左翼文学的标准。这一点在他谈到知识分子的任务时表现得极为明显。他同意知识分子要丢掉自己的优越感，要主动过群众那样的生活。但他又承认，要大家一下子都丢开既得利益，是不容易的。"现在我们过群众生活还过不来。这也不是理性上不愿意接受，理性上是知道应该接受的，是习惯上变不过来。所以我对学生说，要教育我们得慢慢来。"③ 在朱自清身上很典型地表现出了自由主义知识分子，在20世纪40年代后期主动改变立场，并积极尝试用左翼话语进行文学批评的努力。而且他非常清醒地意识到这种转变的艰难性和缓慢性。

---

① 《北大清华两校教授　再为学运慷慨忠告》，《益世报》（津），1947年5月20日第4版。
② 朱自清：《论通俗化》，《新生报》（北平），1947年5月4日第1版。
③ 张东荪、许德珩、费孝通等：《知识分子今天的任务——本刊座谈记录》，《中建》1948年第3卷第5期，第5页。

第五章 命运抉择：自由主义与中间路线

李广田的转变从抗战后期已经开始。在云南完成的长篇小说《引力》实际上带有很大的自传性。这部小说以抗战为背景，写抗战中一对夫妻的思想转变。黄梦华和丈夫雷梦坚因为抗战而被迫分离。丈夫随学校内迁，她因怀孕而滞留沦陷后的济南。在经历了敌伪统治下的种种艰险后，她带着幼小的孩子辗转投奔大后方。就在她到达成都的前一天，丈夫向一个充满朝气与希望的地方而去。这个地方显然暗指解放区。她发现原本所期待的大后方也和沦陷区一样，到处都是黑暗。小说预示她也将投奔那个充满希望的地方，与丈夫会合。小说题目所蕴含的寓意是，那个对知识分子充满引力的地方是共产党领导下的延安或者各个抗日根据地。小说表现的既是知识分子的出路问题，也是思想转变问题。这样一个问题，被评论者称为是一个"历史性的主题"①。显然，李广田很早就开始思考知识分子的思想转变问题。

在一篇名为《给抗战期间留在沦陷区里的朋友们》的文章中，李广田描述了他所感知到的一个还在发展着的文艺的"主导方向"。首先，他强调这是一个集体的时代，所以文学也是集体的，而非个人的。那些总是写个人的作品就显得不怎么重要了。如同冯至一样，他也强调在集体的时代，并不意味不要个人。关键是个人能否和集体有着同步的感应。其次，他认为这个文艺的主导方向是"苦斗的，而非贤达的"。因此，作家就不应该再沉溺于自己的闲适的趣味之中。最后，"是前进的，而非后退的"。②他所谓的集体的时代，相当于人民的世纪的说法。在这里，他对左翼文学所倡导的那个"新方向"还并没有到位的理解。与朱自清相似的是，他也开始关注左翼文学。尤其是在对左翼文学的评价上，我们可以感觉到他的立场的调整与变化。比如，他最初给袁水拍

---

① 尚土：《读〈引力〉》，《新生报·语言与文学》（北平）第 114 期，1948 年 12 月 14 日第 3 版。

② 李广田：《给抗战期间留在沦陷区里的朋友们》，《大公报·星期文艺》（津）第 3 期，1946 年 10 月 27 日第 6 版。

的《马凡陀的山歌》以较高的评价，认为它是"今天的国风"。它代表了中国新诗发展的一个方向，就是向山歌民谣学习。但是，这不是唯一的方向①。在诗歌道路的理解上，此时的李广田还保持着一种开放的态度。不过，再次谈《马凡陀的山歌》的时候，他却认为它未免显得有些油滑了一些，轻佻了一些。与真正的人民的山歌民谣相比，它还存在一些弱点和缺陷，还带有"都市知识分子的气愤和聪明"。为什么这部此前被他称为"今天的国风"的讽刺诗集，现在被他发现了缺点？答案是，他有了一个新的参照系。在《马凡陀的山歌》的旁边，他又竖起了《李有才板话》。在后者那里，他发现了最好的"人民的语言"。没有欧化，没有书袋子气，没有调侃之类的油滑，只是一些朴实简单而又老老实实的白话。尤其是对于板话这种民间形式的借用，因为它来自老百姓中间，所以它所传达出来的就是人民的意见，它就是人民的喉舌，它也是在代替人民说话。正是相较于《李有才板话》这样"从生活的实践中诞生"的作品，《马凡陀的山歌》才显示出缺乏真正的山歌所有的乡野泥土气息，缺少"质朴庄严的建设性"②。正是在更能代表左翼文学的"新方向"的作品面前，《马凡陀的山歌》才暴露出了问题。一方面，这显示出李广田对于"新的方向"有了更深入的理解；另一方面，也透露了这位当年《汉园集》三杰之一的诗人，对于诗歌的认识发生了明显的变化。这个变化是根据左翼文学的"新方向"而做出的。诗人在创作中不应当再从诗人的立场出发来写诗，应当从人民的立场来写。在一篇回应杨振声的"打开一条生路"的文章中，他已经开始从左翼的立场来谈问题。在他看来，为文学寻找一条生路，实际上就是文学创作的方向与文学批评的标准问题。他更希望是从政治的角

---

① 李广田：《马凡陀的山歌》（书评），《大公报·文艺》（津）第62期，1947年2月14日第6版。

② 李广田：《再论〈马凡陀的山歌〉——文艺书简之十二》，《大公报·星期文艺》（沪）第65期，1948年1月18日第9版。

度来谈这个问题。所以他认为，首先要弄清楚，代替了帝国主义的、独裁政体的、资本主义的究竟是什么。弄清楚了这些问题，也就弄清楚了文学的方向与标准问题。打开文学的生路是从这里打开的。按照他的思路，文学之所以没有生路，是因为帝国主义、独裁政体、资本主义的压迫所致。在他的潜意识中，文学是被政治决定的。因为代替帝国主义、独裁专制政体、资本主义的是社会主义和民主，所以打开文学的生路，也就是要将社会主义和民主视作文学的方向和标准。而诸如《白毛女》《李有才板话》等正是这一方向的典型代表①。这样的思路，和朱自清一样，都是试图用左翼文学的批评话语来展开文学批评。有意思的是，就在这篇文章发表的报纸同一个版面上，就刊登着冯至的短诗《那时……》。当冯至还站在诗人的立场，以中年人回首的姿态传达出内心的某些犹疑、困惑时，原本的诗人李广田已经逐渐试图与"新方向"保持一致了。在谈及朗诵诗的一篇文章中，他更是将戴望舒、臧克家、何其芳的诗歌进行对照。在臧克家的参照下，戴望舒的诗歌调子太低，传达出的还是个人的渺茫的情绪。而后者是"坚定有力的"，并且传达出的是人道主义的思想。但是与何其芳的《我为少男少女们歌唱》相比，它们又都没有何诗显得那么"明朗、高昂、轻快"。言外之意，何的诗歌明显要比戴和臧的价值更高。这是以解放区文学作品的标准，来评判国统区的左翼作家和自由主义作家的作品。这也是左翼文学在20世纪40年代后期一体化的表现。在这篇文章中，李广田还强调诗歌的政治效能。诗必须表现人民大众的生活和思想，而且要用人民大众可以接受的形式去表现。在今天，个体的私人世界和政治的公共世界是一体化的，无法分开②。也就是说作家作为个体的感情是不存在的，他/她

---

① 黎地（李广田）：《纪念文艺节——论怎样打开一条生路》，《大公报·星期文艺》（津）第30期，1947年5月4日第7版。

② 李广田：《诗与朗诵诗》，《新生报·语言与文学》（北平）第78期，1948年4月13日第3版。

的感情就是大我/集体/人民/民族/国家的感情。如果说，在冯至的转变中，还仍然保留了一个关于独立和自由的个体可以存在于集体之中的愿望的话，那么在李广田这里，个体是被彻底地改造的主体，是一个要高度地与大我保持一致和统一的小我。所以相较而言，李广田的"变化最大"。而这个最大还表现在，他在1948年秘密地加入了清华大学的地下党组织，成了党员作家。

在冯至、朱自清、李广田的身上，我们可以看到自由主义作家在逐渐靠拢那个"新的方向"时，表现出了他们各自的差异性。而且最重要的是，自由主义作家的转变也不是完全来自外在的政治压力或者左翼文学的强制性压迫。他们之中像冯至、朱自清、李广田等都带有某种主动性。转变对他们也并非一蹴而就的。在转变的过程中，不是所有作家都完全放弃了自由主义的立场。这恰恰说明了在这个"转折年代"，自由主义知识分子转变的复杂性。

第三节　重构文学自由主义的理念

一　文学的另一个方向

当左翼文学试图以"走向人民的文艺"作为统一文坛的"新方向"时，那些仍然坚持自由主义文学立场的作家却提出了文学的另一个方向。用沈从文的话说是"文学运动的另一个目标"。在一个历史变动的关口，他们试图另辟蹊径。他们要坚持的是在"中间"的位置上，通过文学/文化来改造政治，改造人，最后达到国族的重造。在表面上看，自由主义作家与左翼作家的基本思路似乎是相同的。他们都试图在文学中寄予自己的理想，然后通过文学给政治以影响。不过，在左翼作家那里，文学给予政治的影响取决于政治本身。政治决定了文学以什么样的形式、在多大程度上给政治以影响。这些都已经被政治本身所规范，而且文学即使影响了政治也并不能够改变自己被政治所规约的性质。自由主义文学则不然，它所要传达出来的理想，并不是被政治所规约好的。它恰恰就是要通过自己的独立性来改造政治，然后使得被改造后的政治能够更好地保障包括文学的独立、个人的独立等在内的各项基本权利。

这一点在沈从文身上表现得尤为明显。1946年8月31日，沈从文在接受记者采访的时候，问了一个"显然经过深思熟虑的问题"，即丁玲等人为何到了延安之后，反倒没有什么作品产生呢？对于丁玲等人向人民学习并以工农为题材，他表示自己并不反对。同时他也提及自己缺乏闻一多、郑振铎那样的勇气，是个承受力不强，而且有些"胆小的人"。所以，他更希望"牢守一个读书人最基本的本分，只在用脑子用笔，想留下这一时代的乡村纪事，小儿女的恩怨，以及青年们情绪的转变"①。在这段访问记中，我们看到了诸多的空白与沉默。尤其是沈从文提道，抗战初期，自己也曾经有机会到延安的。再对比他关于丁玲等人没有更多作品产生的疑问或者也是反问，我们似乎可以窥探到，沈从文内心是为自己没有去延安而庆幸的。不过他对丁玲在延安的工作以及创作方法的看法，却充分表现出了一个自由主义作家的文学立场，即一种宽容（容忍异己）的态度。他表示自己不会直接参与民主政治，而是仍将坚守作家的本分。稍后，在接受另一家报纸的采访时，他一改上一次的小心谨慎，大胆地点评了延安时期的何其芳、丁玲等。在他看来，"他们（延安作家）是随了政治跑的，随了政治跑本身不会对政治有好的影响。假如国家把作家都放在宣传那里，那成什么样子！"。"文

---

① 子纲：《沈从文在北平》，《大公报》（津），1946年9月3日第3版。

学是可以帮助的,假如政治来帮助文学,那便糟了。"① 他计划再写十年,写他未完成的十城记,写昆明的《八骏图》续篇,甚至还要写剧本。

在另一次采访中,沈从文表示自己将不会组织什么协会,也不喊什么口号,仍然默默地编辑报纸的文学副刊,在这沉默中培养"我们的态度"②。实际上,他所主张的态度,就是作家始终以文学为事业。有意味的是,就在同一天的这份报纸上,刊登了朱自清针对杨振声"我们打开一条生路"的文章。与沈从文要在文学的园地中默默地培养一种态度不同,朱自清则大声呼吁知识分子/作家要改变自己的立场,要从自己狭小的人生当中走出来,要为民众而活着,要站在民众的立场上来写作。正如笔者在前面已经分析过的,朱自清在文章中针对知识分子的批判,也是对自我的批判。这样一对比,我们不难发现,沈从文的自省恰恰是对左翼文学"新方向"的拒绝和对自己原有立场的坚持。而朱自清的自我批判同时也是一种要改造自我的反省。朱自清要改变的,正是沈从文要坚持的。知识分子的"中间"位置在朱自清那里所引发的"不上不下"的苦闷和矛盾,在沈从文这里成为坚实的立足点。

沈从文不是对现实没有兴趣,也不是说要与政治绝缘。正是在20世纪40年代后期,他不断对现实发表自己的看法。恰恰就是眼前正在发生巨变的现实,使他试图展开的规划真的都只成了规划。在他看来,国共内战是"一群富有童心的伟人在玩火",结果可能是烧死别人的同时即焚毁了自己③。他关心的不是国共两党谁能够最终获胜的问题,而是在这场战火中,有多少无辜者失去生命,失去亲人,失去家人,有着几百年历史的古都的老建筑有多少在战火中能够保存。他看到的是战争

---

① 姚卿详:《学者在北大(二):沈从文》,《益世报》(津),1946年10月23日第4版。
② 雷希嘉:《沈从文先生访问记》,《新生报》(北平),1946年12月9日第4版。
③ 沈从文:《从现实学习(二)》,《大公报·星期文艺》(津)第5期,1946年11月10日第3版。

给普通人、给整个社会所带来的巨大的伤害。所以，在他眼中，国内战争不是毛泽东话语中的革命的阶级战胜反革命的阶级的"历史必由之路"，而是一场"人为"的"集团屠杀"。他希望用战争以外的方法来解决现实的矛盾，用爱与合作来代替仇恨和战争①。文学/文化的力量在这个时候就显现出来了。正如笔者在前面已经论述过的，沈从文的整体思路是：作家通过文学创作，在文学中寄予关于爱与美、向善和向上的信仰。这些作品给青年人以情感教育。他们将此变成自己的信仰，然后去改造社会，改造政治，改造国家。也就是他所谓的民族品德的重造。沈从文所希望的有别于左翼文学的"新方向"，是作家通过文学的方式将政治改造成自由主义的政治。只不过，他的主要目的不是政治，他更关注的是人心，是民族的品德。在他的逻辑中，民族品德的改造直接决定了政治改造是否成功。因为，毕竟政治还是人的政治。这也是一批自由主义作家所共同追求的一个目标。

杨振声就持相似的主张。也是在天津《益世报》上，1946年10月27日又刊登了记者对杨振声的采访。在采访中杨振声批评苏联代表的社会制度在剥夺个人自由上显得有些偏激，美国的自由民主政治却又是资本主义的，如果能够将二者的优点结合起来，形成一个完美的社会制度是最为理想的。无论选择什么样的社会制度，一个必须恪守的原则是个人的自由。所以，"他认为'自由、平等、民主'在人类社会中的任何一人，任何一时，任何一地，都不应该缺少的"②。杨振声的立场可谓是典型的自由主义知识分子的立场。1947年，他到南京参加国民党政府的国民大会时，接受了蒋星煜的专访。他向记者透露，自己和朱光潜、沈从文、朱自清、冯至等正在编辑几家北方报纸文学副刊，因抗战

---

① 编者（沈从文）：《五四》，《益世报·文学周刊》（津）第39期，1947年5月4日第3版。
② 姚卿详：《学者在北大（三）：杨振声》，《益世报》（津），1946年10月27日第4版。

而停刊的《文学杂志》也将会复刊。这些举动的主要目的是"希望利用文艺这个工具来促进新的文化运动，我们希望中外文艺能进一步地沟通，新旧文艺能进一步地融合"。他谈道，国家目前所处的危机，促使自己"深深地感觉到需要有一种新的文化新的人生观来适应这个时代"。所以包括知识分子在内的国人要做的是，以世界的眼光来寻找到一条符合时代发展的道路。在当下的危机中，文化/文学应当发挥重要的作用。他特别强调，文学可以反映政治的意识，却不能被政治所控制。否则的话，它只能走向衰亡[①]。同时，他还反对政治对教育的控制。针对国民党在大学里实行的训导制度，他认为政党与教育结合意味着教和育的分家。校园也会变成党争的地方。在这种情况下，"学术成为政治工具，政争成了第一兴趣，学术与真理皆为政争所牺牲"[②]。杨振声所强调的仍然是文学/文化与知识分子/作家的独立性。只有在独立的基础上，才能将文学与文化的作用充分发挥出来。整体思路上，他与沈从文相似，也是希望作家产生或者推动一种新的文学/文化。然后，由这新的文学/文化来培养一种新的人生观。再由这秉持新的人生观的人去改造社会、政治乃至国家。最终实现的是一个充分自由与民主的现实环境。他所寄予希望的新的人生观，同样也是充分体现自由主义精神的人生观。

在杨振声这里，文学同样被赋予了极为重要的作用。最关键的是，在他和沈从文所期待的文学的"另一个方向"中，文学的独立性是尤为重要的。要保持文学的独立性，首先，作家自己要拥有独立性。要能够创作出给予人重要影响的作品，作家首先要拓展自己的人生经验，扩大视野。他/她对这个时代有最真切的感受，形成"确实是他自己的对

[①] 蒋星煜：《杨振声记》，《文化先锋》1947年第6卷第15期，第26—31页。
[②] 杨振声：《一年来大学训导制度的失败》，《经世日报》（北平），1946年8月18日第2版。

第五章 命运抉择：自由主义与中间路线

于一切事物的看法与态度","这看法与态度既不雷同于古人，更不苟同于今人，在他独立的风光中，他的环境才是一片崭新的世界"①。在具体的创作上，他暗示那种旧瓶装新酒的做法是不会产生好的作品的。为了提高作品本身的质量，艺术上的技巧也是必须重视的。杨振声走的是精英主义的道路。他也主张作家要不断改造自己，但是这种改造不是接受某种政治理念的改造，而是自己在不断地吸取一切知识，在感受世界的发展中，将不同的知识与经验加以综合，形成属于自己的思想。用他的话说，这就是作家"在追寻，在探求，在综合，在除旧布新，在创造他自己，在更新他自己"。

其实，我们可以感觉到，杨振声有意识地要走一条与左翼文学不同的路。要作家新瓶装新酒，针对的是左翼文学提倡民族形式时，对于民间传统文艺形式的借用。强调文学技巧，以精英化针对左翼文学的大众化。"酿成自己的观点和独立的风度"，针对的是左翼文学要求作家改造自己的思想，站在民众的立场来写作。毋宁说，正是感受到左翼文学的"新方向"越来越强势时，他才开始呼吁"要打开文学的一条生路"，要另辟蹊径。当越来越多的人逐渐将毛泽东话语当作一种新的人生观并主动进行自我改造的时候，他正是要重塑自由主义的人生观。在这个角度上来说，他和沈从文的文学理想都是一种自由主义文学理想。用他的话说是，用新文化/新文学来培育一种新的人生观，新的人生观造就新的国民②。最终，还是由这新的国民来形成一个新的政治共同体。杨振声同时还强调教育的作用，将今日的教育和明日的建设紧密地联系起来③。教育不是要向年轻人灌输党义等政治性的东西，而是养成

---

① 杨振声：《今日的文艺》，《大公报·星期文艺》（津）第4期，1946年11月1日第6版。
② 杨振声：《我们要打开一条生路》，《大公报·星期文艺》（津）第1期，1946年10月13日第6版。
③ 杨振声：《今日的教育和明日的建设》，《大公报》（津），1946年10月10日第6版。

个体健康、勇敢、朴实、独立、自由等品格。这与沈从文将希望放在青年人身上，是同样的道理。

朱光潜从克罗齐的历史观出发，批评马克思主义的历史观。他认为将历史视作从奴隶社会到共产主义社会的历史叙述，是克罗齐所概括的三种"假历史"之一[①]。这也意味着，他不会赞同毛泽东所描述的新民主主义的"历史必由之路"。所以他站在自由主义知识分子的立场上，认为中国的出路不是在国共之间进行选择，而是顺应世界潮流的发展，将资本主义的民主政治与社会主义的经济平等结合起来[②]。具体到当下的文学而言，朱光潜显然也不同意要改变知识分子的立场，以民众的代言人的身份创作。他认为文坛缺乏的恰恰是认认真真地创作的作家。他将这样的作家称为"地道的文人派"。"文学是他们的特殊工作，有时也是他们的特殊职业。"他们并不属于完全靠市场吃饭的职业化作家。"他们能保持一种超然的态度，不泥古也不趋时风，是跟着自己的资禀和兴趣向前走。"这样的人才能创作出优秀的作品。中国缺少的就是这样的人[③]。与沈从文、杨振声相同，他走的也是精英化的道路。作家不是改造自己的思想，转变成大众的立场去写作，相反要从知识分子的独立立场去创作。文学的重要性主要体现在精神教育上，而不是"一种知识的贩卖"。就如同喝茶，读了上千部茶经，不如亲自尝一两杯茶好。同沈、杨相同，他强调优秀的作品的重要性。优秀的文学作品可以"造成一种新风气，划出一个新时代"[④]。

尽管朱光潜的论述没有沈、杨两位具体而详尽，但我们还是可以从

[①] 朱光潜：《克罗齐的〈历史学〉（下）》，《大公报》（津），1947年2月9日第7版。
[②] 朱光潜：《世界的出路——也就是中国的出路》，《益世报》（津），1948年11月2日第6版。
[③] 朱光潜：《中国文坛缺什么？》，《平明日报·星期文艺》（北平）第47期，1948年3月16日第3版。
[④] 朱光潜：《谈文学选本》，《经世日报·文艺周刊》（北平）第12期，1946年11月3日第6版。

中觉察出他的些许思路。按照他的思路，他同意文学可以影响社会，而且这种影响是巨大的。问题是怎么影响到的。从他强调文学作品主要是给人的精神上带来愉悦来看，这个影响发生的中介是人。文学作品首先影响人，人又来改造社会。也就是沈、杨所坚持的作家→作品→人（受众/国民）→政治/社会/国族的路线。文学给予人的精神上的影响，实际上也是人的改造过程。人的改造在朱光潜这里同样占据了重要的地位。当然，他的人的改造是给人以人性的尊严和使人懂得别人的生命尊严的过程。

对当下文坛的不满，实际上也意味着他也希望开拓出一条有别于左翼文学的"新方向"的另一个方向。而且在沈从文、杨振声、朱光潜这里，这"另一个方向"都是从作家/作品的独立性出发，通过作品来改造人，被改造的人再去改造社会、政治和国族。这个方向并没有终点，它最后还是回到人。一个被改造的社会、政治和国族为个人提供了最充分的生命的自由。这也是一条从个体到集体，最后又回到个体的道路。左翼文学的"新方向"在路径上似乎与此相似，也是从作家→作品→人（受众/国民）→政治/社会/国族。但是与自由主义的文学路线不同的是，作家在创作作品的时候要先进行思想改造，在具体创作的时候，要站在群众的立场或者阶级的立场。它的终点是集体。所以它的实际路线应当是作家→群众代言者/被改造的作家→作品→人（受众/国民）→政治/社会/国族。最后个体融入集体之中。

二 文学自由的鼓与呼

在左翼文学的"新方向"之外，自由主义作家试图打开"另一个方向"。这"另一个方向"则充分体现了他们自由主义的文学理念。所以，在20世纪40年代后期，朱光潜、沈从文、萧乾、袁可嘉等人不断地发出"文学要自由"的呼声,并积极地来阐释他们心目中的文学的自由和自由的文学。

在1946年的《新生报》上,有署名公孙澍的文章,积极呼吁"文艺的自由"。作者认为,文学在冲破旧的枷锁之后,获得了自由的发展。它可以自由地表现社会、时代等各个方面。但是也要提防它重新陷入"那些政治意味太浓厚的集团驱使"之中,反倒又失去了自由。自由是文学的永恒价值,也是它不变的真理,它的生命。因此,"(文艺/文学)是不能也不能允许它殉于某种手段的"①。言外之意是,文学不能被当作一种工具。从本体的意义上来说,它是自由发展的;从外在的环境来说,则必须提供给它一个自由发展的自由的环境。文学的自由和自由的文学是统一的。

20世纪40年代后期,对自由主义文学的阐释最充分的是朱光潜。因为深受克罗齐的历史观的影响,他一向主张无论看什么问题,都应当从历史的角度出发。所以,他也试图从"现代中国文学"的发展历史中,说明自由主义文学的合法性。在他看来,"五四"新文学的倡导者们大多是自由主义者,所以,"五四"时期的作家们大都在自由主义的旗帜下,自由地创作,走着各自的发展道路。等到"左联"成立之后,那些"不入股"的作家统统被贴上"右翼"的标签。左翼文学所倡导的普罗文学或无产阶级文学,主张文学要反映"无产阶级的政治意识",文学便被纳入替政治做宣传的工具的行列里面。他还暗示,将文学作为工具的做法,不仅仅只限于左翼文学一家②。将文学当作工具的做法是不会成功的。他极力呼吁要维护文学的自由。对于他来说,自由的含义有两个方面。第一个含义是个体呈现出主体性的自由。他/她既

---

① 公孙澍:《从"文艺自由"谈起》,《新生报·新生副叶》(北平),1946年3月29日第3版。
② 朱光潜:《现代中国文学》,《文学杂志》1948年第2卷第8期,第15—17页。

第五章 命运抉择：自由主义与中间路线

不要别人来做自己的奴隶，自己也不愿做别人的奴隶。他/她有自主权，凭理性来行动。第二个含义是在第一个的基础上发展起来的。因为个体的本性是自由的，所以他/她的主体性表现在按照本性自由地生长和发展。外在的环境就要提供一种适合他/她自由发展的条件。第二个层面上的含义又包括两个方面，一是个体能够按照本性自由地发展，二是有一个能保证他/她自由发展的外在环境。这意味着我们在追求自己的自由的时候，也要尊重别人的自由。在这个角度上，朱光潜认为自由主义和人道主义"骨子里是一回事"。

在这个基础上，他充分而深入地阐发了关于文学自由的理念。首先，他也是强调文学在主体性上的自由。文学本身的自由更主要体现在人的自由。在现实尤其是自然面前受困的人，在文学的王国里却可以获得充分的自由：他/她可以主宰自然，超越自然的种种限制，对自然进行重新裁剪，"重新给予它一个生命与形式"。并且，人在文学的王国里，暂时脱离现实生活的实用性，"他完全服从他自己的心灵上的要求"。同时，文学给予个体一种精神上的彻底解放，他/她将被压抑的感情疏泄出来，也使个体从狭小的天地中上升到一个更广阔的境地，充分地领略人生的新鲜与趣味。个体的生命获得了充分的自由和解放。在这个意义上，文学真正体现出它的自由的本质来。所以在朱光潜看来，文学自由的问题不在文学要不要自由，而是要不要文学的问题。不要自由的话，就等于不要文学。不要文学，就等于放弃了自由。文学和自由是合二为一的。

其次，他认为文学的自由还体现在文学创作过程的自由。他再次从文艺心理学的角度强调文学创作过程中直觉和想象的作用。文学创作中起作用的是直觉和想象，而不是思考力和意志力。直觉和想象的本性就是自由。所以，在这个层面上文学同样是自由的。在朱光潜这里，自由就是文学的本质与本性。文学的存在就是自由的存在。当文学以外的来自政治、道德、宗教、哲学等的力量欲强迫文学"走这个方向不走那个方向"时，就意味着文学和自由都将受到损害。朱光潜表示，为了捍卫文学的自由，就要"反对拿文学做宣传的工具或是逢迎谄媚的工具"。"文艺自有它的表现人生和怡情养性的功用，丢掉这自家园地而替哲学宗教或政治做喇叭或应声虫，是无异于丢掉主子不做而甘心做奴隶。"①总结起来，朱光潜的自由主义文学包括了个体的自由、作家的自由、创作过程的自由等几个方面，但实际上仍然是立足在个体的自由之上。个体的自由，一方面是作家在进行文学创作时，以自由的主体的形式出现的；另一方面在文学作品中体现出的也是个体追求自由的精神。作为受众的个体在阅读作品的时候，自身获得了一种解放。从朱光潜的论述中，我们也可以发现他的文学自由主义的理念带有很大的先验性。在他那里，个体天生就是自由的，文学天生就是自由的。无异于西方自由主义政治理念中的"天赋人权"的思想。从这里也可以看出，朱光潜的自由主义文学理念是与他所受到的西方自由主义政治思想的影响有着极为密切的联系的。

在抗战胜利后的文坛，朱光潜积极地提倡一种"健康底纯正底文学风气"。为了树立这个风气，就应当采取宽大自由而严肃的态度。文学没有左右新旧之分，只有艺术质量上的好坏之别。所以，对于自己所主持的复刊后的《文学杂志》，他更强调是一个没有门户之见，集纳包括与自己的意见和主张不同真正的文学爱好者的空间②。显然，朱光潜不仅自己坚持自由主义文学的理念，更希望将这样一种理念发扬光大。

不同于朱光潜深入文学与个体的关系之中来谈文学自由主义的理

---

① 朱光潜：《自由主义与文艺》，《周论》1948年第2卷第4期，第10页。收入《朱光潜全集·第9卷》，安徽教育出版社1993年版，第479—482页。
② 编者(朱光潜)：《复刊卷头语》，《文学杂志》1947年第2卷第1期（复刊号），第2页。

第五章 命运抉择：自由主义与中间路线

念，沈从文、萧乾等人更多的是将文学自由主义的理念，直接地呈现为文学与政治的关系。尤其是在20世纪40年代后期，他们面对来自左翼文学越来越大的压力时。沈从文在1947年写就的一篇未刊稿中，强烈地表达了对于文学上的"霸权"的不满。而这种霸权更多的来自左翼文学。他从自身因为写了点"小文章"而遭到多次批判说起。他认为自己的被批判主要是"不入帮的态度"和对于他人意见的"不喝彩"。毋宁说，这正是一种独立和自由的态度。但是在一些人看来，这就是一种拆台行为。也就是说，没有赞同我的意见就表示你是反对我的。在沈从文眼中，当下的文坛如同当下国共纷争的政治，不过是要求你非杨即墨地进行选择而已。用他的话说，文坛是现代政治的一个缩影，"只见有集团的独霸企图而已"。他认为文学和政治应该进行明确的区分。一个政治家讲究的是现实的权宜之计，为了现实的利益可以诉诸武力；文学家更多的是精神和思想层面的工作，他看到的是现实，而着眼点却在将来，是通过文学作品的方式给社会、国家以及人以影响的。将文学家当做宣传员的角色，实在是现代政治的悲剧。他将作家定位为一个思想家，"不会和人碰杯，不会和人唱和"，"他有权利在一种较客观的立场上认识这个社会"，"他也有权利和一切党派游离，如大多数专门家一样，爱这些人民"。沈从文希望这个思想家的作家做的是一个无党派爱人生的人。在党派政治的纷争中，能够以"第三种组织"的身份/立场出发，在战争以外寻找到一种解决矛盾冲突的方式。这样的立场就是自由主义的立场。所以文学上的民主和自由，对他来说，"绝不是去掉那边的限制让我再来统治"，"民主在任何一时的解释都包含一个自由竞争的原则，用成就和读者对面，和历史对面的原则"。文学主要是用来创作出优秀的作品，而非用作宣传的手段。没有谁也不应该有谁在作品以外来控制作家的权利。沈从文认为，文学的真正的民主，应该是一方面容忍异己，另一方面又以个人为主，采取自由竞争的原则，"在运动规则内争表现"①。与朱光潜相似，他的文学的自由和民主，也是以个体的独立和自由为基础。他特意强调文学之内的个体的自由竞争，是运动规则内的。这充分显示出了自由主义的特质。在保障个体的自由的时候，强调这种自由是相对的自由，是一定范围内的自由，而非绝对的自由。这样的个体是一个积极健康的个人主义者，而不是一个极端的个人主义者。

萧乾也针对左翼文学的话语霸权而提倡文学上的民主和自由。与沈从文不同，他将过去30年充满文学争论和斗争的文学史，视作文坛上的一种民主竞争的表现。但是，对于最近那种不是根据作家的作品的优劣，而是根据作品符合不符合自己的观点来批判别人的行为，萧乾大为不满。他提出文学上也应讲求民主。萧乾的文学上的民主即文学的自由。他提倡的文学上的民主，实际上包含了三个层面。一是文坛上要形成容忍异己的精神和传统。也就是文学上的多元化。二是作家要有写作的自由。他/她不听命于外在的指令。三是批评家不应当运用武器的批判来干涉作家的写作，而应允许不同风格的作品存在。在提出自己对于自由主义文学的理解之后，萧乾又将批判的矛头对准了当下的文坛。他批评文坛上称公称老的元首主义，以及人到中年就大摆筵席的"暮气"现象。这显然是有意识地批评左翼文学上的郭老（郭沫若）茅公（茅盾）。他也批评当下社会的混乱动荡，作家的生活和安全都无法得到保障，再加上政府在刊物登记管理上的苛刻，造成了战后文坛上出现了精神的危机。萧乾可谓是站在自由主义知识分子的"中间"立场，对左右展开批判。他将理想也放在了作家身上。一个具有悲天悯人精神，"有理想，站得住，绝不易受党派风气的左右"，"能根据社会与艺术的良知""勇敢而不畏艰苦的创作"的作家。"他的笔是重情感，富想象，

---

① 沈从文：《政治与文学》，《沈从文全集·第14卷》，北岳文艺出版社2002年版，第251—258页。

第五章 命运抉择：自由主义与中间路线

比较具有永久性的。"他心目中理想的文坛是"平民化的向日葵和贵族化的芝兰可以并肩而立"①。萧乾心目中那个理想的作家和理想的文坛，实际上正是他所积极倡导的自由主义文学理念的具体化。无疑，他思想中的自由主义文学的核心或者基点，仍然是一个独立的个体。尽管他没有直接的提及文学和政治的关系，但是摆脱政治，尤其是左翼文学所倡导的那种"意识主义第一"的文学（批评）模式，显然是他所要追求的。

与朱光潜、沈从文、萧乾直接提出文学自由的理念不同，杨振声则针对具体的（文学）批评方式来阐述文学自由的理念。在杨振声看来，批评者批评别人时，总不像批评自己那样抱有一种宽容的态度。批评自己时，知道即使某些事情做错了也是不得已，所以很容易原谅自己。而批评别人时，就容易忘记被批评者也可能和批评者一样，有不得已的地方。杨振声指出了批评中存在的一个最大问题，就是严格/严厉要求别人，宽容自己。所以，他提出了批评中应该有"恕"。"在批评时仅有对事的意见之不同，不能涉及对人的情感之好恶。"批评本来就是批评者依据自己认为正确的是非标准，来评判别人的是与非。所以批评本身没有绝对的标准，也没有绝对的是与非。在杨振声眼中，批评不是为了求得绝对的是或绝对的非，而是在一个特定的环境中来评判是与非。由此，在批评时，批评家就应当注意，被批评者并不是绝对的非，而批评者自己也并不是绝对的是。批评者还是要有一种"恕"的态度。杨振声的"恕"不完全是饶恕、宽恕的意思，更多的是同情之理解的意味。也就是说，批评者不能够以一副真理在握的姿态，将批评对象一棍子打死。他提倡的还是一种批评中容忍异己的精神。因此表面上在谈批评，实际上是在谈文学上的自由。杨振声特别强调，文坛上缺乏的不是批

---

① 《中国文艺往哪里走?》，《大公报》（沪），1947年5月5日第2版。这篇文章当时以社评的形式发表，没有署名，作者实为萧乾。

评,"缺乏的是批评的艺术和风度",即一种民主、自由的批评精神[1]。

接着他还进一步从被批评者的角度来谈批评的问题。在他看来,被批评者应该采取超脱的态度。超脱不是置批评于事外,不管你怎么批评,我就是不闻不问,不当作一会事。杨振声要求的超脱是,能够将批评者的批评视作一面镜子,看看自己有无这方面的缺点。有则改之无则加勉。这才是被批评者的一种超脱的态度,也是一种雅量[2]。不管是批评者的"恕",还是被批评者的"超脱",杨振声实际上主张的都是批评中要容忍异己。这是文学批评上的自由精神。

梁实秋则依然从人性论的角度来阐释自由主义的文学理念。在一篇谈文学与现实的关系的文章中,他承认文学离不开现实。但是文学之所以成为文学,并不在它对现实的反映。现实会随着时代的变化而变化,而文学的价值则保持永恒。梁实秋的意思是,文学的题材要取自现实,但是它的艺术价值不是由题材来决定的。在抗战的时代,文学可以写抗战题材,但是它能否流传下来,获得受众的认可,不是取决于抗战题材。问题是,决定文学的艺术价值的是什么呢?梁实秋的观点还是20世纪30年代的观点。他认为文学的价值在于反映了永恒的人性。这永恒的人性是现实背后的东西。作家要透过生活中的各种现象,能够发现人类普遍的情感。正是不变的人性,才决定了尽管取材于现实,但是当现实发生巨大变化的时候,作品依然保有艺术魅力。站在人性论的立场上,梁实秋认为文学应有自己的范围。政治、社会、经济等都不是文学范围之内的事情。"文学应该谨守文学的藩(樊)篱。"需要指出的是,梁实秋的意思,并不是要将文学自闭于象牙塔之内。他主要是反对文学为政治、社会、经济等服务,把文学变成反映政治、经济、社会等的工具。文学可以以这些为题材,但还是要反映这些背后所存在的人性。所

---

[1] 杨振声:《批评》,《经世日报·文艺周刊》(北平)第2期,1946年8月25日第4版。
[2] 杨振声:《被批评》,《经世日报·文艺周刊》(北平)第4期,1946年9月8日第4版。

以在他看来，报告文学不是文学，因为这已经将文学作为新闻记录的工具了①。坚持文学的人性论的梁实秋，实际上也延续了20世纪20年代坚持"自己的园地"的周作人的文学思想。他们都是在本体论的意义上试图建构文学自由的理念。

三 诗的新方向

在20世纪40年代后期自由主义文学的重构中，年轻的诗歌创作者和诗歌理论者袁可嘉扮演了一个非常重要的角色。针对左翼文学提出的"人民的文学"的"新方向"，袁可嘉将"五四"文学中的"人的文学"的传统发扬光大。如果说在"五四"的历史语境中，"人的文学"强调的主要是一种人道主义精神，它突显出的是这一命题中的"人"的话，袁可嘉更强调的是这一命题中的"文学"的主体性。他将当下的文学潮流分为两个大的潮流，另一个是"人民的文学"，一个是"人的文学。"在20世纪40年代后期，"人民的文学"正主宰着文学市场。这说明，他也感受到了来自左翼文学"新方向"的压力。不过，在他看来，"人民的文学"是"人的文学"在一个特定阶段的发展，是一个历史的产物。在当下的中国，因为还有更多的人饱受统治阶级的压迫，所以发动他们起来进行斗争，争取自己获得解放就成了历史的任务。"人民的文学"则是这一历史任务的产物。他暗示，"人民的文学"属于"人的文学"的范围，并终将回归到"人的文学"之中。因为要服务于现阶段的历史任务，所以"人民的文学"主要是以人民为本位，以阶级为本位，以工具为本位，以宣传为本位。也就是说它的"人民"不是包括所有的人在内的，而是特指被压迫的工农。它的功能主要体现在宣传阶级斗争的理念，是宣传政治的工具。"人民的文学"的概念本

---

① 梁实秋：《文学与现实》，《期待》1947年第1卷第2期，第1—2页。

身已经预设了关于"人民"和"文学"的诸多模式。这就意味着，投身到这个"新方向"中来的作家，必须遵守或者按照这些已经预设好的模式和套路来写作，否则的话都是不合法的。在"人民的文学"的命题中，"人民""文学""现实"被大大压缩和简化。而且，对于那些没有从"人民"的立场上来创作的作品，对于没有正确反映人民的政治意识（阶级斗争）、对于没有按照它的模式要求来反映人民的政治意识的作品，均要遭到批判或否定。它具有强烈的排他性。

相比之下，"人的文学"则主要坚持以人为本位，以生命为本位，以艺术为本位，以文学为本位。这一命题将文学创作、文学批评和文学欣赏等文学活动视作人的心智活动和生命活动。这一形式实际上更具体地表现为一个充分体现出人的主体性的过程。创作者选取有意义的经验，然后将其转变成艺术的世界，形成文学作品。而读者则通过阅读这些作品，体会到一种生命的意义和价值。读者自己的人性和心灵在潜移默化中也得到了改造。在这一点上，袁可嘉的思路和沈从文等是一致的。不过，他又借用了曾经在清华大学任教的瑞恰慈的"最大量的意识活动"，来建构文学的本体性。因为包括文学创作在内的文学活动都被其视作一种"人的心智和生命活动的形式"，文学活动尤其是文学创作的过程，实际上是将人的生命经验中最深的、最广的意识挖掘出来，使它们相互激发、冲突、协调，最后综合起来，形成生命的最大价值。所以，文学作品常常呈现出它的永恒性、普遍性和广泛性。正因为文学活动主要是一种生命的内在活动，所以，它本身不受制于诸如政治等外在的东西。它的文学价值也不是由政治来决定的，而是取决于它表现出的生命价值。在这个角度上，袁可嘉意义上的"人的文学"展现出充分的自由性。

袁可嘉在心理学基础上重构的"人的文学"的命题，实际上建构了一种自由主义文学的理念。"人的文学"的命题中，人和文学都以积

第五章 命运抉择：自由主义与中间路线

极的、能动的、独立的主体的形式出现。这里又可以具体表现在三个层面：第一，作家是独立而自由的；第二，文学创作的过程是独立和自由的。它不受外来的干涉和影响，不遵照一定的模式，不接受外在的文艺政策的指导和规范；第三，作品最后呈现出的效果，是在肯定个体生命的尊严和价值的基础上，将个体生命的丰富性和充足性提升到一个更高的层次。所以，读者不是接受并遵守某种理念，而是在心灵上获得了一种解放，一种跃升。

显然，在"人的文学"的参照下，"人民的文学"显示出它的不自由/反自由的一面。在袁可嘉看来，"人民的文学"应当进行适当的自我调节或者修正。第一是要在坚持人民本位的情况下放弃统一文学市场的"野心"。因为文学本身是一种心灵自由的活动，任何统制性的举动都会对生命造成伤害。"人民的文学"可以真正地通过"人民"/集体的解放而充分地解放"人"/个体，通过"社会"的改造而真正地改造生命。第二是在文学的阶级性上有一个适当的限度。阶级不应成为文学的一个普遍的标准。第三是文学在成为宣传或政治的工具之前，应当先成为文学。第四是不应将"人民的文学"视作一切文学批评的标准。第五是"人民的文学"要认识到自己的发展方向。它只是一个特定阶段的历史产物。袁可嘉的意思是希望"人民的文学"通过自我改造能够归依到"人的文学"的命题之中。他甚至还提出自己所理解的"人民的文学"应当是：必须是人民自己写的，必须属于人民，必须为人民而写。这也意味着"人民的文学"这一命题中只剩下了以人民为本位的思想。从他的建议中，我们也会发现，他重点还是强调文学应当成为文学，这是文学的主体性。文学也应当容忍异己，即文学的民主。从实质上来看，他是希望用自由主义文学的理念来修正左翼文学的"新方向"，使"人民的文学"带有自由主义的色彩。用袁可嘉的话说："在服役于人民的原则下我们必须坚持人的立场，生命的立场；在不歧视政治的作用下我们必须坚持文学的立场，艺术的立场。"① 这也是对他所建构的自由主义文学的最精确的概括。

在"人的文学"的基础上，袁可嘉积极地建构他的富有自由主义色彩的"新诗现代化"的诗学体系。实际上这个体系也是试图在诗歌领域开拓出左翼文学的"新方向"之外的另一个"新方向"。在20世纪40年代后期，左翼文学在"人民的文学"的大旗下，对诗歌也提出了"新的方向"。这个方向就是诗歌的"大众化"。要求诗歌/诗人为配合当下的现实斗争而创作。"诗——文艺运动，该是配合着政治的，因而首先便应该大众化。"要真正地走进人民的生活中，向人民学习，学习他们的语言和他们所熟悉的山歌民谣。诗人要真正变成人民的一分子，这样才可以摆脱站在旁观者或者人民之上的立场。李季的《王贵与李香香》、袁水拍的《马凡陀的山歌》等被作为诗歌大众化的典型②。而对于那些与这个方向不一致的诗人，尤其是穆旦、郑敏、袁可嘉等年轻的诗人，左翼文学界加大了批判的力度。穆旦等人被视作"才子佳人的搔首弄姿、超凡入圣者的才情至上主义、十足洋相之流的莫测高深、隐士们的阴阳怪气、买办洋奴代表人的狂吠"等罪名。在诗歌已经担负起民主和反民主斗争的重要任务之际，这些仍然维护诗歌的艺术特质的诗人被视作一股诗坛的"逆流"③，或者"恶流"④。这个方向在当时的诗坛逐渐获得了认同。方敬认为，"一首诗的好坏主要在于它有没有真实的内容"。这个真实的内容就是"时代的主调"⑤。方敬所谓的时代的

---

① 袁可嘉：《"人的文学"与"人民的文学"》，《大公报·星期文艺》（津）第39期，1947年7月6日第6版。
② 李白凤等：《关于新诗的方向问题》，《新诗潮》1948年第3辑《新诗底方向问题》，第1—5页。
③ 舒波：《评〈中国新诗〉》，《新诗潮》1948年第4辑《理论与批评》，第7、11页。
④ 张羽：《南北才子才女大会串——评〈中国新诗〉》，《新诗潮》1948年第3辑《新诗底方向问题》，第19页。
⑤ 方敬：《谈诗（上）》，《大公报·文艺》（津）第89期，1947年9月10日第8版。

第五章　命运抉择：自由主义与中间路线

主调显然是指当下的政治斗争。言外之意就是诗应当为这个斗争服务。所以，美不是诗的目的，而是诗的手段。既没有绝对的美，也没有独立的美①。在方敬这里，诗之所以为成为诗，不是取决于它本身的艺术性——美，而是取决于诗所反映的内容。另一位批评者干脆认为读一百首意境朦胧的诗，不如听"一篇感人肺腑的叫喊"。在内容和形式上，内容占据了绝对重要的作用。"一切的战斗的现实的内容，也必然是政治内容，不管是抒情，不管是叙述，不管是'政治诗'，不管是山歌，都是政治内容。"② 反映政治内容成为诗歌必须承担的最主要的功能。劳辛也点名批评袁可嘉的诗歌拘泥于技巧和私人小天地之中，有逃避现实的倾向。相反，诸如田间、臧克家等诗人，尤其是前者以粗犷美反映出现实的战斗力③。正如笔者在上面已经分析的，在20世纪40年代后期，包括朱自清、冯至等原本坚守自由主义立场的作家也开始认同诗歌"大众化"的方向。

在这样的背景中，袁可嘉提出了"诗的新方向"。他以被人嘲讽为"南北方才子才女大会串"的《中国新诗》为例，说明穆旦等年轻诗人的诗歌代表了诗歌发展的"新方向"。这个"新方向"是使诗人们站在既不倾左又不倾右的立场上，以艺术与人生为本位，力图在艺术与现实之间找到一种平衡。"不许现实淹没了诗，也不许诗逃离现实，要诗在反应现实之余还享有独立的艺术生命，还成为诗，而且是好诗。"④ 无论是诗人的立场——不左不右的中间位置，还是在现实与艺术之间保持一种平衡的诗学追求，均反映出了自由主义文学的特色。这似乎更像是袁可嘉的"人的文学"在诗学中的翻版。与其说是袁可嘉在《中国新诗》的诗人们身上看到了一种"诗的新方向"，毋宁说这也正是他自己

---

① 方敬：《谈诗（下）》，《大公报·文艺》（津）第90期，1947年9月17日第6版。
② 许洁泯：《勇于面对现实》，《诗创造》1947年第1辑《带路的人》，第10—11页。
③ 劳辛：《诗底粗犷美短论》，《诗创造》1947年第4辑《饥饿的银河》，第26—29页。
④ 袁可嘉：《诗底新方向》，《新路》1948年第1卷第17期，第23页。

试图在左翼诗歌的主流方向之外，重新探索的一个诗歌的"新方向"。

更重要的是，袁可嘉将他所提出的"诗的新方向"具体化为一种诗学主张，即所谓新诗现代化。袁可嘉站在与世界文学同步的立场上，积极吸取艾略特、奥登等现代主义诗人的诗学理论，并融合瑞恰慈、布鲁克斯等英美形式主义文论，建构起带有自由主义的诗学体系。这个体系的最大特色就是试图将中国新诗从浪漫主义、写实主义乃至政治功利主义等的包围中解放出来，向更现代化——现代主义——的发展方向推进。从瑞恰慈的综合心理学的角度，他强调生命是一个有机的综合的整体，而文学的最大价值在于对生命价值的创造。所以，诗歌创作过程中要突出的不是生命中的某一种思想或者意识，而是要捕获生命经验中的最大的意识，然后将其综合，创造出生命的最大价值。从另一个角度来说，文学创作的过程是人的心智和生命中各种因素相互作用的复杂过程，不是只有哪一个因素起作用。所以现代诗歌的发展方向是从分析到综合。他还特别提到17世纪以来英国诗歌史上的三次只注重分析而损伤了诗歌的艺术价值——也损伤了生命价值——的例子。第一次是17世纪末18世纪初，以诗人蒲柏为代表的"新古典主义"。他们突出理性主义，实际上将有机的生命分割为理智/理性与感情/感性，并将理智/理性放置在代表文学的综合动力的想象之上。第二次是19世纪的浪漫派诗人。他们"使伤感取得合法地位而放逐了智力的意识活动"。第三次是19世纪末的为艺术而艺术。它的问题不在于对美的强烈追求，而在于将人的生命经验"横施隔离，独宗一家"。那些突出诗歌的宣传性、道德性、音乐性等的问题也在于违背了诗歌创作中"最大意识量的获得"的原则，孤立地强调其中的一种元素[1]。

在袁可嘉的诗学主张中，最关键的是诗歌的创作过程。他将这个

---

[1] 袁可嘉：《综合与混合——真假艺术底色彩》，《大公报·星期文艺》（津）第27期，1947年4月13日第7版。

第五章 命运抉择：自由主义与中间路线

过程概括为"把意志或经验化作诗经验的过程"。这个转化不是直接的转化，不是将我们生活中的经历用文字描述出来就行了。他将这种转化的方式命名为戏剧化或者戏剧主义。第一，从现代心理学的角度说，人的生命呈现出的是一个复杂的过程，是"前后绵连的'意识流'总和"，"而意识流也不过是一串刺激与反应的连续、修正和配合"。不同的刺激引发不同的反映，这些反映之间也会产生各种矛盾和冲突。包括诗歌在内的文学创作过程也是这样一个过程。所以，生命中被各种刺激激发出来的不同的反映，不可能会被诗歌清晰而直接地表现出来。诗歌要想反映出生命的价值，就不能是直白式的感情的宣泄，而应当采用各种方式将生命中那些曲径通幽的东西传达出来。换言之，戏剧化就是力避直接的说白，通过间接的暗示等曲折的方式将生命的复杂性展现出来。同时，人的生命价值的高低取决于"调和冲动的能力"，"那么能够调和最大量，最优秀的冲动的心神状态是人生最可贵的境界了"。诗歌的价值就在于通过戏剧化的方式，将人的调和最大量的意识冲动的能力展现出来。戏剧化在诗歌现代化的过程中占据了非常重要的作用。第二，从想象的角度来说，诗歌的创作过程也是一个想象的过程，即"诗想象"。它试图将抽象与具体，差异与相同，观念与意象等不同的元素统一起来。这种统一的过程也不是可以被直接表现出来的，而要用各种不同的意象将其传达出来。第三，从语言学的角度来说，诗歌的语言和日常生活中的语言是不同的，即使它借用了日常生活中的语言，也不再表达日常生活中的意义。它是一种象征的语言。如果说日常生活中的语言的指代关系是确定的，即能指和所指之间是一一对应的关系，那么在诗歌的语言中，能指往往是滑动的，它不再固定地指向原来的所指，而是滑向其他的所指，从而指代其他的意义。尤其是它还要接受语言的节奏、修辞、语气等的修正。也就是说在不同的语境中，一个能指可能会呈现出不同的意义来①。

袁可嘉的诗歌的戏剧化,主要突出了两个方面。第一,是诗歌的表现方式上的间接性。因为生命意识的复杂性,诗歌语言的复杂性,以及诗歌想象的复杂性,所以,要想将这些复杂性表现出来,就需要采用间接的表现手法。比如像里尔克那样,借助于具体的客观事物来表现人的生命的丰富性。同"人的文学"一样,他强调的是诗歌的创作过程是一个与人有关的自主性的活动。诗歌的创作是独立于政治、商业等活动之外的。它有自己的主体性。这实际上是一种自由主义的诗歌理论。他明确表示在自己的诗学体系中,诗歌与政治是有关系的,但这种关系是平行的而非从属的。诗歌绝对应当关注现实人生,但也要保持自己之所以为诗歌的艺术特质。在语言媒介上,诗歌吸取日常生活语言是绝对值得肯定的,但是吸收日常语言不是因为它是民众用的,而是因为它本身所带有的弹性大,内蕴丰富等特性,它可以成为"创造最大量意识活动的工具"。绝对承认诗歌的多元化,但反对坏诗、假诗与非诗。而且诗歌的现代化或者戏剧化不是来自外在的压力,而是出于诗人内心的自发要求。这样一种现代化的诗歌最终以现实、象征和玄学的综合的形式体现出来。换言之,现代化的诗歌既要充分地关注现实人生,又要将生命对于自身、对于现实的经验用暗示的、含蓄的方式表现出来,同时还要"敏感多思、感情、意志的强烈结合及机智的不时流露"②。

第二,尤为重要的是,他还将自己的诗歌主张和民主紧密地联系起来。在他看来,我们往往将民主狭隘地视作"一种政治制度",诗只是被当作推进政治运动的工具。实际上,民主是一种"全民的文化模式或内在的意识状态",诗正是"创造民主文化和意识的有机部分"。民主

---

① 袁可嘉:《谈戏剧主义》,《大公报·星期文艺》(津)第84期,1948年6月8日第4版。

② 袁可嘉:《新诗现代化——新传统的寻求》,《大公报·星期文艺》(津)第25期,1947年3月30日第7版。

第五章　命运抉择：自由主义与中间路线

文化的本质是要在不同中寻找到一种和谐。它首先要允许"不同"：不同的文化与不同的思想意识。但是，仅仅只有不同很容易造成混乱状态，最后演变成无政府主义。所以还要求"和谐"。但是如果只是为了和谐而要求"同"的话，就会形成某种清一色的独裁的局面。所以理想的民主文化是和而不同。"不同"是民主文化的起点和前提，而"和谐"是民主文化的理想和目的。在这样的文化状态中，包括文化在内的每一部门都是在既独立又相互配合之中发展的。社会充分重视各个阶层与各个个体，而不是以某一阶级的利益为唯一至上的前提。"它决不以政治抹煞教育，经济抹煞伦理，'群众'代替个人，'工具'代替生命。"即使在每一个个体身上，民主文化也强调个体在各个方面得到充分的发展，而不仅仅使其成为政治的崇拜者。个体也必然会在自我完成的基础上增进集体的利益。

袁可嘉认为这样的民主文化和自己所主张的诗学体系是相通的。在诗歌的创造过程中，他强调瑞恰慈所说的"最大的意识量"。就是要让生命经验中不同的意识思想充分地激发出来，让它们在相互冲突中求得一种综合意义上的和谐。这里面就包括了允许不同的存在。在综合的意义上的和谐，也并非就是将众多的意识中的某一个突出，使其成为占据主导地位的意识，而是在最大量的不同意识的冲突中寻找到一种平衡的方式。所以尽管综合了，和谐了，但是还有"不同"的存在。用袁可嘉的话说是，"写一首现代化的诗，一方面必须从作者的民主认识出发（把有价值的经验兼蓄并包），另一方面必须终之于具体而微的民主的完成（完成于和谐），它底整个创造过程无疑是追求民主的过程"[1]。这也再次证明了，袁可嘉所提出的诗歌现代化的"新方向"，实际上正是一种自由主义文学的方向。

---

[1] 袁可嘉：《诗与民主》，《大公报·星期文艺》（津）第 101 期，1948 年 10 月 30 日第 4 版。

结　语

　　在结尾之处，笔者想提出一个问题：对我（们）来说，自由主义文学究竟意味着什么？如果说自由主义文学作为一个概念本身具有后设性，那么我们对自由主义文学的研究是否带有"重写文学史"的冲动？或者正像一位批评者所言，试图将原本以左翼文学为主流的中国现代文学史改写成以自由主义文学为主流的文学史[①]。果真如此的话，在主流与支流、中心与边缘的位置互换过程中，"重写"可能意味着新的压抑，洞见的过程即盲视的过程。显然，仅仅停留在抑（左翼文学）扬（自由主义文学）的"重写"层面，并不能使我们更深入地了解所面对的对象。如果我们意识到关于文学史的研究常常是对文学史的叙述而非文学史本身，那么我们又该以什么样的立场展开我们的叙述（研究）？我们如何使自己的叙述不只是"重写"，我们如何保证自己的叙述（研究）仍然具有意义？

　　对研究者来说，一个需要破解的前提是，我们的研究并不意味着我们掌握"真理"。即使怀着追求"真理"的目的踏上研究之路，也应该意识到那个"真理"并不是世界上唯一正确的"真理"。具体到

[①] 赵海彦：《近年"中国现代自由主义"文学思潮研究述评》，《甘肃社会科学》2003年第2期，第17页。

结　语

自由主义文学研究来说，与其说自由主义文学是一个被建构起来的概念，毋宁说它更是一种介入问题的视角，一条重返历史现场的路径。我们不得不承认以它为视角可能造成对问题的某种遮蔽，但也不想否定它本身即一种研究的立场或者研究的方法。按照自由主义的理念，还意味着包容异己的精神也应该在研究中得到充分的体现。自由主义文学是笔者所关注的主线，但笔者并不想将其树立为现代文学史的主线。自由主义文学遭到来自左翼文学、右翼文学的批判或者压抑显然是一个不容忽视的事实。对于压抑与被压抑、批判与被批判的叙述只是为了更好地呈现出历史的复杂性。所以，对笔者而言，自由主义文学首先意味着一种立场，一种方法，一种介入问题的视角，一条试图重返文学史现场的路径。从另一个角度来说，它也是笔者必须面对和思考的问题：在20世纪40年代的历史语境中，自由主义文学究竟意味着什么？如果这个问题还显得有些大的话，笔者更希望将问题具体化。比如对于沈从文来说，20世纪40年代的文学实践究竟意味着什么？对张爱玲来说，20世纪40年代的文学实践又意味着什么？答案也许不是唯一的。

在20世纪40年代的自由主义作家身上，我们会发现疏离政治并不意味着他们没有自己的政治立场，或者"政治感觉匮乏"[①]。正如笔者在文中所分析的那样，在沈从文、张爱玲、钱锺书等人的作品中，我们都可以辨识出他们的政治立场。在以国共两党的政争为主的现实政治中，他们以自己的"中间"位置，将政党政治与中国区别开来。对他们来说，政党并不代表中国。所以他们并不希望在国共两党之间做出选择，而是试图以个人主义（自由主义）的立场，通过文学的形式建立起与中国的关联。套用学术界一个流行的说法，他们是在用文学的方式

---

① 孙歌：《极限状态下的政治感觉》，《开放时代》2004年第1期，第155—157页。

"想象中国"。抑或说，在他们的文学世界中同样寄予了他们对未来的中国、中国走什么道路的设想。沈从文在20世纪40年代不断提及的"重造"的理想即一例。无论在具体的设想上存在着怎样的差异，他们所希望的那个"想象的共同体"首先要保障的是个体的独立和自由。所以，在20世纪40年代自由主义文学的背后潜藏的是，一批知识分子从个人主义立场出发，通过文学的方式，表达他们对于自由主义的国族政治的想象。

同时，在20世纪40年代的自由主义文学中，我们还可以发现，个体与集体（社会、国族）之间的关系始终是一个潜在的主题。无论是梁实秋所代表的从日常生活中发现永恒的人性（亦称"永恒的东西"），张爱玲的"软弱的凡人"，还是无名氏、徐訏的"新个性主义"，甚至路翎笔下那个永不妥协的蒋纯祖的"主观战斗精神"，都表现出对于个体价值的高度重视。这也是自由主义文学的一个基本的立足点。一方面，个人的自由具有优先性。在大多数自由主义作家的意识中，集体价值不能凌驾于个体价值之上。这正是他们与左翼作家或者右翼作家的区别所在。另一方面，在文学的世界中，他们所关注的主要对象仍然是个体意义上的人。比如徐訏、无名氏笔下坚持拥有"自己的世界"的哲学家和印蒂，钱锺书那些受困于"围城"中的男男女女，张爱玲笔下的葛薇龙、白流苏、曹七巧等"软弱的凡人"。所以，自由主义作家既是从个人主义的立场出发来观察世界，同时他们的文学也带有个人主义色彩。正如胡适所说，个人主义即自由主义。毋宁说他们始终在尝试如何在个体和社会、国族之间建立一种平衡的关系。

按照洪子诚先生的解释，文学上的"一体化"是特定历史阶段中"整个文学格局的一种总体状况、趋向""是一种文学的要求""一种强制性的规范要求"，一种在题材、风格、语言、主题等方面达到统一化

结　语

的要求[①]。正如笔者在前面所分析的，20世纪40年代的自由主义作家始终处于这样一种"一体化"的要求之中。抗战时期国民党文人的"文艺政策"，解放区的"党的文艺政策"，以及抗战胜利后国民党文人再次提出的"戡乱文学"，大有一统天下的左翼文学的"人民的文学"的"新方向"，均是文学"一体化"的表现。在这样的环境中，自由主义文学呈现出对于文学的独立传统的坚守。这可以从三个层面来理解。第一，20世纪40年代的自由主义作家试图将20世纪20年代后期开始获得独立形态的文学的自由和自由的文学的传统发扬光大。无论是在抗战期间，还是在第二次国共战争期间，梁实秋始终坚持他在20世纪20年代末已经提出的"人性论"的文学理想。第二，从知识分子的角度来说，自由主义作家在20世纪40年代的文学实践，表现出对知识分子的独立精神和自由思考的追求。他们试图在各种压力和挑战面前仍然尝试"创造有独立精神价值的产品"。第三，从文学自身的独立性的角度来说，20世纪40年代自由主义作家试图通过自己的积极实践证明，文学应该而且可以拥有自己的独立性。他们也试图将文学的独立性变成一种文学传统[②]。

无疑，20世纪40年代自由主义文学所坚持的是一种多元化的文学图景。自由主义作家也批判左翼文学，也将文学的晦涩、伤感等视作文学的"弊与病"。但是，在他们那里，批判并不等于要以自己的文学观来统一文坛。在整个中国文学格局大转型的20世纪40年代，自由主义文学表现出的是对历史的必然性的质疑，尤其是对将一种理想定为唯一

[①] 洪子诚：《问题与方法：中国当代文学史讲稿》，北京大学出版社2010年版，第59页。
[②] 洪子诚先生在论及左翼作家（知识分子）与革命的关系时提出了"文学的独立传统"的问题。笔者认为"文学的独立传统"在40年代自由主义作家身上也有很好的体现。他们倒不是要处理自我与革命的关系，而是在整个文学格局之中与现实政治环境之中，仍然试图保有"文学的独立传统"。洪子诚先生的观点参见《问题与方法：中国当代文学史讲稿》，北京大学出版社2010年版，第59、144页。

的选择或者发展道路的怀疑。所谓的"历史必由之路"对他们来说更多的是应然性，而非必然性。毋宁说，20世纪40年代自由主义作家表现出对文学、文学史和历史发展的多种可能性的积极探索。

也许这些已经是对"自由主义文学究竟意味着什么"这一问题的回答。但是答案并没有穷尽。笔者希望这只是一个开始，文章的结束亦是思考的另一个起点。在不断地向对象提出问题，也不断地向研究者自我提出问题的过程中，能够继续将自由主义文学尤其是20世纪40年代自由主义文学的研究深入下去。研究的过程也是一个自我不断反省的过程。在这样的情况下，无论是作为命题本身还是研究对象，自由主义文学才能呈现出它的开放性，它才能够不断地被激活，不断地变成需要思考的问题。

参考文献

卜少夫、区展才主编：《现代心灵的探索》，台湾黎明文化事业公司1989年版。

陈明编：《我在霞村的时候》，陕西人民教育出版社1999年版。

陈学明、吴松、远东编：《让日常生活成为艺术品》，云南人民出版社1998年版。

《大众文艺丛刊批评论文选集》，新中国书局1949年版。

[德] 顾彬：《二十世纪中国文学史》，范劲等译，华东师范大学出版社2008年版。

丁玲创作讨论会专集编选小组编：《丁玲创作独特性面面观》，湖南文艺出版社1986年版。

《东亚联盟论文选辑》，东亚联盟中国总会上海分会1942年版。

[法] 布尔迪厄：《艺术的法则：文学场的生成和结构》，刘晖译，中央编译出版社2001年版。

[法] 列斐伏尔：《日常生活批判》，叶齐茂译，社会科学文献出版社2018年版。

范智红：《世变缘常：四十年代小说论》，人民文学出版社2002年版。

冯姚平编：《冯至与他的世界》，河北教育出版社1999年版。

冯至：《冯至全集》，河北教育出版社1999年版。

高全之：《张爱玲学：批评·考证·钩沉》，台湾麦田公司2014年版。

高全之：《张爱玲学续篇》，台湾一方出版有限公司2003年版。

郜元宝等：《破碎与重建：1937—1945抗战时期的中国文学研究》，上海人民出版社2015年版。

耿传明：《轻逸与沉重之间》，南开大学出版社2004年版。

顾肃：《自由主义基本理念》，中央编译出版社2003年版。

郭沫若等：《人民至上主义的文艺》，上海文汇报馆1947年版。

郭沫若：《文艺与宣传》，汉口生活书店1938年版。

贺桂梅：《转折的年代：40—50年代作家研究》，山东教育出版社2003年版。

洪子诚：《问题与方法：中国当代文学史讲稿》，北京大学出版社2010年版。

胡风：《胡风全集》，湖北人民出版社1999年版。

胡适：《胡适全集》，安徽教育出版社2003年版。

黄昌勇编：《王实味：野百合花》，中国青年出版社1999年版。

黄锦树：《文与魂与体》，台湾城邦文化事业股份有限公司2006年版。

蒋中正：《中国之命运》，重庆正中书局1943年版。

［捷克］普实克：《抒情与史诗：现代中国文学论集》，郭建玲译，上海三联书店2010年版。

《抗日战争时期沦陷区史料与研究·第一辑》，百花洲文艺出版社2007年版。

李强：《自由主义》，吉林出版集团有限责任公司2007年版。

李书磊：《1942：走向民间》，山东教育出版社 2001 年版。

李陀编：《昨天的故事：关于重写文学史》，香港牛津大学出版社 2006 年版。

梁实秋：《梁实秋全集》，鹭江出版社 2002 年版。

林默涵主编：《中国解放区文学书系》，重庆出版社 1992 年版。

林默涵主编：《中国抗日战争时期大后方文学书系》，重庆出版社 1989 年版。

刘川鄂：《中国自由主义文学论稿》，武汉出版社 2000 年版。

刘心皇编著：《抗战时期的文学》台湾"国立"编译馆 1995 版。

路翎：《路翎文集》，安徽文艺出版社 1995 年版。

陆耀东：《冯至传》，十月文艺出版社 2003 年版。

《毛泽东选集》，人民出版社 1991 年版。

[美] 埃德蒙·福赛特：《自由主义：一种理念，一种历史》，杨涛斌译，北京大学出版社 2017 年版。

[美] 杜赞奇：《从民族国家拯救历史》，王宪明译，江苏人民出版社 2008 年版。

[美] 格里德：《胡适与中国的文艺复兴：中国革命中的自由主义（1917—1937）》，鲁奇译，江苏人民出版社 1996 年版。

[美] 耿德华：《被冷落的缪斯：中国沦陷区文学史（1937—1945）》，张泉译，新星出版社 2006 年版。

[美] 黄心村：《乱世书写：张爱玲与沦陷时期上海文学及通俗文化》，胡静译，上海三联书店 2010 年版。

[美] 胡志德：《钱钟书》，张晨译，中国广播电视出版社 1990 年版。

[美] 李欧梵：《李欧梵论中国现代文学》，上海三联书店 2010 年版。

[美] 梅仪慈：《丁玲的小说》，沈昭铿、严锵译，厦门大学出版社 1992 年版。

[美] 舒允中：《内线号手：七月派的战时文学活动》，上海三联书店 2010 年版。

[美] 王斑：《历史的崇高形象》，孟祥春译，上海三联书店 2008 年版。

[美] 王德威：《如何现代，怎样文学?》，台湾城邦文化事业股份有限公司 2008 年版。

[美] 夏志清：《中国现代小说史》，刘绍铭等译，香港中文大学出版社 2015 年版。

[美] 夏济安：《黑暗的闸门：中国左翼文学运动研究》，万芷均等译，香港中文大学出版社 2015 年版。

[美] 周蕾：《妇女与中国现代性：东西方之间阅读记》，台湾麦田出版公司 1995 年版。

倪伟：《"民族"想象与国家统制》，上海教育出版社 2003 年版。

钱理群：《1948：天地玄黄》，山东教育出版社 2001 年版。

钱理群主编：《中国沦陷区文学大系》，广西教育出版社 2000 年版。

钱理群主讲：《对话与漫游：四十年代小说研究》，上海文艺出版社 1999 年版。

钱钟书：《写在人生边上·写在人生边上的边上·石语》，生活·读书·新知三联书店 2002 年版。

钱锺书：《人·兽·鬼》，生活·读书·新知三联书店 2002 年版。

钱锺书：《围城》，上海晨光出版公司 1947 年版。

瞿秋白：《乱弹及其他：瞿秋白遗著》，上海霞社 1938 年版。

任剑涛：《中国思想脉络中的自由主义》，北京大学出版社 2004 年版。

《陕甘宁边区抗日民主根据地·文献卷》，中共党史资料出版社 1990 年版。

沈从文：《沈从文全集》，北岳文艺出版社 2002 年版。

沈从文：《沈从文文集·第 12 卷·文论》，花城出版社 1984 年版。

施蛰存：《待旦录》，上海怀正文化社 1947 年版。

师陀：《师陀全集》，河南大学出版社 2004 年版。

苏光文：《抗战文学概论》，西南师范大学出版社 1985 年版。

苏青：《苏青散文精编》，浙江文艺出版社 1998 年版。

苏伟贞编选：《张爱玲的世界》（续编），台湾允晨文化实业股份有限公司 2003 年版。

孙瑞珍、王中忱编：《丁玲研究在国外》，湖南人民出版社 1985 年版。

田蕙兰等编：《钱钟书杨绛研究资料》，知识产权出版社 2010 年版。

汪应果、赵江滨：《无名氏传奇》，上海文艺出版社 1998 年版。

无名氏：《淡水鱼的冥思》，花城出版社 1995 年版。

无名氏：《海艳》，花城出版社 1995 年版。

无名氏：《金色的蛇夜》（上、下），上海文艺出版社 2001 年版。

无名氏：《野兽·野兽·野兽》，中国文联出版公司 1989 年版。

晓风编：《我与胡风：胡风事件三十七人回忆》，宁夏人民出版社 1996 年版。

萧军编：《鲁迅研究丛刊第一辑》，哈尔滨鲁迅文化出版社 1947 年版。

萧军：《萧军全集》，华夏出版社 2008 年版。

萧乾：《萧乾全集》，湖北人民出版社 2005 年版。

谢泳主编：《钱钟书和他的时代》，上海辞书出版社 2009 年版。

许杰：《现代小说过眼录》，立达书店 1945 年版。

徐迺翔、黄万华：《中国抗战时期沦陷区文学史》，福建教育出版社 1995 年版。

徐訏：《风萧萧》，人民文学出版社 2008 年版。

徐訏：《个人的觉醒与民主自由》，台湾传记文学出版社 1979 年版。

徐訏：《现代中国文学过眼录》，台湾时报文化出版企业有限公司 1991 年版。

徐訏：《徐訏文集》，上海三联书店 2008 年版。

许渊冲：《追忆逝水年华：从西南联大到巴黎大学》，生活·读书·新知三联书店 1996 年版。

杨绛：《杨绛文集》，人民文学出版社 2004 年版。

姚可昆：《我与冯至》，广西教育出版社 1994 年版。

也芙编：《蒋委员长抗战言论集》，汉口民族解放社 1938 年版。

一土编：《21 世纪：鲁迅和我们》，人民文学出版社 2001 年版。

［英］霍布豪斯：《自由主义》，朱曾汶译，商务印书馆 2009 年版。

［英］霍布斯鲍姆、兰格编：《传统的发明》，顾杭等译，译林出版社 2004 年版。

［英］洛克：《政府论》，瞿菊农、叶启芳译，商务印书馆 2005 年版。

［英］马修·阿诺德：《文化与无政府状态》，韩敏中译，生活·读书·新知三联书店 2002 年版。

［英］以赛亚·柏林：《自由论》，胡传胜译，译林出版社 2003 年版。

［英］约翰·格雷：《自由主义》，曹海军等译，吉林人民出版社 2005 年版。

［英］约翰·密尔（穆勒）：《论自由》，许宝骙译，商务印书馆 2005 年版。

［英］约翰·穆勒：《群己权界论》，严复译，上海三联书店 2009 年版。

郁达夫：《郁达夫全集·第 8 卷·杂文（上）》，浙江大学出版社

2007年版。

袁可嘉:《论新诗现代化》,生活·读书·新知三联书店1988年版。

张爱玲:《张爱玲全集》,北京十月文艺出版社2009年版。

张道藩等:《文艺论战》,重庆正中书局1944年版。

章清:《"胡适派"学人群与现代中国自由主义》,上海古籍出版社2004年版。

张忠栋等:《什么是自由主义》,台湾唐山出版社1999年版。

郑树森编选:《张爱玲的世界》,台湾允晨文化实业股份有限公司2004年版。

郑树森、黄继持、卢玮銮编:《国共内战时期香港本地与南来文人作品选(1945—1949)》(上、下),香港天地图书有限公司1999年版。

郑树森、黄继持、卢玮銮编:《国共内战时期香港文学资料选(1945—1949)》(上、下),香港天地图书有限公司1999年版。

《中国现代文学论集:研究方法与评价》,香港中文大学中国语言及文学系1998年版。

《中国新文学大系(1937—1949)》,上海文艺出版社1994年版。

中共中央文献研究室编:《毛泽东文集》,人民出版社1993年版。

中共中央文献研究室编:《毛泽东文艺论集》,中央文献出版社2002年版。

《中华民国史档案资料汇编·第五辑·第二编·文化》,江苏古籍出版社1998年版。

中央档案馆编:《中共中央文件选集》(11—18册),中共中央党校出版社1991—1992年版。

朱光潜:《朱光潜全集》,安徽教育出版社1987—1988年版。

朱自清:《朱自清全集》,江苏教育出版社1998年版。

张忠栋等主编:《什么是自由主义?》,台湾唐山出版社1999年版。

后　记

　　回想当初从豫北平原的乡下，到江城负笈求学，一晃已是 20 年。20 年前的自己，在懵懂羞涩中踏上人生的第一列火车，开始了乡下少年宿命般的故事：离乡，进城。这似乎也解释了，为什么祥子、高加林、孙少平、高子路等人的故事会长久地触动我或者我的同龄人。曾几何时，对我们而言，进城不仅仅意味着谋生，更强烈地折射出乡村青年试图改变自己身份的冲动：背离故乡，成为一个城里人；背叛祖辈、父辈的生活方式，成为一个所谓的知识人。曾几何时，在乡村青年的心目中，城市等于现代文明。进城的梦想又映射出我们急切地想要接受现代文明的洗礼，急于蜕变为一个所谓现代人的渴求。乡村/城市、传统/现代、愚昧/文明，这些 20 世纪 80 年代关于现代化的价值论述，早已经内化于乡村青年的思想里。而进城/离乡的一面双体，使"流浪""漂泊""寻梦""在路上"这些极其书面化、理论化的术语，变成血肉之躯不无苦涩的现实生活。如果说迁移、流动是全球化最外在的表现之一的话，那么我、我们——所有离乡进城的乡村青年，于不期然间早已裹挟进大时代的进程之中。这是幸，抑或不幸？

后　记

当初固执地选择铁凝作为硕士学位论文的写作对象，既非要以男性的眼光从中窥视到别样的故事，也非要对女性主义进行一番理论演练，而是深深震动于铁凝笔下那个少年送水工的故事（《谁能让我害羞》）。一个进城打工的乡下少年，在送水的过程中，与一个中产阶层的城里女性发生争执。乡下少年为争取生命尊严的努力最后演化为必须受到法律惩戒的"犯罪行为"。作家发出的"谁能让我害羞"，不仅在质问中国的中产阶层，亦是对知识分子的诘问。我们谁不曾是或正是那个少年送水工呢？！

2008年，我重返珞珈山下，继续跟随恩师陈国恩教授攻读博士学位。这部书稿正是在先生的指导下完成的博士学位论文。毕业之后，因为我的懒散和要命的拖延症，它一直在电脑中被搁置。也是在先生的不断督促下，决定修改后出版。在整个论文的构思和写作过程中，也曾经多次遭遇思想上的瓶颈，我甚至怀疑自己是否能够将论题深入地进行下去；但是经过先生的不断点拨和启发，我确定了论文的研究范围、研究思路和结构框架，并最终顺利完成论文写作。在这个过程中，先生总是以他渊博的学识、宽厚的胸怀、严谨的治学态度，指导我如何将宏观的研究视野与扎实的研究资料结合在一起，从而让论文既有历史/文学史的纵深感，又有学术研究的明敏与学理。

同时，还要特别谢谢於可训教授、张洁教授、樊星教授、方长安教授、金宏宇教授、叶立文教授。在武大的学习生活中，多次聆听诸位先生的教诲，受益匪浅。先生们精彩的讲谈成为我记忆中珞珈山下最亮丽的"风景"。谢谢王统尚、董琼、张森、原小平、邹小娟、杨文军、黄韬、田甜、李显红、李润姬、张新民、周勇等学友。正是因为有了他们，珞珈山下的三年美好时光也成为永远难以褪色的友情岁月。

感谢一直给我最无私支持的父母。他们是我能够一路坚持下来的最大动力。

特别感谢中国社会科学出版社郭晓鸿博士严谨专业的责编态度。

初稿于 2011 年 4 月武汉大学枫园 11 舍

二稿于 2018 年 5 月宝鸡文理学院